Réquiem para um Sonho

Hubert Selby Jr.

REQUIEM FOR A DREAM
Copyright © 1978, 1988 by Hubert Selby, Jr.
Published by agreement with Sobel Weber Associates Inc.
All rights reserved.

Prefácio do autor © 2000 by Hubert Selby, Jr.
Prólogo © 2000 by Darren Aronofsky

Os direitos morais do autor foram assegurados.

Esta é uma obra de ficção. Os nomes, personagens,
locais e incidentes são produto da imaginação do autor
ou utilizados de forma ficcional. Qualquer semelhança
com pessoas reais, vivas ou mortas, negócios, empresas,
eventos ou locais é meramente uma coincidência.

Tradução para a língua portuguesa
© Diego Gerlach, 2023

Diretor Editorial
Christiano Menezes

Diretor Comercial
Chico de Assis

Diretor de MKT e Operações
Mike Ribera

Diretora de Estratégia Editorial
Raquel Moritz

Gerente Comercial
Fernando Madeira

Coordenadora de Supply Chain
Janaina Ferreira

Gerente de Marca
Arthur Moraes

Gerente Editorial
Marcia Heloisa

Editor
Bruno Dorigatti

Capa e Proj. Gráfico
Retina 78

Coordenador de Arte
Eldon Oliveira

Coordenador de Diagramação
Sergio Chaves

Finalização
Sandro Tagliamento

Preparação
Fabiano Calixto

Revisão
Vinicius Tomazinho
Retina Conteúdo

Impressão e Acabamento
Ipsis Gráfica

DADOS INTERNACIONAIS DE CATALOGAÇÃO NA PUBLICAÇÃO (CIP)
Jéssica de Oliveira Molinari - CRB-8/9852

Selby Jr., Hubert
  Réquiem para um sonho / Hubert Selby Jr. ; tradução de Diego
Gerlach. — Rio de Janeiro : DarkSide Books, 2023.
  272 p.

  ISBN 978-65-5598-337-1
  Título original: Requiem for a Dream

  1. 1. Ficção norte-americana 2. Horror
  I. Título II. Gerlach, Diego

23-5464   CDD 813

Índice para catálogo sistemático:
1. Ficção norte-americana

[2023]
Todos os direitos desta edição reservados à
DarkSide® *Entretenimento LTDA.*
Rua General Roca, 935/504 — Tijuca
20521-071 — Rio de Janeiro — RJ — Brasil
www.darksidebooks.com

Hubert Selby Jr.
Réquiem para um Sonho

TRADUÇÃO
DIEGO GERLACH

DARKSIDE

*Este livro é dedicado, com amor,
a Bobby, que encontrou a única medida
de Fé Pura em um Deus Amoroso.*

Prefácio do autor

Hubert Selby Jr.
Réquiem para um Sonho

Réquiem para um Sonho foi originalmente publicado em 1978. É extremamente gratificante saber que ainda se encontra em catálogo e chegando a uma nova edição. Além disso, está sendo transformado em filme. O livro ainda vive e respira (assim como eu).[1]

Para mim, há algo lindo e irônico no fato de que tudo isso esteja acontecendo agora, durante uma época de "prosperidade sem paralelos". O Grande Sonho Americano está se tornando realidade para muitos. Obviamente, acredito que buscar o Sonho Americano é não apenas fútil, mas também autodestrutivo, pois, em última análise, destrói tudo e todos envolvidos com ele. É algo necessário por definição, pois alimenta tudo, exceto as coisas que realmente importam: integridade, ética, verdade, nossa própria essência. Por qual motivo? A razão é simples: porque a vida se resume em dar, e não receber.

---

1   O filme, dirigido por Darren Aronofsky, com roteiro
de Selby e do diretor, estreou em 2000. [NE]

Não estou sugerindo dar tudo aos pobres e desabrigados — os milhões deles que, em meio à fartura, ainda estão por aqui —, que nos penitenciemos nas ruas pedindo esmolas. Isso, por si só, não é mais efetivo do que a busca por "receber". Não tenho medo do dinheiro e daquilo que ele pode comprar. Eu adoraria ter uma casa cheia de coisas — claro que para isso precisaria primeiro ter uma casa. Já passei fome e não vejo nada de nobre nela. Também não vejo nada de nobre em comer com luxo, embora comer seja, com certeza, melhor. Mas acreditar que acumular coisas é o propósito e a finalidade da vida é loucura.

Parece-me que todos temos nosso próprio sonho, nossa própria visão pessoal, nosso próprio modo individual de dar, mas, por diversas razões, temos medo de segui-lo ou mesmo de reconhecer e aceitar sua existência. Mas renegar nossa Visão é como vender nossa alma. Receber é viver uma mentira, dar as costas à verdade, e visões são vislumbres da verdade: obviamente nada externo pode alimentar minha vida interior de verdade, minha Visão.

O que acontece quando dou as costas a minha Visão e gasto meu tempo e minha energia buscando as coisas do Sonho Americano? Torno-me inquieto, desconfortável em minha própria pele, pois abandonar meu "eu", desertar minha Visão, me força a abordar a vida como se fosse uma competição. Preciso prosseguir conquistando coisas numa tentativa de aplacar e satisfazer aquela vaga sensação de descontentamento que me atravessa.

Certamente, nem todos vão experimentar esse tormento, mas boa parte sim, e não fazem ideia do que está errado. Tenho certeza de que os psicólogos têm um termo para essa ansiedade flutuante, mas é sua origem que nos destrói, não sua definição. Sempre existem milhões que parecem se safar fazendo coisas consideradas abomináveis, e prosperam. Certamente, é o que parece. Ainda assim, sei, baseado em experiência própria, que não existe almoço grátis nesta vida e, no fim, todos temos que aceitar a total e completa responsabilidade por nossas ações, por tudo que fizemos e não fizemos.

Este livro é sobre quatro indivíduos que buscaram o Sonho Americano e os resultados de sua busca. Eles não entendiam a diferença entre a Visão em seu coração e a ilusão do Sonho Americano. Ao buscar a mentira da ilusão, tornaram impossível experimentar a verdade de sua Visão. Como resultado, perderam tudo que era precioso.

Infelizmente, suspeito que nunca haverá um réquiem para *o* sonho, simplesmente porque ele vai nos destruir antes que tenhamos a oportunidade de lamentar sua morte. Talvez o tempo me desminta. Como o sr. Hemingway disse: "Não é lindo pensar assim?".

Hubert Selby Jr.
Los Angeles
1999

Prólogo

Hubert Selby Jr.

Réquiem para um Sonho

Eu era um moleque de escola pública do Brooklyn passando por minhas primeiras provas durante o primeiro ano de faculdade e estava aterrorizado. O ensino médio tinha sido uma piada. A única coisa que aprendi foi como cabular aula. Então, quando chegou a época da faculdade, eu não estava muito preparado. Fui para a biblioteca e tentei aprender.

Mas Selby fodeu tudo.

Com o canto do olho, vi a palavra "Brooklyn". Quando você é do Brooklyn e vê qualquer coisa relacionada ao Brooklyn, você fica imediatamente interessado. Puxei um exemplar surrado de *Última Saída para o Brooklyn* da prateleira. Isso foi antes do filme,[1] e eu não fazia ideia do que segurava em mãos. Da primeira frase em diante me encontrava perdido, assim como em minhas provas finais. Bombei nas provas e segui lendo. Eu li e li e gritei e me conectei e recitei e me rejubilei. Era

---

1 Lançado em 1989, no Brasil ele recebeu o título *Noites Violentas no Brooklyn*. [NE]

narrativa. Era compreensão. Era uma análise profunda, e ainda assim simples, daquilo que nos faz humanos. Eu soube, então, o que queria fazer. Eu queria contar histórias.

Contar histórias me levou a Los Angeles e à faculdade de cinema. Antes de a faculdade começar, nos disseram para preparar três *scripts* curtos para projetos que seriam executados durante o ano. Assim, concluí que deveria ler histórias curtas de meus autores prediletos. Isso me levou a "Fortune Cookie", de Selby, que filmei imediatamente. A história acompanha a ascensão e a queda de um caixeiro viajante que fica viciado nas previsões de biscoitos da sorte.

Após a faculdade de cinema, concluí que era o momento de fazer um filme e, então, voltei aos romances dos meus autores prediletos. Encontrei *Réquiem para um Sonho* em uma livraria em Venice Beach. Estava empolgado para começar a ler. E comecei, mas nunca o concluí. Não porque não era bom. Pelo contrário, o romance era tão violentamente honesto e impactante que não consegui suportar.

O romance permaneceu na minha estante por um bom tempo. Então, anos depois, meu produtor, Eric Watson, estava de partida em uma viagem para esquiar com sua família no Colorado. Ele precisava de algo para ler, pegou o livro de minha estante e perguntou se podia levar emprestado. Quando voltou, disse que *Réquiem para um Sonho* tinha arruinado suas férias e que eu precisava terminar de lê-lo. Eu terminei. E concluí que era a próxima coisa que deveríamos filmar.

Este livro é sobre um bocado de coisas. Sobretudo, é sobre o amor. Mais especificamente, é sobre o que acontece quando o amor dá errado.

Quando chegou a hora de escrever o roteiro, aluguei um apartamento no sul do Brooklyn, perto de Coney Island. O romance tinha uma estrutura incrível, que se prestava muito bem a três atos. Mas havia algo estranho. Enquanto analisava suas partes, percebi que, sempre que algo bom deveria acontecer a algum personagem, algo ruim ocorria. Por conta disso, não conseguia decidir quem era o herói do livro.

Após esboçar os arcos narrativos de cada personagem, percebi que eles estavam todos ao contrário. Então os inverti e, subitamente, tive um momento "Eureka!". O herói não era Sara, não era Harry, nem Tyrone, nem Marion.

O herói era o inimigo dos personagens: o Vício. O livro é um manifesto do triunfo do Vício sobre o Espírito Humano. Comecei a encarar como se fosse um filme de monstro. A única diferença é que o monstro não tem forma física. Ele vive apenas nas profundezas da mente dos personagens.

Ellen Burstyn, que arrasou como Sara Goldfarb, me disse que o hinduísmo tem duas divindades principais, Shiva e Kali. Shiva é o deus da criação; e Kali, da destruição. Eles existem como uma equipe, um não pode existir sem o outro. Assim como Deus e o Diabo no cristianismo. O bem e o mal. Há um equilíbrio. Selby escreve sobre Kali. Ele escreve sobre a escuridão.

É para essa escuridão que Selby aponta sua lanterna e procura nossa humanidade. É aquele pequeno, mas inestimável diamante de amor, perdido em um universo de maldade, que ele aprecia. E, ao nos conduzir até ele, nos revela tudo — nossa beleza e nossa vaidade, nossas forças e nossas fraquezas. Ele mostra o que nos faz funcionar, o que nos faz odiar e o que nos faz amar. Ele revela o que é ser humano.

Eu precisava transformar seu romance em filme porque as palavras queimam as páginas. Feito o nó da forca, as palavras esfolam seu pescoço com o queimar da corda e arrastam você ao subterrâneo do subterrâneo que nós, humanos, construímos sob o inferno. Por que fazemos isso? Porque escolhemos viver o sonho em vez de escolher viver a vida.

Você jamais esquecerá esta leitura.

Darren Aronofsky
Primeiro de maio de 2000

Se o SENHOR não edificar a casa, em vão
trabalham os que a edificam. [...]
Salmos 127:1

Confia no SENHOR *de todo o teu coração e*
não te estribes no teu próprio entendimento.
Reconhece-o em todos teus caminhos,
e Ele endireitará as tuas veredas.
Provérbios 3:5,6

Hubert Selby Jr.
Réquiem para um Sonho

Harry trancou sua mãe no closet. Harold. Por favor. A TV de novo não. Tá, tá, Harry abriu a porta, então para de ficar zoando minha cabeça. Ele começou a andar pelo quarto em direção ao aparelho de televisão. E não me amola. Ele tirou o plugue da tomada e desconectou a antena. Sara voltou para dentro do closet e fechou a porta. Harry olhou para o closet por um momento. Tá, então, fica aí. Ele começou a empurrar a TV junto com o suporte, quando, de repente, o aparelho quase caindo, parou com um solavanco. Que diabo tá acontecendo aqui? Olhou pra baixo e viu uma corrente de bicicleta que ia de um olhal na lateral da TV até o aquecedor. Ele olhou para o closet. O que você tá tentando fazer, hein? Qual é a dessa corrente? Tá tentando me fazer quebrar a TV da minha própria mãe? Quebrar o aquecedor? — ela ficou sentada em silêncio no chão do closet — quem sabe explodir a casa toda? Tá tentando me transformar em assassino? Seu próprio filho? Sangue do seu sangue? O QUE VOCÊ TÁ FAZENDO COMIGO???? Harry estava parado em frente ao closet. SEU PRÓPRIO FILHO!!!! Uma chave fina lentamente deslizou por baixo da porta do closet. Harry puxou com a unha e a pegou. Por que você tem que sempre zoar a minha cabeça, pelo amor de deus, sempre cagando culpa em cima de mim? Não se importa nem um pouco com os meus sentimentos? Por que tem que tornar a minha vida tão difícil? Por que — Harold, eu não faria isso. A corrente não é por causa de você. Tem ladrões. Então por que não me contou? A tv quase caiu. Eu podia ter tido um ataque cardíaco. Sara balançava a cabeça na escuridão. Você vai melhorar, Harold. Então por que não sai daí? Harry puxou a porta sacudindo a maçaneta, mas estava trancada por dentro. Harry jogou as mãos para o alto, desesperado e enojado. Tá vendo o que quero dizer? Tá vendo como sempre tem que me chatear? Ele voltou até o aparelho e soltou a corrente, então olhou para o closet de novo. Por que tem que fazer um escândalo por causa disso? hein? Só pra cagar culpa em mim, né? Né???? — Sara continuava balançando pra frente e pra trás — você sabe que vai ter a tv de volta em umas duas horas, mas tem que me fazer sentir culpado. Ele continuava olhando para o closet — Sara em silêncio, balançando — e então jogou as mãos para o alto, Ah, foda-se, e empurrou o aparelho, com cuidado, para fora do apartamento. Sara ouviu a tv sendo empurrada pelo assoalho, ouviu a porta abrir e fechar, e ficou sentada com os olhos fechados, balançando pra frente e pra trás. Ela não via, então não estava acontecendo. Ela disse a seu marido Seymour, morto há anos, que não estava acontecendo. E se estivesse acontecendo, tudo ficará bem, então não se preocupe, Seymour. É como um intervalo comercial. Logo o programa vai voltar e você vai ver, vai ficar tudo bem, Seymour. Vai dar tudo certo. Você já vai ver. No fim, fica tudo bem.

O camarada de Harry, um cara negro chamado Tyrone C. Love — Isso mesmo, parça, esse é meu nome e eu não amo ninguém além de Tyrone C. —, esperava por ele no hall de entrada, comendo uma barra de Snickers. Eles saíram com a tv do prédio sem qualquer problema, Harry deu oi para todas as fofoqueiras que tomavam sol sentadas perto do prédio. Aí veio a parte difícil. Empurrar aquela porra por três quarteirões até a loja de penhores sem que ela fosse roubada, ou empurrada por algum moleque cretino, ou derrubada ao passar por um buraco no chão ou ao bater em um monte de lixo, ou simplesmente pelo colapso do maldito suporte, demandava paciência e perseverança. Tyrone segurava a TV enquanto Harry empurrava e guiava, Tyrone atuando como uma sentinela e avisando Harry sobre montes de papelão e sacolas de lixo que poderiam ser danosos à conclusão rápida e efetiva da missão. Os dois seguraram cada um em uma ponta quando desceram o meio-fio, erguendo-a no outro lado da rua. Tyrone inclinou a cabeça e deu uma olhada no aparelho. Poorra, esse treco tá começando a parecer meio detonado, cara. Qual o problema, ficou esnobe de repente? Ei, mano, pra mim ela pode estar até criando cabelo, desde que a gente ganhe nosso troco.

O sr. Rabinowitz balançou a cabeça quando viu eles empurrando o aparelho para dentro de sua loja de penhores. Olha, deixem o suporte também. Ei, o que vocês querem de mim? Não consigo *carregar* ela nas costas. Você tem um amigo. Ele pode muito bem ajudar. Ei, cara, não sou o *carregador* do meu truta aqui não. Harry riu e balançou a cabeça, É muito judeu mesmo. Enfim, fica mais fácil de levar pra casa. Esse é o meu truta, sempre pensando na mamãe. Ah, um baita filho. Um *picareta*. Ela precisa tanto de você quanto um alce precisa de um cabideiro. Qualé Abe, tamo com pressa. Só dá logo a grana pra gente. Anda, anda. Sempre com pressa, se mexendo atrás do balcão, olhando os lápis com cuidado antes de escolher qual usar. Você tem coisas tão importantes pra fazer que o mundo desmorona se tudo não fica pronto pra ontem. Ele estalou a língua, balançou a cabeça e lentamente contou o dinheiro ... duas vezes ... três vezes — Ei, vamos lá Abe, apura. Você gosta desse sujeito, parça? Ele fica lambendo os dedos e contando a grana várias vezes, como se o valor fosse mudar. Ele não confia nem em si mesmo. Caramba.

O sr. Rabinowitz deu o dinheiro a Harry, e Harry assinou o livro. Me façam o favor de empurrar ela até aqui?

Pooorra, sabe de uma coisa, parça, toda vez que te encontro acabo trabalhando pra caralho. Eles empurraram a TV até um canto e vazaram.

O sr. Rabinowitz ficou olhando, balançando a cabeça e estalando a língua, então suspirou, Tem algo errado ... isso não é nada *kosher*,[1] nada *kosher*.

---

1   "Correto" ou "adequado" em iídiche. [NT]

Pooorra. Por que você quer ir até lá, cara? Por que ir até lá? Porque eles dão um pirulito junto com o bagulho. Sabe de uma coisa, Harry? Você é meio tosco. Não devia ficar de palhaçada quando tá falando de algo tão importante quanto bagulho, cara. Principalmente quando tá falando do meu bagulho. Com o seu eu nem dou bola. Só com o meu. E o que é tão bom no bagulho daqui? Ah cara, como assim? Tem tantos contatos aqui quanto lá. A gente podia até tentar alguém diferente. Diferente? Sim, mano. A gente podia só descer a rua e ver quem tá com o dedo mais enfiado no nariz, cochilando, pra descobrir onde tem bagulho *do bom*, quer dizer, aquela parada de outro mundo mesmo, parça. E além disso, a gente economiza o dinheiro do táxi. Dinheiro do táxi? Alguém morreu e te deixou herança? Esse dinheiro é pro bagulho, cara. Não é pra mané táxi não. O cara precisa cuidar das necessidades antes de aloprar nos luxos.

Pooorra. Tá querendo que eu pegue a bosta do metrô com aquele monte de bebum e tarado? Caramba. Cê tá louco. Eles te depenam antes de você chegar a algum lugar. Cara, nem vem com essa preguiça de zé preto do caralho pra cima de mim. Tyrone riu, Cara, já que vou ter que me deslocar, então deixa eu ligar pro meu camarada Brody e ver o que ele tem. Me dá dez centavos. Caramba, velho, desde quando você precisa de dez centavos pra uma chamada? Ei, mano, eu não trepo com a companhia telefônica. Harry se escorou na cabine telefônica enquanto Tyrone se inclinava sobre o telefone e falava em tom conspiratório. Após mais ou menos um minuto, pendurou o telefone e saiu da cabine com um enorme sorriso no rosto. Ei, cara, fecha essa boca, chega a doer nos meus olhos. Seu branquelo pau no cu. Com certeza, não ia se dar bem numa plantação de algodão. Tyrone saiu andando, e Harry o alcançou. E aí, o que é que tá pegando? Meu camarada tem uma parada que é dinamite pura, mano, vamos pegar uma carinha. Subiram a escada do metrô separados. Harry olhou em volta por um momento, enquanto Tyrone seguiu descendo pela rua e entrou em uma cafeteria poucas portas adiante. A vizinhança era absoluta e completamente negra. Até mesmo os policiais à paisana eram negros. Harry sempre se sentia um pouco suspeito na cafeteria, bebendo café ralo e comendo uma rosquinha de chocolate. Essa era a única parte chata de comprar com Brody. Ele normalmente tinha uma parada boa, mas Harry não podia ir além da cafeteria, senão estregariam o esquema ou, algo quase tão ruim quanto isso, ele podia acabar com a cabeça arrebentada. Na verdade, o mais inteligente a fazer, a coisa mais esperta, seria ficar na cidade alta, mas Harry não suportava ficar tão longe do dinheiro e do bagulho. Já era ruim o suficiente ficar sentado ali, sentindo os músculos da barriga se tensionando, aquela ansiedade rastejando pelo corpo, deixando um gosto no fundo da garganta, mas ainda era um milhão de vezes melhor do que *não* estar ali.

Ele pediu outra xícara de café e uma rosquinha e se virou um pouco no tamborete quando um gambé, mais preto que sua rosquinha e maior que a porra dum caminhão, sentou perto dele. Pai do céu, um clássico da minha sorte de merda. Tento só relaxar e degustar uma xícara de café e a porra dum babuíno senta do lado. Caralho! Ele bebericava o café e olhava para a arma no coldre, imaginando o que aconteceria se ele subitamente puxasse a arma e começasse a atirar, pow, pow, estourasse a cabeça do filho da puta e aí jogasse uma nota em cima do balcão, dizendo à mulher para ficar com o troco, e aí saísse, calmamente, ou talvez se apenas pegasse a arma e entregasse ela ao policial perguntando se era dele, Acabei de encontrar ela no chão, pensei que você podia ter perdido sua arma, ou, o que seria realmente foda, pegar aquela porra e mandar pelo correio direto para o comissário, com um pequeno bilhete dizendo que dois sujeitos tinham sido executados com ela, e que talvez ele devesse cuidar melhor dos brinquedinhos dele ... é, isso seria foda, e ele olhava para o gigante filho da puta sentado perto dele, usando aquela boca gorda para falar com a mina atrás do balcão, chacoalhando a bunda preta de tanto rir, e Harry ria sozinho e pensava no que o policial sentiria se soubesse que a vida dele estava nas mão de Harry, e então Harry percebeu o tamanho da mão que segurava a xícara de café e se deu conta de que era maior que uma maldita bola de beisebol, então enfiou o resto da rosquinha na boca, engoliu junto com o café e saiu andando lentamente da cafeteria, ainda sentindo uma montanha de gambés atrás dele quando Tyrone desceu gingando pelos degraus do metrô.

A espelunca de Tyrone não era mais do que um quarto com uma pia. Sentaram ao redor da pequena mesa, as seringas num copo, a água tingida de rosa pelo sangue, a cabeça deles pendendo frouxa no pescoço, as mãos balançando nos pulsos, os dedos mal conseguindo segurar os cigarros. Ocasionalmente, um dedo explorava uma narina. As vozes saíam da garganta baixas e fracas. Pooorra, essa é uma herô de barão, mano. Tipo *di na mi te*. Sim, cara, é de outro mundo mesmo. O cigarro de Harry queimou seus dedos, e ele soltou, Merda, e então lentamente se inclinou e olhou para ele por algum tempo, sua mão pendendo logo acima, até que finalmente o pegou, olhou pra ele, lentamente tirou um cigarro novo do maço e pôs na boca, acendeu-o com o anterior, soltou a bituca no cinzeiro e, então, lambeu a parte queimada dos dedos. Ele olhou pras pontas dos sapatos por um momento e então mais um pouco ... pareciam bonitos, meio macios, meio — uma enorme barata atraiu sua atenção conforme marchava de modo beligerante, e, quando pensou em tentar pisar nela, ela desapareceu debaixo do rodapé. Que seja, aquela filha da puta era capaz de ter aberto um buraco no meu sapato. Ele puxou o braço, depois a mão e deu uma tragada no cigarro. Harry deu outra longa tragada no cigarro e inalou lenta e profundamente, saboreando cada partícula de fumaça, desfrutando do modo como parecia estimular seus tendões e a garganta, nossa como o gosto era bom. Tinha algo na heroína que fazia o cigarro ter um gosto bom pra caralho. Sabe o que a gente tem que fazer, cara? Hã. A gente devia pegar um pouco dessa parada e cortar pra render o dobro, saca? É, mano, essa merda é boa o suficiente pra cortar pela metade e ainda ficar lesadão. Pode crer, a gente tira só uma carinha e vende o resto. Aí a gente podia dobrar a grana. Fácil. Isso aí, mano. E aí se a gente comprasse mais duas onças já dava pra começar um negócio, cara. Seria animal, mano. A gente só teria que ficar de boa com a parada, só uma provinha de vez em quando, mas sem pegar pesado — Isso aí, mano — só o suficiente pra ficar de boa, aí a gente montaria um estoque rapidinho. Pode apostar. A grana ia empilhar até bater na nossa bunda, parça. Isso, cara, e a gente não ia cagar tudo que nem os outros babacas. A gente não ia ficar viciado e perder tudo. Só ficar de boa e tocar o barco, e rapidinho a gente descolava um meio quilo da pura e aí era só sentar e contar a grana. Nada de ficar se fodendo na rua. Pode apostar, pau no cu. Pegamos direto com os italianos e aí a gente mesmo corta e arranja uns viciados ranhentos pra vender pra nóis, ficamos só sentados contando o dindim e dirigindo um puta dum El Dorado grandão e rosa. Isso, aí eu descolo um uniforme de chofer e carrego essa tua bunda preta pela cidade. E é bom você segurar a porta, parça, senão mando fritarem teu rabo ... É isso aí, meu nome é *Tyrone* C. Love e não amo *ninguém* além de Tyrone C. Bom, não é o Tyrone C. que eu vou ter que amar. Vou é descolar um belo apê perto do Central Park, cara, e passar o tempo só farejando aquelas xoxotas lindas que passam por lá. Pooorra ... e cê vai fazer o que com isso, cara? Se teu pinto nem funciona de tanta heroína no rabo. Vou só ficar deitado fazendo carinho nelas, mano, e de vez em quando vou só meio que dar umas mordidinhas. Porra. Isso é de lascar. O sujeito deitado em um apê bacana com uma gata linda, aí vai lá e só enfia o nariz de vez em quando naquele troço nojento. Bom, o que cê esperava?, eu gosto de chupar xoxota. É meio picadinho de fígado, meio salmão defumado, meio — Putamerda, você é um pau no cu asqueroso. Esse é o problema de vocês branquelos, não sabem o que fazer com uma gata. Porra, cara, a gente sabe o que fazer. São vocês africanos de merda que não têm bons modos à mesa ... por que você acha que os caras judeus pegam todas as minas? Não tem nada a ver com dinheiro. É porque a gente gosta de fazer uma boquinha. Pooorra, você é só um otário desfalcado de pinto, cara. Depois do alfaiate tirar minhas medidas pra mais uns ternos, vou ter no apê uma coleção de gatas, parça, que vão te deixar com as pernas bobas. Tipo, gatas mesmo. E vou ter uma de cada cor pra cada dia da semana. Quanto tempo você acha que leva pra gente pegar meio quilo da pura? Pooorra, cara. Isso não é pouco. Se a gente descolar duas milhas vendendo uma onça, cerca de 30 gramas, já é um começo. No Natal vamos estar sentados em casa contando a grana e falando merda. Feliz Natal, cara. O cigarro de Harry queimou os dedos dele, Merda, e ele o deixou cair, filho da puta.

Dois garotos da vizinhança foram à loja de penhores com Sara. O sr. Rabinowitz se levantou atrás do balcão, Boa noite, sra. Goldfarb. Boa noite, sr. Rabinowitz, embora não tenha certeza de que seja tão boa. E você? Hum, ele fechou os olhos até metade, inclinou os ombros e a cabeça, que posso dizer? Fico sozinho na loja o dia todo, e minha esposa fica fazendo compras com nossa filha Rachel para a pequena Izzy e não chegaram ainda. No almoço, eu como salada de língua sem pão ... Como mostarda e molho de raiz forte, mas sem pão ... ele deu de ombros, se inclinou e olhou de novo, na janta talvez eu coma sopa fria, se ela não estiver em casa ainda, você quer sua TV? Que idade já tem a pequena Izzy? Ah, ela é tão fofa, dá vontade de morder e arrancar um pedaço daquelas pernocas rechonchudas. Sim, se não for incômodo. Tenho esses rapazes bondosos aqui pra empurrar ela até minha casa pra mim — garotos tão bondosos, ajudando uma pobre mãe — graças a Deus ele trouxe o suporte junto, fica mais fácil de levar de volta. Só tenho três dólares agora, mas semana que vem vou — Então pode levar, leva, dando de ombros e inclinando a cabeça, espero que ele não pegue de novo antes de você pagar dessa vez, como naquela vez que ele roubou a TV três vezes em um mês e levou um bom tempo pra você conseguir pagar. Izzy faz um ano semana que vem, na terça. Aaahhh, Sara deu um longo e profundo suspiro, parece que ainda ontem Rachel brincava de boneca e agora ... Sara entregou os três dólares, que tinham sido dobrados e cuidadosamente guardados debaixo da blusa, ao sr. Rabinowitz, e ele andou atrás do balcão, colocou na máquina registradora e cuidadosamente escreveu em um pequeno livro com o título TV DE SARA GOLDFARB na capa. Havia infinitas páginas de anotações e datas, cobrindo os últimos anos, de dinheiro dado a Harry pela TV e dos pagamentos que sua mãe fez para reavê-la. Os dois rapazes começaram a empurrar o aparelho e o suporte para a rua. Sra. Goldfarb, não leva pro lado pessoal, mas posso fazer uma pergunta? Sara deu de ombros, Nos conhecemos faz quantos anos? Ele balançou a cabeça pra cima e pra baixo, pra cima pra baixo, Quem é que sabe? Por que não fala de uma vez com a polícia, porque aí quem sabe eles podem conversar com Harry e ele não vai roubar mais a TV, ou talvez mandem ele pra algum lugar por alguns meses pra ele pensar na vida, e, quando ele voltar, ele pode ser um bom rapaz, que cuida de você em vez de ficar penhorando a TV o tempo todo? Aaahhh, outro longo e profundo suspiro, Harold é meu único filho, único parente. Ele é tudo o que eu tenho. Todo mundo morreu. Somos só Harry e eu ... meu filho, meu bebê. E quem é que sabe quanto tempo ainda tenho — Ah, uma mulher jovem — ela dispensou o comentário com um aceno de mão, para ajudar meu filho. Ele é o fim da linhagem. O último dos Goldfarb. Como eu poderia transformar ele em criminoso? Poderiam colocar ele com pessoas terríveis, onde ele aprenderia coisas terríveis. Não, ele é jovem. Meu Harold é um bom garoto. Só é um pouco endiabrado. Um dia ele vai conhecer uma boa moça judia, vai se acalmar e me dar um neto. Até logo, sr. Rabinowitz, acenando rumo à porta, diga que mandei lembrança à sra. Rabinowitz. Cuidado ao sair pela porta, rapazes. Abe Rabinowitz assentiu com a cabeça enquanto a observava saindo, os dois rapazes empurraram o aparelho, subiram lentamente pela rua, passaram pelas janelas empoeiradas de sua loja e, então, sumiram de vista. Ele parou de menear a cabeça e fez um gesto negativo, Eita, que vida. Espero que ela chegue logo em casa. Não quero sopa fria. Um homem da minha idade precisa de comida quente no estômago e água quente nos pés. Ai, meus pés. Ahhhhhhhh ... que vida. *Tsouris*[2] ... *tsouris* ...

Depois de os garotos irem embora, Sara Goldfarb acorrentou a TV ao aquecedor de novo. Ela ligou o aparelho, ajustou a antena e se sentou na sua poltrona de ver TV e assistiu a uma série de comerciais da Proctor & Gamble, e pedaços de novelas. Ela retraía os lábios quando pessoas escovavam os dentes e passavam a língua neles para ter certeza de que não havia qualquer resíduo visível, e ficava alegre quando aquele garotinho fofíssimo descobria que não tinha nenhuma cárie, embora parecesse tão magro, ele precisava de mais carne nos ossos. Ele não tinha nenhuma cárie, graças a Deus, mas deveria ter mais carne nos ossos. Que nem meu Harold. Tão magro. Eu falo pra ele, come, come, estou

2 "Problemas" em iídiche. [NT]

vendo seus ossos. Pelo amor de deus, esses são meus dedos. Você quer o quê, banha balançando nos meus dedos? Só quero que você seja saudável, você não deveria ser tão magrinho. Devia beber leite maltado. Leite maltado uma pinoia. Será que Harold tem alguma cárie? Os dentes dele não andavam lá muito bons. Ele fuma cigarros demais. Ele afasta os lábios e mostra os dentes de novo. Dentes tão brancos e lindos. Talvez algum dia, quando ele crescer e fumar, vai ter dentes amarelos como os do meu Harold. Eles nunca deveriam ter cáries, e ela continuava olhando para a TV enquanto caixas de detergente explodiam em roupas brancas brilhantes; e garrafas de desinfetante doméstico, em personagens exóticos efeminados que limpavam todos os resquícios de humanidade das paredes e pisos, e o marido cansado chegava em casa de mais um dia duro no trabalho e ficava tão encantado com as roupas brilhantes e com o piso cintilante que ele esquecia todas suas preocupações e levantava sua esposa no ar — Ah, como ela é magra. Precisa cuidar para ela não quebrar. Mas ela parece adorável. Uma boa garota. Mantém a casa limpa. O meu Harold deveria encontrar uma garota assim. Uma bela jovem judia que nem essa. O marido erguia a esposa e a girava, e eles acabavam esparramados no piso brilhante e cintilante da cozinha, e Sara se inclinou pra frente em sua poltrona, pensando que talvez algo interessante fosse acontecer, mas tudo que faziam era olhar seus reflexos no linóleo; e então comida pronta congelada era elegantemente distribuída pela mesa, e a esposa sorria para Sara, aquele sorriso astuto do tipo "nós temos um segredo", e o marido exclamava entusiasticamente que ela era uma ótima cozinheira, e Sara sorriu e piscou, e nem parecia comida congelada, e o casal feliz olhava nos olhos um do outro enquanto comia a janta, e Sara se sentia tão feliz por eles, então checou o dinheiro dela e se deu conta de que teria que ficar sem almoço por alguns dias, mas valeria a pena para ter a TV de volta. Não era a primeira vez que ela pulava refeições por causa da TV; então a cena mudava, e um carro seguia até um hospital, e uma mãe preocupada se apressava por corredores antissépticos e silenciosos até chegar a um médico de semblante grave que discutia o estado do filho dela e o que teriam de fazer para salvar a vida do garoto, e Sara se inclinou pra frente na poltrona, olhando e ouvindo atentamente, simpatizando com a mãe e se sentindo cada vez mais ansiosa conforme o médico explicava, em dolorosos detalhes, as possibilidades de fracasso, Ah, meu Deus, isso é terrível ... terrível. O médico terminava de explicar todas as alternativas para a mãe e a observava enquanto ela discutia sobre permitir ou não que o médico realizasse a operação, e Sara estava tão inclinada pra frente quanto podia, as mãos cerradas juntas, Autoriza ele ... Isso, isso. Ele é um bom médico. Você tinha que ter visto o que ele fez por uma garotinha ontem. Um tremendo cirurgião. Um ás. A mulher finalmente gesticulava afirmativamente enquanto enxugava as lágrimas que rolavam pelo rosto, Que bom, que bom. Chora que faz bem, querida. Ele vai salvar seu filho. Você vai ver. Estou dizendo. É um tremendo cirurgião. Sara assistia enquanto o rosto da mulher ficava cada vez maior, e o medo e a tensão eram tão nítidos que Sara estremeceu de leve. Quando a cena passou para a sala de operação, Sara rapidamente olhou para o relógio e suspirou com alívio ao perceber que faltavam poucos minutos para acabar, e logo a mãe estaria sorrindo, feliz, olhando para seu filho, o médico dizendo a ela que tinha acabado, que ele ficaria bem, e então um minuto depois ela estaria fora do hospital de novo, mas dessa vez o garoto estaria andando com sua mãe — não, não, ele estaria em uma cadeira de rodas — até o carro e todos se sentiriam felizes quando ele entrasse no carro e fossem embora, o médico os vendo da janela de seu consultório. Sara se reclinou e sorriu, relaxada com a certeza interior de que tudo ficaria bem. Meu Harry é meio endiabrado às vezes, mas é um bom garoto. Vai ficar tudo bem. Um dia ele vai conhecer uma garota boa, vai sossegar e me tornar avó.

Hubert Selby Jr.
Réquiem para um Sonho

O sol tinha se posto, o que significava que era noite, mas Harry e Tyrone estavam chateados com todas as luzes que apunhalavam, cortavam e espetavam seus olhos. Eles se mantinham firmes atrás dos óculos escuros. Durante o dia é um saco, o sol reflete nas janelas dos carros, dos edifícios, nas calçadas, e o maldito brilho entra nos globos oculares feito dois enormes polegares, e você anseia pela noite, quando consegue algum alívio das agressões do dia, passando a se sentir vivo quando a lua surge, mas você nunca alcança o alívio total que deseja, que anseia. Você sente a apatia do dia começar a se dissipar quando os manés e caretas todos chegam em casa do turno das nove às cinco e sentam para jantar com a esposa e os filhos, a esposa com a mesma aparência de coroa acabada e de bunda caída de sempre, colocando aquele mesmo grude na mesa, e os malditos macacos da casa gritando e brigando pelo maior pedaço de carne, pra saber quem ganhou mais manteiga, e qual é a sobremesa, e depois do jantar ele pega uma lata de cerveja e senta na frente da tv e resmunga e peida e palita os dentes pensando que precisa dar uma volta e descolar um belo rabo, mas está cansado demais, e, por fim, a mulher chega e se joga no sofá e diz a mesma coisa toda noite. Sempre a mesma coisa. Tá assistindo o quê, mor???? Quando essa cena termina de se desenrolar, já há um pouco de vida nas ruas, mas ainda tem as malditas luzes. É, as luzes são um saco, mas são bem melhores que o sol. Qualquer coisa é melhor. Especialmente no meio do verão. Agora cê falou e disse, parça. Tô a fim de colar numa esquina escura, curtir um som do bom e quem sabe dar uma rolada daquelas em alguma gata dançarina, e tô falando de uma rolada *daquelas*. Nossa, cara, cê só pensa em buceta mesmo. Não pode nunca pensar com a cabeça de cima, pelo amor de deus? Pooorra. Do que cê tá falando, cara? Se tua rola não sobe mais, eu não tenho nada a ver com isso. A minha não é usada para mijar. Puta merda, toca aqui. Harry e Tyrone bateram as palmas das mãos. Bom, cara, vamos ficar parados aqui a noite toda contando os carros que passam ou vamos tentar achar algum agito? Ah, cara, qualé? cê sabe que não sei contar. Nossa, cara, por que não relaxa, hein? Você acha que cortaram esse bagulho com gás do riso? Enfim, vamos colar onde tiver um pouco de agitação. Que tal? Ei, mano, eu topo. Por que não atravessamos a cidade até o necrotério? Ei, boa, o Angel tá de plantão hoje de noite. Sempre tem algum agito no necrotério. Bora lá, mano.

Harry Goldfarb e Tyrone C. Love entraram no ônibus que atravessava a cidade. Harry foi sentar-se na parte da frente, logo atrás do motorista, e Tyrone o pegou pelo braço, o puxou para fora do banco e o sacudiu, seus olhos esbugalhados parecendo os de Step-n-Fetch-It,[1] cê tá doido, cara?, sacudindo Harry conforme seu corpo tremia, tá tentando matar a gente? Quer que a gente seja linchado num poste? Tá doidão, carai? Ei, cara, relaxa. Que foi que te deu? Que foi que me — o ônibus freou de repente, e eles bateram no corrimão em torno do motorista, e Tyrone os puxou de volta enquanto tentava se esconder atrás do ombro e espiar as pessoas embarcando no ônibus — que foi que me deu? Você tá doido? Aqui é o sul do Bronx, cara, tipo *sul*, SUL, sacou? Ah, porra. Vamos nos mandando, cara. Eles andaram pelo corredor, ricocheteando nos assentos, se esquivando e trombando. Foi mal, foi mal. Perdão, cara.

---

1 Comediante negro, popular nos anos 1930 e conhecido por
sua representação caricata dos afro-americanos. [NT]

... Os outros passageiros continuaram lendo seus jornais, conversando, olhando pela janela, lendo anúncios, forçando a vista para ver os cartazes nas ruas, assoando nariz, limpando óculos e olhando fixo para o nada, enquanto passavam encurvados por eles. Quando chegaram ao fundo do ônibus, sentaram dando um longo, longo suspiro. Ara, patrão Harry, comé que vosmicê senta aqui atrás com nóis, o pessoar de cor? Bom, deixa eu dizer pra você irmão, Tyrone, porque eu sinto que nóis é tudo irmão, e debaixo dessa pele branca bate um coração tão preto quanto o teu, hahahaha, toca aqui! Pooorra, mano, você não é branco, é só desbotado ... e não esquece, mano, a beleza é superficial, mas a feiura vai até o osso, e mais uma vez celebraram batendo as mãos. Harry fez um telescópio com as mãos e olhava com ele para os anúncios ao lado do ônibus. Que merda cê tá fazendo, cara? Esse é o único jeito de olhar anúncio, cara. Você consegue sacar as minas sem distrações. Harry falou com uma voz profunda: Não se proteja pela metade, use desodorante debaixo dos dois braços. Pooorra, cara, falou e disse. Acha que tô de sacanagem, é? Vai, pode testar. É o único jeito, cara. Tô te dizendo. Todos aqueles belos anúncios lá em cima e você nunca nem notou eles. Harry olhava os anúncios como se observasse o horizonte. Ei, olha aquele ali. Aposto que perdeu. Será que ela tinge o cabelo? Só o ginecologista dela é que sabe. Eles se espicharam e continuaram tagarelando e fazendo piadas rumo ao necrotério.

Eles desceram do ônibus e ficaram parados na esquina por um tempo enquanto o ônibus lentamente rugia para longe, e a fumaça de diesel flutuava despercebida em torno deles. Acenderam cigarros e saborearam a delícia da primeira tragada enquanto olhavam ao redor antes de atravessarem a rua. Desceram pela rua parcamente iluminada, pela parte de trás, passaram sobre a cerca baixa e rapidamente pela passarela que levava ao túnel, dobraram num acesso pequeno e estreito e tocaram a campainha como o movimento de abertura da Quinta de Beethoven, DAN DAN DAN DAAAAAAN. Tinha um seriado antigo chamado *Spy Smasher*, e a música de abertura de cada episódio era o começo da Quinta de Beethoven enquanto um v enorme aparecia na tela e o código morse para v aparecia abaixo, ponto ponto ponto traço. Angel adorava aquele seriado. Ele achava demais Beethoven os ter ajudado a vencer a guerra. Aquele era o código secreto dele para tudo. Angel os espiou por um segundo, depois abriu a porta de leve, Rápido, antes que o ar puro entre. Eles deslizaram para dentro, e Angel fechou a porta bem fechada. O ar quente e úmido de verão foi deixado para trás e subitamente estava fresco, muito fresco. Eles passaram pelo maquinário, subindo pela escada de metal até o escritório. Estava repleto de fumaça, que rodopiava conforme a porta abria e fechava, parecendo exótica sob a luz azul. Tony, Fred e Lucy estavam sentados no chão, ouvindo a música do rádio em cima da mesa. Qualé, cara? Ei, mano, o que tá pegando? Como vai, meu bem? Ei, meu velho, qualé que é? As coisas andam boas, Harry. O que tá rolando, mano? Daora, mano. Harry e Tyrone se sentaram, se escoraram na parede e começaram a se mover mais devagar, no ritmo da música. Alguma função hoje de noite, Angel? Ei, cara, sempre tem alguma função aqui. Aqui é um pico agitado quando o Angel tá na área, saca? Tão de boa? Ainda não. Tá chegando já já. O Gogit tá a caminho. Ó, daora cara. Ele sempre consegue um bagulho do bom. O toque de campainha *Spy Smasher* fez com que Angel levantasse e saísse do escritório. Ele voltou um minuto depois com Marion e Betty. E aí, o que tá rolando, cara? Qualé que é? Qual é a boa, mano? Tudo tranquilo, tudo tranquilo. Sabe como é, o de sempre. Elas se juntaram aos demais no chão, Marion se sentou perto de Harry. Tyrone olhou para Fred, Tá com uma cara boa, velho. Sabe como eu sou, cara, só força e saúde. Que foi que você fez, trocou de embalsamador? Pooorra, cara, tem presunto no caixão parecendo em melhor estado que você. Aahh, profundo isso, cara. Ah, pooorra. Se esse mano entra na sala, os presuntos saem todos correndo. Ah cara, isso foi bem escroto. Não deixa cagarem na sua cabeça, cara, abre a boca. Quer saber, mano, vocês são todos uns degenerados. As risadinhas se transformaram em gargalhadas cada vez mais altas. Aí, quem foi que te deixou sair sem coleira. Ahhh, essa foi — PONTO PONTO PONTO TRAAAAÇO. Angel saiu rodopiando da sala, e o silêncio se manteve com a mesma naturalidade que começou, todos achando que era Gogit e esperando vê-lo entrar gingando pela porta. E ele entrou. E aí, parceria, qualé que é? E aí, mano. Toca aqui, parça — *slap*. Tá de boa, mano? Pooorra, se tô de boa? Que porra cê acha que vim fazer aqui, sacar a decoração? É, tá meio morto, né? Tô com um bagulho fera, cara. É tipo di na mite, vindo direto dos italianos. Todo mundo começou a puxar a grana. Gogit colocou a heroína na mesa e coletou a grana. Bora. Todo mundo saiu do escritório e começou a vaguear pela sala refrigerada e mal iluminada, catando suas seringas pelas rachaduras, em fendas, debaixo das chapas do piso, atrás de máquinas, entre tijolos frouxos. Não importa quantos outros kits tivessem escondidos pela cidade, todos sempre tinham um kit guardado no Necrotério do Condado do Bronx. Eles voltaram ao escritório, pegaram seus copos de papel cheios de água e cada um separou para si uma pequena porção no piso. O rádio continuava ligado, mas a concentração era tão intensa que ninguém ouvia a música ou qualquer coisa além da própria colher enquanto cuidadosamente colocava a heroína nela, e então acrescentaram água e esquentaram até a droga se dissolver, sugaram o líquido pelo algodão na colher com a seringa, e então amarraram o braço. Todos sabiam que não estavam sozinhos na sala, mas não prestavam absolutamente nenhuma atenção ao que acontecia ao redor deles. Quando a veia favorita estava pronta, enfiaram a agulha nela e assistiram a primeira bolha de sangue pulsar pelo fluido e disparar até a superfície, os olhos grudados nela, os sentidos cientes apenas do fato de que tinham descolado uma parada boa e que o estômago pulsava em antecipação, e, então, apertaram o êmbolo e mandaram o lance para a veia, esperando pela primeira onda, e então deixaram a seringa encher de novo com sangue e injetaram de novo e só seguiram o fluxo, conforme a pele ia ficando ruborizada e sentiam o suor escorrer sobre a pele, e então encheram suas seringas com água e deixaram a agulha no copo com água enquanto se escoravam na parede e acendiam um cigarro, seus movimentos lentos, os olhos abertos pela metade, calmos e tranquilos por dentro; o ar calmo, suas vidas livres de qualquer preocupação; suas falas mais lentas, mais baixas. Harry começou a futucar o nariz. Ei, cara, essa porra é de outro mundo. Gogit, meu velho, você é foda. Pode apostar que sou, caralho. Você já viu todos os outros, agora tá vendo o melhor. As risadas eram baixas e vagarosas, ahhh, bom demais. Ei, velho, acha um vencedor aí.

O mindinho esquerdo de Harry ainda estava enfiado nas profundezas do nariz, suas sobrancelhas unidas em concentração profunda enquanto vasculhava, todo seu ser envolvido no prazer sensual da busca, a satisfação quase orgástica de encontrar alguma substância sólida para ser solta e puxada pelas bordas ressecadas com a unha, e então extraída com cuidado da escuridão da caverna para a terna luz azul, para ser prazerosamente enrolada entre as pontas dos dedos. O som de sua voz soava relaxante aos ouvidos, refletia contentamento e paz interior. Fica de boa aí, cara. Cada um com seu lance, né? Marion beijou Harry no pescoço, Acho você lindo, Hare. Gosto de ver um homem se divertindo. As risadas ficaram um pouco mais intensas, mas ainda eram baixas e, ahhhh, muito vagarosas. Pooorra, por que vocês todos não deixam o mano fazer o lance dele em paz? Deve ser uma bosta, velho, ser viciado em ranho. Sim, se ele quiser emagrecer uns cinco quilos, é só futucar o nariz. Eu devia dizer isso pra minha irmã. Ela tem o dobro do meu peso. Ela fica realmente de cara quando me vê. Bom, mano, é só dar pra ela uma herôzinha que o rabo banhudo dela já era, rapidinho. Ei, velho, tem certeza de que seu dedo não tá trepando com seu nariz? Ei, Harry, quer um dedo emprestado? Pooorra, por que vocês não param de encher a porra do saco dele? Pooorra, é tão gostoso quanto uma xoxota, né, Harry? Manda ver, bicho, manda ver!!! Harry sorriu enquanto os demais riam e parou para dar uma tragada no cigarro, então limpou a ponta do nariz com as costas da mão. Eu devia mandar prender vocês todos por interferirem na minha liberdade religiosa. Betty fez o sinal da cruz na frente dele, Em nome do pai, do filho e do espírito ranho. Harry riu junto, e Angel aumentou um pouco o volume do rádio, e gradualmente começaram a balançar a cabeça e estalar os dedos no ritmo da música. Ei, Angel, algum cliente interessante por aqui? Nah, são todos uns duros, ha ha ha. A cabeça de Angel sacudia pra cima e pra baixo enquanto ele ria, e, quando ele falava, as palavras disparavam em meio à risada, todos adoram se fazer de mortos. Pooorra, aposto que eles são mais bonitos que você, mano. Não fala isso. Acho o Angel bonitinho. Sim, haha, tipo o conde Drácula. Seja bem-vindo. Beba seu sangue logo, antes que coagule. Lucy deu uma risadinha por alguns segundos, balançando a cabeça. O que será que aquele cara faria aqui, hehehe, o otário ia passar fome. Pode crer, cara. Tudo que ele tinha que fazer era dar uma mordida na cabeça do Gogit pra ter uma overdose. Seria uma cena engraçada, um vampiro doidaço. Harry colocou os braços em torno de Marion e a puxou para perto dele, Relaxa, mina, ou te mordo na goela, e começou a dar mordidinhas no pescoço dela. Ela riu e se contorceu, e logo os dois cansaram e ficaram apenas escorados na parede, sorrindo intensamente. Falando sério, Angel, pinta de vez em quando alguém especial por aqui, tipo umas figuras jovens, bonitas? Pooorra, esse pau no cu é papa-defunto, cara. Todos estavam dando risadas e se coçando. Tudo bem, velho, eu entendo. Tem gente que gosta delas quentes; e outros, frias. Ei, Gogit, o que você misturou no bagulho do Fred? Marion ria e se engasgava com uma tragada de fumaça, Ei, Fred, vai pro outro lado da sala. Eu me sentiria bem mais segura. Todos riam e esfregavam o nariz enquanto zoavam Fred, tragando seus cigarros. A fumaça estava se tornando tão espessa que a luz azul fazia a sala parecer como se um pequeno pedaço de céu azul tivesse caído nela. Pooorra, nem ligo pro que tinha no bagulho, quero é saber o que você vai fazer com isso. Primeiro, ele tem que achar o negócio. Tinha uma aqui ontem que era uma boneca, cara. Tipo, maravilhosa. Um nocaute. Ruiva. Uma ruiva de verdade, corpo de cavala. Tinha umas tetas assim, um rabo daqueles. Fred olhou em volta e falou tão rápido quanto a droga permitia, Sério mesmo, bicho? Quantos anos ela tinha? Ah, o que vou dizer? Uns 19 ou 20. Pooorra, não é uma sacanagem? Esse merda tá preocupado com a idade dela. Ele tem escrúpulos, cara, ele não quer ser pego com ninguém menor de idade. Né, Fred? Todos sorriam os sorrisos mais largos possíveis e riam, Sabe de uma coisa, vocês são uns doentes. Ei, para com isso. É ecologicamente correto. Você tem que reciclar tudo, cara. Os rostos ainda sorriam, e as cabeças ainda balançavam, e as risadas ficavam um pouco mais altas. Pooorra, vocês branquelos de merda são esquisitos, parça, esquisitos mesmo. Parecem um bando de canibais desgraçados. Ei, cara, por que toda essa comoção? Tava só fazendo uma pergunta na boa. As risadas se tornavam um pouco mais altas e enérgicas. Ela morreu do quê? Quem disse que ela tava morta?

Era uma visita, ha ha ha. As cabeças pararam de balançar, começando a tremer. Essa foi boa, hein? Quase peguei você, né? Sabe de uma coisa, parça? cê tem o trampo certo porque seu cérebro tá morto, mano, morto mesmo. A mão de alguém aumentou o volume do rádio, e a música se insinuou pela fumaça azul, acima dos risinhos e gargalhadas. Ei, saca o gogó desse camarada. Todos balançavam a cabeça no ritmo da música. Isso aí, fala pra eles, mano, a gente com certeza precisa de alguém pra se apoiar. Ah, se apoia em mim, cara, *se apoia em mim!*[2] Sacou o que ele disse sobre os seios dela estarem sempre de fora? Que tipo de doido é esse, ela fechou as pernas? Ei, Angel, por que você não relaxa, cara? Os olhos de todos estavam abertos pela metade por causa da fumaça e da heroína, e os rostos se esticavam e sorriam conforme ouviam as palavras. Ei, mina, tem espaço pra mim no seu estacionamento? Fred sorriu e estalou a língua algumas vezes, e Lucy manteve sua atenção na corrente de fumaça saindo do cigarro, sacando a diferença entre a cor da fumaça saindo da brasa e a da outra ponta. Me dá um pouquinho de coca e simpatia que você descobre, otário. Ouviam-se risadinhas, Ahhhhh, ela é malvada, meu parça. Todos ficaram subitamente silenciosos enquanto escutavam a parte da letra que falava sobre *sonhar*, cada um a seu modo pensando que não precisava de ninguém com quem sonhar, que essa parada de primeira servia de boa. ...

Então, todos se ligaram nos versos seguintes e riram, tirando onda e sorrindo, É, agora, sim, velho, preciso de alguém em quem gozar. Isso, dá pra mim, mina, uh huuuhu. Lucy olhou com os olhos entreabertos na direção de Fred, Não olha pra mim, cara, melhor procurar sua mãe. Os outros começaram a rir de leve. Aaaaah, ela é má, parça. Fred riu tão alto quanto pôde e mesmo assim não conseguia ouvir a si mesmo. Ele tentou olhar para Lucy, mas não conseguia erguer a cabeça, guardando a energia para tragar o cigarro. A cantoria seguia, e eles escutavam e saboreavam cada palavra, degustando-as em sua mente. Harry colocou um cigarro novo na boca e tentou alcançar o de Tyrone para acender, mas Tyrone afastou a cabeça e jogou para ele uma caixa de fósforos. Harry

2 Fragmento da letra de "Let it Bleed", dos Rolling Stones. [NT]

olhou para ela um momento, então lentamente a pegou do chão e passou pelo processo de catar um fósforo, acendê-lo, erguê-lo o mais alto que conseguia, baixar a cabeça o máximo possível e, então, acender o cigarro. Isso, pega tudo, mano, só não fode minha cabeça. Ah, que agradável *com pa nhia*. Ei, cara, toca aquela de novo. Por quê, em quem você quer sangrar agora? Pooorra, eu não ligo desde que não seja sangue meu. Cara, o único sangue que quero ver é o que tá na minha seringa antes de injetar aquela merda de volta na veia. Pooorra, você tem ideia fixa, parça. É, e tem picada por tudo que é lado no braço dele. As risadas e risinhos já eram quase gargalhadas, e eles balançavam a cabeça no ritmo da agitada música, dando uma tragada ocasional no cigarro, olhando o cinza monótono do piso de concreto onde estavam sentados sem perceber, atentos ao que sentiam e, cara, eles se sentiam beeeem. As últimas notas ainda ecoavam na cabeça deles quando outra música começou. Ei, você curte isso que tá tocando? Pô, não ouço isso desde antes de começar a injetar bagulho. Pooorra, disco nenhum é antigo assim, parça. Marion se apoiou confortavelmente no ombro de Harry, os olhos e o rosto dela relaxados num sorriso. Lembra quando a gente ia assistir esse cara no centro? Lembro ... A voz tão cheia de nostalgia que quase dava para ver as memórias flutuando pela fumaça azul, memórias não apenas de música, alegria e juventude, mas, talvez, de sonhos. Eles escutavam a música, cada um ouvindo do seu próprio modo, se sentindo relaxados, parte da música, parte uns dos outros, quase parte do mundo. E, assim, mais uma noite agitada no Necrotério do Condado do Bronx flutuava lentamente em direção a outro dia.

O telefone tocou pela segunda vez, e Sara Goldfarb se inclinou pra frente enquanto continuava ajustando a antena da TV, dividida entre saber quem estava ligando e se livrar das barras que subiam de tempos em tempos pela imagem, e ela soltou um ahhhhhh enquanto ficava tensa e se contraía, se inclinando mais e mais para perto do telefone enquanto ele tocava de novo, uma das mãos alcançando o fone enquanto as pontas dos dedos da outra continuavam a tatear a antena, um centímetro por vez. Já vai, já vai. Não desliga, e ela se lançou ao telefone na metade do sexto toque, quase caindo sentada na poltrona. Alô! Sra. Gold-farb? Sra. Sara Goldfarb? É ela. Quem fala. A voz era tão animada e alegre, tão entusiasmada e real que ela se voltou para o aparelho de TV para ver se a voz vinha de lá. Sra. Goldfarb, aqui quem fala é Lyle Russel, da Corporação McDick. Ela olhou para o fone. Ela sabia, com certeza, que a voz vinha de lá, mas soava igual à do anunciante na televisão. Ela mantinha ao menos um olho na televisão enquanto escutava e falava com Lyle Russel, da Corporação McDick. Sra. Goldfarb, *a senhora* gostaria de participar de um dos programas mais *emocionantes*, mais *inspiradores* da televisão? Ahhh eu? Na televisão???? Ela continuava olhando do telefone para a televisão, e de volta, tentando olhar ambos ao mesmo tempo. Hahaha, imaginei que gostaria, sra. Goldfarb. Percebo pela receptividade em sua voz que a senhora é exatamente o tipo de indivíduo que queremos em nossos programas. Sara Goldfarb ficou ruborizada e piscou, Nunca imaginei que fosse aparecer na televisão. Sou só uma — Ah haha, sei como se sente, sra. Goldfarb. Acredite quando digo que sinto a mesma empolgação que a senhora por fazer parte desta indústria fantástica. Me considero um dos homens mais sortudos no mundo, porque todo dia tenho a chance de ajudar pessoas como a senhora, sra. Goldfarb, por fazer parte de uma programação da qual não apenas nós, mas toda a indústria sente orgulho — não, o país todo sente orgulho. A mãe de Harry segurava a parte de cima do vestido, sentindo o coração palpitar, os olhos piscando de empolgação. Ah, nunca sonhei ... A voz de Lyle Russel ficou séria. Muito séria. Sra. Goldfarb, sabe a que programas me refiro? Faz alguma ideia? Não ... Eu ahm ... Estou assistindo um da Ajax, mas não tenho certeza ... Na televisão???? Sra. Goldfarb, está sentada? Se não está, por favor, sente-se imediatamente, porque, quando te contar de que programas estou falando, a senhora vai ficar tonta de alegria. Estou sentada. Já estou sentada, Sra. Goldfarb, falo de nenhum outro senão ... sua voz parou subitamente, e Sara Goldfarb segurou ainda mais forte a parte de cima do vestido, olhando com olhos arregalados o telefone e a televisão, sem ter certeza de qual aparelho a voz sairia. Quando ele falou, sua voz era profunda, grave e cheia de sentimento — Sra. Goldfarb, nós representamos os programas de perguntas e respostas na televisão. Ahhhhhh ... Ele aguardou dramaticamente enquanto Sara Goldfarb se recompunha, a respiração dela audível acima das vozes na televisão. A voz de Lyle Russel tinha uma autoridade dramática, Sim, sra. Goldfarb, e além deles — além deles, eu disse, os novíssimos programas que vão exibir na próxima temporada; os programas nos quais milhões de americanos querem estar; os programas que são ansiosamente aguardados por milhões — Eu ... eu ... na — Ah eu não consigo nem — Sim, sra. Goldfarb, a senhora mesma. Sei como se sente, está se perguntando por que a senhora teria essa sorte, enquanto tantos milhões dariam tudo para estar em um desses programas — Ah, não sei dizer ... Bom, sra. Goldfarb, não posso dizer por que teve essa sorte, acho que Deus simplesmente tem um lugar especial no coração dele para a senhora. Sara Goldfarb caiu contra o encosto da poltrona, uma das mãos agarrada desesperadamente ao gancho do telefone, a outra à parte de cima do vestido. Seus olhos se esbugalharam. A boca ficou aberta. Pela primeira vez em muito tempo, ela não enxergava a televisão. A senhora vai receber todas as informações necessárias pelo correio, sra. Goldfarb. Até mais e ... Deus te abençoe. Clique.

Visões de anjos do paraíso passavam diante da mãe de Harry enquanto um salmista cantava de modo reconfortante para ela, antes de serem dispersadas pelo zumbido do telefone na mão dela e da garrafa de desinfetante explodindo em um tornado branco. Ela inspirou. E então expirou. O fone. Sim. O fone vai no gancho. Fica pendurado. Aahaaaaaa. Clec clec. Ela errou o gancho. Ela olhou para o fone por um momento, depois o pegou e colocou delicadamente no gancho. Na televisão. Ai, meu Deus, na televisão. O que vou vestir???? O que tenho pra vestir? Deveria usar um belo vestido. Imagina se a cinta não servir? Está tão quente. Sara olhou para si mesma e revirou os olhos. Talvez eu vá suar um pouquinho, mas preciso da cinta. Talvez devesse fazer uma dieta? Não vou comer. Vou perder uns treze quilos antes mais ou menos. E aí com a cinta vou ficar parecendo a Spring Byington[3] ... um pouquinho ... mais ou menos ... Meu cabelo! Vou pedir para Ada arrumar meu cabelo.

---

3   Atriz estadunidense ativa entre as décadas de 1930 e 1960. [NT]

Talvez eles façam isso. Especial. Ah ... eu devia ter perguntado ... perguntado para quem? Como era o nome dele? Vou lembrar, vou lembrar. Vai voltar. Ele disse que mandariam tudo pelo correio. Fico bonita de vestido vermelho com — Não! Vermelho não fica tão bem na TV. Não fica bacana, é meio estranho, borrado. E sapatos, uma bolsa, brincos, um colar e um lenço com lacinho A A A A, Sara balançava a cabeça, segurando as têmporas, revirando os olhos e erguendo os braços, as palmas voltadas para cima, depois curvando as mãos e batendo uma na outra, e depois subitamente cessando todos os movimentos, sentada ereta na poltrona por um momento, Vou olhar no closet. É isso que vou fazer. O closet. Ela fez um gesto afirmativo, levantou-se da poltrona, foi até o quarto e começou a vasculhar os closets dela, tirando vestidos de cabides, os erguendo na frente dela e jogando sobre a cama; engatinhando com as mãos e joelhos enquanto investigava os cantos mais escuros e remotos do closet, encontrando sapatos quase esquecidos e cantando uma canção sem letra, monótona e desafinada, enquanto tirava o pó deles e provava par após par, se desequilibrando ao calçar alguns deles, os pés calejados escapando pelas laterais, esticando as tiras, e então fazia pose em frente ao espelho olhando para os sapatos e as pernas riscadas e salpicadas de azul. ... Ah, como ela adorava os sapatos dourados, todos eles. Por fim, ela não conseguiu resistir. Vestiu o vestido vermelho. Sei que vermelho não fica tão bom na TV, mas gosto do vestido vermelho ... amo ele. Ela posou, olhou por sobre o ombro para o espelho ... e então por cima do outro ombro, ajustando o comprimento em várias alturas, tentando fechar o zíper, mas, depois de um centímetro e vários minutos de esforço se espremendo, se enfiando, se ajeitando, ela desistiu e ficou de pé com o zíper aberto em frente do espelho, gostando do que via ao olhar com os olhos de um passado distante para si mesma, no maravilhoso vestido vermelho e nos sapatos dourados que tinha usado no *bar mitzvah* de Harry ... Seymour ainda era vivo na época ... nem sequer tinha adoecido ... e o bebê dela parecia tão lindo com seu — Ah, isso já passou. Acabou. Seymour morreu e o — Ah, vou mostrar pra Ada. Ela segurou firme as costas do vestido enquanto aguardava um intervalo comercial, depois bateu à porta vizinha para chamar sua amiga Ada. E aí, onde é a festa? Festa uma pinoia. É como se fossem todas as festas de uma vez. Quando te contar, você vai cair da cadeira. Uma cadeira baixa, espero. Elas se sentaram na sala de estar estrategicamente para que pudessem manter um olho e um ouvido atentos à televisão enquanto discutiam aquela ocasião ímpar, que tinha feito Sara Goldfarb colocar seu deslumbrante vestido vermelho e os sapatos dourados que tinha usado no dia em que Harry, o bebê dela, teve seu *bar mitzvah*, uma ocasião tão importante e inimaginável que Sara estava em estado de choque, tão grande que, embora não precisasse de atendimento médico, a fez recusar um pedaço de *halvah*. Sara contou a Ada sobre a ligação e sobre como iria aparecer na televisão. Ela, Sara Goldfarb, iria aparecer na televisão. Ada ficou olhando por um momento (escutando com uma orelha o fim da cena na novela). É sério? Você não mentiria pra mim? Por que eu mentiria pra você? Pra que foi que me vesti, pra ir ao supermercado? Ada continuava olhando (a música dizia a ela que ocorria uma transição de cena. Ela soube instintivamente que um comercial começaria mesmo antes que houvesse aquele aumento súbito no volume e uma explosão na tela). Quer uma xícara de chá? Ela levantou e se dirigiu para a cozinha. Sara foi atrás. A água foi rapidamente fervida, e cada uma tomou uma xícara de chá quando voltaram à sala de estar, bem no fim dos comerciais, e se sentaram nas mesmas posições estratégicas, com uma orelha e um olho atentos à televisão, enquanto discutiam e especulavam sobre a enormidade do evento vindouro na vida de Sara Goldfarb, um evento de proporções e importância tão prodigiosas que a infundia com um novo desejo de viver e materializava um sonho que iluminava seus dias e acalmava suas noites solitárias.

Hubert Selby Jr.
Réquiem para um Sonho

Harry e Tyrone C. caminhavam pelo parque, gastando a maior parte de sua energia tentando evitar os garotos que corriam berrando ou voando em patins e skates, sem nunca saber de que lado ou direção o ataque poderia vir. Pooorra, não sei por que eles têm que ter férias de verão. Eles tinham que manter esses merdinhas na escola o tempo *todo*. Tá brincando? eles colocariam a escola abaixo. Assim eles economizam dinheiro do contribuinte. Não é uma palhaçada mesmo? um pau no cu que não trabalhou um dia na vida preocupado com o dinheiro do contribuinte. Ei, cara, é preciso ficar atento a essas coisas. Qual seu problema, você não é responsável? Ahhhh, saca só essa merda, o bonitão perdeu o rebolado. Qualé, mano, vamos pegar um treco pra comer, você tá mesmo na pior. Eles foram até um carrinho de cachorro-quente e pediram dois com cebola, mostarda e pimentão vermelho e uma garrafa de refrigerante. Quando terminaram, foram o mais longe possível do playground e se espicharam na grama. Sabe, cara, eu não tava brincando sobre descolar aquela droga. Ei, mano, tô dentro. Bom, então vamos parar de putaria e fazer isso. Pooorra, e pagar com quê? A gente não tem grana. Sério mesmo? Achei que a gente tava com o rabo cheio de dinheiro. Só se for lá mesmo. Bom, vamos parar de palhaçada e pensar num jeito de levantar uma grana. De quanto a gente precisa? Não sei exatamente. Uns duzentos. Melhor chegar lá com quatrocentos, assim você sabe que tem o suficiente, independente do que rolar. Tem certeza que Brody consegue descolar uma onça para nós? Cara, de que porra você tá falando? É claro que tenho certeza. Mesmo depois dele tirar uma carinha, ainda vamos ter o suficiente para cortar pela metade, dobrar nossa grana e ainda ficar com uma bela quantia pra nós. Eu pilho. O bagulho dele é sinistro mesmo. Mas não quero pegar pesado nesse negócio, velho. Não quero zoar o esquema todo ficando viciado. Pode crer. É só ficar de boa e aí vamos ter toda uma rede de noias ranhentos vendendo nosso bagulho. É, só dá pra fazer assim, cara. Já vi malandro ficar na fissura, cagar o lance todo e acabar na tranca. Pooorra, a gente é esperto demais pra isso, mano. É, fazendo um toca aqui. E onde a gente descola a grana? Eu sei lá, mano, só não quero ter que sacanear ninguém. Nunca puxei uma cana e quero continuar assim. Ah, cara, relaxa. Eu sou o quê, um gângster? A tv da minha coroa é uma coisa, mas um assalto já é outra. A gente podia vender cachorro-quente. Ah, claro, e quem vai empurrar o carrinho? Não olha pra mim, mano, sou vendedor. Hahaha, seria uma cena e tanto ... nossa, consigo até ver, você abre o pão, eu largo a salsicha, aí tiramos no cara ou coroa pra ver quem coloca mostarda. Bom, pelo menos a gente não ia passar fome. Bom, velho, não tô preocupado com isso. Qualé, Ty, pensa aí. Deve ter um jeito da gente levantar duzentão rápido. Eles fumavam, franziam a testa e se coçavam, então Tyrone jogou a bituca fora e esfregou a cabeça, meio que a alisando para ativar a massa cinzenta ... e para aliviar qualquer coceira que pudesse ter. Sabe, tem dois caras que vão até o jornal tipo, quatro, cinco da manhã e ajudam a carregar os caminhões. Quanto eles ganham? Não sei, cara, mas sei que eles tão sempre vestindo uns pano massa e dirigem uns carango daora. Ah é? Harry olhou para Tyrone por um instante. Hummmmmmm. Que você acha? Tyrone ainda esfregava a cabeça, agora meio que a acariciando. Bom, velho, vou te falar, não curto muito essa parada de trampar, quer dizer, não curto mais do que você curte. É ... cinco da matina. Nossa. Acho que até quem trabalha em bar tá dormindo a essa hora ... mas ... Harry continuava encarando, e Tyrone C. Love continuava esfregando a cabeça. Que você acha? Sei lá, mano. ... Mas acho que de repente a gente podia meio que ver o que rola por lá. Harry deu de ombros, Porra, e por que não? Tyrone parou de esfregar a cabeça e estapeou a palma da mão de Harry, e então Harry estapeou a dele, e eles se levantaram, foram da grama para a trilha e então seguiram por ela pelo parque até a rua, enquanto dois pardais davam um rasante para pegar algumas migalhas de biscoito. Harry pensou em voltar a morar em casa enquanto estivessem trabalhando, para conseguir acordar no horário. Se eu falar pra coroa que consegui um emprego, ela com certeza me deixa ficar. Acho que a gente tem que acordar ali pelas quatro, hein? pra conseguir chegar no horário ... quatro da matina, parece impossível. Então só pensa naquele bagulho purinho, mano, isso vai fazer você levantar o rabo. Pode apostar. Se eu tiver que levantar, você vai levantar. Eles riram e estapearam as palmas das mãos, Harry estava prestes a se virar e seguir rumo à sua nova rotina, que os tornaria traficantes graúdos, quando avistaram um amigo passando apressado pela rua. Ei, o que tá rolando aí, mano? Parece até que os gambé tão atrás de você. Qual é a pressa? Sabe o Little Joey, o fita com a orelha rasgada? Sim, claro. Do outro lado da avenida. Isso, esse cara. Ele, o Tiny e algum outro fita tinham acabado de descolar bagulho com o Windy, e antes de Joey injetar a seringa toda ele capotou, parça. Overdosou, assim. Disseram que ele usou só uma carinha e apagou. Aí o Tiny preparou uma carinha pequena, só pra ficar de boa, saca, e ficou totalmente lesado, parça. Sério? Certeza disso? Pode crer que sim. Por que você acha que tô correndo pra goma do Windy? Quero chegar lá antes que ele saque o que tem, parça. Aquele pau no cu é viciado faz tanto tempo que nem mijo de burro deixa ele chapado. Harry e Tyrone se juntaram na corrida até Windy. Eles sempre poderiam trabalhar em algum outro momento, mas não é sempre que você tem a chance de descolar uma parada *si nis tra* daquelas.

Na noite seguinte, eles ainda tinham um resto, era boa desse jeito. Cara, alguém com certeza fez cagada. Essa parada tinha que ter sido cortada pelo menos uma meia dúzia de vezes. Pooorra, melhor não ter muito por aí, parça, senão vai ter um monte de maluco morto nesta cidade. Velho, o que é mais um par de defuntos nesta cidade? Pooorra, fazem o maluco pirar tentando entender o que tá rolando.

Eles se sentiam calmos e se deram conta de que não fazia sentido pensar em ir para o trabalho pela manhã, dali a poucas horas. Não fazia sentido arruinar uma bela chapação com trabalho. Decidiram colar no apê do Tony pra ver o que estava rolando.

As ruas estavam cheias com as ações e sons de uma noite de verão. Degraus de entrada e escadas de incêndio estavam cheias de pessoas, e havia centenas de jogos de dominó e cartas, os jogadores cercados de curiosos, latas de cerveja e garrafas de vinho sendo passadas adiante. Moleques passavam correndo pelos jogos, e os jogadores automaticamente gritavam com eles, sem tirar os olhos do jogo ou parar de beber. Era uma bela noite. Um entardecer agradável. Parecia haver estrelas em algum lugar, e era fácil desviar do lixo e da merda de cachorro nas ruas. Uma noite realmente linda.

Tony morava em um *loft* convertido num antigo prédio industrial. Na verdade, por convertido entenda-se que tinha uma cama em uma ponta e um fogareiro e uma geladeira na outra. No meio havia um bocado de espaço. Normalmente, o espaço era pontuado por pessoas chapando, chapando mais ainda, ou se perguntando por que ainda não estavam chapadas. Quando Harry e Tyrone chegaram lá, havia algumas pessoas sentadas pelo chão. Tony estava sentado na única poltrona, uma poltrona grande, toda estufada, desfiada e rasgada, com braços enormes que faziam parecer como se ela fosse se fechar em torno de Tony e de algum modo engolir e digeri-lo, e ele acabaria em uma prateleira em algum lugar, no canto escuro e empoeirado de uma loja de mobília de segunda mão, encarando um gato sentado no piso olhando para ele, com um sinal de "não está à venda" pendurado no peito. Ele assistia à televisão, e o aparelho era grande e velho, um acompanhamento ótimo para a poltrona, perfeitamente integrado ao *loft*. Tony tinha um cachimbo d'água chinês pendurado em um cordão ao redor do pescoço. A câmara estava cheia de haxixe, e ele dava um pega de tempos em tempos, sempre olhando para a TV. Algumas pessoas estavam sentadas em volta de um narguilé que tinha sido enchido com vinho, a câmara de combustão cheia de maconha, com um pedaço de haxixe em cima. Eles se agacharam perto dos outros. Que tá rolando, velho? Ei, mano, qualé o esquema? Que tá rolando? O mesmo de sempre, velho. O bocal do narguilé foi passado para Harry, e ele sugou por um tempo e então passou para Tyrone. Quando Harry finalmente exalou, inclinou-se pra trás e olhou pra Marion. Como vai? Ah, mesma coisa de sempre. Harry apontou com a cabeça para o narguilé, Esse *hash* é do bom. Anrram. Tá lesando geral minha cabeça. Acalmou ela na hora. Os olhos de Harry estavam levemente fechados, e o rosto relaxado em um sorriso. Foi o que imaginei. Tá com uma cara muito boa mesmo. O rosto de Marion se abriu em um sorriso súbito, e ela deu uma risada, É pra ser um elogio ou um convite pra te ofender de volta? Harry esticou os braços e deu de ombros, seu rosto ainda com um sorriso sonolento. Às vezes, não sou muito gentil quando estou chapado. Marion riu um pouco mais alto, Talvez, mas você fica bem mais sociável. Sabe, você tem um sorriso muito bonito quando relaxa, que nem agora. Harry riu e então se inclinou um pouco mais pra perto, Não tenho escolha, mina, me sinto tão relaxado que parece que vou derreter. Marion riu, apertou a mão de Harry e então pegou o bocal, deu mais um pega e passou para Harry. Ele riu, É bem do que preciso agora ... sabe, pra meio que me ajudar a aliviar a tensão, saca? Marion assentiu e se segurou para não rir enquanto segurava a fumaça nos pulmões. Tyrone empurrou o bocal para mais perto do rosto de Harry, Qualé, meu velho, pode falar groselha depois. Só dá um pega e passa adiante. Harry deu um pega, se concentrando o máximo possível, e então passou o bocal para Fred. Tyrone observou enquanto Fred sugava o bocal em um fôlego longo e contínuo, que pareceu durar uns cinco minutos, ameaçando fazer o haxixe explodir em chamas, brilhando intensamente sob a força do ar. Caramba, esse pau no cu vai sugar o haxixe pelo bocal. Vê se ele não tem um buraco na parte de trás da cabeça, esse ar todo tem que estar indo pra algum lugar. Fred finalmente tirou o cano da boca e passou para Tyrone, um sorriso amplo e besta em seu rosto, ainda prendendo o fôlego enquanto grunhia, Não seja guloso, mano. Tyrone começou a rir, segurando o bocal com as duas mãos, os outros começaram a dar risadinhas, e Tyrone olhou para o chão, sacudiu a cabeça e então olhou para Fred, que ainda portava um grande sorriso sacana na cara, e Tyrone começou a rir ainda mais, e os outros começaram a rir e a balançar a cabeça, não conseguindo evitar olhar para Fred sentado com aquele sorriso cretino, que ia ficando cada vez maior, e, então, um movimento contínuo se formou, e não importava o quanto tentavam, não conseguiam parar de rir, e Fred continuava prendendo o fôlego, embora sentisse como se estivesse sufocando, seu rosto cada vez mais vermelho, os olhos esbugalhados, e Tyrone continuava apontando para ele, balançando a cabeça, rindo e tossindo, Poo ... Poo ... e finalmente Fred soltou o ar e rapidamente deu mais uma tragada, sacudindo a cabeça pra frente e pra trás, Caramba, e os outros riam incontrolavelmente, e Tony deu mais um pega no cachimbo e fez uma careta para a televisão quando a história foi interrompida por um comercial, depois por mais outros e, depois, por um intervalo e mais alguns comerciais, e Tony deu outro pega e ficou se contorcendo na poltrona e começou a grunhir por entre os lábios sobre toda aquela palhaçada de merda, ele queria ver a porra do programa, não algum cachorro de merda comendo carne de cavalo, e então começou a gritar com a TV, Vai lá, vira-lata de merda, enfia o nariz nas calçolas dela. Qual o problema, não gosta de peixe? Hein? Não gosta de peixe, cachorro bicha de merda? Os demais tinham parado de rir e já tinham parado fazia algum tempo de fumar haxixe, ficando simplesmente reclinados ouvindo música e papeando, e então começaram a meio que observar e ouvir Tony, e as risadinhas começaram de novo. Ei, mano, você não devia falar das bichas assim com o Harry por perto, fere os sentimentos dele. Fred ficou com aquele sorriso cretino de garoto do interior na cara, Como você sabe que ele é bicha? Talvez ele seja só uma machorra, e subitamente ele começou a desmoronar rindo, caramba, vou me cagar de rir, hahahahahaha, macho, machorra, hahahahaha, caramba, hahaha; Tony ainda grunhia de modo incompreensível, e os outros davam risadinhas enquanto viam Fred rindo e balançando a cabeça, e, quando a risada dele começava a diminuir, ele começava a balbuciar de novo sobre macho, machorras, e todos começavam a dar risada de novo, e Tony levantou, o cachimbo pendurado no pescoço, foi até a cômoda, tirou algo de uma gaveta, se jogou de novo na poltrona, sumindo de vista atrás dos braços envolventes dela, colocou um pedaço novo de haxixe na câmara e acendeu dando duas longas tragadas enquanto o programa começava de novo, depois se acomodou e assistiu ao programa em silêncio, sem se mexer. Fred, finalmente, tinha cansado e não conseguia rir mais, embora continuasse balançando a cabeça e sorrindo, e os outros evitavam olhar para ele porque, quando olhavam, começavam a rir, e a barriga de todos já doía de tanto rir, então olhavam para qualquer lugar exceto para Fred, e Harry e Marion se afastaram dos demais e se esparramaram em umas almofadas velhas, escorados contra a parede, ouvindo parcialmente a música e dirigindo a maior parte de sua atenção um ao outro. Você mora sozinha ou divide com alguém? Não, moro sozinha. Você sabe disso. Harry deu de ombros, Ei, como vou saber? Da última vez que lembro que fui no seu apê você tinha uma colega de quarto, certo? Nossa, isso foi meses atrás. Uau, tanto tempo assim? O tempo voa mesmo, hein? Às vezes. Às vezes, ele parece parar. Como se você estivesse dentro de um saco e não pudesse sair, e alguém sempre diz pra você que vai melhorar com o tempo, e o tempo parece simplesmente parado, rindo de você e da sua dor. ... Até que ele finalmente passa e aí já são seis meses depois. Como se você tivesse acabado de tirar sua roupa de verão e aí já é Natal, e entre as duas coisas tem dez anos de dor. Harry sorriu, Nossa, eu só disse oi, e você me deu toda sua ficha. Mas fico feliz que esteja bem. Marion riu, e Harry acendeu um baseado, deu dois pegas rápidos e passou para Marion. Tony começou a se sacudir de leve, tendo movimentos involuntários enquanto sentia um desastre iminente. Ele estava atento ao programa tanto quanto possível, mas algo nele sabia que a maldita TV tramava contra ele, que estava só disfarçando e esperando para pegá-lo. Ele acendeu o cachimbo de novo e encarou a televisão, Melhor não foder comigo, filha da puta. Tô te avisando. Ele parou de se agitar e se acomodou de novo na poltrona, mais uma vez sumindo de vista. Marion brincou, Ele realmente tem uma relação de masoquismo com esse treco, não? Tem. Ele é que nem um cara casado com uma mina que não dá pra ele. Os outros, meio que olhavam para

Tony também e sorriam, achando graça nele, como tinham feito muitas vezes antes, mais do que de qualquer coisa que ele assistia na TV. Sabe de uma coisa, cara, ele acha que é a mulher dele. Caralho, ele nunca falou assim com a mulher dele. Eles riram e voltaram a escutar, conversando e fumando. Harry estava meio escorado em Marion enquanto ela lentamente alisava a cabeça dele e brincava com o cabelo dele enquanto ouviam a música. De tempos em tempos, ele despreocupadamente erguia a mão e esfregava o mamilo do seio com a ponta do dedo, não de propósito, mas numa espécie de devaneio. Ele observava a ponta do dedo roçar no mamilo protuberante e se imaginava debaixo da blusa dela, pensava em abrir a blusa e beijá-lo, mas parecia uma tarefa grande demais para o momento, então desistia de fazer isso, ficava apenas escutando a música e seguindo com o fluxo do alisar de sua cabeça, se aprofundando cada vez mais nas marés sensuais que aquilo insuflava. Sabe de uma coisa, mina, isso é melhor do que tomar um pico. Me deixa ligado de verdade. Eu gosto também. Sempre gostei de cabelo crespo. É gostoso em volta dos dedos. Não dá pra passar os dedos no meio, que nem com cabelo liso. Ele resiste. Como se tivesse vida própria, e é excitante quando você derrota ele, e Marion observava os dedos dela passando pelo cabelo de Harry, as pontas girando e balançando quando os dedos dela conseguiam passar, ela enrolava o cabelo com o dedo, o observando se soltar e se agitar, deixando o cabelo acariciar a palma da mão dela, e então fechava os dedos e erguia a mão devagar, sentindo o cabelo lentamente deslizar por entre os dedos, os dedos dela, ciente de que estava criando um ritmo de carícias que ditava a respiração dela, e então ela se tornou parte da respiração, fluindo nas ondas que vibravam através dela quando Harry esfregava o mamilo de um seio entre as pontas dos dedos dele, imaginando o mamilo rosado dela e qual seria a sensação de colocá-lo entre os lábios, quando Tony começou a berrar com a maldita televisão de novo, Melhor não fazer isso, sua cuzona. Tô te avisando sua desgraçada de merda, já cansei das suas merdas, e ele se contorceu na poltrona, olhando destemido para a tela da televisão, e Tyrone riu sua risadinha, Não ligo dele xingar a TV, mas espero que a filha da puta não comece a retrucar, porque, quando isso acontecer, eu vazo dessa merda e caio fora, parceiro, e ele deu outro bom pega e virou a cabeça pra não ficar olhando para o sorriso cretino do Fred, que sorria o tempo todo tentando fazê-lo engasgar e tossir a fumaça; então alguém puxou um pouco de nitrito de amila, abriu a tampa, tapou uma das narinas com um dedo e inalou profundamente, até que alguém tirou o *popper* de sua mão e o enfiou no nariz e apertou a outra narina, e ambos caíram no chão gargalhando, e Tony se inclinou pra frente em sua poltrona, Eu sabia, Eu sabia que os ratos miseráveis iam fazer isso, Jesuscristo, eles pegam todas minhas paradas, esses desgraçados, esses desgraçados de merda; e Harry e Marion subitamente pararam, ao mesmo tempo, de alisar um ao outro quando o cheiro do *popper* estimulou o nariz deles, sentaram e se inclinaram em direção ao aroma, olhando as pessoas sentadas e deitadas, rindo e gargalhando, Ei, cara, passa pra nós, e o *popper* amarelo veio flutuando pelo ar, e Harry o pegou, e ele e Marion deitaram, lado a lado, seus corpos quase entrando um no outro, e Harry abriu o *popper* e os dois respiraram fundo, segurando firme um no outro enquanto seus corpos vibravam e as cabeças rodavam por um momento, sentiam que iam morrer, mas então começaram a rir e se apoiar com ainda mais força um no outro, roçando um no outro de tanto rir, o *popper* enterrado entre os narizes; e Tony se inclinou ainda mais pra frente, Seus filhos da puta sebosos, já comprei sua ducha vaginal de morango, seus putos, e ele ergueu a mão direita e apontou a antiga pistola .22 de tiro ao alvo que segurava para o aparelho de TV, não vão mais foder comigo, seus desgraçados de merda, me provocando com seus malditos programas e então enchendo meu rabo com a palhaçada de vocês pra ver o que acontece; e todos tinham um *popper* enfiado no nariz e rolavam, se coçavam, suavam e riam, e Tony se aproximou ainda mais do aparelho, Você me inferniza faz tempo com essa porra de comida pra cachorro, absorvente, axilas, papel de cagar sem cheiro, gritava cada vez mais alto, sua cara tão vermelha quanto as dos que suavam por conta dos *poppers*, e assistiam e escutavam com olhos ardendo de suor, rindo histericamente, TÁ ME OUVINDO? HEIN? PRA MIM CHEGA DA PALHAÇADA DE VOCÊS, SEUS PUTOS DE MERDA, e ele apertou o gatilho, e a primeira bala acertou bem no meio da tela, houve uma pequena explosão que momentaneamente encobriu os risos histéricos e os gritos de Tony, fagulhas e chamas surgiram, e grandes pedaços de vidro espesso golpearam a sala enquanto a fumaça subia e envolvia o aparelho, e Tony levantou gritando histericamente, PEGUEI VOCÊS AGORA, SEUS FILHOS DA PUTA, HAHAHAHAHAHAHAHAHAHA, e disparou outro tiro contra o aparelho de televisão agonizante, VAI GANHAR TUDO QUE TINHA GUARDADO PRA VOCÊ, HAHAHAHAHAHAHAHA, e mais um tiro atingiu o arruinado corpo, TÁ GOSTANDO, HEIN? O QUE TÁ ACHANDO, SUA FILHA DA PUTA ARROMBADA, e continuou se aproximando lentamente da TV e deu outro tiro nos restos fumegantes do outrora nobre aparelho, ACHOU QUE PODIA SE SAFAR, NÉ? NÃO ACHOU? HEIN? e os outros continuavam assistindo, rindo e se sacudindo enquanto ele metia mais uma bala no aparelho ainda avançando em direção a ele, até parar do lado dele, saboreando a última bala, olhando, sorrindo e se deleitando com os restos estilhaçados fumegantes, observando as fagulhas espasmódicas que saltavam, rastejavam e então disparavam ao longo do fio elétrico, estourando e crepitando ao alcançar o soquete, e a fumaça se erguia serpenteando do fio e da tomada queimados, e Tony começou a babar de leve enquanto assistia ao aparelho tremer sob seu olhar, tremendo e implorando por piedade, por mais uma chance, Nunca mais vou fazer isso, Tony, juro pela minha mãe, Tony, *porfavor*, *porfavor*, me dá outra chance, Tony, vou dar um jeito em tudo, Eu juro, Eu juro pela minha mãe que vou dar um jeito pra você Tony, e Tony ria com desprezo para o aparelho de TV enquanto ele clamava e implorava, todo o ser de Tony repleto de desprezo por aquele filho da puta choramingão, CHANCE??? CHANCE???? TE DOU UMA CHANCE, PORRA, CAI DENTRO, HAHAHAHAHAHAHAHA, NÃO CONSEGUE NEM MORRER QUE NEM UM HOMEM, SEU FILHO DA PUTA ARROMBADO, porfavor, Tony, porfavor ... não atira, por — CALABOCA, ARROMBADO, e a expressão de Tony estava inflada de desprezo enquanto se contorcia, olhava o aparelho bem no olho e dizia com uma voz calma e maléfica, Chupa essa, disparando o último tiro no corpo ainda trêmulo e suplicante do aparelho de televisão, que estremeceu de leve com o *golpe final*, uma última fagulha se lançando por uns trinta centímetros de espaço queimado e se apagando na eternidade enquanto a lufada final de fumaça girava em círculos na atmosfera e se misturava à fumaça do cachimbo de haxixe e dos cigarros e o ar com cheiro de *popper*, e procurava a liberdade nas várias e abundantes rachaduras e fendas, para se dispersar na atmosfera. Tony deu de ombros e enfiou a arma na cintura, Falei pra não foder comigo, e deu de ombros de novo, ninguém fode com o Tony Fodão, falô? e se juntou aos outros e aceitou o *popper* oferecido a ele, inalou e caiu no chão rindo com os demais, enquanto alguém fazia uma prece para o falecido, em meio a risadinhas, e Harry e Marion tiveram mais um *popper* enfiado entre eles enquanto seus corpos continuavam a se roçar um no outro enquanto riam e ficavam grudados feito pele um no outro, e a música continuava a vagar pela fumaça, pelos risos e por orelhas, cabeças, cérebros e mentes, saindo do outro lado intacta e intocada e todos se sentiam bem, cara, tipo, bem mesmo, como se tivessem acabado de se livrar de uma acusação de assassinato, ou tivessem chegado ao topo do Monte Everest, ou tivessem pegado pesado mesmo e saltado de paraquedas, flutuando nas correntes de ar feito um pássaro, um pássaro grandão, cara ... é ... como se subitamente tivessem cortado todas amarradas, como se estivessem subitamente livres ... livres ... livres ...

Sara Goldfarb se sentou em sua poltrona pintando as unhas e assistindo à televisão. Seu condicionamento tinha sido longo e completo, e Sara era capaz de fazer qualquer coisa enquanto via televisão, e fazia isso de modo muito satisfatório, sem perder qualquer palavra ou um único gesto sequer. Talvez não ficasse perfeito, talvez um pouco de esmalte acabasse nos dedos e parecesse um pouco emplastado, mas quem iria notar? A alguns metros de distância, parecia um trabalho profissional. E, mesmo que não parecesse, qual o problema? Para quem ela tinha que pintar as unhas? Com quem deveria se preocupar que visse que não era tão bem-feito? Ou mesmo a costura, o passar de roupas, a limpeza? Não importava o que ela estivesse fazendo, manter um olho e meio na televisão resolvia tudo, o dia e a vida passavam de maneira suportável. Ela estendeu uma mão pra frente e olhou para as unhas enquanto olhava para a tela da televisão por entre seus dedos abertos. Ela olhava para os dedos desfrutando da ilusão de ótica que fazia parecer que os dedos estavam todos amontoados e que ela enxergava através deles. Ela sorriu e inspecionou a outra mão. Um vermelho tão bonito. Maravilhoso. Fica tão bem com o vestido. É só perder alguns quilos que o vestido vai caber feito novo. A parte de cima deslizava dos ombros quando ela se movia, e ela o puxava nas costas e se inclinava para trás na poltrona para que não caísse de novo. Ela adorava o vestido vermelho. Ela iria conseguir perder peso. Ela podia quem sabe abrir as costuras um pouco. Na biblioteca tem livros. Amanhã vou pegar uns livros e começar a dieta. Ela colocou outro bombom de marshmallow e chocolate na boca e deixou o chocolate derreter lentamente, desfrutando do sabor do chocolate se misturando ao recheio de creme e, então, lentamente, espremeu o chocolate entre a língua e o céu da boca e sorriu, fechando os olhos um pouco enquanto o corpo formigava com pequenas descargas de prazer. Ela tentou desesperadamente permitir que o doce se dissolvesse lentamente sozinho, mas, por mais que tentasse evitar o impulso de morder e mastigar, era inútil, e os olhos dela subitamente se abriram por completo, e a expressão dela se tornou séria e rija enquanto mastigava intensamente o doce e o girava uma ou duas vezes e então ela o engoliu, limpando os cantos da boca com as costas da mão. Tem vários livros na biblioteca. Vou perguntar qual devo pegar. O que faz ser rápido. Talvez eu esteja na televisão em breve, então preciso caber no vestido vermelho logo. Ela olhava para a tela ciente das ações e das palavras, mas a mente dela ainda estava focada na caixa de bombons na mesa ao lado da poltrona. Ela sabia exatamente quantos restavam ... e quais eram. Quatro. Três de chocolate meio amargo e um de chocolate ao leite. O de chocolate ao leite era uma cereja coberta de chocolate, com recheio de calda de cereja. Os outros três eram de caramelo, castanha-do-pará e *nougat*. O de cereja seria o último. Ela já o tinha empurrado para a lateral da caixa, para não pegá-lo por engano enquanto assistia à televisão. Os outros antes. Talvez ela nem olhasse qual estava pegando. Mas o planejamento era esse. Como sempre. O de *nougat*, o de castanha-do-pará e depois o de caramelo. E, então, aguardar tanto quanto possível antes de comer o de cereja coberta com chocolate, com recheio de calda de cereja. Ela sempre jogava esse jogo. Há quantos anos o mesmo jogo? dez? Talvez mais. Desde que o marido tinha morrido. Ela o deixava passar uma noite na caixa, sozinho ... totalmente só, a noite toda. Mesmo durante o filme de destaque e o programa da madrugada. Ela ia para cama, e ele ainda estava lá, sozinho na caixa, com as embalagens vazias de papel pardo em que todos os outros bombons tinham estado tão singelamente aninhados. Ela olhava de modo desafiador para a caixa, se sentindo satisfeita ao tirar a roupa, se enfiar entre os lençóis e pegar quase imediatamente no sono. O sono tinha sido sereno, até onde conseguia se lembrar, desprovido de sonhos e problemas, e então ela subitamente sentou na cama no meio da noite, a testa pontilhada de suor frio, e, por segundos infindáveis, ela ficou sentada fitando a escuridão, escutando, se perguntando por que ela estava acordada e o que a tinha acordado, se perguntando se alguém tinha entrado no apartamento e estava prestes a atacá-la, e ela se esforçava para escutar, mas não ouvia nada, e ficou sentada, totalmente imóvel, mal respirando durante vários segundos, até que jogou as cobertas para o lado e correu para a sala de estar, andando de modo seguro pela escuridão até a mesa com o pedaço de chocolate, o pegando como se sua mão tivesse sido divinamente conduzida, quase desmaiando quando a primeira onda de sabor atingiu seu cérebro, e então ela se jogou na poltrona e escutou a si mesma mastigando a cereja coberta de chocolate, com recheio de calda de cereja, e então voltou tropeçando para a cama. Na manhã seguinte, ela acordou cedo e se sentou sob a luz amena, tentando se lembrar de algo, mas sem saber o quê. Ela sentia vagamente que algo tinha acontecido e imaginou que havia sido um sonho, mas, por mais que tentasse, não conseguia se lembrar do sonho. Ela esfregou as solas dos pés e então as têmporas, mas ainda assim não conseguia se lembrar do sonho. Ela golpeou a própria cabeça por algum tempo com os nós dos dedos, tentando estimular a memória, mas ainda assim ... nada. Ela se levantou e vagou, sem pensar, até a sala de estar, em vez do banheiro, ligou a televisão e subitamente deu-se conta, ao parar ao lado de sua poltrona de assistir à TV e ao olhar para a caixa de bombons vazia. Ela ficou olhando por vários longos segundos e então se lembrou do sonho e quase despencou na poltrona, estremecendo um pouco ao compreender por completo que na noite anterior tinha comido a cereja coberta de chocolate, com recheio de calda de cereja, e nem sequer conseguia se lembrar de a ter comido. Ela tentou se lembrar de ter mordido e sentir a calda de cereja fluindo por sua língua, mas sua mente e sua língua estavam vazias. Ela quase chorou ao se lembrar do quanto tinha lutado para fazer a caixa de chocolates durar dois dias, algo que nunca tinha acontecido antes, duas vezes mais do que qualquer outra vez, e que tinha guardado o último para a manhã, para que ela pudesse dizer que tinham sido três dias, e agora ele já era, e ela nem se lembrava de o ter comido. Aquele foi um dia sombrio na vida de Sara Goldfarb. Ela nunca mais deixou aquilo acontecer de novo. Nunca mais ela foi tola a ponto de tentar fazer com que durasse mais, de guardar para mais tarde ou para o dia seguinte. O amanhã se resolve sozinho. Deus nos dá um dia por vez, então ela comia os chocolates um dia por vez e sabia que os tinha comido. Ela sorriu para o anunciante bonitão, esticou o braço e gentilmente pegou o último bombom, o de cereja coberta com chocolate ao leite, com recheio de calda de cereja, o colocou na língua e suspirou enquanto o cutucava com a língua e os dentes, sentindo um formigamento de antecipação pelo corpo e um leve nó no estômago, e então não conseguiu mais resistir e começou a cravar os dentes na cobertura amolecida de chocolate, continuando a exercer pressão enquanto os sabores do chocolate e da calda de cereja vibravam na boca, e então a cobertura se abriu feito o mar vermelho, e a cereja capturada flutuou para a liberdade, e Sara Goldfarb a rolou na boca repleta de sabores e fluidos, permitindo que escorressem lentamente por sua pulsante garganta, e, então, ela revirou os olhos quando mordeu a cereja, mas não revirou os olhos o bastante para deixar escapar qualquer parte da ação na tela. Ela lambeu os dedos e depois ergueu as mãos, uma por vez, na frente dela, inspecionando o esmalte vermelho e olhando para o aparelho de televisão por entre os dedos abertos, e, então, se aconchegou em si mesma enquanto caminhava do fundo do palco até a parte da frente, vestida em seu vestido vermelho-cereja, que servia tão bem desde que ela tinha perdido peso, e os sapatos dourados pareciam tão lindos nos pés, e o cabelo era de um vermelho tão maravilhoso que você nem acreditaria — Ah, quase esqueci. O cabelo. Tem que ser vermelho. Faz tanto tempo desde que foi vermelho. Amanhã vou pedir para Ada tingir meu cabelo. Quem se importa se o vermelho não fica tão bom na TV? Vou usar vermelho. Exceto pelos sapatos. Vou ser toda vermelha, exceto pelos sapatos. Quando perguntarem meu nome, vou dizer a eles Chapeuzinho Vermelho. É isso que vou dizer. Vou olhar direto para a câmera, enquanto a luzinha vermelha pisca, e dizer pra eles, Sou a Chapeuzinho Vermelho.

Harry caminhou com Marion até a casa dela. A noite estava quente e úmida, mas eles não estavam muito cientes do clima. Eles sabiam que estava quente e úmido, mas isso permanecia sendo um fato à parte deles, não algo que estavam experienciando. Seus corpos ainda vibravam, se contraíam de leve por conta dos *poppers* e das risadas e se sentiam livres e revigorados por conta de toda a maconha e haxixe. Era uma noite maravilhosa, ou uma manhã, ou o que quer que fosse, para se andar nas ruas na parte da Big Apple conhecida como Bronx. Tinha um céu em algum lugar acima dos topos dos edifícios, com estrelas, uma lua e tudo mais que há no céu, mas eles se davam por satisfeitos de pensar nas luzes dos postes distantes como planetas e estrelas. Se as luzes impedem você de ver os céus, é só fazer um pouco de mágica e mudar a realidade para se adaptar à sua necessidade. As luzes de rua eram planetas, estrelas, a lua.

Mesmo naquele horário da manhã, as ruas estavam bem agitadas com carros, táxis, caminhões, pessoas e bêbados ocasionais. A um quarteirão de distância, dois deles tropeçavam vagamente na direção de Harry e Marion. A mulher agarrada a um dos braços do cara, Preciso mijar. Pelo amor de deus, para pra eu poder mijar. Não pode esperar cinco minutos, pelo amor de deus? São só dois quarteirões. Não. Preciso mijar. Dá uma segurada. O que você acha que estou fazendo? Tô me mijando. Nossa, você é um saco mesmo, sabia? Ah, é? Não é meu *saco* que tá me incomodando. Ela o segurou, eles pararam, e ela ergueu a saia, se pendurou no cinto dele, se agachou atrás dele e começou a mijar, Ei, o que você tá fazendo, sua vaca doida? — Ahhhhhhhh que sensação boa — Você é algum tipo de doida ou — Para de se mexer, ahhhhhhhhhhhh — Você não tem vergonha? Ele afastou as pernas tentando evitar o crescente e incessante fluxo gerado por uma noite bebendo cerveja, enquanto ela continuava a suspirar como se tivesse salvo a própria vida, facilmente ignorando os leves respingos que acariciavam as pernas, os olhos fechados em êxtase absoluto enquanto ela pendia pra frente e pra trás, agarrada ao cinto dele enquanto balançava em várias direções, ele tentando manter o equilíbrio precário e empurrar as costas dela no sentido oposto, enquanto fazia uma rápida pantomima para evitar os efeitos da abertura da represa, Vamos embora pelo amor de deus, mas ela continuava segurando, suspirando e mijando, Vai derrubar a gente — subitamente ele percebeu Harry e Marion e se endireitou rápido, sorrindo, e estendeu os braços para esconder sua amiga agachada, que esvaziava a bexiga. Harry e Marion habilmente, embora de modo sonolento, evitaram o córrego, passando por cima dele com confiança, e Harry sorriu para o sujeito, Sua mina é mijona, cara, e depois deu uma risada, e ele e Marion seguiram pela rua, e o sujeito os observou por vários segundos, até um alarme de emergência soar na cabeça dele ao sentir o corpo se inclinando para o lado, ele tentou resistir e manter o equilíbrio, mas perdeu a valente e breve batalha e se viu flutuando pelo ar em direção à poça abaixo, Ei, mas que porra você tá fazendo, sua doida — e ele caiu sobre a superfície da poça fazendo *splat* e se debateu gritando, SOCORRO! SOCORRO! enquanto sua amiga se esparramava de costas, ainda suspirando, ahhhhhhhhhhhh, e aumentava o volume e a velocidade do fluxo do rio, enquanto seu defensor e acompanhante da noite se debatia e respingava, NÃO SEI NADAR, NÃO SEI NADAR, e finalmente, por meio de intensa determinação e real bravura, alcançava a parte rasa e puxava a si mesmo para terra firme, se ajoelhando com a cabeça baixa, reavendo o fôlego enquanto sua amiga da noite rolava com outro longo suspiro se colocando em posição fetal, indo dormir sob os arbustos acolhedores das cabeceiras do rio. Harry ria e balançava a cabeça, A galera do álcool é intensa, né? Eles realmente não têm classe nenhuma, nenhuma mesmo.

Ele e Marion continuaram pelas ruas cientes da secura da garganta e do anseio no estômago. Eles pararam em uma lanchonete 24 horas e pegaram um pedaço de torta com duas bolas de sorvete de creme, chocolate, calda de morango e chantili e mais um *egg cream*.[1] Marion pagou a conta, e seguiram em direção ao apê dela. Eles se sentaram ao redor da mesa da cozinha, e Marion acendeu um baseado. Harry de repente começou a rir, Que figura aquela mina. Aquele cara precisava de uma canoa. Marion passou o beque para Harry e depois soltou a fumaça lentamente. Tinha que ter *mijadores* na rua. Aí ela não teria que se degradar só pra urinar. Os homens podem mijar num beco ou atrás de um carro estacionado e é perfeitamente aceitável, mas, se uma mulher faz isso, é ridicularizada. Era isso que eu adorava na Europa, lá o povo é civilizado. Harry inclinou a cabeça enquanto olhava para ela e então deu um meio-sorriso sarcástico enquanto passava o beque para ela, Não sei se você tá falando com seu psiquiatra ou com um juiz. Ainda havia um pouquinho do beque, e ela ofereceu para Harry, ele gesticulou negativamente, e então ela cuidadosamente apagou e colocou na borda do cinzeiro. Bom, isso não é uma palhaçada? Quer dizer, é totalmente ridículo. As mulheres não podem mijar ou cagar ou peidar ou cheirar mal ou gostar de trepar — perdão, quis dizer fazer sexo. Ei, mina, eu sou inocente, valeu? Lembra o que eu fiz? Não disse uma palavra. Tudo bem, preciso praticar com alguém. Bom, vai praticar com seu terapeuta. Ele é pago pra isso. Ela sorriu, Não mais. Você deu um pé na bunda dele? Não exatamente. Eu vejo ele, mas não como paciente. Harry riu, Tá pegando ele também? Às vezes. Quando tô a fim. Meus pais perguntam se ainda vejo ele, e eu digo que sim, e aí eles continuam me dando cinquenta dólares por semana pra isso. Marion deu uma risada alta e demorada, E não tô nem mentindo pros velhos. Você não pegava seu terapeuta anterior também? Pegava, mas aquilo ficou meio brega. Ele parou de me dar prescrições e queria largar a esposa e me colocar nos trilhos ... sabe, um chauvinista total. Esse cara é diferente. Vejo ele de vez em quando, e a gente

---

1 Bebida gelada com leite, água gaseificada e xarope de chocolate, típica de Nova York. [NT]

se diverte, é sem pressão. A gente só se diverte. E ele ainda prescreve tranquilizantes e relaxantes. É demais. Ei, que doideira. Parece daora. É. Então seus coroas ainda arcam com as contas, inclinando a cabeça em direção ao resto do apartamento, esse apê e tudo mais? Ainda. Ela riu alto de novo, Mais os cinquenta por semana pra terapia. E, às vezes, faço *freelas* para editoras. E o resto do tempo você passa trepando e chapando, né? Ela sorriu, Tipo isso. Você se deu bem mesmo. Mas então por que você fala tão mal dos seus coroas, quer dizer, tipo, você tá sempre descendo a lenha neles. Eles me irritam com as pretensões de classe média deles, saca? Tipo, eles vivem lá naquela baita casa com todos os carros, a grana, o prestígio e levantam dinheiro para a UJA[2] e a B'NAI BRITH[3] e sabe DEUS quem mais — como ele foi parar nisso? É melhor ele abrir o olho, pegamos ele uma vez e vamos pegar sempre. Marion começou a rir junto com Harry. É, e eles com certeza vão. Tipo, é assim que eles são. Eles cortam a garganta de qualquer um pra ganhar dinheiro e então dão uns míseros dólares para a NAACP[4] e acham que estão fazendo um favor ao mundo. Vai ver como eles são liberais quando eu pinto em casa com algum cara preto. Ah, eles não são piores do que qualquer outra pessoa. Harry se inclinou para trás, se espichou e piscou os olhos, O mundo todo é cheio de merda. Talvez, mas o mundo todo não me constrange. Eles têm tudo, menos cultura. Eles são nojentos. Nojentos uma pinoia, e ele deu de ombros e sorriu, a boca meio aberta, os olhos sonolentos. Marion sorriu, Acho que você tá certo. E de todo modo, não faz sentido ficar triste por conta deles. Esse é o problema da maconha. Às vezes, fico um pouco paranoica por causa dela. É, você precisa aprender a ficar de boa, e ele sorriu seu sorriso sonolento, estalando os dedos e mexendo a cabeça como se dançasse, e os dois riram, Que acha da gente ir pra cama? Tá, mas não pega no sono logo de cara. Ei, e eu sou o quê? Doida? Eles riram, e Harry jogou um pouco de água

2   United Jewish Appeal, organização filantrópica judaico-estadunidense sediada em Nova York. [NT]
3   Organização de direitos humanos judaico-estadunidense focada no combate ao antissemitismo, fundada em Nova York. [NT]
4   Sigla em inglês para Associação Nacional para o Progresso das Pessoas de Cor. [NT]

fria no rosto antes de ir para a cama. Ele não tinha nem terminado de se espichar e se acomodar quando Marion se inclinou sobre ele, o rosto dela próximo ao dele, uma mão alisando seu peito e abdome, Não sei se foi a maconha ou esse papo sobre meus pais, mas tô com um tesão dos diabos. Do que você tá falando? Fui eu. Eu tenho esse efeito nas minas. Sou irresistível. Ainda mais desde que o cirurgião plástico me deixou dotado, e ele começou a rir, e Marion olhou para ele e balançou a cabeça, Você nunca cansa dessa piada velha? Fala disso com seu terapeuta. Talvez seja um desejo, e ele riu de novo, e Marion deu risada e então o beijou, passando sua boca na dele de um lado a outro, enfiando a língua o mais fundo possível, Harry reagiu com sua boca e a abraçou, sentindo a carne gostosa e lisa dela em suas mãos, acariciando as costas e a bunda enquanto ela passava a mão na parte de dentro das coxas dele, suavemente roçando as pontas dos dedos em torno das bolas enquanto beijava o peito e a barriga dele, então segurou na pica e a alisou por um momento, antes de envolvê-la com os lábios e passar a ponta da língua, Harry continuava a acariciar o rabo e a virilha dela, enquanto se contorcia e se espichava, seus olhos meio fechados, feixes de luz estilhaçando a escuridão de suas pálpebras, e quando ele abriu os olhos conseguiu ver Marion avidamente engolindo o pau, sua mente elétrica com ideias e imagens, as drogas e o prazer do momento criando uma inércia deliciosa, absolutamente deliciosa. A inércia foi subitamente interrompida quando Marion se sentou, aninhando a pica, e por horas, ou talvez segundos, ele apenas ficou lá deitado de olhos fechados, ouvindo o som molhado e excitante de atrito de pica contra buceta — *Cavalgando um cavalo de pau rumo a Branburry Cross* — então abriu os olhos ao estender os braços para agarrar as tetas, puxando Marion para baixo para que pudesse estimulá-las com a língua, dando mordidinhas, mascando e chupando enquanto deslizava as mãos para cima e para baixo pelas costas dela, e os olhos de Marion se reviravam bastante de tempos em tempos, enquanto ele se mexia, se sacudia, suspirava e gemia, e eles continuaram a fazer amor até que a primeira luz da manhã começou a se insinuar pelas cortinas, e o calor de seu amor esfriou sob o brilho do sol, e eles adormeceram súbita e completamente.

Sara passou delicadamente o *cream cheese* no bagel, um olho e meio no aparelho de tv, que brilhava sob a luz do começo da manhã na sala de estar. Ela deu uma mordida generosa no bagel e então engoliu com um pouco de chá quente. De tempos em tempos, ela alisava e aplainava o *cream cheese* no bagel, antes de dar outra mordida e beber mais um pouco de chá quente. Ela tentava comer o bagel com *cream cheese* devagar, mas, mesmo assim, terminou antes do comercial seguinte. Vou esperar. Agora só durante o próximo comercial. O próximo deve ser o de areia para gatos. Eles têm uns gatinhos tão bonitos. Ronronam tão bonitos. Ela bebeu mais um pouco de chá da xícara e observou o aparelho de tv, pensando que talvez ela não comesse mais nada até que *todos* os comerciais passassem. Afinal, não é tão difícil. E depois do café da manhã vou na biblioteca pegar os livros de dieta. Não quero esquecer. Primeiro a biblioteca e depois vou na Ada para ela tingir meu cabelo. Um vermelho adorável, maravilhoso. Ah, olá, gatinho! Ah, você é um gatinho tão lindo. Fofinho que nem um bebê. Ela esticou o braço e pegou a massa folhada de queijo e começou a mergulhá-la na xícara de chá antes de se dar conta do que estava fazendo. Ela se deu conta de sua ação quando já mastigava e rolava o folhado de um lado para outro na boca. Ela olhou para o confeito em sua mão, para as marcas de dentes na beirada onde tinha sido mordido, e então se deu conta de por que o estômago e a garganta estavam tão animados. Ela ignorou quase que por completo os comerciais enquanto continuava a abocanhar e mastigar o mais lentamente possível, bebendo goles curtos, rápidos, de chá. Quando ela terminou a deliciosa massa folhada de queijo, lambeu os lábios de novo, e, então, as pontas dos dedos, e, então, passou as mãos no pano de prato no colo, e delicadamente limpou a boca antes de beber mais chá. Ela olhou para a embalagem na qual a massa folhada tinha vindo embalada, limpou o açúcar úmido com a ponta do dedo e lambeu. Não pode desperdiçar. Hummmmmm, estava tão gostoso. Parecia estar particularmente especial naquela manhã, como se tivesse sido feito para uma amante. Talvez devesse pegar mais uma. Eu perderia o final do programa. Nem preciso mais. Ah, quem precisa disso? Vou deixar essa ideia de lado. Vou assistir o programa e nem pensar no folhado de queijo. Ela continuou passando o dedo na embalagem e lambendo. Ela por fim amassou todas as embalagens em uma bola pequena, jogou no lixo e se esqueceu totalmente do bagel, do *cream cheese* e do folhado de queijo que parecia especialmente farelento naquele dia. Especial. Ela assistia ao programa e suspirava, como sempre, com o final feliz e bem-humorado, e então terminou de beber o chá e se aprontou para ir à biblioteca. Ela lavou o prato, a faca e a xícara e os colocou no escorredor, escovou o cabelo e se ajeitou, colocou um belo blusão de botões, olhou para a TV por um momento e então a desligou e saiu do apartamento. Ela sabia que era cedo demais para a correspondência ter chegado, mas iria verificar mesmo assim. Quem sabe?

A biblioteca ficava a dois quarteirões à esquerda, mas ela automaticamente dobrou à direita, alheia ao fato de que tinha dobrado para o lado errado até que a garota atrás do balcão na padaria lhe entregou o folhado e o troco, Prontinho, sra. Goldfarb. Se cuida. Obrigada, querida. Sara saiu da padaria tentando crer que não sabia o que havia em sua sacola, mas o jogo não durou muito tempo porque não apenas ela sabia o que havia na sacola, como também mal podia esperar para tirar de lá e comer. Mas ela comeu lentamente, com deliberação, apenas mordidinhas que estimulavam o paladar e possibilitavam que durasse por todo o caminho até a biblioteca. Ela perguntou à bibliotecária onde os livros de dieta ficavam. A bibliotecária olhou para a sacola da padaria que Sara ainda segurava e a conduziu até uma seção contendo muitos livros de dieta. Ah, são tantos. Dá pra perder peso só de olhar para eles. A bibliotecária riu, Ah, seria ótimo. Mas não se preocupe, tenho certeza de que podemos achar o que você quer. Tomara. Vou aparecer na televisão e achei que precisava perder alguns quilos para parecer esbelta, e Sara revirou os olhos, e a bibliotecária começou a rir, mas se conteve para que não passasse de um sorriso. Não precisa se preocupar com todos os livros nesta seção. Estes são sobre nutrição, dieta comum, saúde, dietas nocivas e doenças. De doença não preciso, obrigada. E de peso não preciso. Sara Goldfarb sorriu para a bibliotecária, que sorriu de volta. Então os olhos de Sara brilharam,

Talvez menos do que os outros. Bom, os livros nos quais você está interessada ficam aqui, estes são sobre perda de peso. Sara tentou olhar todos de uma vez, Eles parecem tão gordos, se me perdoa a expressão. Os olhos dela brilharam de novo para a bibliotecária, que teve que segurar a risada e manter um sorriso. Acho que um livro franzino é melhor. Não tenho muito tempo. Preciso do tempo pra perder peso, não ler um livro. Eu podia ficar musculosa erguendo livros grandes assim. Os olhos da bibliotecária lacrimejavam de leve de tanto segurar o riso. Bom, aqui está o livro mais fino da prateleira. Vamos dar uma olhada nele. A bibliotecária folheou rapidamente, meneando a cabeça, Sim, sim. Acho que esse é perfeito para sua necessidade. A leitura é mínima, o regime é explicado em termos de fácil compreensão e, acho que disso você vai gostar, diz que você pode perder até cinco quilos por semana, ou até mais. Já gostei dele. Além disso, sei que esse é um livro bastante popular. Temos três cópias e é difícil elas ficarem na prateleira. Imagino que seja um bom livro do ponto de vista da perda. Ela riu de novo, Não que eu saiba por experiência própria. Percebe-se. Já odeio você. Só não me diga que você come sorvete e torta toda noite. A bibliotecária ainda ria quando colocou o braço sobre os ombros de Sara, Não, só pizza. Por que você não *cai morta*? As duas riam, e a bibliotecária manteve o braço em torno dos ombros de Sara enquanto caminharam para o balcão de retirada. Após a bibliotecária dar baixa e entregar o livro para Sara, perguntou se ela queria jogar a sacola de papel no lixo. Sara olhou para a sacola na mão e deu de ombros, E por que não? Ela deu um duro danado. Precisa descansar. A bibliotecária jogou na cesta de lixo, Tenha um bom dia, sra. Goldfarb. Sara sorriu com olhos brilhantes, Se cuida, querida. Ela segurava o livro firme na mão enquanto voltava para casa. O sol estava tão lindo e quente, e ela ficou alegre com os gritos das crianças que corriam entre os carros pela rua, saltando nas costas umas das outras, ignorando as buzinas dos carros e os gritos dos motoristas. Só de sentir o livro nas mãos, ela já podia visualizar os quilos derretendo. Talvez na tarde, depois de Ada ajeitar o cabelo dela, ela fosse pegar um pouco de sol e se sentir magra. Mas primeiro o cabelo.

Ada tinha tudo pronto. Ela pintava o próprio cabelo havia vinte e cinco anos, e ela era capaz de transformar alguém em uma ruiva até dormindo. Talvez sem saber de antemão qual seria o tom de vermelho, mas vermelho. Ela, primeiro, fez uma xícara de chá para cada uma porque, acredite, vai precisar dele para tirar o gosto e o cheiro, e então começou o trabalho. Ela preparou tudo na mesa da cozinha e trabalhava de modo que as duas pudessem assistir ao que acontecia na TV. Ada enrolou uma toalha de banho em torno do pescoço de Sara e começou a separar o cabelo em mechas. O rosto de Sara se contorcia e retraía feito uma ameixa, Eca, que cheiro. Vem do Canal Gowanus?[5] Só relaxa, querida, ainda falta um bocado. Cê vai se acostumar. Me acostumar? Tô quase perdendo o apetite. As duas riram, e Ada continuou o lento processo de separação das mechas enquanto ouviam e assistiam à televisão. Após cerca de uma hora, Sara se acostumou com o cheiro, e seu apetite voltou, e ela se perguntou se terminariam antes do horário do almoço. Querida, vamos ter sorte se terminarmos antes da janta. Tanto tempo assim? Isso mesmo. Com você, estamos começando do zero. E eu que achei que ia poder pegar um pouco de sol hoje. Só se ele vier dessa caixa. Só relaxa e pensa como vai ficar maravilhosa com o cabelo vermelho. Cabelo hoje, sol amanhã.

O calor e o sol da tarde acordaram Harry e Marion. Cada um tentou se convencer de voltar a dormir, sem deixar o outro perceber que tinha acordado, mas após alguns minutos esse jogo se tornou tedioso. Especialmente para Harry, que pensava na iguaria que tinha guardado para agora. Ele se sentou na beirada da cama por um momento, então foi ao banheiro e jogou um pouco de água fria no rosto, enxugou com uma toalha e encheu um copo com água. Ei, mina, levanta e pega seus apetrechos, tenho uma coisinha aqui. Marion se sentou na cama e piscou por um momento enquanto encarava a porta do banheiro. Tá tirando uma com a minha cara, Harry? Ei, eu não brinco com esse tipo de coisa, Eu e Ty descolamos uma parada sinistra ontem, e ainda tem

5 Canal fluvial do Brooklyn famoso por sua poluição e mau cheiro. [NT]

uma bela carinha. Marion pegou os apetrechos e se juntou a Harry no banheiro, Tó. Ela pôs a colher na pia, e Harry colocou um pouco de heroína nela, depois água, e cozinhou. Ele puxou todo o fluido para a seringa, devolveu metade e passou para Marion, Primeiro as damas. Ora, obrigada, bondoso senhor. Marion não estava inteiramente acordada, ainda sentindo a leseira resultante de uma longa festa e de dormir numa tarde quente, mas estava alerta o suficiente para amarrar o braço, dilatar uma veia boa em dois segundos e aplicar uma bela dose. Ela começou a apagar quase imediatamente, e Harry pegou os apetrechos da mão dela, os limpou e então amarrou o braço e aplicou em si mesmo. Ficaram sentados ao lado da banheira por alguns minutos, coçando o rosto e fumando. Harry jogou a bituca na privada e se levantou, Que tal a gente ficar um pouco vestido?, voltou para o quarto e colocou a camisa e a calça. Marion continuou sentada ao lado da banheira, esfregando o nariz, até que o calor do cigarro, que ficava cada vez mais curto, forçou seus olhos a se abrirem e ela jogou a bituca na privada e lavou o rosto, lentamente, pendurada sobre a pia olhando pra água e pra toalha de rosto, sorrindo pra ambas, pensando em como ela deveria pegar o pano e o sabonete e então esfregar o rosto, enxaguar, jogar água gelada nele e então enxugar ... mas apenas girava a toalha de modo distraído, com a ponta do dedo. Ela pegou a toalha, e gentilmente acariciou a água, e esfregou no rosto, e então se levantou, se olhou no espelho ... e então sorriu. Ela deixou o rosto secar sozinho e desfrutou da sensação de formigamento, então colocou as mãos sobre os seios e sorriu com prazer e orgulho enquanto se virava e posava em diversos ângulos, admirando o tamanho e a firmeza deles. Ela pensou em escovar o cabelo, mas simplesmente o ajeitou com as mãos, se deleitando com a textura e o brilho, então fez pose por mais alguns minutos antes de colocar o chambre e se juntar a Harry na mesa da cozinha. Ah, você finalmente saiu, hein? Achei que tinha caído no vaso. Ela sorriu, Achei que era o que estava tentando fazer, e ela agarrou o peito dele e apertou. Ei, vai com calma. Quer que eu fique com câncer? Ele estapeou a bunda dela, e ela sorriu de novo, sentou e acendeu um cigarro. Nossa, esse bagulho é bom. Harry olhou para ela com um olhar lascivo, Do que você tá falando? Ela sorriu, Seu animal. É. Mas que você adora. Não ouvi você reclamar. Ei, você sabe como sou, uma idiota impulsiva. Bom, não sei quanto impulsiva, e os dois riram, quase sem emitir som nenhum, os rostos abertos em enormes sorrisos e os olhos parcialmente fechados. Marion serviu dois copos de água Perrier, e Harry olhou para as bolhas por um momento e perguntou se ela tinha algum refrigerante. Não, mas tenho alguns limões. Harry deu uma risadinha. Ficaram sentados fumando e bebendo água Perrier até que a leseira começou a passar e ficaram sentados com aquela sensação boa e calma enquanto os olhos começavam a se abrir um milímetro por vez. Após o segundo copo, Marion perguntou a Harry se ele queria algo para comer, Quero, mas não antes de você tomar banho, e ele riu. Seu animal. Pode ser um pouco de iogurte? Harry começou a rir, Iogurte??? Uau ... e eu que sou o animal, e continuou rindo. Marion sorriu, Às vezes, acho que você é doente. Às vezes? É, às vezes. O resto do tempo não tenho dúvida nenhuma. Ela pegou dois potes de iogurte do refrigerador e colocou sobre a mesa, junto com duas colheres. Bom, fico feliz que ao menos parte do tempo você não tenha nenhuma dúvida. A indecisão é algo terrível. Ainda na onda do iogurte de abacaxi, é? Pode crer. Adoro. Mas você nunca sente falta do de morango ou amora ou qualquer outro? Não, só abacaxi. Poderia viver à base disso o resto da minha vida. Bom, mina, se comer iogurte de abacaxi todos os dias é o que te faz ter essa aparência, sou totalmente a favor. Marion levantou os ombros para trás e fez uma pose de leve, Gosta da minha aparência? Ei, tá brincando? Você é sensacional, mina, Harry se inclinou sobre a mesa, Você é boa o suficiente para comer. Bom, talvez seja melhor você começar pelo iogurte. É bem nutritivo. Ah, é? Quer dizer que deixa o seu bicho em pé? Tá, diz aí um número, e eles começaram a rir. Marion balançava a cabeça enquanto sorria e colocava uma colher de iogurte na boca e então lambeu os lábios. Como você ri dessas suas piadas, elas são totalmente horríveis. É, mas adoro elas. Se eu não rir, quem é que vai rir? Marion continuava sorrindo enquanto terminava o iogurte. Eles tomaram mais um copo de água Perrier e estavam realmente curtindo a chapaceira, mesmo que estivessem suando com o calor do dia e da droga. Harry fechou os olhos e começou a respirar profundamente, um sorriso sereno em seu rosto. O que você tá fazendo? Farejando. Farejando? Farejando o quê? A gente, mina. Parece o Mercado de Peixe de Fulton aqui. Marion sorriu e balançou a cabeça, Não seja *deselegante*. É melhor do que ser grosso, né, e, de todo modo, eu sou adorável. Harry riu, e Marion deu uma risadinha, e então ele se levantou, Por que não tomamos uma ducha? Marion sorriu, Achei que você nem sabia fazer isso, e então começou a rir, Gostei dessa. Essa foi boa. Os dois riram, e ele tirou a calça e a cueca e as jogou na cama enquanto seguiam para o banheiro. Marion colocou um pouco de óleo de banho na água, e eles submergiram na banheira e se deliciaram na água calma e perfumada, lavando um ao outro lentamente, fazendo o sabonete espumar e passando a espuma sobre o corpo um do outro e depois lentamente pingando água um no outro, fazendo o calor da tarde flutuar para longe.

Sara continuava a encarar o espelho, piscando. Está vermelho? Ada deu de ombros, Bom, não tá exatamente vermelho, talvez quase, é da mesma família. Mesma família? Não são nem primos distantes. Bom, quem sabe um parente pobre. Que não tem nem plano de saúde. Pobre coisa nenhuma. Isso é vermelho. Não vermelho vermelho, mas vermelho. Vermelho? Está querendo me dizer que isso é vermelho? Sim. Tô dizendo. É vermelho. Tá dizendo que é vermelho? Tô. Tô dizendo. E então como é laranja? Se isso é vermelho, quero saber como é laranja. Quero ver um laranja que não seja parecido com esse aqui. Ada olhou para o cabelo de Sara, e então para o reflexo dela, cabelo, reflexo, então fechou os lábios e deu de ombros, Bom, talvez esteja um pouco laranja mesmo. Um pouco? Ada gesticulava a cabeça em concordância enquanto olhava o reflexo de Sara no espelho, É, parece que talvez tenha ficado um pouco laranja. Um pouco laranja? Um pouco laranja é como um pouco grávida. Ada deu de ombros de novo. Mas qual o problema? Vai dar certo. Qual o problema? Alguém pode tentar tirar suco da minha cabeça. Relaxa, relaxa, querida. Só precisa um pouco mais de tinta. Até ir na televisão vai estar bom. Eu pareço um termômetro. É isso que pareço. Um termômetro de cabeça para baixo. Então não esquente a cabeça.

Relaxa. Vamos comer um pouco de peixe defumado e bialy. Vem, vem, senta aqui. Ada levou Sara para longe do espelho e a sentou à mesa. Vou pegar uma xícara de chá pra você e vai se sentir melhor. Ada colocou a água para esquentar, tirou o peixe do refrigerador e o bialy da caixa de pão e apanhou os pratos e utensílios. O dia todo com o couro cabeludo coçando, ardendo e cheirando feito peixe morto, e pareço uma bola de basquete. Você precisa aprender a relaxar. Esse é o seu problema, você não sabe a hora de relaxar. Tô dizendo que está legal. Amanhã fazemos de novo e você vai parecer a Lucille Ball. Aqui, come um pouco de peixe defumado com bialy.

Tyrone passou no apê de Marion pouco depois do pôr do sol. Ficaram um tempinho sentados fumando um baseado, e então Marion decidiu que deveriam comer, Tô morrendo de fome. É, eu também, me descola um Snickers. Porra, Ty, você nunca come nada além de Snickers? Como, sim, Chuckles.[6] Eu curto Chuckles. Você não manja nada mesmo sobre comer, cara. O que você precisa mesmo é de uma boa sopa de macarrão e frango. Pooorra, uma Pepsi e um Snickers dão conta do recado. Bom, espero que você não se ofenda, mas não vou pegar nenhuma dessas promoções da TV. Quando sinto fome, eu como comida — e sem comentários, Harry, rindo enquanto ele ria de modo amplo. Eu não disse nada. Não, mas você está pensando muito alto. Pooorra, se ele teve um pensamento, foi o primeiro. Todos riram, e Marion foi ao mercado e voltou pouco tempo depois com um grande pão francês fresco, queijo, salame, azeitonas pretas, caponata e duas garrafas de vinho *chianti* barato. Ei, cara, olha só, comida do Sul.[7] Melhor não deixar a MÁFIA te ouvir dizer isso. Os caras ficariam bem chateados. O que é isso? É a Associação Militante dos Ítalo-Americanos. Os caras acabariam com você, mano. Pooorra, a única diferença entre mim e eles é que eu cheiro melhor. Por que um de vocês, *bon vivants,* não abre logo as garrafas enquanto pego uns pratos? Formô. Lá vai, velho. Harry jogou

6   Marca de balas de goma dos EUA. [NT]
7   No original, "soul food", termo usado para se referir a pratos
    tradicionais da culinária negra do Sul dos EUA. [NT]

o saca-rolha para Tyrone, foi até o aparelho de som e sintonizou em uma estação musical. Em questão de minutos, Marion tinha posto na mesa pratos, talheres, faca e tábua de pão. Harry serviu o vinho e então cheirou o copo, deu um gole, fez bochecho com ele e então estalou os lábios. Ótimo buquê. Gosto encorpado. Carregado, mas suave. Um vinho magnífico. Deve ter sido feito há pelo menos uma semana, não? Pooorra, eu tô pouco me lixando pra idade dele. Desde que não lavem meias sujas nele. De onde esse vinho vem, Tyrone, nem existem meias. Ahhh, essa mina é ruim, parça, tipo ruim mesmo, e continuaram rindo enquanto cortavam pedaços do salame, pão e queijo e os faziam descer com o vinho, pegando um pouco da caponata com o pão, ou o enrolando com salame e enfiando na boca, os caras limpavam a boca com as costas das mãos enquanto Marion usava um guardanapo, então Harry pegou o guardanapo e começou a usá-lo. Marion comia lenta e calmamente, e Harry diminuiu de ritmo para acompanhá-la. Quando terminaram, havia apenas farelos de pão e a pele do salame sobre os pratos. Fizeram café e acenderam um baseado. Quando o baseado acabou, Marion serviu a sobremesa, três cannolis. Tyrone mordeu o dele com entusiasmo, e Harry lutava com o seu, tentando imitar o modo elegante de Marion comer sem que o recheio espirrasse por toda parte, quebrando em pedaços pequenos com o garfo e os colocando de modo delicado na boca, aguardando o tempo certo antes de mastigar lentamente e engolir, antes de bebericar do café e limpar a boca delicadamente com o guardanapo. Quando terminaram, Tyrone se reclinou dando tapinhas na barriga, Caramba ... isso foi demais. Eles encheram novamente as xícaras de café e acenderam outro baseado, desfrutando de uma sensação de satisfação profunda e completa, a sensação de certeza absoluta de que o mundo não é apenas a ostra deles, mas também seu linguine e seu molho de ostras. Tudo não apenas era possível, como também era deles. Harry olhava para Tyrone C. Love com olhos baixos, Acho que talvez seja melhor deixar pra lá o lance de ver aquele trampo, hein? Ah, cara, não quero nem falar em trabalho agora, não que em algum momento eu queira, mas nesse momento só quero pensar em Tyrone C. Love e em como ele se sente *beeeeeeeeem*. Tyrone olhou para cima por um minuto, então sorriu, Bom talvez eu queira ficar pensando em alguma gata linda, mas com certeza não quero ter nada a ver com trabalho de jeito nenhum, nananinanão. Marion abriu os olhos o máximo que podia e ergueu as sobrancelhas. Que trabalho é esse? Perdeu alguma aposta? Tyrone deu risada, Caramba, essa mina é fantástica, parça. Harry riu por algum tempo e então explicou a ideia de trabalharem por um curto período de tempo, um período bem curto, e arranjar dinheiro suficiente para conseguir uma leva do bagulho do Brody para cortar e passar adiante. Quando terminou, Marion estava escutando de verdade. Ela concordou que era uma boa ideia, Mas não imagino vocês indo lá a essa hora da manhã. Bom, a gente vai conseguir. Vocês podem até chegar lá, mas quanto tempo vão durar? Ei, mina, não fica urubuzando, tô aqui tão de boa. A gente pensou em descolar uma benzedrina pra segurar a onda. Todos sorriram e gesticularam em concordância. Bom, se é isso que querem, posso arranjar. Sempre tenho um estoque de dexedrina e relaxantes. Pooorra, vamos com calma. A gente precisa de um tempo pra pensar nisso, certo, velho? Harry riu, Não se apavora, Ty, a gente não vai trabalhar hoje de noite. Pode apostar que não vamos. Nãahm. Sem chance de eu arruinar uma chapação boa dessas. Eles riram, então Harry ficou sério por um momento. Que tal amanhã? A gente fica de boa durante o dia e, quando estivermos prontos pra ir, a gente toma umas dexedrinas e leva outras junto, só por desencargo de consciência. Que me diz, Ty? Pooorra, tô dentro, parça. Mas lembra, amanhã. Minha santa mãe sempre me disse pra nunca fazer hoje o que se pode adiar pra amanhã. Tem uma gata que vou ver hoje de noite e que não vou mandar pra casa antes de amanhã. Você tem dexedrina suficiente pra manter a gente de pé? Você sabe que a gente não consegue de cara. Claro. Já falei que tenho dois médicos prescrevendo pra mim. Então estamos de boa. Amanhã de noite a gente faz isso, beleza? Combinado, cara, e estalaram a palma da mão um do outro. A gente tá no caminho.

Sara estava em sua poltrona, assistindo à televisão, lendo seu livro de dieta e racionando os chocolates. Ela leu a introdução, depois pulou e folheou diversos capítulos que falavam da importância de um peso adequado, os gráficos que mostravam o peso adequado para cada altura, os gráficos que relacionavam a incidência de diversas doenças com quilos e percentuais de sobrepeso. Era um caso de "perca peso ou sofra uma morte prolongada e ignóbil". Então ela chegou ao capítulo que provava por que aquele método era superior a todos os outros métodos e como o equilíbrio químico criado no corpo por essa dieta forçaria o corpo a queimar a gordura e os quilos derreteriam feito sorvete ao sol. Parece ótimo. Talvez amanhã eu tome um pouco de sol. Ela continuou lendo e começou a pular mais páginas, Já acredito em vocês, mas cadê a dieta???? Finalmente. Após quase cem páginas, ela tinha chegado à dieta. PRIMEIRA SEMANA. Ela olhou a página toda de uma só vez. Ela piscou, então separou por partes e olhou cada uma delas. Ela permanecia igual. Então ela leu a página toda. Linha a linha, ela leu a página toda. Ela permanecia igual. Ela vasculhou sem olhar a caixa de chocolates, procurando um caramelo com cobertura de chocolate, e mordeu e o chupou enquanto continuava olhando a página sem acreditar.

CAFÉ DA MANHÃ
1 ovo cozido
toranja
1 xícara de café preto (*sem* açúcar)

ALMOÇO
1 ovo cozido
toranja
xícara de alface (sem tempero)
1 xícara de café preto (*sem* açúcar)

JANTA
1 ovo cozido
toranja
1 xícara de café preto (*sem* açúcar)

OBS.: Beber ao menos 2 litros, ou 8 copos de 250 ml, de água todos os dias.

Sara continuou olhando fixo e mastigando. Ela leu com muito cuidado as entrelinhas, sabendo que era onde a informação de verdade estava. Todas as noites no noticiário, aquele belo jovem de bigode e óculos sempre dizia "Lendo nas entrelinhas, se torna óbvio que o que realmente foi dito foi ..." Ela olhava. Ela encarava. Ela segurou o livro em diversos ângulos, mas tudo que podia ver era papel branco. Então finalmente teve um estalo. Ela deu um tapa na própria testa. Que *idiota*. Se essa é a primeira semana, então vai ser diferente na segunda. É claro. Eles vão acrescentando comida. É isso. Ela rapidamente virou a página e ficou olhando ... era a mesma coisa. Exatamente a mesma. Mas por quê — Ah, então essa é a diferença. Ela olhou com muita atenção o cardápio do almoço para a segunda semana e era diferente. O ovo era substituído por um bife de carne moída de 100 gramas, grelhado. Ela olhou depressa o terceiro cardápio. O bife era substituído por 100 gramas de peixe, grelhado. Ela largou o livro no colo e esticou o braço para pegar mais um chocolate. Qualquer tipo de chocolate. Ela olhou para a TV. Como pode? Como comer apenas isso? Até um camundongo passaria fome com isso. Ela se sentia vazia por dentro. Uma tristeza profunda começou a atravessar seu ser. A cabeça começou a pender pra frente, e ela tinha que erguer os olhos para ver a tela. Ela se sentia desamparada, totalmente devastada e só. Absolutamente só. Completamente só. A garganta se fechava e lágrimas rapidamente se acumulavam nos olhos. Ela continuou piscando os olhos e então se viu usando o vestido vermelho, o cabelo um vermelho maravilhoso, desfilando pela tela, tão esbelta, tão enxuta, tão sexy. Cheia de curvas. Fazia quantos anos desde que tinha tido aquelas curvas? Quem se lembra? Quando conheceu Seymour, tinha aquelas curvas. Ela era firme na época. Isso mesmo, firme. Curvilínea. Ah, como Seymour costumava olhar. E tocar. Ele costumava dizer o quanto os amigos dele o invejavam por eu ser tão linda. *Voluptuosa*. Era isso que eu era, *voluptuosa*. Ela assistia a si mesma parada ao lado do anunciante, sendo apresentada à plateia, e ela conseguia ouvir os aplausos e assobios. Ela sorria para o público. Talvez me chamem para aparecer sempre em algum programa de TV quando virem meu visual. Talvez como uma garota Ziegfield.[8] Ela inclinava a cabeça para um lado e depois para o outro enquanto assistia a si mesma na tela, e o rosto se abriu em um sorriso de apreciação. Bom, qual o problema de comer apenas ovos por um tempo? Vou beber bastante água e pensar em magreza, e os quilos vão derreter ... simples assim. Grande coisa. Quem precisa de folhado? Ela terminou os chocolates para não desperdiçar, então foi toda alegre para o quarto, ansiosa para levantar de manhã e começar a dieta que derreteria os quilos sem problema algum, a conduzindo a uma nova vida. Ela até cantou um pedaço de "By Mir Bist Du Schön",[9] enquanto se despia. Os lençóis pareciam refrescantes, a escuridão amigável. Ela suspirou no travesseiro, se ajeitou em uma posição confortável e observou as bolas de luz ricocheteando pelas pálpebras fechadas até que finalmente desapareceram e a mente foi preenchida por Seymour e seus muitos anos de felicidade. Ela respirava e sorria numa pequena prece a Seymour ... e a Harry. Ele sempre tinha sido um garoto tão bom. Como ela adorava arrumá-lo. Ela ainda conseguia ver aquelas coxinhas gordas nas quais dava mordidas, Tão feliz, tão feliz, no carrinho pela avenida e pelo parque ... Ah, se eles pudessem ser bebês para sempre ... mamãe, mamãe, olha ... Ah, Harry, que Deus te livre de toda dor ... Ahhhhh, meu menino ... Que esteja bem e feliz e tenha um bom casamento ... Ahhhhhh, um bom casamento ... E o verão, antes do casamento. Lembra Seymour? No Mardi Gras. Minha primeira vez em Coney Island. Palhaços, dragões, boias, confete ... o sol ... lembra do sol naquele dia, Seymour? Dá pra sentir ele agora. E andamos no carrossel ... Dá até pra ouvir ... de algum modo foi diferente naquele dia. Ah, Seymour, tantos dias foram diferentes com a gente ... e você costumava me agarrar, Sara ria e se mexia de leve, e dizer cada coisa ... Vou aparecer na televisão, Seymour. O que acha disso? A sua Sara na televi-

---

8 Ziegfield Follies era o nome dado a produções de teatro de revista na Broadway no começo do século xx. Entre outras atrações, contava com dançarinas fantasiadas, as "garotas Ziegfield". [NT]

9 "Bei Mir Bist Du Schein", canção popular da língua iídiche, cuja versão em inglês se tornou um sucesso na interpretação do grupo vocal The Andrews Sisters. A diferença ortográfica no título se deve à compreensão fonética que a personagem faz do título da canção. [NT]

são. Ada está ajeitando meu cabelo. Vermelho. Que nem o vestido. Mais ou menos. Lembra, aquele que usei no *bar mitzvah* de Harry? Bom, o cabelo não está pronto ainda, mas Ada vai deixar ele bem bonito. Dá pra imaginar, sua Sara na televisão? Você alguma vez achou que isso aconteceria? Talvez eu fique bastante tempo. Eles podem me querer em algum outro programa também. Lembra que descobriram a Lana Turner numa farmácia? Lembra? Acho que numa Schwab? Quem sabe? É como uma nova vida, Seymour. Já é uma nova vida ... e Sara Goldfarb, a sra. Seymour Goldfarb, repousou a bochecha no travesseiro com a alegria que emanava do coração para todo o seu ser. A vida não era mais algo a se suportar, mas a se viver. Sara Goldfarb tinha ganhado um futuro.

Harry e Marion se injetaram com o restinho do bagulho dele e foram para o sofá, curtir a chapação e a música. Havia uma ternura na música, e eles automaticamente focaram nela, uma ternura na luz que brilhava por cima e por baixo das cortinas, e brilhava em círculos crescentes, filtrados pelas laterais multicoloridas das cortinas, que muito delicadamente empurrava a escuridão para cantos distantes e recobria de modo relaxante a sala com um toque de cor que era amigável aos olhos; e havia uma bondade e uma ternura na atitude de ambos, abraçados e virando a cabeça para evitar soprar fumaça no rosto um do outro; mesmo suas vozes eram baixas e gentis, e pareciam fazer parte da música. Harry alisava o cabelo de Marion o tirando da testa, observando como a luz fraca refletia no preto perfeito do cabelo e fazia o contorno do nariz e das maçãs altas do rosto parecerem brilhar. Sabe de uma coisa? Sempre achei que você é a mulher mais linda que eu já vi. Marion sorriu e olhou para ele, Sério? Harry confirmou com um aceno e sorriu, Desde que conheci você. Marion levantou o braço, acariciou a bochecha dele com as pontas dos dedos e sorriu ternamente, Que bonito, Harry. O sorriso dela aumentou, Isso realmente me faz sentir bem. Harry riu, É bom pro ego, né? Bom, não posso dizer que faça mal algum, mas não foi isso que quis dizer. Me faz sentir toda bem, como ... bom, sabe, muita gente me diz coisas assim e não tem importância, não tem importância nenhuma. Tipo, por que você acha que estão te enrolando? Não, não, nada disso. Não sei se estão, e não me importo. Acho que talvez estejam sendo sinceros, mas, vindo deles, Marion deu de ombros, simplesmente não significa nada pra mim. Eles podem ser as pessoas mais sinceras do mundo, e sinto vontade de perguntar o que isso tem a ver com o preço do café, entende o que quero dizer? Harry respondeu com um gesto afirmativo e um sorriso, Entendo ... Ela olhou nos olhos de Harry por um momento, sentindo a ternura no olhar dela, Mas quando você diz, eu *sinto* isso. Entende o que digo? Realmente *sinto* isso. Significa algo pra mim. Quer dizer, é importante, e não apenas sinto isso, mas acredito nisso por completo ... e me faz sentir bem por dentro. Harry sorriu, Fico feliz. Porque você me faz sentir bem. Ela se virou, empolgada, Sabe por quê? Porque sinto que você me conhece de verdade, meu eu verdadeiro. Você não vê só o exterior, Marion olhava ainda mais atentamente nos olhos de Harry, mas você olha no meu eu interior e vê que tem uma *pessoa* de verdade lá dentro. A vida toda me disseram que sou uma, abre aspas, Morena Linda, fecha aspas, e me diziam isso porque isso deveria resolver tudo. Não se preocupe, querida, você é linda, vai dar tudo certo. Minha mãe é doida desse jeito. Como se isso fosse o Alfa e o Ômega da existência. Tipo, se você é linda, não sente dor ou tem sonhos ou conhece o desespero e a solidão. Por que você ficaria triste, se é tão linda? Nossa, eles me deixam doida, como se eu fosse só um lindo corpo e nada mais. Nenhuma vez, nunca, eles tentaram amar meu verdadeiro eu, me amar pelo que sou, me amar pela minha inteligência. Harry continuava alisando a cabeça dela, acariciando a bochecha e o pescoço e gentilmente afagando o lóbulo da orelha, sorrindo quando ela movia a cabeça, e ela sorria ao ser acariciada por ele. Acho que somos almas gêmeas, e é por isso que nos sentimos tão próximos um do outro. Os olhos dela brilharam ainda mais intensamente quando ela se virou, se apoiou em um braço e olhou para Harry, É isso que quero dizer. Tá vendo, você tem sentimentos. Você consegue apreciar meu eu verdadeiro. Tipo, agora sinto uma proximidade entre nós que nunca senti com ninguém antes ... *ninguém*. Sim, eu sei o que cê quer dizer. É como me sinto. Não sei se consigo colocar em palavras, mas — É só isso, não precisa de palavras. Essa é justamente a questão. Tipo, qual é a utilidade de todas as palavras quando não há sentimento por trás delas? São só palavras. Tipo, posso olhar para uma pintura e dizer, que linda. O que isso significa para a pintura? Mas eu não sou uma pintura. Não sou bidimensional. Sou uma *pessoa*. Nem mesmo uma pintura de Botticelli respira ou tem sentimentos. É linda, mas ainda é uma pintura. Por mais lindo que seja o exterior, o interior ainda tem sentimentos e necessidades que apenas palavras não saciam. Ela se aninhou no peito dele, Harry colocou um braço em volta e segurou a mão dela, É, você está certa. Não é só o lado de fora que é lindo, mas eles não sabem. Não adianta. É por isso que você não pode se preocupar com o mundo. Eles vão te pegar de todo jeito. Você não pode depender deles, porque, mais cedo ou mais tarde, eles vão se voltar contra você ou simplesmente desaparecer e te deixar sozinha. Marion franziu a testa por um momento, Mas você não pode virar as costas para todo mundo. Quer dizer, você precisa ter alguém pra amar ... alguém para abraçar ... alguém — Não, não, não é isso que quero dizer, Harry a aproximou novamente de seu peito, Estou falando do bando de otários que tem por aí. Alguém como você poderia realmente me fazer bem. Com você do meu lado, eu realmente poderia conquistar algo. Marion quase suspirou. Você está falando sério mesmo, Harry? Você acha mesmo que eu posso inspirar você? Harry a olhou bem nos olhos, depois voltou o olhar para o rosto dela e gentilmente deslizou a ponta do dedo sobre a bochecha e pela curva do nariz, o rosto e os olhos dele num sorriso terno, Você poderia realmente fazer minha vida valer a pena. Um sujeito precisa de algo a que dedicar sua vida, senão qual é o sentido de viver? Preciso mais do que as ruas. Não quero ser um jogo de dados ambulante por toda minha vida. Quero ser alguma coisa ... qualquer coisa. Marion o abraçou com força, Ah, Harry, acho que posso mesmo te ajudar a ser algo. Tem alguma coisa em mim implorando para ser libertada, mas preciso que a pessoa certa abra a fechadura. E você pode abrir, Harry. Eu sei. Harry a abraçou enquanto ela se espremia contra ele. É, tenho certeza que podemos. Ele alisou a cabeça dela por um momento enquanto olhava para o teto, Por isso quero arranjar uma grana e comprar aquela heroína. Não quero passar minha vida ralando na rua e acabar como todos os outros. Se eu conseguir uma grana, posso entrar no ramo e me estabelecer. Ele olhou para Marion e sorriu, Nunca disse isso pra ninguém, mas sempre quis abrir um desses lugares meio cafeteria, meio teatro. Sabe, com boa comida, pães e diferentes tipos de café, chocolate quente e chás do mundo todo, Alemanha, Japão, Itália, Rússia, de todo lugar. E podia ser meio que um grupo teatral, onde rolariam apresentações à noite e talvez mímicos fazendo pequenas intervenções de vez em quando. Sei lá, ainda não pensei em tudo, mas — Marion se sentou, Ah, isso é fantástico. É uma ótima ideia, Harry. Ah, dava para ter até pinturas feitas por jovens artistas nas paredes. Poderia ser também um tipo de galeria. Esculturas. Harry assentiu, Isso. Parece maneiro. Ah, Harry, vamos fazer isso. Ah, vamos. É uma ótima ideia. Posso descolar os pintores facinho. Ah, e a gente podia ter leitura de poesia duas vezes por semana. Ah, Harry, é tão empolgante, e poderia dar certo, sei que poderia. É, eu sei. Imagino que possa levar um tempo, mas eu poderia quem sabe até abrir dois, saca? Depois de dar certo aqui, a gente podia ir para Frisco e abrir um lá. Ah, você ia adorar San Francisco, Harry. E lá eu conheço muita gente para botar esse plano em prática, os mímicos, poetas, pintores, conheço todo mundo, e vai saber o que poderia acontecer depois disso. Harry sorriu, É. Mas a gente tem que fazer dar certo por aqui antes de abrir as asas. Ah, eu sei. Mas podemos planejar mesmo assim. Quanto tempo você acha que leva para arranjar o dinheiro? Harry deu de ombros, Sei lá. Não muito. Assim que a gente pegar a primeira remessa fica fácil. Ela o abraçou, Ah, Harry, tô tão empolgada. Não sei nem o que dizer. Harry riu, Nunca teria imaginado. Eles riram, se abraçaram e se beijaram, primeiro delicadamente, depois com mais paixão, e Harry afastou o rosto alguns centímetros e olhou de modo amoroso para Marion, Eu te amo, a beijou na ponta do nariz, nas pálpebras, nas bochechas, nos lábios macios, no queixo, no pescoço, nas orelhas, e então enterrou o rosto no cabelo e acariciou as costas com as mãos e sussurrou o nome dela no ouvido, Marion, Marion, e beijos e sentimentos fluíam por ela, afastando todos seus problemas, dúvidas, medos, ansiedades, ela se sentia confortável, viva e energizada. Ela se sentia amada. Ela se sentia necessária. Harry se sentia real, substancial. Ele conseguia sentir todas as peças soltas se encaixando em seus devidos lugares. Ele se sentia na iminência de algo importante. Eles se sentiam completos. Eles se sentiam unidos. Embora ainda estivessem no sofá, eles se sentiam parte da vastidão do céu, das estrelas e da lua. Eles, de algum modo, estavam no topo de uma colina com uma suave brisa soprando o cabelo de Marion de modo fluido, caminhando por florestas ensolaradas e campos repletos de flores, a liberdade dos pássaros voando pelo ar, chilreando e cantando, e a noite agradavelmente quente enquanto a luz suave e filtrada continuava a afastar as sombras, enquanto abraçavam um ao outro, se beijavam e empurravam a escuridão um do outro para os cantos, acreditando na luz um do outro, nos sonhos um do outro.

Sara acordou sorrindo. Era cedo, mas ela se sentia totalmente renovada. Ela não tinha certeza se havia sonhado ou não, mas se tinha, tinha sido um sonho lindo. Ela pensou ter ouvido os pássaros chilreando. Ela se levantou e foi toda feliz para o banheiro, tomou banho e se aprontou para o novo dia. Ela observou o cabelo no espelho, deu de ombros e sorriu. Grande coisa. Está lindo. É da mesma família, ela riu. Crack, bum, alakazam, é um céu alaranjado. Ela riu de novo e foi toda faceira para a sala de estar, ligou a TV, então foi para a cozinha, colocou um ovo para ferver e saiu para checar a caixa de correio e ver se os papéis da televisão já tinham chegado. Ela sabia que o carteiro só viria dali a duas horas, mas nunca se sabe. Podia ter havido uma entrega especial de algum tipo, ou talvez um carteiro diferente tivesse entregado correspondência mais cedo. Sua caixa de correio estava vazia. As outras também. Ela voltou para o apartamento e começou a preparar a toranja, se perguntando se deveria comer primeiro a toranja ou o ovo. Ela bebeu do café preto, pensando, então comeu parte da toranja, depois o ovo, e em seguida terminou a toranja. E então tudo tinha acabado. Parecia que ela tinha acabado de levantar e o café da manhã já tinha acabado. Ela deu de ombros, encheu um copo de água e bebeu, visualizando os quilos derretendo. Ela se sentou à mesa, bebendo café, mas as mãos pareciam querer pegar algo, então ela se levantou e lavou a louça, secou e guardou, e então olhou para o relógio se perguntando quanto faltava para a hora do almoço, e se deu conta de que ainda não era nem a hora do café da manhã, e uma sensação de pânico se iniciou no estômago, mas ela voltou para o quarto, arrumou a cama, ajeitou o quarto e mandou o estômago parar, Você vai se sentir melhor no vestido vermelho do que com um folhado de queijo. Ela cantava, e murmurava, e se mantinha em movimento enquanto limpava a sala de estar, esperando até a hora de Ada cuidar do cabelo dela de novo. Enquanto limpava, foi ficando cada vez mais interessada no programa da televisão e então ela finalmente parou e se sentou na poltrona para assistir ao resto do programa. O final não foi apenas feliz, mas também engraçado e enternecedor, e seu coração ficou ainda mais feliz quando pegou a toalha e saiu do apartamento. Ela checou a caixa de correio de novo e foi até Ada. Ao menos hoje não vai ser tão ruim. Só mais um pouco de tinta. Recebeu a carta? O carteiro não passou ainda. Acho que talvez chegue hoje. Você acha que vão dizer qual é o programa? Sara deu de ombros, tomara que sim. Ou talvez o que você vai ganhar? O que vou ganhar? um fim de semana com o Robert Redford, como vou saber? Talvez quando eu descobrir qual é o programa, saiba os prêmios. Ada enrolou a toalha em volta do pescoço de Sara enquanto ambas se ajeitavam na frente do aparelho de TV, Eu vi ontem uma senhora do Queens em um programa, e ela ganhou um carro novinho, um conjunto com seis malas de viagem incluindo um estojo de maquiagem, ah, um azul tão lindo. Sabe, Ada, é bem disso que preciso. Um carro novo e malas. Para eu dirigir para Miami. Sempre levo bagagem nova quando vou para Fontainebleau, Você precisa encerar o carro, e não com qualquer cera, mas uma especial. Naquele calor, você precisa proteger o carro. Me conta, o carro era grande o suficiente para um motorista e as malas? Ada começou a aplicar a tinta, Você tinha que ter visto a mulher, ela quase desmaiou. Acho que ela mora perto dos Katz. Dos Katz? Isso, lembra? Rae e Irving Katz. Ele costumava morar perto da delicatéssen do Hymie. Quando isso? Talvez uns dez anos atrás. Quem sabe? Deixa ver, dez anos atrás, os Katz perto da delicatéssen do Hymie. Foi quando meu Seymour morreu. Ah, eu sei, eu sei. Mas você lembra. Eles tinham um menino tão querido. Ele é um médico importante agora. Em

Hollywood. Ah, sim, eu lembro. Eles moram perto da mulher do carro e das malas? Ada deu de ombros. Talvez. Eles se mudaram pro Queens. Talvez se conheçam. Enfim, um belo prêmio. É bem disso que preciso. Vi ontem um casal ganhar uma piscina. Uma piscina? Isso. Já veio com filtro, aquecedor e todo tipo de coisa. É bem disso que preciso. Eu podia tirar o sofá e colocar na sala de estar. Não daria certo, Sara. Eles aumentariam seu aluguel. Aumentar por quê? Por tudo. Eu dou as malas pra eles. Eles fazem a viagem e me deixam em paz. Cuidado, não se mexe enquanto faço isso. Você não precisa do nariz vermelho. Ada cuidadosamente aplicava a tinta enquanto continuavam falando e especulando, e quando terminaram Sara olhou para o relógio, Que bom. Bem na hora do meu almoço. Para variar, acho que vou comer um ovo, uma toranja, café preto, um pouquinho de alface. *Bon appétit*.

Harry e Marion dormiram nos braços um do outro no sofá. A música ainda tocava, e a luz do abajur no canto se misturava à luz do sol que se insinuava pelas cortinas fechadas. Havia uma calma no quarto que de algum modo ignorava as ruas do Bronx, lotadas de pessoas e veículos resmungando, gritando e rugindo. A pele deles estava molhada do ar úmido e quente, mas eles dormiam descansados e sem perturbações. O apartamento, e tudo nele, parecia isolado e insulado de seu entorno, e refletia a atitude dos dois dormindo. Ocasionalmente, um caminhão vibrava as janelas e balançava o assoalho e as paredes, mas o som era abafado pelo ar estático; e, de tempos em tempos, algo agitava o ar, e as partículas de pó que flutuavam na luz do sol dançavam enquanto o ar as acariciava em nuvens. O sol de verão continuava a se erguer no céu e a enviar ondas de calor sobre a cidade, e a umidade pesada a ungir corpos e roupas, e as pessoas se abanavam e limpavam o suor do rosto tentando sobreviver a mais um dia miserável enquanto Harry e Marion passavam o dia pacificamente dormindo, abraçados, alheios à realidade que os envolvia.

Sara checou a caixa de correio após um almoço substancial, no qual tinha comido um pouco de alface a mais. Bom, na verdade, não se podia chamar de trapaça, pois foi só meia xícara de alface... . Bom, realmente depende de como você mede: solto ou apertado. Se você coloca só um pouquinho de alface na xícara de medição, tem mais ar do que alface. Tudo que Sara fez foi tirar o ar entre as folhas de alface ... completamente, colocando quase meia cabeça de alface em meio copo. Qual é o problema? Você não vai precisar de palito de dente, independente de quanto alface comer. Ela bebeu dois copos de água, rapidamente, e então tentou se convencer de que estava satisfeita, mas quem ela estava enganando? Ninguém acredita numa história dessas. Não tô satisfeita nada, tô é morrendo de fome. Ela olhou o livro de novo, e ele assegurava que, após um ou dois dias (dois! só pode ser brincadeira!!!), você estaria consumindo a própria gordura e não sentiria fome. Estou esperando. O livro também sugeria que ela visualizasse a si mesma com o peso perfeito e se concentrasse nisso para evitar pensar em qualquer fome que pudesse ter (*pudesse* ter? Quem está enganando quem?!), e ela fazia isso e mais uma vez via a si mesma em seu maravilhoso vestido vermelho, com cabelo vermelho e sapatos dourados, parecendo tão *voluptuosa* enquanto caminhava pela tela da televisão, mas, mesmo com o peso perfeito e parecendo tão alegre, ela ainda estava faminta. Não vou sentir fome só porque sou magra e linda? Não preciso comer só porque sou maravilhosa? Ela olhou para o livro, Ah, você deve *morrer* de uma vez? Ela não quis café, mas foi até a caixa de correio. E ainda nada do correio. Ela voltou para o apartamento e ficou parada no meio da cozinha olhando para o refrigerador, e podia sentir que se inclinava lenta, mas continuamente na direção dele, e ela ficou fascinada e hipnotizada pela ação, se perguntando quanto conseguiria se inclinar pra frente antes de cair de cara, e foi se inclinando mais e mais, até que subitamente esticou os braços e evitou cair se escorando no refrigerador. Não preciso disso. Ela deu as costas para o refrigerador e andou de lado, passando por ele em direção ao banheiro. Ela remexeu o cabelo e o olhou com cuidado. Ainda não era o vermelho que ela queria, mas era vermelho. Meio cenoura, mas vermelho. Definitivamente da mesma família. Amanhã ela vai tratar o cabelo de novo e talvez fique perfeito, mas por ora está legal. Talvez ela saia e pegue um pouco de sol enquanto espera o carteiro. Todas vão querer ver como é maravilhoso o cabelo novo dela. Ela parou na porta da cozinha e virou as costas jogando a cabeça na direção do refrigerador, Grande coisa, e pegou a cadeira de praia e foi faceira para a rua, primeiro checando a caixa de correio. Ela se juntou às outras mulheres pegando sol sentadas ao longo do prédio. Algumas tinham refletores que seguravam sob o queixo enquanto olhavam para cima, na direção do sol. Sara podia sentir como o cabelo brilhava no sol e balançava a cabeça de leve enquanto aguardava o primeiro comentário. Ada contou para nós. Está lindo. Obrigada. Amanhã vamos escurecer um pouco. Para combinar com o vestido vermelho. Então por que escurecer? Agora está parecendo o da Lucille Ball. Só que não sou ela. Mas logo ... Estou de dieta. Uma das senhoras baixou o refletor por um momento, Coalhada e alface, e então ergueu o refletor de novo. As mulheres mantinham os olhos fechados e o rosto virado na direção do sol enquanto conversavam. Que dieta você está fazendo? Ovos e toranja. *Oi vey*. Fiz essa uma vez. Boa sorte, querida. Não é tão ruim. Está fazendo há quanto tempo? O dia todo. O dia todo? É uma da tarde. O dia todo é pra sempre? E daí? O dia todo ainda é o dia todo. Estou pensando em magreza. A minha Rosie perdeu mais de vinte quilos rapidinho. Rapidinho? Rapidinho? Rápido, rapidinho. Puf. Botou ela numa sauna? Um médico. Deu umas pílulas pra ela. Faz você não querer comer. E o que tem de bom nisso? Quem quer não comer? Você quer dizer que eu não estaria aqui pensando em picadinho de fígado e sanduíche de pastrami? Com uma rodela de cebola e mostarda. Arenque. Arenque? É, arenque. Com creme azedo. Com *matzá*. Um lanchinho. Quando o sol se esconder atrás daquele prédio vou fazer um lanche, contraindo os olhos sob o sol, talvez daqui uns vinte minutos. Você não deveria falar assim quando alguém está de dieta. Ah, grande coisa. Vou comer uma folha extra de alface. Estou pensando em magreza. As mulheres continuaram sentadas nas cadeiras, encostadas na parede do prédio, rostos virados para o sol, conversando até o carteiro chegar. Sara recolheu a cadeira dela e o seguiu até o interior do prédio. Ada e as outras senhoras a seguiram. Goldfarb. Goldfarb. Sei que tem uma correspondência importante para Goldfarb. Bom, não sei. Não tem muita coisa aqui, umas duas só, e ele continuou colocando as cartas nas caixas, não vem muita coisa a não ser no começo do mês, com os cheques da aposentadoria. Mas eu estou esperando uma coisa — Aqui, uma carta para Goldfarb, Sara Goldfarb, e entregou a Sara um envelope espesso. Vamos ver. Abre, abre. Sara abriu cuidadosamente o envelope, sem querer rasgar nada do que havia dentro, e puxou um formulário e um questionário em duas partes, com um envelope de retorno anexado a eles. E, então, qual é o programa? O carteiro fechou as caixas e contornou o aglomerado de mulheres ao redor de Sara, Até logo, tenham um bom dia, certo? e deixou o prédio assobiando. As mulheres acenaram automaticamente e disseram um ou dois até logo, então se inclinaram, com atenção, na direção de Sara. Não diz qual é o programa. Quê? Como você pode saber se eles não contam para você? Eles decidem depois que você manda esse formulário. Por que tanto mistério? Ada pegou a carta de Sara, e Sara apontou para o parágrafo, Tá vendo? Ada meneava a cabeça conforme lia, "...como agência de propaganda de diversos shows da TV que utilizam participantes, além de propostas de shows, gostaríamos de aproveitar a oportunidade ..." Um monte de palavras pra dizer nada. É que nem na novela, sintonize amanhã para o próximo capítulo. Elas riram e voltaram para as cadeiras para pegar o restinho do sol antes de ele se esconder atrás do prédio. Sara deu de ombros e voltou ao apartamento para examinar o questionário. Ela ligou a televisão, sentou-se na poltrona e leu o questionário diversas vezes antes de ir até a cozinha. Ela deu as costas ao refrigerador e fez uma xícara de chá, então se sentou à mesa da cozinha para preencher o formulário. Na verdade, Sara não tinha preenchido muitos formulários na vida, mas, sempre que enfrentava a tarefa, parecia a princípio impossível. Com aquele era a mesma coisa. Ela simplesmente se sentou de costas para o refrigerador e bebeu do chá por algum tempo, segura de que logo começaria a fazer sentido. Ela olhou para o formulário com o canto do olho e então o deslizou pela mesa até que estivesse bem na frente dela, de modo que quase tocava no nariz. Bom, grande coisa. Vou deixar um pedaço de papel me chatear? Quer fazer perguntas? Vai lá, sr. Sabichão, me faz uma pergunta. Ugh. Chama isso de pergunta? Esse tipo de pergunta, respondo seis de uma vez só. Ela começou a preencher o formulário, escrevendo cada letra com cuidado. O nome dela. Endereço. Número da previdência. Ah, moleza, e ela deslizou de uma pergunta para outra, até parar abruptamente. Vai começar a fazer perguntas pessoais? E desde quando profissionais revelam seus segredos? Ela franziu a testa para o formulário, o olhando com o canto do olho enquanto bebia chá. Tá, se você quer saber então vou contar, e rapidamente escreveu alguns números: data de nascimento. A questão seguinte era: idade. Agora querem que eu some para eles. Não sou nenhum Einstein, mas posso fazer isso. Ela olhou a pergunta seguinte, sorriu e depois riu, dando de ombros antes de responder. Estado civil: querendo, precisando. Talvez mandem o Robert Redford para mim ... ou mesmo o Mickey Rooney. Sexo: E por que não? Ela riu e continuou falando com o formulário, preenchendo as respostas de modo cuidadoso e claro. Quando terminou, releu diversas vezes, se certificando de que cada resposta estava totalmente correta e que nada tinha sido ignorado. Ela não poderia ser desleixada ou preguiçosa com uma coisa importante como aquela. Quantos sonhos se tornariam realidade por meio daquele formulário? Onde ele poderia levá-la? Todos os dias ela via na televisão coisas subitamente dando certo para pessoas. Pessoas se casavam. Filhos voltavam para casa. Todos eram felizes. Ela ficou sentada de olhos fechados por um instante, e então gentilmente dobrou o formulário, do jeito que tinha vindo, e colocou no envelope que tinha vindo com endereço, lacrou pressionando a aba por longos segundos, e, então, o colocou na cadeira e se sentou em cima para ter certeza. Se não colar assim, então não cola mais. Ela fez um movimento com a cabeça e os ombros para o refrigerador, Quem precisa de você? e saiu para postar o formulário. Algumas das mulheres estavam ainda sentadas na sombra. Sara abanou com o envelope, Prontinho para mandar. Elas andaram junto com ela até a caixa de correio na esquina. Quando será que vão responder? Talvez mandem você para passar uma semana no Grossinger,[10] é pra lá que mandam todas as estrelas. E vou comer ovos e toranja no Grossinger? As mulheres sorriam e davam risada enquanto desciam a rua. A amiga delas, Sara Goldfarb, amiga por vinte anos, para algumas até mais, amiga delas, iria aparecer na televisão. Há tristeza e miséria na vida de todos, mas de vez em quando surge um raio de luz que derrete a solidão do coração e traz o mesmo conforto de uma sopa quente ou de uma cama macia. Esse raio de luz já brilhava sobre a amiga delas, Sara Goldfarb, e elas também compartilhavam da luz e compartilhavam sua esperança e seu sonho. Sara baixou a portinha da caixa de correio e beijou o envelope antes de deslizá-lo para dentro. Ela fechou e abriu de novo para ter certeza de que ele tinha caído na caixa e confiou seu sonho ao Serviço Postal dos Estados Unidos.

O pessoal das nove às cinco, o pessoal da marmita, que pega ônibus pro trabalho, fodido e mal pago, os caretas, esse povo estava todo em casa, ou a caminho, quando Harry e Marion iniciaram um novo dia. Quando abriam os olhos, mesmo que parcialmente, as sombras pareciam atacar e forçá-los a se fechar, então se ajeitavam o melhor que podiam no sofá estreito, gemendo sem se dar conta, e tentavam voltar a dormir, mas, embora os olhos estivessem pesados e o corpo lento, era impossível dormir mais, então ficaram suspensos entre o despertar e a escuridão até que a escuridão se tornou desconfortável demais e eles se forçaram a firmar o corpo e sentaram na beirada do sofá por um instante, tentando se orientar. Harry massageava a parte de trás do pescoço, Uau, parece que eu estava jogando futebol, nossa. Ele desgrudou a camiseta, Tô pingando de suor. Tira e põe ela nas costas da cadeira. Vai secar rapidinho. Vou fazer café. Harry observou Marion atravessar a sala, a bunda dela balançando delicadamente de um lado para outro. Ele colocou a camiseta nas costas da cadeira, olhou pela janela por um momento, afastando

---

10   Antigo *resort* de luxo nas Montanhas Catskill,
     no estado de Nova York. [NT]

a cortina apenas alguns centímetros, assistindo à ação na rua com um olhar tão vazio que tudo parecia se dividir em diversas imagens e por fim ele teve que piscar para tudo voltar a seu lugar. Ele coçou a cabeça e abriu os olhos um pouco mais por alguns instantes. Ele gradualmente se deu conta dos ruídos vindos da cozinha, então soltou a cortina e se juntou a Marion enquanto ela colocava as xícaras de café na mesa. Bem na hora. É. Eles se sentaram e começaram a bebericar do café enquanto fumavam. Nossa, nem lembro de pegar no sono, e você? Marion sorriu, Só lembro de você alisando meu pescoço e sussurrando pra mim. Harry riu, Pela dor na minha mão, devo ter alisado a noite toda. Marion soava quase tímida, Foi bom. Eu adorei. Noite passada foi a melhor noite que já tive na minha vida. Tá tirando uma com a minha cara? Ela sorriu de modo doce e balançou a cabeça, Não. Depois de dormir com você vestido, como posso estar tirando uma com a sua cara? Harry riu e deu de ombros, É. É um pouco esquisito, né? Mas é meio massa. Marion concordou, Acho que é lindo. Harry bocejou e balançou a cabeça de novo, Cara, não consigo acordar hoje de manhã, ou de noite, ou o que quer que seja. Ó, Marion passou um comprimido para ele, toma isso e você já acorda. Hum, o que é isso?, colocando na boca e engolindo, e então ajudando a descer com café. Um comprimido de dexedrina. Você pode tomar outro antes de ir pro trabalho. Trabalho? Ah, sim, é pra gente ir até o centro pra ver o trampo dos jornais, né? Nossa. Não se preocupa, quando você terminar a próxima xícara de café já vai ter uma sensação diferente. Especialmente quando lembrar do motivo pelo qual está trabalhando. Harry coçou a cabeça, É, acho que se pá sim. Mas, nesse momento, parece impossível. Então não pensa nisso. Ela encheu as xícaras de novo, Quando a gente terminar, vamos tomar uma chuveirada. Isso. Ela sorriu, Que nem banho de chuva.

Harry estava não apenas completamente acordado quando Tyrone ligou, como também estava muito ansioso e falou por duas horas sem parar, tentando baixar a bola da dexedrina dando uns dois pegas no baseado de vez em quando. Ele era ativamente parte da música, seu corpo se movia de modo enérgico, discretamente estalando os dedos, a cabeça parecendo estar no meio dos acordes conforme os absorvia. Quando parava de falar tempo suficiente para tomar um gole de café, dar uma tragada no cigarro, um pega, ou simplesmente respirar, a mandíbula continuava se mexendo enquanto ele rangia os dentes. Nossa, eu poderia escutar isso a noite toda. Esse desgraçado tem um som incrível, realmente de outro mundo ... isso, mano, sopra ... Harry fechou os olhos por um momento, mexendo a cabeça no ritmo da música, a cabeça inclinada na direção do rádio, Tá ouvindo isso? Você curte o jeito que ele vai descendo até achatar o tom? Cara! demais ... é isso aí, mano, hahaha, mete bronca nesse trompete, nossa que demais. O jeito que ele meio que só flutua pelo ritmo me deixa de cara, saca? Tipo não é uma mudança súbita com um solo funkeado e pratos, mas só um deslizar sereno até o ritmo, e quando você se dá conta já tá estalando os dedos. Ele é doidíssimo, cara, doidíssimo ... A música terminou, e Harry voltou a atenção para Marion após terminar o café. Marion encheu de novo a xícara dele. Sabe, depois que a gente descolar o bagulho e arranjar a grana, a gente devia ir no centro num desses lugares curtir um pouco de música. Eu adoraria. Tem um monte de coisa que a gente vai fazer quando levantar a grana. Vamos nos mudar. Vamos dar um jeito na vida e dar uma mudada geral. A gente vai botar a cafeteria pra funcionar rapidinho, e aí a gente vai pra Europa, e você pode me mostrar todas aquelas pinturas das quais sempre fala. A gente pode até arranjar um estúdio, e você pode voltar a pintar e a esculpir. As cafeterias vão se administrar, com as pessoas certas no comando, e a gente pode só zanzar pelo mundo por uns tempos, relaxar e curtir a paisagem. Você vai adorar, Harry. Caminhar por quilômetros de Ticianos no Louvre. Você tá falando do *Lú--vre*? hahaha. Um lugar onde sempre quis ir é Istambul. Não sei por quê, mas sempre quis ir pra Istambul. Especialmente no Orient Express, saca? Talvez com Turhan Bey e Sydney Greenstreet e Peter Lorre. Nossa, não consigo esquecer ele. Lembra dele em *M, O Vampiro de Dusseldorf*? Marion assentiu, Sempre me perguntei como deve ser daquele jeito, sabe, um pedófilo. Eu sei lá, mas sempre senti tanta pena desses caras, quer dizer, eu sinto pena das crianças também, mas esses caras, nossa, deve realmente ser uma doença ter que catar criancinhas e enganar elas para irem até algum porão e então transar com elas, nossa ... Me pergunto o que se passa na cabeça deles, tipo o que eles pensam a respeito? Deve ser uma bosta quando acordam sozinhos e descobrem o que fizeram ... nossa. E na prisão todos os outros presos odeiam eles, sabe? Marion assentiu de novo, Eles são os sujeitos mais detestados do xadrez. Todo mundo inferniza eles, e quando algum detento mata eles ninguém faz nada, mesmo sabendo quem foi. Eles simplesmente viram as costas e vão para outro lado, e, em algumas prisões, eles são obrigados a virar escravos sexuais e se não aceitam são simplesmente estuprados. Cara, deve ser dureza. Fico feliz que essa não seja a *minha* tara, se inclinou e olhou de modo ainda mais atento para Marion, os olhos saltando das órbitas, o peito vibrando com as batidas do coração, Fico feliz por nós, e por não precisarmos de nada nem ninguém mais, só nós, segurou as mãos dela com as dele e as acariciou por um momento, depois beijou as pontas dos dedos, as palmas das mãos, as segurando firme contra sua boca por um momento, e então acariciou a palma com a ponta da língua e olhou por cima das mãos, e ela sorria com a boca, os olhos, o coração, seu ser inteiro, Eu te amo, Harry. Vamos fazer coisas incríveis juntos, mina, e mostrar pra esse mundo como é que se faz, porque sinto nos meus ossos, tipo, sinto de verdade, que não tem nada que eu não possa fazer, nada, e vou fazer você a mulher mais feliz do mundo, e essa é uma promessa e também um fato porque tenho algo em mim que sempre quis escapar e nada pode me deter, vamos direto pro topo, e, se você quiser a lua, ela vai ser sua e vou até embrulhar ela pra presente pra você — Marion continuava segurando as mãos dele e o olhando nos olhos, a expressão dela era terna e amorosa — Vou te dizer, me sinto feito Cirano, e ele levantou e agitou o braço direito como se segurasse uma espada, Tragam-me gigantes, não meros mortais, tragam-me gigantes e vou cortá-los em pedacinhos e — a campainha tocou, Marion levantou e foi até a porta, rindo, Espero que não seja dos grandes. Ela abriu a porta, e Tyrone deslizou para dentro. Harry ficou parado no meio da sala de estar brandindo sua espada imaginária, Esse é um gigante? Em guarda! e ele começou a esgrimir com Tyrone, que apenas ficou parado lá tentando erguer os olhos, Meu pai era o melhor espadachim de Tel Aviv, e ele continuava indo pra frente com sua esgrima, se defendendo, estocando, dobrando os joelhos e, subitamente, enquanto estava abaixado, ele esticou o florete pra frente e acertou o inimigo com um golpe mortal, *touché*! Harry se inclinou, o braço de batalha na cintura, e empurrou Tyrone até a cozinha. Marion riu. Ei, velho, qual é o *seu* problema? Problema? Nenhum problema comigo. Nunca me senti melhor na minha vida. É um grande dia. Um dia importante. Um dia que entrará para os anais da história como o dia em que Harry Goldfarb virou o mundo, deixou ele de cabeça para baixo e bunda para cima, o dia em que me apaixonei completa e irremediavelmente e dei para a minha amada minha pluma branca, e ele se curvou novamente, e Marion o cortejou e aceitou a pluma, e ele se ajoelhou aos pés dela, e ela baixou a mão estendida, Levante, Sir Harold, cavaleiro da ordem real, defensor do reino, meu amado príncipe — Pooorra, só perguntei qual era o problema dele e ganhei um programa de TV — Marion e Harry riam, e Tyrone parecia suspenso por cordões invisíveis que ameaçavam se romper a qualquer momento — Cês tão tudo louco, mano. Tudo bem, Ty? você tá meio pálido, e Harry começou a rir. Não é uma vergonha? esse pau no cu não é uma vergonha? Melhor fechar os olhos, cara, você vai sangrar até a morte, e Harry riu mais alto, e Marion deu uma risadinha enquanto balançava a cabeça. Ah, pooorra. Parece que tô no meio de um gibi, parça. Harry ainda ria. Você tem que entrar na onda, cara. Não seja mala. Tyrone se sentou à mesa da cozinha e olhou para Marion. Que comida você deu pra esse bichano? Amor, cara. Ela tem me alimentado com amor. Finalmente encontrei a dieta que procurei toda minha vida. Não sabe que é o amor que faz o mundo girar, velho? Não tô preocupado com o mundo, mano, só com você. Harry e Marion riam enquanto Tyrone sorria de leve, e Harry girou Marion em um círculo e então colocou os braços em torno da cintura dela, beijando o pescoço delicado enquanto ela se dobrava de leve nos braços dele. Passei a noite trepando até ficar só o osso, e você fica aí com essa sua cara feia no vento, me dizendo que o amor faz o mundo girar. Pooorra. Me faz querer dormir mais trinta e sete anos. Tyrone deu uma risadinha, e Harry e Marion riram, e ela deu uma dexedrina a Tyrone, que jogou na boca e engoliu com uma xícara de café. Não sei por que tô aqui. Juro que não sei. Se aquela gata não tivesse me acordado e dito que eu tinha que ir, porque fiz ela prometer que me mandaria embora ... pooorra, eu podia dormir até numa cerca de arame farpado. É o poder do amor, Ty. Foi isso que te trouxe aqui. A gente mandou vibrações de amor para que esse seu rabo pálido, mas adorável, viesse até aqui, e a gente pudesse faturar uma grana e comprar aquele bagulho. Pooorra. O que amor tem a ver com tá de olho no bagulho? Harry inclinou Marion enquanto a segurava com uma mão nas costas dela e cantou, à la Russ Columbo, *Ah but you call it madness, but I call it love*.[11] Só espero sobreviver por tempo suficiente pra esse comprimido esquisito fazer efeito antes de vocês me deixarem doido. Esse é um investimento de curto prazo, e Harry começou a gargalhar enquanto Marion dava uma risadinha e sacudia a cabeça, Ah, Harry, que horror, e os olhos de Tyrone se escancararam, rapidamente, e ele olhou para Harry, uma falsa expressão de descrença no rosto, Alguém mata esse cara, ele tá *sofrendo*, e a risadinha de Tyrone se juntou às gargalhadas de Harry, e Marion começou a rir, e todos ficaram sentados à mesa, e, quando Marion parou de rir, encheu as xícaras de novo, e Harry finalmente desacelerou o suficiente para respirar uma ou duas vezes, e foi capturado por uma música, sua consciência absorvida e envolvida pela música, e ele ficou com os olhos meio fechados e começou a agitar a cabeça e estalar os dedos enquanto ouvia, Pooorra, ele pode até parecer um idiota, mas com certeza é melhor assim ... porra, isso me dá arrepios, e Marion começou a rir, e Tyrone continuava rindo, e Harry olhou para ele com uma expressão *blasé*, Fica de boa, cara, e voltou a balançar a cabeça e estalar os dedos, e Tyrone C. Love terminou a segunda xícara de café e as dobradiças dos olhos escancaram as pálpebras, e ele começou a beber a terceira xícara de café, acendeu um cigarro e se reclinou na cadeira, Sopra essa porra, mano, e começou a agitar a cabeça e estalar os dedos, e Harry, de olhos ainda meio fechados, esticou o braço para o lado, com a palma para cima, e Harry acertou um tapa nela, Pooorra, a gente vai conseguir, mano, e Harry estapeou a dele, Éééééé, e Marion se encostou em Harry, e ele colocou o braço em torno

11   "Ah, você pode chamar isso de loucura, mas eu chamo de amor". [NT]

dela enquanto ouviam e sentiam o poder da determinação pulsar através deles, ocasionalmente balançando a cabeça em direção ao relógio, esperando a hora, o tempo agora passando rápido, de adentrar uma nova dimensão. ...

O primeiro dia da dieta tinha acabado. Bom, quase. Sara estava sentada em sua poltrona, bebendo um copo de água, concentrada no programa na tv e ignorando o refrigerador, que suspirava em provocação. Ela terminou a água, o décimo copo, pensando em magreza. Ela encheu o copo com a jarra na mesa, a jarra que tinha substituído a caixa de chocolates. Se oito copos de água era algo bom, então dezesseis copos eram duas vezes melhores, talvez eu perca dez quilos na primeira semana. Ela olhou para o copo de água e deu de ombros, Mesmo se eu ficar acordada a noite toda não consigo chegar a dezesseis: e se beber mais, vou ficar acordada a noite toda, de todo modo. Ela bebeu um gole da água, pensando em magreza. O refrigerador a lembrava do *matzá* no armário. Sem olhar para ele, ela o mandou ir cuidar da própria vida. O que você tem a ver com o armário? Já é ruim o suficiente você me lembrar do arenque, mas o armário já é demais. Ela bebeu mais um pouco de água, olhou para a tela e fechou os ouvidos para o refrigerador, mas ele conseguiu furar a barreira e lhe dizer que o arenque, o lindo e delicioso arenque com creme azedo, vai estragar se você não comer logo, e seria uma vergonha deixar um petisco de salmão tão bom estragar. Olha só, o sr. Preocupado. Como pode estar tão preocupado com a comida estragar se essa é sua tarefa? Esse é seu trabalho, *tolinho*. É você que deve evitar que a comida estrague. É só você fazer seu trabalho direito, e a comida vai ficar muito bem, obrigada. Ela bebeu um pouco mais de água — *magra, magra, magra, magra*: Pena que não tenho uma balança. Poderia me pesar e ver como estou me saindo. Hah, agora ela soltaria um gemido. Com toda essa água. Mais um pouco e vou flutuar pra longe. O programa terminou, e Sara bocejou e piscou os olhos. Ela pensou brevemente em ficar acordada e assistir ao programa da madrugada, mas rapidamente ignorou esse pensamento. O corpo doía e clamava por repouso. Um dia já tinha se passado. O cabelo está chegando mais perto *do* vermelho. Ao menos agora já é um conhecido próximo. Ela bebeu mais água — *magra, magra*. O formulário ... ah, moleza. Mais rápido que enterro de pobre, se me permite a expressão. E os ovos e as toranjas, um, dois, três, e um pouco de alface, obrigada. Um dia longo e cansativo. Quase cansada demais pra ir pra cama. Ela subitamente se lembrou do refrigerador, Se ele tentar me agarrar, acerto ele, e não vai ser no *traseiro*. Ela terminou a água — *magra, mag* — *voluptuosa, voluptuosa, voluptuosa*. Ela levantou e escutou o barulho no estômago, Tô parecendo um aquário. Ela desligou a TV, colocou a jarra e o copo na cozinha e, com a cabeça erguida e os ombros para trás, passou pelo refrigerador sem mudar de direção para a esquerda nem para a direita, os olhos fixos em seu objetivo, sabendo que tinha conquistado o inimigo e que ele tremia de medo — escuta só ele rugindo e rosnando, já se tremendo todo — e ela andou feito uma rainha, uma rainha da televisão, até seus aposentos. Ela se acomodou lenta e confortavelmente na cama e se espichou, agradecendo a Deus por uma cama tão boa. A camisola gasta parecia tão lisa e sedosa, e a sensação de maciez parecia envolvê-la, e uma sensação de paz e alegria gentilmente se espalhou pelo estômago, feito pequenas ondas em um lago, se espalhando pelo corpo e indo parar com leveza nos olhos, enquanto flutuava para longe em um sono prazeroso e revigorante.

Marion os botou para fora de casa cedo, e, assim, Harry e Tyrone estavam entre o primeiro grupo a se apresentar para o trabalho. Na verdade, não fez nenhuma diferença porque tão poucos apareceram que todos foram colocados para trabalhar. Eles tomaram outra dexedrina antes de sair, então estavam bastante alertas e prontos para trabalhar. Era uma noite quente e úmida, e o suor escorria neles enquanto jogavam fardos de jornais para dentro dos caminhões, e eles apenas os jogavam, riam e conversavam, trabalhando o equivalente a seis homens. Quando o primeiro caminhão estava carregado, eles foram até outro para ajudar, e os caras deram um passo para trás e sacudiram a cabeça enquanto Harry e Tyrone atiravam os fardos de papel como se fosse um privilégio, um jogo ... um jogo divertido. Um dos caras disse para eles desacelerarem,

Vocês vão foder tudo, mano. Como assim? Porra, eles já tiram nosso couro do jeito que é, se vocês começarem a se apressar assim, eles vão esperar isso todas as noites. Um dos outros caras deu a cada um deles uma lata de cerveja gelada, Ó, vão com calma e relaxem. A gente vem sempre aqui, sacou? e quer que continue sendo assim. Pooorra, saquei o que quer dizer, mano. A gente vai se acalmar. A gente não quer a chefia pesando a mão com ninguém, parça. É, Harry concordou, engolindo metade da cerveja e então limpando a boca com as costas da mão, caramba, que delícia. Passou direto pela esponja que tenho na boca. Os outros caras deram tapinhas nas costas de Harry e Tyrone, e todos ficaram felizes, e, quando terminaram com os caminhões, Harry e Tyrone compraram a dúzia de cervejas seguinte e distribuíram enquanto esperavam a próxima fila de caminhões se posicionar. Mais tarde, algumas garrafas de vinho foram divididas, e Harry e Tyrone estavam se sentindo superbem, o álcool baixando a bola da dexedrina. Eles trabalharam por umas duas horas e estavam felizes feito porcos na lama, pensando no quanto ganhariam naquela noite. O pé na bunda veio quando descobriram que não seriam pagos naquela noite, que teriam que esperar até o fim da semana para receber seus cheques. Pooorra. Não é uma puta palhaçada? Não é uma porra duma palhaçada? Ah, foda-se, cara. Que porra. Desse jeito a gente ganha nossa grana de uma vez e não precisa se preocupar em gastar antes de ter o suficiente pro bagulho. É, pode ser, mas trabalhar já é esquisito, já trabalhar sem receber o dindim é demais, parça. Não esquenta, meu caro Ty, só vai pra casa e toma aqueles relaxantes que a Marion te deu e descansa. Mais umas duas noites, e a gente já tem nosso bagulho. Harry estendeu a mão, e Tyrone a estapeou, Pode crer, mano, e Harry estapeou a dele. E eles foram embora da fábrica de jornal, correndo para chegar em casa antes que apanhassem a hora do *rush* do começo da manhã e a luz do sol.

Marion arrumava vagarosamente o apartamento depois de eles saírem, murmurando e cantando para si mesma. O apartamento era pequeno e não tinha muito a fazer a não ser limpar e guardar as xícaras e o bule de café. Ela se sentou no sofá, abraçando a si mesma enquanto escutava música. Ela tinha uma sensação muito estranha dentro de si, uma sensação que não era familiar, mas não parecia ameaçadora. Ela pensou a respeito, tentando analisar, mas não conseguia de fato identificar. Por algum motivo, ela ficava pensando nas muitas, muitas madonas que tinha visto em museus na Europa, especialmente na Itália, e a mente dela se preencheu com os azuis luminosos e a luz brilhante da renascença italiana, e ela pensou no Mediterrâneo e na cor do mar e do céu e como, enquanto olhava, lá do restaurante no topo da colina em Nápoles, para a ilha de Capri, ela subitamente se deu conta de como os italianos eram mestres na luz e de como eram capazes de usar o azul como ninguém antes ou depois deles. Ela se lembrou de si mesma sentada no pátio daquele restaurante sob o toldo feito de rede, o sol acendendo uma nova vida dentro dela e alimentando sua imaginação, experimentando como deve ter sido sentar lá algumas centenas de anos antes, com aquela luz e aquela cor, ouvindo as cordas de Vivaldi cantarem e vibrarem pelo ar, e as *canziones* de sopros de Gabrieli pulsando das torres próximas, e sentar em uma catedral com o sol atravessando as janelas de vidro colorido brilhando sobre os entalhes de madeira dos bancos, ouvindo uma missa de Monteverdi. Foi naquele momento, pela primeira vez na vida, que ela se sentiu viva, total e verdadeiramente viva, como se tivesse uma razão para existir, um propósito na vida, e ela tinha descoberto esse propósito e agora perseguiria e dedicaria sua vida a ele. Durante todo o verão e a primavera, ela pintou, manhãs, tardes, noites, e então andou pelas ruas da cidade que ainda ecoavam a música dos mestres, e cada pedra, cada seixo, parecia ter uma vida e um motivo próprio, e ela de algum modo sentia, ainda que vagamente, uma parte daquela razão. Algumas noites, ela se sentava em uma cafeteria com outros jovens artistas, poetas, músicos e sabe-se lá quem mais, bebendo vinho, conversando, rindo, discutindo, argumentando, e a vida era excitante, tangível e fresca como a limpa luz do sol do Mediterrâneo. Então, quando o cinza do inverno lentamente fluiu do Norte, a energia e a inspiração pareceram jorrar dela feito tinta de uma bisnaga, e quando ela olhava para uma tela em branco, um pedaço de material espichado sobre alguns pedaços de madeira, não era mais uma pintura esperando ser pintada. Era só uma tela.

Ela desceu mais para o Sul. Sicília. O Norte da África. Tentando seguir o sol até o passado, o passado bastante recente, mas a única coisa que encontrou foi a si mesma. Ela voltou para a Itália, se desfez de todas as pinturas dela, do equipamento, dos livros e tudo mais. Ela voltou àquele restaurante na colina em Nápoles e ficou sentada lá por horas intermináveis durante uma semana, olhando para o Vesúvio, Capri, a baía, o céu, tentando, com o desespero dos agonizantes, despertar as antigas sensações, tentando, com taças de espumante, reavivar a chama que tinha acendido a imaginação dela numa vida muito recente, e, embora a bebida brilhasse com a luz do sol e com a luz da lua, o fogo outrora selvagem foi extinto, e Marion finalmente sucumbiu à frieza de pedra dentro dela. Ela tremia ao se lembrar de sua partida da Itália e da volta aos Estados Unidos, de volta à sua família tosca, de volta ao apagar do brilhantismo em sua vida: Ela tremia de novo, involuntariamente, sentada no sofá, olhando para tantos ontens miseravelmente infelizes, e então sorriu e se abraçou ainda mais, não por frio, medo ou desespero, mas por alegria. Tudo aquilo estava no passado recente e distante. Encerrado. Acabado. Mais uma vez a vida dela tinha um motivo ... um propósito. Mais uma vez havia uma direção para ela seguir. Uma necessidade para suas energias. Ela e Harry iriam recapturar aqueles azuis do céu e do mar e sentir o calor do desejo que tinha sido reanimado. Eles rumavam a uma nova renascença.

Sara lentamente acordou no meio da noite e, embora tenha tentado por longos segundos lutar contra isso, saiu da cama e foi aos tropeços até o banheiro para aliviar a pressão urgente em sua bexiga. Ela tentava piscar para abrir os olhos, mas eles não obedeciam a suas tentativas, então os manteve quase completamente fechados enquanto se sentava pensando em magreza. Embora ainda parcialmente adormecida, com a mente nublada e desfocada, ela estava ciente da água atravessando o corpo e da razão para sua abundância — *magra, magra, magra* — ela subitamente se endireitou — *voluptuosa, voluptuosa, voluptuosa* — Por que deveria me contentar com o segundo lugar? Ainda semiadormecida, ficou de pé por alguns segundos vendo e escutando a água rodopiando na privada com alegria, porque ela sabia que não apenas quilos indesejados estavam descendo pelo cano até o oceano, mas uma vida velha, uma vida de solidão, uma vida de futilidade, de ser desnecessária. Às vezes, Harry precisava dela, mas ... Ela ouvia a música da água enchendo o tanque da descarga e sorria em meio à névoa do despertar parcial, sabendo que um frescor a preenchia, e logo ela seria uma nova Sara Goldfarb. A água fresca na privada parecia tranquila. Limpo é limpo, e novo é novo ... Mesmo assim, vou beber da torneira, muito obrigada. Sara voltou para a cama, seus passos um pouco mais animados. Os lençóis pareciam frescos quando deitou e esfregou os dedos pela maciez sedosa da camisola, abrindo cada vez mais um sorriso, um sorriso que ela viu refletido na superfície interna das pálpebras. Ela respirava lenta e profundamente, e então suspirou de modo longo e feliz enquanto flutuava rumo ao prazer imaterial entre o sono e o despertar, e letargicamente sentia essas sensações formigarem pelo corpo, e então era como se desaparecessem pelos dedos dos pés, e ela se acomodou na leve maciez do travesseiro velho e deu em si mesma um beijo de boa noite, navegando ansiosamente rumo ao conforto de seus sonhos.

Harry ainda estava ligadão quando voltou ao apê de Marion. Ela lhe deu duas pílulas para dormir, e eles ficaram sentados no sofá por um tempo, fumando um baseado, até que Harry começou a bocejar e então foram para a cama e dormiram em meio ao aborrecido calor do dia.

Hoje o cabelo estava perfeito. Que cor! Era tão maravilhoso que dava vontade de pular da janela. Agora você precisa se apressar para ir nesse programa, antes que as raízes cresçam. Pode acreditar, eu quero, mas fico feliz que estejam esperando até eu perder mais peso. Quando eu andar pelo palco, todos vão ficar em silêncio. Eu vou olhar por cima do ombro e dizer, *Eu querro ficarr sozinha.*[12] E agora você é sueca? Elas riram, e Sara voltou para o apartamento para ver como ficaria com o vestido vermelho, agora, com o cabelo vermelho. Ela colocou o vestido e

---

12   Frase mais célebre da carreira da atriz Greta Garbo. [NT]

os sapatos dourados, fez pose e se virou na frente do espelho, segurando a parte de trás do vestido o mais apertado possível. Parecia que ele
já fechava um pouco mais. Ela podia sentir que tinha perdido peso. Ela
se agitou, deu gritinhos e sorriu para seu reflexo, então lançou um beijo para si mesma, Você é maravilhosa, uma boneca de carne e osso. Ela
se agitou e deu gritinhos de novo, beijou a própria mão e então sorriu
para seu reflexo. Você não é nenhuma Greta Garbo, mas também não é
nenhum Wallace Beery.[13] Ela olhou por cima do ombro na direção do refrigerador, Tá vendo, sr. Espertalhão?, sr. Petiscos Chiques de Arenque?
Já está quase servindo. Mais alguns centímetros, ou menos, e vou caber
direitinho, muito obrigada. Pode ficar com seu arenque. Quem precisa
dele? Adoro meu ovo com toranja. E alface. Ela fez pose e desfilou por
mais algum tempo, então decidiu almoçar e sair para pegar um pouco
de sol. Tirou o ovo, a toranja e a alface do refrigerador, uma expressão
de superioridade esnobe no rosto. Virou a cabeça com desprezo para o
refrigerador e fechou a porta com a *bunda*. Então, o que aconteceu, sr.
Linguarudo? Agora que viu meu visual, ficou sem palavras? Ela ficou andando de um lado para outro na frente do refrigerador e então foi preparar o almoço, murmurando, cantarolando, se sacudindo, se sentindo
segura e confiante. Quando terminou o almoço, lavou os pratos e guardou, pegou a cadeira e, antes de sair do apartamento, beijou as pontas
dos dedos e deu tapinhas com eles no refrigerador, Não chora, querido. Como meu Harry diria, Fica de boa. Ela riu, desligou a televisão,
saiu do apartamento e se juntou às mulheres sentadas no sol. Colocou
a cadeira em um bom lugar, fechou os olhos e mirou para o sol como as
outras. Elas não mudavam de posição enquanto falavam, continuavam
mirando a face direta para o sol, virando suas cadeiras ocasionalmente
para que o sol sempre brilhasse diretamente no rosto delas. Já sabe qual
é o programa? Soube de alguma coisa? Como poderia saber? Coloquei
no correio ontem. Talvez amanhã. Talvez demore um pouco mais. Que

---

13 Ator dos primórdios de Hollywood famoso por interpretar,
vestido de mulher, a personagem Sweedie em uma série
de comédias curtas. A personagem, uma camareira
sueca, foi um de seus primeiros sucessos. [NT]

diferença faz qual é o programa? Eu penso assim. O que importa é estar na televisão. Eles vão te dizer antes? E o que eles vão fazer, dizer pra ela depois do programa? Você vai poder levar amigas? Sara deu de ombros, Como vou saber? Eles deveriam deixar você levar ao menos uma *amiga*. Quem vai carregar todos aqueles prêmios? Fica tranquila, vou trazer todos pra casa. Especialmente o Robert Redford. Com ele, não preciso de nenhuma *amiga*. As mulheres riam e concordavam enquanto continuavam olhando para o sol, e as mulheres que passavam paravam para falar com Sara, e, depois de meia hora sentada lá, todas as mulheres da vizinhança estavam aglomeradas em torno dela, falando, perguntando, rindo, torcendo, desejando. Sara se sentia aquecida não apenas pelo sol, mas por toda a atenção que estava subitamente recebendo. Ela se sentia como uma estrela.

Marion comprou alguns blocos de rascunho, lápis e carvão. Comprou também um apontador e uma lata de *spray* selador. Queria comprar alguns gizes pastel, mas, por algum motivo, os que tinham não lhe agradaram, e ela os deixou de lado. Ela sempre poderia comprar depois. Talvez dali a alguns dias ela fosse até o centro, e vasculhasse algumas lojas grandes de material artístico, e cheirasse, e tocasse nas telas, molduras, cavaletes e pincéis, só dando uma olhada. Ela não tinha intenção de comprar nenhuma tinta a óleo até que tivesse um estúdio, mas queria produzir algumas aquarelas. Era nisso que a cabeça dela estava pensando no momento. Ela sentia algo leve e delicado dentro de si e sabia que poderia transformar em lindas e frágeis aquarelas. Sim, era disso que mais gostava em aquarelas, sua fragilidade. Ela mal podia esperar. Sentia uma urgência enorme de pintar uma rosa solitária em um fino e translúcido vaso azul, vidro veneziano, ou talvez disposta sobre um pedaço de veludo. Sim, isso também seria adorável. Com apenas um pouco de sombra. Tão delicada e frágil que você poderia sentir sua fragrância. Bom, vamos ver. Talvez em alguns dias. Mas, por ora, alguns esboços para ajudar a reanimar os olhos e a mão. Ela sentia uma vontade quase incontrolável de desenhar tudo que via enquanto caminhava pela rua, tudo era tão vibrante, tão vivo. Ela rapidamente notava as formas de narizes, olhos, orelhas, os ângulos dos rostos, os ossos das maçãs do rosto, queixos; a curva dos pescoços; e mãos. Ela adorava mãos. Pode-se descobrir tanto pelas mãos, pelo formato dos dedos e sobretudo pelo modo como as pessoas movem e tratam as mãos. Ela era ainda bem jovem, uma criança, na primeira vez que viu uma foto d'*A Criação de Adão*, de Michelangelo, e quando ela viu o detalhe de Deus dando vida a Adão, a imagem foi imediata e irreversivelmente implantada em sua mente. Quanto mais estudava pintura em anos recentes, mais impressionada ficava com a concepção simples por trás da imagem e da incrível história na postura das mãos. Era uma postura que ela tinha tentado incorporar ao trabalho dela, e, de vez em quando, sentia que tinha conseguido, ao menos até certo ponto. Ela queria, de modo simples e direto, contar ao espectador algo sobre a pintura com a postura do objeto, fosse humano ou não, transpor suas sensações interiores para a superfície da tela ... expressar sua postura em sua arte, ter sua sensibilidade vista e sentida.

Os dias seguintes foram praticamente iguais para Marion, Harry e Ty. Harry e Ty ficavam chapadões de noite e trabalhavam até se matarem, diminuindo o ritmo o máximo possível quando os outros caras enchiam o saco deles, e depois tomavam alguns calmantes e dormiam o dia todo. Harry se acostumou à rotina já na segunda noite e, quando chegou em casa de manhã, decidiu fazer amor com Marion por umas duas horas antes de tomar duas pílulas e apagar. Agora sei por que você perde peso com esse treco, você transa até emagrecer. Sabe, é exatamente o contrário com alguns homens. Ah, é? É. Deixa eles completamente impotentes e, em alguns casos, indiferentes. Que pena. Esse não é o meu problema. Vem cá, e Harry a puxou para a cama, e Marion dava risadinhas enquanto ele beijava o pescoço dela. O que você tá fazendo? Harry ergueu a cabeça e olhou para ela, Se você não sabe, não estou fazendo direito. Eles riram, e Harry a beijou no pescoço, no ombro e no seio, e umedeceu os lábios para beijar a barriga, Quero ver se consigo fazer o efeito passar. Qual deles? Quantas você tomou? e os dois riram e tiveram uma manhã adorável até chegar a hora de dormir o dia todo.

À noite, enquanto Harry trabalhava, Marion se sentou no sofá com o bloco de rascunho, lápis e carvão. Ela cruzou as pernas, se abraçou e fechou os olhos, permitindo que a mente vagasse para o futuro, onde ela e Harry estariam juntos, sempre, e a cafeteria estaria sempre lotada e um artigo seria escrito a respeito na NEW YORKER, e teria se tornado *um* lugar descolado, onde todos os críticos de arte sentariam, tomariam um café, comeriam pães e observariam as pinturas dos grandes artistas do futuro que tinham sido descobertos por Marion; e artistas e poetas e músicos e escritores sentariam conversando e discutindo, e de tempos em tempos Marion mostraria as pinturas dela, e todos os outros pintores as adorariam, e mesmo os críticos adorariam o trabalho dela, elogiariam a sensibilidade e a atenção nele, e, quando ela não estivesse na cafeteria, ela podia ver a si mesma no estúdio pintando, a luz de suas pinturas encantando o olhar, e então ela pegou o bloco de rascunho e nada parecia ser exatamente o que ela queria, então tentou criar uma natureza morta com objetos da cozinha na sala de estar, mas nada parecia empolgar ou inspirá-la, então voltou para suas fantasias e desfrutou do conforto e da segurança que elas proporcionavam, e elas eram mais reais do que sentar no sofá olhando para os lápis, o carvão e o bloco de rascunho ainda virgem.

Todos os dias Sara olhava a caixa do correio com muito cuidado, mas ainda não havia nenhuma resposta da Corporação McDick. Mas ela seguiu com a dieta de todo modo, embora estivesse se tornando cada vez mais difícil, mesmo comendo uma xícara inteira de alface. Ela passava o dia com Ada e as mulheres tomando sol, e elas ainda vinham fazer perguntas, e ela lhes mostrava o cabelo vermelho, mas mesmo assim nada acontecia. Quando o sol se escondia atrás do edifício, algumas das mulheres entravam em casa, especialmente aquelas com refletores, mas Sara e algumas outras ficavam do lado de fora desfrutando da sombra fresca. Mesmo naquele momento, não era fácil esquecer a comida e desfrutar da atenção especial que recebia como futura participante de um jogo de perguntas e respostas, sua mente vagava por imagens de salmão defumado, bagels e deliciosos folhados de queijo que eram tão claras que era possível sentir o cheiro delas, sentir o gosto de verdade, e as vozes das mulheres passavam por ela enquanto ela sorria e lambia os lábios. Mas as noites eram piores, com ela sentada, sozinha, na poltrona, assistindo à televisão, com as costas para o refrigerador, o ouvindo murmurar para ela, espasmos de medo contraindo o estômago, um peso esmagando o peito. Já era ruim o suficiente ele a ficar chateando, mas então o arenque também começou. Pareciam uma dupla de fofoqueiras. Nunca paravam. O tempo todo falando, falando. Começou a sentir as orelhas como se estivessem debaixo da água. Eu me sinto bem, então por que não vão assombrar Maurrie, o açougueiro? Arranquem os polegares dele na dentada. Farão um favor pra todo mundo. — *com creme azedo, cebolas e tempero, hummmmmm* — Não escuto vocês — *com um bialy quentinho ... ou um pão de cebola* — Eu prefiro vianas,[14] obrigada, e de todo modo não estou com fome — *e esse rugido no seu estômago me mantém acordado* — rugido uma pinoia, isso é só o meu estômago pensando em magreza — *e o salmão é vermelho, feito seu cabelo, no cream cheese e no bagel* — quem precisa disso? Mais um dia e vou poder comer um hambúrguer no almoço, e você pode ir se lixar, muito obrigada, e Sara bebeu mais um copo de água — *voluptuosa, voluptuosa* — colocou o copo na pia e jogou a cabeça vermelha na direção do refrigerador, balançando a *bunda* na cara dele, e foi para a cama. Ela se levantava umas duas vezes por noite e estava tentada a parar, ou talvez reduzir, a água, mas ela continuava pensando em todos os quilos que estavam descendo pelo cano e continuava a beber, beber, beber, água o dia todo, não muito incomodada com as visitas noturnas ao banheiro. Agora ela sonhava. Às vezes, dois sonhos em uma única noite. Como, por exemplo, ver galinhas voando pelo quarto dela, e elas tinham sido totalmente depenadas e assadas até um marrom dourado, com pequenas bolas de kasha[15] nas costas. Ou então um rosbife. Ele rolava ladeira abaixo ameaçando esmagá-la, mas de algum modo ele simplesmente passava rolando, a errando por alguns centímetros,

14 Pequeno pão de trigo de crosta dura, originário
    da Áustria e popular nos EUA. [NT]
15 Mingau de cereal cozido em leite, popular na culinária judaica. [NT]

arrastando atrás de si um barco cheio de molho de carne marrom e espesso e tigelas de purê de batata e cerejas cobertas com chocolate com recheio de cereja. Duas noites de sonhos, e Sara decidiu que já bastava. Ela pegou o nome do médico com sua amiga e marcou uma consulta. Não sei dessas pílulas de dieta, mas de ovos e toranja já estou por aqui, muito obrigada.

Harry sentia um mau pressentimento no estômago que se refletia no rosto, quando Marion disse a ele que iria encontrar o terapeuta para jantar e ir a um concerto. Por que você tem que ver ele, pelo amor de deus? Não pode dispensar esse filho da puta? Não quero que ele conte pros meus pais que eu parei com a terapia. Preciso daqueles cinquenta dólares por semana. Marion olhou com ternura para Harry e falou do modo mais gentil possível, com sentimento e cuidado. Querido, não vou dormir com ele — Harry deu de ombros e jogou as mãos para o alto, Claro, você só — Falei pra ele que estou naqueles dias, então ele pretende ir pra casa depois do concerto. Harry tentou, desesperadamente, não mostrar seus sentimentos, mas falhou, e seu queixo apontava cada vez mais para baixo, e ele começou a se sentir chateado consigo mesmo por não conseguir evitar ficar bravo. O que isso quer dizer? Marion sorriu, e então riu um pouco, esperando que Harry parasse com aquilo, mas Harry não cedia. De repente, Marion o abraçou e deu um gritinho de absoluta alegria, Ah, Harry, você está com ciúmes. Harry tentou de modo pouco convicto empurrá-la pra longe, mas parou de tentar após um segundo. Marion o beijou na bochecha e o abraçou, Qualé, meu bem, me abraça ... qualé ... por favor!!! por favor!!! Ela ergueu os braços de Harry e os colocou nos ombros dela, e ele, a contragosto, os deixou lá por um momento, e então não ofereceu resistência quando ela os empurrou para baixo contra o corpo, se aninhando nele. Finalmente, ele exerceu um pouco mais de pressão, a segurando mais perto de si, e Marion suspirou aninhando a cabeça no peito dele, e, então, o beijou nos lábios, na bochecha, na orelha, no pescoço, o forçando a se contorcer de rir, e continuou até que ele estava gargalhando e implorando para que ela parasse, Qualé, para

... para, sua vaca doida, vou morder seu pescoço, e começou a beijá-la no pescoço e a fazer cócegas nela, e ela começou a gargalhar junto com ele, e os dois estavam ofegantes e implorando um ao outro para que parasse, até que por fim riram até fraquejar e pararam, Marion sentada no colo de Harry, ambos moles feito bonecas de pano, lágrimas de riso acariciando suas bochechas. Eles enxugaram os olhos e o rosto e respiraram fundo, rindo de vez em quando. E se ele não acreditar que você está naqueles dias? Ah, Harry, tocando no nariz dele, não seja tão ingênuo. Como assim? Quero dizer que simplesmente sei como lidar com a situação. Ele vai aceitar tudo que eu disser para ele, acreditando ou não. Ele não pensaria em insistir. Ele não é desse tipo. E se ele fosse desse tipo? Aí, meu querido, eu não estaria saindo com ele. Harry, meu bem, não sou idiota. Ela riu, Eu posso ser doida, mas não sou burra. Ah, é??? Harry olhava para ela com uma expressão dúbia no rosto, Por que ele não leva a esposa dele no concerto? Ela provavelmente está em uma reunião da Associação de Pais e Mestres, Marion deu de ombros, como vou saber? Ele gosta de ser visto em lugares descolados com uma mulher jovem e linda. Ele é um mané típico. Faz ele se sentir bem. Ah, é???? Bom, pessoalmente, eu acho que qualquer um que sai com um terapeuta devia ter a cabeça examinada. Ah, Harry, que horror, disse ela rindo. Então por que você tá rindo? Sei lá. Por simpatia, acho. De todo modo, preciso me arrumar para sair. Ela levantou e começou a andar na direção do quarto, então deu meia-volta até Harry, que também tinha levantado, colocou os braços em volta dele e o abraçou forte, colocando a cabeça no ombro dele, fechando os olhos e suspirando ... Ah, Harry, fico tão feliz que tenha ficado bravo, não porque faça você se sentir mal, meu amor, mas porque é bom saber que você se importa tanto comigo. Me importar com você? Agora quem está ofendendo quem, hein? Você achou que eu estava de brincadeira quando disse que te amo? Não, não, meu amor, acredito em você. Acredito em você com todo meu coração. Mas acho que gosto do jeito que seu rosto fica. Tá, tá, vamo parar com isso. Ela sorriu olhando para ele por longos momentos, então beijou os lábios dele e foi para o quarto se vestir, Prometo que vou pensar em você a noite toda. Que ótimo. Vou pensar em você também, comendo, bebendo vinho e ouvindo música enquanto ralo minha bunda no trabalho. Harry riu, acho que é melhor do que você ralar a sua bunda, e continuou rindo. Ah, Harry, que horror, e ela riu com alívio enquanto se vestia para a noite.

Marion encontrou Arnold no pequeno bar de um discreto restaurante de comida mediterrânea no East Side. Ele levantou quando ela chegou e estendeu a mão. Ela apertou a mão dele e se sentou. Como vai, Marion? Bem, Arnold, e você, como vai? Bem também, obrigado. O de sempre? Por favor. Ele pediu um Cinzano com um toque de bitter e casca de limão para ela. Você está linda, como sempre. Obrigada. Ela sorriu, pegou um cigarro e o deixou acender. Logo avisaram que a mesa deles estava pronta, e o *maître* os conduziu até a mesa e perguntou ao *monsieur* e à *madam* como estavam naquela noite, e eles sorriram e menearam a cabeça educadamente, como se faz com um *maître*, e disseram que estavam bem. Marion relaxou na cadeira, sentindo o corpo absorver a atmosfera. O que ela gostava em Arnold era seu gosto para restaurantes. Eram sempre pequenos, aconchegantes e chiques, com comida excepcional, algo que você muito raramente encontra nos Estados Unidos. A elegância do ambiente tinha mais a ver com a satisfação que sentia do que com o aperitivo que bebia de modo quase ininterrupto. É uma pena que esteja indisposta. Bom, não tem nada que eu possa fazer quanto a isso, não importa o que Freud diz. A Anita foi viajar, ou algo assim? Por que você pergunta? Por nenhum motivo, na verdade, só curiosidade. Ele olhou para ela por um momento antes de responder, Não, mas ela vai participar de algo durante a maior parte da noite. Jornalistas foram lá ontem para tirar fotos dela, junto com alguns outros "membros" no jardim. Posso fazer uma pergunta pessoal, Arnold? Certamente. Como foi que você e Anita conseguiram ter filhos — Ela ergueu uma mão, Não estou fazendo piada, mesmo, é só que vocês dois parecem estar sempre em lugares diferentes a cada momento. Arnold se sentou um pouco mais reto, Bom, na verdade não tem mistério nisso. Não quis dizer as crianças, Marion sorria, eu *sei* como se faz. É curioso o porquê de você fazer essas perguntas. O que, exatamente, você quer dizer com isso tudo? Marion deu de ombros e terminou de mastigar o *escargot*. Nada além daquilo que eu disse. Só curiosidade. Marion bebeu um pouco do *bordeaux* branco que ele tinha pedido para eles enquanto ele a analisava, Ah, é maravilhoso. Ela tomou mais um gole e então voltou ao *escargot*. Arnold ainda aparentava leve irritação, Quando as pessoas chegam a um determinado momento da vida, quando conquistam um certo grau de sucesso ... um grau substancial, seus interesses se ampliam e suas perspectivas se expandem. Imagino que com Anita seja um desejo interno de realização, o trabalho beneficente dela, um desejo de encontrar sua própria identidade. Mas o que realmente me interessa é o motivo de você fazer uma pergunta dessas. É bastante óbvio que você está tentando suprir indiretamente um vazio em sua vida no papel de substituta, se colocando no papel da minha esposa. Ah, Arnold, não seja deselegante. Ela terminou o vinho, e imediatamente o garçom surgiu para encher de novo o copo. Arnold assentiu educadamente para ele. E, de todo modo, não estou nem um pouco preocupada com minha identidade, ela sorria para ele dando tapinhas em sua mão, realmente não estou. Ela havia terminado o *escargot* e tocava na manteiga com alho com um pedaço de pão. Comecei a pintar de novo e me sinto maravilhosa. Começou, é? Ela tinha terminado, e o garçom retirou os pratos vazios, e ela se sentou reta e sorriu para Arnold. Isso mesmo. Na verdade, ainda não terminei nenhuma tela, mas estou trabalhando. Posso sentir as pinturas se acumulando dentro de mim, implorando para saírem. Bom ... Eu gostaria muito de ver seu trabalho. Isso me daria, imagino, um tremendo vislumbre do seu subconsciente. Eu achava que você já tinha familiaridade suficiente com ele a essa altura. Bom, não é exatamente um mistério para mim, mas seria uma abordagem de um ângulo diferente, por assim dizer. Não apenas a maioria das suas defesas estaria desarmada, mas os símbolos seriam muito mais óbvios que em seus sonhos, seriam uma confirmação esplêndida das conclusões formadas na análise de livre-associação. Bom, talvez um dia eu convide você para ver minhas gravuras, e Marion riu, baixinho, enquanto pegava com o garfo um pouco de carne das pernas de rã.

Depois do concerto, eles pararam para uma saideira. Arnold não bebia seu *scotch* com nenhum interesse em especial, mas Marion adorava rolar o licor pela boca antes de engolir. Foi uma apresentação maravilhosa, simplesmente maravilhosa, e o rosto dela assumia uma expressão reflexiva, como se ainda estivesse ouvindo a música, especialmente Mahler. Sempre que ouço a "Sinfonia da Ressurreição" dele, mais do que qualquer outra, começo a entender por que o romantismo teve sua expressão máxima na música. Me sinto repleta por dentro, como se tivesse subido por uma colina coberta de flores, e a brisa estivesse soprando meu cabelo no vento, e eu estivesse girando, e a luz do sol atingisse as asas dos pássaros, as folhas e as árvores, e Marion fechou os olhos e suspirou. Eu concordo, foi uma performance definitiva. Acho que ele realmente chegou ao cerne da ambivalência de Mahler e entendeu como ela se projetou inconscientemente em sua música. Marion franziu a testa, Que ambivalência? O conflito básico de sua vida. O compromisso com sua herança judaica e sua disposição em renunciar a ela para avançar na carreira. Seu conflito constante como regente quando queria compor, mas precisava de dinheiro para viver. É óbvio, pela maneira como muda as notas, que ele não estava ciente de que esses conflitos eram responsáveis por essas mudanças. Assim como eram responsáveis por sua mudança de atitude em relação a Deus. Mas isso acabou quando ele escreveu a segunda sinfonia. É algo ostensivo, mas escutei com muita atenção a música dele, e analisei ela de modo completo, e não resta dúvida de que, embora ele tenha dito certas coisas, e talvez acreditado nelas em sua mente consciente, seu subconsciente ainda não tinha resolvido o conflito. Arnold respirou fundo, A música de Mahler é extremamente interessante do ponto de vista analítico. Acho ela muito estimulante. Marion sorriu e colocou o copo vazio sobre a mesa, Bom, ainda assim amo a música dele. Meio que me deixa feliz por ficar triste. Ela suspirou e sorriu de novo, Preciso ir embora, Arnold. Tenho andado muito ocupada ultimamente e estou cansada. Certo. Ele a levou de carro para casa e antes que ela saísse do carro, sorriu afetadamente, Te ligo daqui a umas duas semanas. Por aí. Ele a beijou, ela o beijou de volta e saiu do carro. Ele a esperou entrar no prédio antes de ir embora.

Marion acendeu um baseado assim que entrou no apartamento, então trocou de roupa e colocou a "Kindertotenlieder" de Mahler no toca-discos, sentando-se no sofá com o bloco de rascunhos e lápis. Ela continuamente ajeitava o bloco no colo, dando pegas no baseado até chegar à metade, e então o apagou e tentou imaginar algum tipo de imagem para transferir para o bloco de notas. Deve ser fácil fazer isso. Mahler ... maconha da boa ... deve funcionar. Ela percebeu que estava tentando demais, então apenas ficou sentada e relaxou, aguardando que surgisse algo. Ainda assim, nada. Se ao menos ela tivesse um modelo. Era disso que precisava. Um modelo. Ela podia sentir o desenho começando a surgir, sua necessidade de se expressar utilizando sua energia, mas ela não parecia conseguir abrir os portões e organizar essa energia. Ela se levantou e pegou duas revistas femininas da mesa e começou a folhear rapidamente, marcando todos os anúncios e artigos com fotos de bebês e mães e, após achar alguns que lhe agradavam, arrancou para usar de modelo e começou a esboçar, a princípio de modo hesitante e, então, com velocidade e confiança crescentes. As mães e bebês estavam dispostos em diversas posições e justaposições, variando suas expressões que se tornavam cada vez mais melancólicas. Ela fez um esboço bastante rápido de uma criança em uma posição contorcida, um olhar de dor silenciosa no rosto, e a expressão da mãe rapidamente começou a se assemelhar ao homem na xilogravura de Edvard Munch, e Marion olhou para o esboço com muita atenção, por vários ângulos, e se sentiu empolgada e inspirada com ele, pois se identificava profundamente com as duas figuras. Ela olhou com muito cuidado para a expressão de dor no rosto do bebê e então desenhou outro bebê próximo a ele, cerca de um ano mais velho, mas a expressão continuava a mesma. Ela continuou desenhando a criança, e em cada desenho a criança era um ano mais velha, e, conforme ela avançava, os desenhos se tornavam mais habilidosos, mais vivos, mais cheios de emoção, e ela começou a esboçar pequenas velas de aniversário debaixo dos desenhos, mostrando a idade da criança, e então as feições se tornaram mais distintas e o cabelo mais longo e negro, a mesma dor silenciosa no rosto, e então ela começou a desabrochar e se tornar uma mulher e ela se transformou lentamente de uma criança bonita em uma garota adorável e então em uma linda mulher, mas sempre com uma expressão de dor no rosto, e então parou de desenhar e olhou para a linda mulher no bloco olhando de volta para ela, uma mulher de linhas longas e curvas fluidas, feições clássicas, cabelo negro brilhante, sua dor interna refletida nos olhos escuros e penetrantes, e então ela deixou um espaço grande e esboçou outra figura, uma figura de idade incerta, certamente muito mais velha que a última figura, mas as linhas e curvas eram as mesmas, o corpo era o mesmo, as feições do rosto eram as mesmas até que subitamente ela se transformou na expressão angustiada da figura de Munch. Marion ficou olhando a figura e subitamente se deu conta do silêncio. Ela se levantou e pôs o disco para tocar de novo, então se sentou no sofá e olhou para os desenhos. Eles a excitavam.

Quando chegou a hora de Harry e Tyrone pararem de trabalhar e pegarem o dinheiro deles, estavam tão acostumados a tomar dexedrina e atravessar a noite e então apagar com relaxantes, que se sentiam como se pudessem trabalhar para sempre, mas eles tinham bom senso demais para deixar aquela sensação se tornar um pensamento, quanto mais uma realidade. Por conta de sua energia, e da necessidade compulsiva de trabalhar que a dexedrina gerava, eles tinham trabalhado algumas horas extras, tentando fazer o máximo possível no menor tempo possível. Eles tinham declarado ter vinte e cinco dependentes, então os contracheques deles eram no valor máximo. Eles trocaram os cheques no bar em frente à gráfica, tomaram algumas cervejas enquanto contavam o dinheiro mais algumas vezes, sorrindo e estapeando as palmas um do outro, Pooorra, não é uma lindeza essa grana? e Tyrone se abanava com as notas, que iam pra frente e pra trás. Harry deu um soco no braço dele, A gente conseguiu, cara, a gente conseguiu, caralho. Temos a grana pro bagulho. Pode apostar, mano, então não vamos ficar moscando num bar com elas. Vamos aos negócios. Pode crer, cara, toca aqui, e foram embora. Eles pararam em um telefone público na esquina, e Tyrone ligou para Brody. Harry se escorou na cabine, fumando e observando a fumaça ser absorvida pelo ar, murmurando uma música agitada, balançando a cabeça e estalando os dedos no ritmo da música, ocasionalmente murmurando, Isso, mano, vai lá, mas fica de boa e — Pooorra! Não é mesmo uma palhaçada?!! O que tá pegando, mano? Ele disse que uma onça de bagulho do bom custa uns cinco paus. Porra! Ele disse que talvez quatro e quinhentos, por aí, e Tyrone deu de ombros. Bom, cara, não vamos entrar em pânico. A gente sempre pode arranjar uns cem contos. A gente tem experiência o suficiente pra isso. Sim, mas você sabe o que acontece quando você ganha um trocado aqui e outro acolá. O primeiro já era quando você descola o segundo. Harry balançou a cabeça concordando. E Brody falou que eles têm uma parada boa, parça. Boa mesmo. Porra! Harry jogou fora o cigarro na rua e ergueu a cabeça por um instante, Ei, o que tem de errado comigo, pelo amor de deus? Sei onde a gente pode descolar a grana, com a Marion. Você acha que ela daria a grana pra gente? Claro. Sem problema. E, de todo modo, a gente pode devolver pra ela hoje de noite ainda, certo? Isso aí, mano, toca aqui, e chocaram as palmas da mão no ar. Vamos lá. Eles foram até o apê de Marion, e Harry rapidamente explicou o que tinha acontecido. Então, tudo que a gente precisa é de mais cem, e aí entramos no negócio, mano, e de noite não apenas vamos devolver pra você, mas vamos estar mais perto da cafeteria. Marion sorriu, Tenho certeza que meu corretor diria que esse é um bom investimento. Agora que estou trabalhando de novo, preciso de uma galeria. Vou descontar um cheque no mercado. Daora, mina. Vou ligar pro Brody e dizer pra ele que estamos a caminho. Não, não daqui, Ty. Vamos esperar até chegar em um telefone público. Tyrone deu de ombros, Belê, parça. Marion saiu e voltou em cerca de quinze minutos com o dinheiro. Harry a abraçou e beijou, Até mais tarde, mina, até depois que a gente arranjar tudo. Não quero voltar aqui carregando peso nenhum. Não quero que sua casa fique visada. Você não se sente assim em relação ao meu apê. Ei, cara, você não é a Marion. Eu sei, ela é ainda mais pálida que você. Nossa, vou ter que ouvir isso o resto do dia. Marion riu, Ele é tão ruim quanto você. Todos riram, Achei que você estava do meu lado. Marion o beijou na bochecha, Semana que vem é a semana de amar seu parceiro, lembra? Ei, mano, vamos nessa: Tá, tá. Harry beijou Marion, e ele e Tyrone saíram. Tyrone foi até a casa de Brody no centro enquanto Harry comprava um suprimento de saquinhos de papel encerado e leite em pó e ia para o apê de Tyrone esperar. Isso era apenas o começo.

O refrigerador riu com escárnio quando Sara espalhou uma boa quantidade de *cream cheese* em uma das metades do bagel. Pode rir, sr. Espertalhão. Vamos ver quem ri por último. Ela mostrou a língua para o refrigerador e deu uma grande e lenta, bastante lenta, mordida no bagel completamente coberto com *cream cheese*, e estalou e lambeu os lábios, E digo mais, sr. Risadinha, no almoço vou comer arenque, e talvez eu não coma tudo e guarde para o lanche. Sara cantarolava enquanto delicadamente espalhava *cream cheese* na outra metade do bagel, erguia as sobrancelhas e olhava com desdém para o refrigerador, que ainda sorria afetadamente, achando que tinha ganhado a disputa, que ele tinha derrotado Sara Goldfarb na guerra das calorias, mas Sara apenas balançava a cabeça, Você que se dane, sr. Polícia. Você pode até achar que ganhou a guerra, mas fui mais esperta que você, sr. Sabichão. O refrigerador riu e lhe disse que ele era velho demais para acreditar nas maracutaias dela, e Sara ignorou suas palavras com um aceno de mão, Sei que você é velho, escuto você ranger, rugir e gemer o tempo todo, mas você não é tão incrível quanto pensa. O refrigerador riu alto, Sara molhou a ponta de seu folhado de queijo e colocou com cuidado na boca, de modo que nem uma gota de café pingasse sobre a mesa, Isso aí não parece ovo nem toranja pra mim, e ele riu ainda mais alto. Pois, divirta-se, divirta-se, sr. Cabeça Oca. Vou terminar meu café da manhã e então vou sair e encontrar meu pessoal. Talvez seja melhor você reforçar as costuras do seu vestido, elas estão arrebentando, hahahaha. Hahahaha pra você também. Quando eu estiver voluptuosa e na televisão, não vou nem falar com você. Vou arranjar alguém pra jogar você fora com o resto do entulho. Não vou sujar minhas mãos. Humpf, e ela jogou a cabeça e voltou a cantarolar enquanto terminava o folhado, depois lavou o prato, o copo e se aprontou para se juntar às mulheres tomando sol na rua. Ela passou triunfante pelo refrigerador, envergonhado diante da última frase dela. As outras mulheres estavam esperando Sara e, quando ela chegou, deram a ela um lugar especial, o lugar onde o sol brilhava mais forte e por mais tempo. Sara sentou e imediatamente a especulação sobre em qual programa ela apareceria recomeçou, enquanto todas ansiosamente esperavam o carteiro para ver se hoje seria o dia em que receberiam algo pelo correio.

Harry sabia que Tyrone levaria algumas horas, então ele se sentou na mesa com dois baseados, cigarros e o rádio vagabundo de Tyrone. Ele certamente não gostava de ficar tão distante da ação por tanto tempo, mas sabia que não poderia esperar uma eternidade na cafeteria. Ele era suspeito demais. Cuidadosamente, colocou os envelopes e o leite em pó na mesa e franziu a testa pensando, rapidamente, no que aconteceria se a polícia aparecesse e visse toda aquela parafernália, e olhou em volta, em busca de um lugar para esconder tudo, mas desistiu depois de uns dois minutos, porque simplesmente não parecia haver nenhum bom lugar para aquilo, e então tudo pareceu desnecessário, E grande merda, não vão te prender por ter meio quilo de leite em pó e alguns envelopes. Ele deu alguns pegas no baseado e então apagou, acendeu um cigarro e então se reclinou para trás e ficou escutando música. Após alguns minutos, a música já não parecia tão abafada quanto antes, e quanto mais ele escutava aquele rádio, e quanto mais maconha fumava, melhor a música soava. Na verdade, não era tão ruim. Bom ... tão ruim quanto? Quando alguma coisa era tão ruim quanto aquela bosta, qualquer melhoria já era algo. Não tão ruim ainda é terrível, mas, Harry deu de ombros, ah, já é alguma coisa. Acho que é melhor que nada. Enfim, ajuda a passar o tempo. Não vai demorar até Ty voltar e a gente embalar essa parada e faturar, e vamos ter uns dois caras vendendo a parada pra nós, e aí vamos poder comprar em quantidade ... é, meio quilo da pura direto dos italianos, e podemos ter uma porra de um negócio rolando, cara, GOLDFARB & LOVE INCORPORAÇÕES, nada daquela bosta de Inc. e vai ser tudo preto no branco, hahahaha, uma empresa que dá oportunidades iguais. Porra, quem sabe até onde a gente pode ir? Vamos ficar de boa e sóbrios, e vamos arrebentar. Rapidinho a gente vai descolar meio quilo da pura. ...

Harry tinha acabado de contar o dinheiro, e Tyrone contou mais uma vez, Certinho, mano, setenta e cinco mil. Ótimo. Pode apostar que não quero cometer nenhum erro com aquele pessoal, cara. Eles não acreditam em erros honestos. Não a menos que recebam o que é deles. Eles podem ficar bem chateados. Tá, vamos embalar. Tenho que ir. Não quero me atrasar. Eles empacotaram tudo em uma mala, fecharam, e Harry colocou um casaco marrom-claro e um chapéu marrom-escuro, Até depois, velho. Belê, mano, vai na boa. Harry trancou as portas do carro e conferiu se as janelas estavam fechadas antes de começar o trajeto até o aeroporto Kennedy. Ele manteve a música baixa para não se distrair e olhou para a mala ao seu lado com os setenta e cinco mil, sorrindo com superioridade e movendo os ombros de leve no casaco marrom, se perguntando se as pessoas na rua e nos outros carros estavam olhando para ele e se perguntando quem ele era e o que estava fazendo, e então se deu conta de que elas não prestavam muita atenção nele porque ele estava tão tranquilo que se misturava ao trânsito sem ser notado. É assim que deveria ser. Nunca ser notado. Era por isso que ele estava dirigindo um Chevrolet em vez de uma Mercedes. Por isso fazia contato com os caras brancos, e Tyrone com os caras negros. Sempre se misturando. Por isso eles eram bem-sucedidos. Por isso estavam por cima e nunca seriam apanhados. A polícia não via diferença deles para qualquer outro sujeito caminhando na rua. Ele dirigiu com cuidado, mas não cuidado em excesso. Ele não queria parecer assustado. É assim que você faz eles chegarem até você. Não, você simplesmente se move junto com o trânsito e não faz nada para atrair a atenção. Ele se misturou ao trânsito com facilidade, olhando de tempos em tempos para as pessoas nos carros a seu redor, se perguntando o que as pessoas fariam se soubessem que ele era Harry Goldfarb, um dos grandes distribuidores de drogas na cidade, e que ele tinha uma mala com setenta e cinco mil no banco do passageiro, e que ele iria pegar meio quilo da pura???? Elas se cagariam de medo. É isso que fariam, se cagariam de medo. Provavelmente não acreditariam. Aposto que elas acham que sou só outro homem de negócios bem-sucedido. Talvez corretor de seguros ... um consultor de investimentos. É, é isso que sou ... mais ou menos, um consultor de investimentos. Aposto que poderia parar qualquer pessoa na rua e dizer que sou um distribuidor de drogas graúdo, e ela riria e diria, Claro, e eu sou Al Capone, hahaha. É, aposto que dava para entrar em uma delegacia com meio quilo da pura, dar um tempo e fazer algumas perguntas sobre alguma coisa. E os policiais jamais imaginariam quem eu era, ou o que tinha em mãos. Talvez eu vá até a delegacia perguntar se eles têm muitos problemas com viciados na vizinhança ... essa pode ser uma boa maneira de descobrir alguns bairros novos, fazer a polícia me dizer onde eles ficam, como se não fosse fácil farejar eles a um quilômetro de distância. Talvez fosse divertido. Ele diminuiu a velocidade para a guarita do pedágio, depois acelerou e observou a luz do sol refletida nos cabos da ponte, fascinado com seu brilho, pensando que era como mil refletores, e ele era a estrela. Ele adentrou com facilidade o trânsito para a rodovia e, embora houvesse um bocado de automóveis, fluía de modo livre e constante, e ele relaxou atrás do volante, mantendo os olhos na estrada e olhando de tempos em tempos para a mala, e então para as pessoas nos carros ao redor com o canto do olho, sabendo que iam ou voltavam de algum emprego, presos a algum caixote no bairro residencial ou alguma ratoeira na cidade, sem nunca saber o que estava acontecendo, sem nunca saber como era ser livre, um homem livre, e ir aonde quisesse, quando quisesse, e ter uma mulher incrível segurando no seu braço de modo que, quando você entrava num daqueles lugares na cidade alta, todos os caras sacam você e desejam ser você ... é, eles queriam estar no meu lugar ... Olha só pra esses pobres miseráveis. Meio-dia e já estão acabados. Ele sentiu vontade de baixar a janela e gritar para eles relaxarem. De tempos em tempos, ele olhava, rapidamente, para as gaivotas planando sobre a água e a luz do sol reluzindo na superfície agitada. Parecia cinza e frio, mas isso não o incomodava. Nada o incomodava. Tudo na vida dele estava ótimo. Ele e Marion estavam se divertindo juntos. A cafeteria ia bem, seus investimentos legítimos iam bem, e mais algumas transações como essa, e ele poderia se aposentar e apenas passar tempo cuidando dos negócios e viajando. Ele e Marion não tinham tido a chance de viajar como tinham planejado, exceto por algumas viagens breves para as Bahamas, e com todo o dinheiro que ele tinha aqui, e na Suíça, não precisaria mais disso e encerraria tudo antes que as coisas azedassem. Ele não seria como um desses caras que ficam no ramo tempo demais e acabam pegando uma pena pesada, ou acabam irritando alguém e sendo eliminados. Não, eu não, cara. A gente vai conseguir. Vamos ficar deitados nas praias da Riviera por um tempo, então passar um tempo nos cafés de Paris e Roma, e então a boa e velha Istambul, e se Turhan Bey[16] se meter no caminho, vai ser uma pena. Ei, essa música é incrível, cara. Ele começou a sacudir a cabeça no ritmo da música e começou a cantar, Se Turhan Bey se meter no caminho, vai ser uma pena. Se Turhan Bey se meter no caminho, vai ser uma pena. Ele sorriu e riu para dentro, Nada mau. Talvez eu devesse me tornar compositor nas horas vagas. Ele saiu da rodovia e se juntou ao trânsito pesado e lento para o aeroporto. Ele olhou no relógio e sorriu ao se dar conta de que ainda tinha bastante tempo e que não havia razão para se apressar ao procurar uma vaga para estacionar. Era por isso que ele sempre saía mais cedo, para não se preocupar no caso de ficar preso no trânsito ou coisa do tipo. Às vezes, algum pobre-diabo acaba com um pneu furado ou seu carro se entrega e trava todo o trânsito por algum tempo, e ele não queria perder mais de meio milhão de dólares por conta do pneu vazio de algum cretino ... ou coisa pior do que isso. O pessoal não aceita muito bem você ficar ilhado com meio quilo da pura em lugares abertos desse tipo, e então ter que *carregar* tudo de volta. Harry sempre planejava adiante. Esse é um dos segredos do sucesso, planejamento cuidadoso e meticuloso. Ele estacionou o carro e caminhou lentamente para o terminal. Ele ainda tinha tempo, então parou numa cafeteria e pediu uma xícara de café e um pedaço de torta com sorvete. Ele manteve a mala no colo enquanto comia, sorrindo para si mesmo, pensando em como as pessoas em volta dele se borrariam se soubessem que ele tinha setenta e cinco mil na mala. Ele pagou a conta, caminhou lentamente para o bar e se sentou no canto mais distante, próximo das grandes janelas com vista para a

---

16   Ator austríaco de ascendência turca, ativo entre as décadas de 1940 e 1950 em Hollywood. [NT]

pista. Ele colocou a mala no chão, a alguns centímetros do pé esquerdo, e ficou brincando com sua bebida, bebericando de tempos em tempos, vendo os aviões decolarem, pousarem e taxiarem até as rampas. Ele continuava olhando os aviões quando um cara vestido no mesmo estilo dele, com casaco, chapéu e terno da mesma cor, se sentou no tamborete à esquerda de Harry. Ele tinha uma mala igual à de Harry e a colocou no chão a alguns centímetros do pé direito dele. Ele pediu um drinque e o terminou antes de Harry terminar o dele. Ele colocou o copo vazio no bar, pegou a mala de Harry e foi embora. Harry continuou brincando, bebericando o drinque e vendo os aviões na pista. Dez minutos depois, ele pegou a mala dele e foi embora. Ele foi direto, mas sem pressa, para fora do terminal e até o carro dele. Ele nem se deu ao trabalho de olhar ao redor para ter certeza de que não havia polícia em algum lugar, ele sabia que tudo estava em ordem. Ele confiava no instinto que dizia é isso aí, meu chapa. Ele abriu a porta do carro e jogou a maleta dentro, quase rindo, entrou e trancou a porta. Era isso, cara. A última coleta. O último meio quilo que vamos comprar. Quando ele e Ty terminassem de mandar isso pras ruas, estariam encerrando o negócio e dando tchauzinho pra sempre às ruas. O trânsito saindo do aeroporto, e durante quase todo o trajeto de volta, estava engarrafado e lento, o velho para-arranca, mas ele estava acostumado e simplesmente relaxou no banco, vagamente ciente da música, a mente alerta no trânsito, e relaxado. O trânsito era uma das medidas de segurança que tinham estabelecido. Eles sabiam que ninguém esperaria que pessoas se encontrassem no meio da tarde em um lugar como o Kennedy. Era o lugar errado. Público demais. Aberto demais. Muitos policiais de todo tipo checando as pessoas que entram no país. E se você ficasse encurralado, para onde correria? Não dava pra correr. Não dava pra dirigir. Não dava pra nadar. Hahaha, porra, não consigo nem atravessar uma piscina, pelo amor de deus, e o oceano é grande pra caralho. Tudo errado. Tudo a respeito disso era errado. Por isso funcionava tão bem. Mas hoje o rosnado do trânsito estava pior do que de costume. Parecia haver pneus furados e para-choques amassados por toda a rodovia. Pareciam estar por onde quer que olhasse: na frente, atrás, ele via as luzes piscando em vermelho e amarelo, mas estava calmo e não entrou em pânico, se deu conta de que era ou um caminhão-guincho ou uma ambulância, e não tinha nada a ver com ele, mesmo quando viu um policial orientando o trânsito perto de um acidente, ele se manteve calmo — Merda! Não, cara. Tudo besteira. Quem quer passar por tudo isso? Mesmo que a polícia não te pegue, o maldito trânsito faz isso. O bom e velho Bob Moses,[17] com seu maior estacionamento do mundo. O que seria legal mesmo, um lugar realmente doido para um encontro, tão doido que me dá calafrios. É. Ninguém, cara, ninguém mesmo, iria até a Macy's.[18] Ei, gosto disso. Seria demais mesmo, mano. A seção de brinquedos ... É ... Perto dos trens. Talvez eu descole alguns quando a gente estiver bem. Seria massa pra caralho ter uma sala toda arrumada com aqueles trenzinhos ... casas, pontes, rios, árvores, caminhões, luzes diurnas e noturnas, a porra do caralho *todo*. É, perto do mostruário de trens. Era só entrar num táxi e ficar sentado enquanto o motorista lutava com o trânsito, resmungando e praguejando sobre todos os cuzões de merda dirigindo pela cidade e por que não deixam o carro em casa e param de entupir as ruas pelo amor de deus e olha aquele babaca tentando me cortar a frente, Ei, volta pro lugar de onde veio, sua vaca do caralho, e virou e olhou para Harry, Deve ser uma dessas sapatas da porra, pelo jeito que dirige, e ele subitamente passou para a outra pista e então o guinchar de freios, gritos, palavrões, e ele mostrou o dedo médio para todos pela janela e continuou a costurar pelo trânsito, mostrando o dedo médio eterno para os buzinadores enquanto socava a própria buzina, gritando com eles, O que mais você quer de Natal além de uma buzina nova?, hahaha ha, e Harry só sentado no táxi, sorrindo, dando risadinhas, segurando a mala no colo de modo *blasé*, pensando que seria incrível abrir a maleta e jogar toda aquela grana no banco e ver o taxista endoidecer, mas ele estava tranquilo, e meneou a cabeça para o taxista e lhe entregou o valor da corrida quando pararam na Macy's,

17 Parque Estadual Robert Moses, situado em Long Island, sudeste do estado de Nova York. [NT]
18 Famosa loja de departamentos dos EUA, com sede localizada em Manhattan, Nova York. [NT]

disse a ele para ficar com o troco e acenou enquanto se afastava do táxi e entrava na loja de departamentos. Ele estava adiantado, então parou na seção de lingeries e procurou algo que achava que Marion poderia gostar, mas não comprou nada, ele sempre dá atenção aos negócios antes. Você precisa se concentrar no que está fazendo, é assim que você derrota o sistema e o mundo. Concentre-se. Ele zanzou pelo andar térreo e pegou a escada rolante para a seção de brinquedos, olhando para o piso abaixo conforme a escada subia. A vitrine dos trens não era grande coisa, mas eles tinham alguns belos trens à mostra, e, quando chegou o momento exato, ele parou em frente à vitrine montada com uns poucos acessórios e um poucos trens constantemente se movendo, e colocou a mala no piso a alguns centímetros do pé direito, e o sujeito chegou como antes, e eles trocaram de malas e tudo mais, e ele saiu da loja e pegou um táxi para o centro, caminhou um quarteirão, pegou outro táxi para ir ainda mais ao centro, outra caminhada e então outro táxi por uma curta distância do centro, e então andou alguns quarteirões até a sala de embalagem onde Tyrone o esperava. Tá na mão, mano, o último meio quilo da pura que vamos pegar. É, e nunca foi tocado por mãos humanas. Nossa, Ty, você é uma figura. O que vai fazer quando a gente se aposentar, só ficar sentado rindo o dia todo? Pooorra. Eu não, cara. Vou continuar ganhando uma graninha. Eles cortaram o bagulho com cuidado, embalaram, então mandaram pros sujeitos que lidavam com o pessoal na rua. Eles não tratavam com ninguém que fosse usuário, ninguém que não mantivesse a calma. Tyrone pegava a maior parte porque ele lidava com os negros, e Harry passava o resto para os branquelos. Quando o resto do bagulho acabou, eles celebraram. Harry e Tyrone levaram suas namoradas não apenas pela cidade, mas por toda a cidade, e acabaram andando pelo Central Park em carruagens e vendo o sol nascer. No dia seguinte, Harry passou algum tempo com seu gerente financeiro, discutindo a aquisição de alguns imóveis extras e então fez preparativos para que ele e Marion começassem sua viagem ao redor do mundo. Acho que é melhor ficarmos longe da África, lá não parece muito tranquilo. Exceto pelo Norte da África. Talvez começariam em Argel, Casablanca, É, toca de novo Sam. E então iriam para o

Oriente. Ver o que rola no Cairo e alguns outros lugares, e então a boa e velha Istambul. Boa e velha Istambul — Nossa, um passaporte com o sobrenome Goldfarb? Talvez eu devesse mudar meu nome para Smith ou Turhan Bey, e Harry riu e se reclinou na cadeira e ficou escutando a música que saía do rádio vagabundo de Ty, então esvaziou uma bituca de cigarro, enfiou a ponta do último baseado nela e fumou enquanto ouvia passos subindo pelas escadas, e Tyrone C. Love adentrou a sala de dois por quatro metros com um sorrisão no rosto e largou o pequeno embrulho sobre a mesa. Prontinho, mano, e Brody disse que é dinamite pura, que a gente precisa cortar, no mínimo, no mínimo, três vezes, e disse que, se a gente for usar, é melhor pegar só uma carinha. Ele não deixou você provar lá? Nem uma fungada pra checar? Oh *oh*. Ele não deixa ninguém provar no apê dele. Sem chance. Como a gente vai saber se está sendo enganado? Ele não engana ninguém, mano. É por isso que continua vivo e traficando. Se ele disse que é dinamite, então é dinamite. Eu disse pra ele que a gente não ia usar, que a gente vai ficar de boa em vez de cagar tudo. Tá, mas como vamos saber o que a gente pegou e o quanto diluir se a gente não provar? Verdade, hein? Bom, só uma provinha não vai fazer mal nenhum. Certo. Mas vamos pegar só uma pitada. A gente podia só cheirar. Ei, se vou chapar, eu vou chapar mesmo, sem dó. Não vou desperdiçar heroína boa cheirando ela. Ou mesmo qualquer tipo de heroína. Harry riu, e eles pegaram suas seringas. Mas vamos na manha mesmo, cara. Ei, mano, eu sempre vou na manha. Não, não, sem brincadeira, Ty, vamos na manha mesmo, bicho. Essa é nossa chance de faturar, digo faturar mesmo. A gente não precisa ficar vendendo pequenas doses a vida toda. Se a gente fizer tudo certo, a gente pode pegar meio quilo da pura, mas, se a gente se detonar, a gente vai cagar tudo. Ei, mano, não tô de sacanagem. Não quero trampar na rua o resto da minha vida de tênis furado, com o nariz escorrendo até chegar no queixo. Maravilha, Harry estendeu o braço, e Tyrone estapeou a palma da mão dele, e Harry fez o mesmo com ele. Tá, vamos provar. Harry colocou uma pequena quantidade na colher, começou a colocar um pouco mais e então parou. Já tá bom. Não dá pra cuidar dos negócios totalmente lesados. Eles aplicaram e já na primeira onda, que foi das tripas deles até o rosto vermelho, souberam que Brody não os estava enrolando e poderiam cortar a parada pra caramba e ainda colocar um produto de qualidade na rua. Pooorra, vamos cortar isso quatro vezes e ainda assim ninguém vai encher o nosso saco dizendo que trapaceamos. É ... essa porra é demais, velho. Ele disse que vai vir mais dessa, então é melhor a gente vender o mais rápido que conseguir e descolar mais, parça, porque esse treco é de outro mundo. Sabe de uma coisa, mano, se a gente ralar mesmo, a gente pode pegar mais duas onças amanhã. Beleza! Toca aqui! E começaram a misturar cuidadosamente a heroína com o leite em pó, sem fumar, com medo de soprar parte do pó precioso pelo ar, ou tossir, ou espirrar e espalhar tudo pelo ar. Estavam cientes de que estavam chapados, então se concentraram bastante no que estavam fazendo, todos os movimentos muito lentos e precisos. De vez em quando, eles faziam um intervalo e se afastavam da mesa para um cigarro providencial. Quando terminaram, cada um pegou cinquenta envelopes e foram para a rua. Eles não gostavam da ideia de andar pelas ruas em posse de uma leva tão grande, mas não tinham escolha. Precisavam avisar as pessoas onde estavam, e Tyrone não tinha telefone no apê dele, então o único modo de contatar os viciados era ir para o meio deles. Harry ligou para Marion e contou que tudo corria bem e o que iriam fazer, e ela disse que eles podiam usar o número dela por algum tempo. Tem certeza? Sim. Apenas sejam discretos. Quer dizer, não passem para todos os viciados da rua. Sabe, só gente como o Gogit. Gente que vocês conheçam mesmo. E vocês podem guardar o bagulho no apê do Ty. Tá, benzinho, vamos fazer isso. Com certeza, vai facilitar bastante até a gente descolar um lugar com telefone. Só não queria envolver você, sabe? Eu entendo, Harry, agradeço sua preocupação. Mas é de boa. Ótimo. Tá, a gente se vê depois. Ah, Harry? Oi! Guarda um pouquinho pra gente? Ei, não se preocupa. Estou adiantado em relação a você. Não muito. Sabe como é. Certo. A gente resolve depois. Até mais. Tchau. Harry desligou o telefone e então disse a Tyrone que podiam usar o número de Marion por um tempo, A gente pode receber as ligações lá e depois levar o bagulho. Vamos deixar no seu apê.

Maravilha, cara. Mas vai devagar com o número, mano. Tô ligado, parça. Tá, te vejo aqui depois. Isso, mano. Eles se separaram, Harry indo em um sentido e Tyrone em outro, a operação em preto e branco.

Tudo saiu bem. Tyrone encontrou Gogit quase imediatamente e lhe deu o número de Marion, e Gogit circulou por suas rotas costumeiras descobrindo quem estava a fim de comprar, e logo Tyrone já estava sem bagulho e teve que voltar para repor o estoque. Quando voltou à vizinhança, havia um monte de viciados ansiosos esperando o bagulho, tinha se espalhado a informação de que ele tinha uma parada das boas. Tyrone sentiu a empolgação atravessá-lo, mas se manteve calmo e também para não alimentar a agitação crescente dentro dele, enquanto ele lutava contra a vontade de provar mais uma carinha. Ele estava feliz de ter provado para conseguir ficar de boa, e disse a si mesmo para relaxar e dar conta do trabalho, e só então se preocupar com mais uma provinha. Ele conhecia as ruas e a vizinhança e sabia segurar as pontas e confiar nos instintos que tinha desenvolvido ao longo de seus 25 anos de vida, que tinham permitido que sobrevivesse do Bronx ao Harlem, e pensou que se tinha sobrevivido àquelas ruas, mano, ele se daria bem em qualquer porra de lugar, sem palhaçada, parça. E os instintos dele estavam afiados naquela noite. Tinham que estar. Ele tinha que informar para as pessoas que tinha produto, mas, assim que o rumor se espalhou, isso significava que haveria gente tentando sacaneá-lo, e, pra eles, cortar a garganta dele é o mesmo que acender um cigarro. Tudo a mesma coisa pra esse pessoal, parça. Eles são uns viciados sinistros, mano, então Tyrone distribuía seu suprimento em alguns lugares e se certificava de que não tinha ninguém o seguindo quando ele pegava o dinheiro e buscava o bagulho. Ele estava especialmente afiado e alerta porque acreditava que essa era sua chance, sua única chance, e não acreditava que haveria outra. Vinte e cinco anos era um longo tempo para se viver no mundo em que ele vivia, e ele sabia que a chance de escapar raramente chegava, se é que algum dia chegava, e não iria deixar essa escapar. Ele não sabia ao certo como tudo isso tinha acontecido, como ele tinha acabado com tanto bagulho e ganhado dinheiro, parecia algo saído de algum sonho, mas estava acontecendo e ele não iria deixar escapar. E ele sabia que, se não se mantivesse em alerta, parça, ele perderia mais do que o sonho. E ele estava cansado de perder. Essas ruas foram feitas para vacilões. Essas ruas eram dominadas por vacilões. Ele estava a caminho do topo, da saída. E ele não ligava muito para ter um El Dorado grandão e um harém de gatas ... pooorra, uma namorada é o suficiente pra mim. O que Tyrone queria, mais do que qualquer outra coisa, era não ter que se estressar. É isso aí, mano, nada de ficar nervoso. Isso foi tudo que tive em meus 25 anos. Alguém sempre estressando alguém. Alguém sempre entrando na cabeça de alguém. Se não é a polícia, é algum chegado. Ninguém nunca satisfeito. Se a heroína entra no seu sangue, parça, ou o álcool, cê sai implorando por uma dose ou um drinque. Pooorra, isso não é pra mim, mano. Nã-não, sem chance, bróder. E não sou um filho da puta ganancioso. Só quero o suficiente pra ficar de boa com meu pequeno comércio — pooorra, nem me importa de que tipo, parça, lavagem a seco, televisores, só alguma coisa pra manter eu e minha mulher bem e não ter nenhum estresse. Saca, um lugarzinho bacana fora da cidade. Em algum lugar no bairro residencial. Eu sei lá, talvez Queens ou mesmo Staten Island. Só uma casa, um carro, uns panos legais e zero estresse. Pooorra, a gente não precisa nem de um jardim nem nada, cara, só ser livre e tranquilo, parça, tipo eu te amo e você me ama e já era ... pooorra, não precisa me amar, parça, pode até odiar minha bunda preta, só não quero estresse.

Harry vagou pela vizinhança, avisando algumas pessoas que tinha o produto, e, então, ficou numa loja de doces por algum tempo, bebendo *egg creams* e lendo revistas de putaria. Ele fez algumas transações na loja, e, quando fecharam, ele ficou parado na rua com alguns caras que já conhecia fazia algum tempo, e então foi para um bar, e depois outro, sem nunca ficar muito tempo no mesmo lugar. Depois que vendeu tudo, deu mais um tempo para ver quem queria o quê. Um sujeito que ele conhecia fazia um tempão, Bernie, disse que iria comprar para um grupo de manos e voltaria em uma hora, então Harry voltou até o apê, pegou outro carregamento e se livrou dele antes de ir à casa da Marion. Tyrone ligou para ele mais tarde e disse o quanto tinha vendido, e, quando eles somaram suas vendas, já tinham o suficiente para mais uma leva, e as coisas estavam começando a andar. Pooorra, mano, agora que um pessoal sabe da gente, nossa parada vai acabar antes de amanhã de noite. Acho ótimo! Assim que a gente vender o suficiente pra pegar mais duas levas, a gente pega, né? Pode apostar, parça. Quero pegar dessa parada o máximo que a gente conseguir. Daora. Me liga depois se eu não te ligar antes, beleza? Até mais, mano, e Tyrone desligou o telefone e foi para seu apê. Foi uma noite longa do cacete, parça, e ele certamente ficaria muito contente de cair na cama. Ele podia sentir o suor escorrendo nas costas. Ele tinha passado um bocado de tempo na rua, mas as últimas horas tinham sido as piores de sua vida. Ele nunca tinha pensado muito nas ruas, exceto que sabia que queria escapar delas. Mas elas nunca tinham sido uma ameaça tão grande antes. Ele podia andar pela rua dia e noite e não fazia qualquer diferença quem cruzava com ele ou estacionava atrás dele, mas agora era diferente. Pode apostar que era. Ele nunca tinha tido nada a perder antes. Ele nunca tinha tido algo que todo mundo quisesse. Ele era só outro cara preto, outro irmão, ralando e tentando atravessar mais um dia neste mundo de branquelos. Ninguém tinha medo dele, e ele não tinha medo de ninguém. Ele só ria e seguia ciscando pela rua. Quando você conhece a rua e fica longe dos doidos, dos bêbados birutas que correm por aí com facas de açougueiro e armas, aí são só as ruas que você tem que derrotar, mas, quando você tem algo que outra pessoa quer, aí é chumbo grosso, parça. Aí é mais do que concreto e asfalto que você tem que derrotar ... você tem que lutar contra a porra da loucura que essas ruas colocam no povo. Um desses sujeitos sozinho é tranquilo. E as ruas por si só não são grande coisa. Mas, quando você junta as duas coisas, acaba com uns puta doidos, parça, e aí você precisa cuidar da sua pele. E quando você tem algo que mais alguém quer, você tem problemas, e quando esse algo é bagulho e você anda na rua, você tem problemas sérios. Pooorra. É uma desgraça, parceiro, mas o único jeito de derrotar essas ruas é fazer elas trabalharem pra você. Você simplesmente tem que ser mais esperto que esses filhos da puta, cara.

Harry pegou Marion pela cintura e a girou no ar depois de desligar o telefone, A gente tá no caminho certo, querida, estamos no caminho certo mesmo. Nesse ritmo, a gente vai descolar esse meio quilo da pura rapidinho, e, aí, sai da frente! Ah, fico feliz, Harry, o abraçando e beijando, fico tão feliz. Não pensei que fosse me incomodar, mas fiquei a noite toda preocupada. Acho que nunca pensei nisso antes, mas de repente tudo parecia tão ameaçador. Quer saber de uma coisa, meu bem? Eu tava nervoso também. Se você é pego com toda aquela quantidade, você tá numa encrenca daquelas, eles descem uma pena pesada na sua cabeça. Você vai ter que passar por isso todas as noites? Nah. O rosto de Marion estava vincado de preocupação, e Harry sorriu para ela. A gente só queria vender o máximo possível para descolar o suficiente para pegar mais duas remessas amanhã, enquanto ainda tem dessa parada boa. Aí a gente vai esfriar e arranjar um lugar onde podemos guardar ela. Espero que sim, benzinho. A noite passada foi uma das mais solitárias que já passei. Harry a abraçou e beijou de novo, Não esquenta, logo logo a gente não vai estar nem chegando perto da rua. A gente vai só passar a parada pros vendedores viciados e relaxar — mas vamos esquecer isso tudo, tá? Vamos descansar um pouco, relaxar e falar da nossa cafeteria e daquelas viagens pra Europa. Eles se espicharam no sofá, ouvindo música, e repassaram o futuro deles mais uma vez, fazendo planos mais específicos para sua primeira cafeteria, Marion pegou o bloco de rascunho e os lápis e desenhou as ideias conforme surgiam, e logo eles tinham a planta baixa da primeira loja, completa com folhagens suspensas, um pequeno palco para apresentações, um pequeno aviário no jardim ao ar livre com videiras sobre ele, e com todas as paredes construídas especialmente para pendurar pinturas longe do risco de danos; então Marion começou a descrever o lugar que tinha em mente para a cafeteria em San Francisco e ela também esboçou e mostrou a ele o que poderiam fazer, e como ele iria adorar Fisherman's Wharf, os mímicos que se apresentam por lá e os restaurantes incríveis e, sabe, o teatro lá é realmente excelente e sempre tem algo acontecendo por lá, que nem em Nova York, ao menos no que se refere a música e arte, ou qualquer outra coisa, na verdade, e ela pôs para tocar a "Kindertotenlieder" algumas vezes enquanto estavam sentados lado a lado no sofá desenhando, falando, se escorando um no outro e subitamente rindo e se abraçando, beijando, sonhando e acreditando ...

A sala de espera estava lotada. Sara não conhecia ninguém lá, mas tinham uma aparência familiar, mesmo as jovens e magras. Ela preencheu o formulário e devolveu para a enfermeira, e pouco tempo depois foi conduzida até um dos consultórios. A enfermeira a mediu e pesou, e perguntou como ela estava, Bem, por isso estou aqui, e as duas riram. Mediu a pressão sanguínea e perguntou como estavam a audição e a visão, e Sara respondeu que possuía as duas coisas, e a enfermeira riu de novo e então saiu da sala. Logo o médico chegou e olhou para a tabela que a enfermeira tinha preenchido, então ergueu os olhos para Sara e sorriu, Vejo que está um pouco acima do peso. Um pouco? Tenho vinte quilos que estou disposta a doar. Bom, acho que podemos resolver isso sem qualquer problema. Ele escutou o coração dela por um segundo, bateu nas costas dela com os dedos duas vezes e então voltou à tabela. Você parece estar em boas condições. A enfermeira vai te dar um pacote de pílulas para tomar, com um panfleto contendo as instruções completas. Ela também vai marcar uma consulta para daqui a uma semana. Até lá, e ele se foi. Sara pegou o pacote de pílulas, e a enfermeira explicou as instruções para que Sara as entendesse por completo. Tá, isso eu entendi, mas me diz uma coisa, menina, quanto o doutor cobra? Ele disse para voltar daqui a uma semana e não tenho dinheiro. Ah, não se preocupe com isso, sra. Goldfarb, vamos fazer com que o Medicare[19] se encarregue da conta. Ah, que bom. É um alívio. Então daqui a uma semana vejo você de novo. Certo. Até logo, sra. Goldfarb. Até logo, menina. Se cuida.

Sara se sentou à mesa da cozinha, as pílulas e as instruções na frente dela. Então vamos ver, a roxa eu tomo de manhã, e a vermelha eu tomo de tarde, a laranja eu tomo à tardinha, ela se virou e deu um sorriso convencido para o refrigerador, essas são minhas três refeições, sr. Espertalhão

19 Plano de saúde estatal dos EUA, voltado para a população a partir de 65 anos de idade. [NT]

(o refrigerador franziu a testa em um silêncio curioso), e a verde eu tomo de noite. É isso aí, simples assim. Um, dois, três, quatro, trilili tralalá e os quilos somem. Então é melhor tomar a roxa agora, já é quase hora da vermelha, e ela riu enquanto zanzava até a pia para pegar um copo de água e tomar sua pílula de café da manhã. Ela cantarolava enquanto abria o refrigerador, puxava o *cream cheese* e fechava a porta com uma superioridade esnobe, então abriu o saco sobre a mesa, tirou um pão de cebola grande e desembrulhou um pedaço de peixe defumado. Olha só, sr. Caixa de Gelo, morra de inveja. Estou me refestelando. Logo vou economizar um monte de dinheiro com comida. Ela jogou os ombros para trás, lançou a cabeça para o refrigerador e passou *cream cheese* no pão e pegou os adoráveis petiscos de peixe, Hummmmmmmmmm, ela estalou os lábios e se virou na cadeira para que o sr. Sabichão Caixa de Gelo pudesse vê-la devorando a iguaria.

Ela preparou um segundo bule de café. Ela nunca tomava mais de uma xícara de café pela manhã e no resto do tempo bebia chá. Mas, nessa manhã, ela bebeu um bule inteiro, seis xícaras, e agora estava preparando outro bule sem nem pensar nisso, ciente apenas de como se sentia ... bem, emocionada, expansiva. E, então, ela se deu conta de que era hora do almoço e nem estava com fome. Nem um pouquinho. Ela bebeu mais café. Já é hora do almoço e nem quero nada, ela mostrou a língua para o refrigerador, nem um pedaço de peixe com creme azedo, muito obrigada. É mágico. Nem uma coceirinha de pensar em lanchar. Não quero um *sundae* com calda quente. Não quero um sanduíche de pastrami com mostarda e salada de batata. Não quero nada. Desde o café da manhã, só tomei uma pílula e uma xícara e café e — ela olhou para o bule e para a xícara e se deu conta de que tinha bebido mais de uma, que tinha preparado um segundo bule que já estava quase vazio ... Ah, ela deu de ombros, grande coisa. Uma pílula e um bule de café e fico *voluptuosa*, então quem é que vai reclamar? Ela terminou o café e encheu a xícara de novo, Estou olhando pra você, e ela piscou para o refrigerador, e agora é hora do almoço, e ela pegou a pílula vermelha, elegantemente a largou na língua e engoliu com café, se agitando e balançando na cadeira por um momento, pensando sobre como esse incrível milagre tinha acontecido em sua vida. Se ao menos tivesse descoberto isso antes. Ela estava se sentindo tão jovem, tão cheia de energia, como se estivesse escalando montanhas. Ela pensou em talvez lavar o assoalho e as paredes hoje de tarde, ao menos as paredes da cozinha, mas decidiu adiar isso e ir sentar-se com as mulheres, pegar um pouco de sol e contar a elas como se sentia. Ela mal podia esperar para contar a elas que tinha encontrado a fonte da juventude e Estou dizendo a vocês, não fica na Fontainebleau.

Ela levou a cadeira para fora e se juntou às mulheres, colocando a cadeira no lugar de honra que sempre era reservado para ela. Tinha ao menos uma dúzia de senhoras esperando, e, quando ela saiu, começaram imediatamente a mesma conversa sobre o programa e sobre onde e quando, e ela apenas sorria e acenava com as mãos do modo mais majestoso que podia e olhava para os dois lados da rua procurando o carteiro, saltitava com energia incrível e pairava sobre as mulheres e ao redor delas, sentava um pouco e então levantava e andava de novo, e, quando a mulher que tinha lhe dado o nome do médico se juntou a elas, ela a abraçou, e beijou, e disse que a amaria para sempre, que o que estava acontecendo era a coisa mais maravilhosa do mundo e ela não conseguia nem acreditar, ela nem sequer pensava em comida, que mesmo se uma tigela grande de sopa de frango com macarrão fosse colocada na frente dela, ela não comeria, nem se estivesse coberta de *borscht*, e sobre como se sentia bem já que não ficava tão cansada com toda aquela comida, e agora ela se sentia livre feito um pássaro, e só queria voar, e bater as asas, e cantar canções, "O by Mier Bist du Schön" e nem custa nada, ele cobra pelo Medicare, e talvez eu vá dançar, e ela tentava sentar para pegar um pouco de sol, mas ficava quicando para cima, como se alguma força invisível continuamente a empurrasse para fora do assento e a fizesse pular feito um coelho entre as mulheres, olhando para os dois lados da rua, procurando o carteiro que logo deixaria algo para ela da Corporação McDick lhe dizendo em qual programa ela apareceria e quanto tempo faltava para ela vestir aquele vestido vermelho, e as mulheres balançavam a cabeça, e concordavam, e diziam a ela para se sentar, senta de uma vez e relaxa, pega um pouco de sol, se sentir bem é bacana, mas não deixa isso acabar com você, e elas riam e faziam piada, e Sara sentava, e caminhava, e abraçava, e beijava, e olhava para cima e para baixo pela rua até que o carteiro chegou, e ela foi na direção dele, e uma comitiva atrás dela, ele balançou a cabeça, Não tem nada hoje, e entrou no prédio com umas poucas correspondências, mas Sara não se desesperou, ela simplesmente ficou lhes dizendo como se sentia bem e como logo ela pareceria Chapeuzinho Vermelho.

Sara foi a última a sair da rua. Ela não tinha que fazer janta, então não havia pressa. A primeira coisa que fez foi ligar a televisão, depois preparar outro bule de café, colocando o polegar na ponta do nariz e fazendo uma careta para o refrigerador, imerso em um silêncio rancoroso por sentir o cheiro da derrota. Sara se ocupou na cozinha esfregando, passando pano, passando rodo, continuamente olhando para o relógio para ver se era hora do jantar. Por acaso, os ponteiros do relógio formaram uma linha reta, e Sara, com empolgação, se sentou à mesa com sua pílula laranja. Ela a largou na boca, bebeu um pouco de café e voltou a passar pano, limpar e esfregar enquanto cantarolava, falando com ela mesma, com a televisão, e claramente ignorando o refrigerador. De tempos em tempos, ela se lembrava da água e bebia pensando em magreza e em ser *voluptuosa*. Então, a energia dela começou a se exaurir, e ela se deu conta do fato de que estava contraindo e rangendo os dentes, mas era fácil ignorar isso enquanto se acomodava na poltrona de assistir à TV, ou ao menos tentava. Ela se remexia sem parar, se agitava e se levantava para isso e aquilo, ou outra xícara de café ou um copo de água, sentindo um toque de desconforto sob a pele e uma leve e vaga sensação de apreensão no estômago, mas nada forte o suficiente para incomodá-la de verdade. Ela só estava certa de que não se sentia tão bem quanto tinha se sentido durante a tarde, mas ela se sentia melhor, mais viva, do que tinha se sentido em muitos anos. Qualquer coisa que poderia estar um pouco errado valia a pena.

Um pequeno preço a se pagar. Ela continuou pensando na pílula verde e, embora o programa a que ela estava assistindo estivesse apenas na metade, ela saiu da poltrona, tomou a pílula verde e voltou para a poltrona. Ela bebeu mais alguns copos de água e decidiu que amanhã beberia menos café. Não é bom, esse café. Chá é melhor. Se tem alguma coisa errada, provavelmente é o café. Ela bebeu mais um pouco de água, olhando-a dissolver a gordura do corpo e a fazendo descer pelo ralo ... pelo ralo... para bem, bem longe ...

Tyrone tinha descolado mais duas remessas, e à noite ele e Harry estavam prontos para uma enxurrada de negócios. Eles continuavam pegando leve com o bagulho, tirando só uma provinha, só o suficiente para ficarem de boa na rua, mas não o suficiente para ficarem com os sentidos amortecidos. Eles tinham que aguentar de boa, mas firmes. Ligações tinham chegado durante o dia todo, e eles estavam prontos para vender ao menos metade do bagulho antes mesmo de cortarem. Após diversas entregas, Harry ligou para Marion para saber quem mais tinha ligado e o que estava rolando. A coisa ficou tão estressante que Marion sugeriu que eles simplesmente estocassem tudo lá mesmo até instalarem um telefone no apê de Tyrone. Toda essa correria e anotação de mensagens é uma loucura. E parece que você está correndo riscos desnecessários, Harry, do jeito que está trabalhando agora. Harry rapidamente concordou com a sugestão dela, e eles passaram a trabalhar no apê dela até que o telefone foi instalado no apê de Tyrone, alguns dias depois. Agora tudo era mais fácil e calmo. Eles ainda estavam sendo muito cuidadosos com o quanto usavam, e a parada que estavam pegando ainda era tão boa que podiam cortar quatro vezes e ainda ter doses boas. A rapaziada aguardava o bagulho deles. Eles começaram a cortar cinco vezes e fizeram ainda mais dinheiro. A grana ia se empilhando aos milhares, e eles arrumaram um cofre em um banco, usando nomes falsos, e guardaram o dinheiro lá. Eles estavam faturando mais de mil dólares por dia e decidiram que era hora de se animar um pouco e arranjar umas roupas decentes para vestir quando saíssem. Mas parecia que nunca tinham tempo de sair, então eles começaram a passar para uma dupla de caras como Gogit um pouco do bagulho para eles venderem durante a noite, pegando a grana no dia seguinte e dividindo meio a meio com os caras. De repente, ou assim parecia, o mundo tinha dado a volta, e agora tudo tinha virado uma maravilha para eles. Agora, em vez de a garrafa estar meio vazia, ela subitamente estava meio cheia, e chegando cada vez mais perto do gargalo.

Uma noite, Harry e Marion estavam sentados no sofá ouvindo música, após se picarem, repassando os planos para a cafeteria como de costume, quando Harry se reclinou, com uma expressão pensativa no rosto, e então balançou a cabeça quando tomou uma decisão, É, é isso que vou fazer. Marion sorriu, Fazer para quê? Ou devo dizer para quem? Pra coroa. Tenho pensado em arranjar alguma coisa pra ela, sabe, algum tipo de presente, mas não sabia o que comprar, você sabe como é difícil pensar em alguma coisa pra alguém assim. Tipo, o que ela usaria ou gostaria de ter? Toda mulher adora perfume. Você pode comprar pra ela algo lindo em uma garrafa de cristal. É, acho que você tem razão. Espero que tenha entendido a indireta, e ela riu. A próxima é você, e ele a beijou na bochecha e bruscamente alisou a nuca dela. Até que enfim pensei na coisa perfeita. Estava bem na frente do meu nariz e não percebi o tempo todo. Eu finalmente perguntei pra mim mesmo, qual é o lance dela? E pensei, televisão, certo? Se tem algum viciado em TV é a minha coroa. E acho que de todo modo devo a ela uma nova, depois de tudo que o aparelho dela sofreu sendo *transportado* até o velho Abe. Não use essa palavra. Qual? *Transportado*? Isso. Me lembra do meu pai e o vocabulário do distrito de vestuário.[20] Harry deu de ombros e riu, Você tem mesmo uma parada com ele, hein? Marion deu de ombros, Não consigo evitar. Mas que lance é esse de televisão? Vou comprar pra coroa uma TV nova. Imagino que possa pagar até uns mil, se for o caso, e dar pra ela um aparelho que vai deixar ela besta. Tipo, que vai deixar ela tonta. Ela vai cair *morta!* Ah, Harry! Marion fez beicinho, e Harry riu e colocou o braço em torno dela, Desculpa, mas às vezes não consigo resistir, você se irrita tão fácil. Enfim, amanhã vou comprar pra ela uma TV em cores grandona que vai fazer ela esquecer de todas as vezes que roubei a dela. Marion inclinou a cabeça para o lado e olhou para

---

20   Bairro com grande concentração de empresas relacionadas à moda e à costura localizado no distrito de Manhattan, Nova York. [NT]

Harry por um momento, então sorriu gentilmente, Você ama mesmo ela, não ama? Harry deu de ombros, Acho que sim. Quer dizer, não sei direito. Às vezes, sinto uma coisa e, às vezes, sinto outra. A maior parte do tempo só quero que ela seja feliz. Entende o que quero dizer? Marion assentiu, uma expressão de saudades em seu rosto. Só queria ver ela feliz e satisfeita ... mas às vezes não consigo me segurar e quero atacar ela feito ... ah, eu sei lá. Não é tanto que eu queria atacar ela, é só que vejo ela sentada naquele mesmo apartamento velho, onde ela sempre esteve, vestindo o mesmo vestido velho de ficar em casa, sabe, mesmo que ela troque é sempre o mesmo, e eu não sei o que fazer. Quando estou longe dela tudo bem, tipo, eu amo ela e penso coisas boas sobre ela, quando penso nela. Mas, quando estou lá, naquele apartamento com ela, alguma coisa acontece, e fico tão irritado que acabo gritando com ela. Ah, provavelmente é simples. Você ama ela e tem uma dependência, e não sabe como alcançar sua independência de um jeito saudável simplesmente deixando o ninho, por assim dizer, então você se volta contra e rejeita ela antes que ela possa rejeitar você. É um caso clássico, mesmo. Pode ser. Eu não me importo com tudo isso. Só sei que ela está sempre me dando sermão sobre tomar cuidado, você é um bom garoto, se cuide, não se machuque ... tá ligada? Tipo, ela não me deixa respirar. Marion gesticulava em concordância. Harry deu de ombros, Ah, eu sei lá. Não importa. Agora que tô bem, posso cuidar dela e visitar ela de vez em quando, e talvez ela pare de me aporrinhar quando ela ver como estou bem. Ei, quem sabe algum dia a gente pode levar ela pra jantar ou algo assim. Um show, quem sabe. O que acha? Eu adoraria, Harry. Sempre adorei sua mãe. Ela é sempre tão charmosa e especial, e ... e verdadeira. Tão despretensiosa. Ela mora no Bronx e adora o Bronx, e vive a vida dela sem segredos. Não feito outros, que olham para as pessoas com arrogância a menos que elas vivam em New Rochelle ou nos bairros residenciais de Connecticut ou Westchester, e acham que são algo que não são, enquanto soam como se estivessem limpando a garganta quando falam e enfiam *cream cheese* e bagels na boca pela manhã e todos os domingos de noite saem para comer comida chinesa. Eles são tão nojentos. Não existe nada pior que um bárbaro cultural com pretensões. Ei, você veio com tudo, e ele riu. Ah, bom, isso me irrita mesmo. Shakespeare disse, Acima de tudo, que teu eu seja verdadeiro. Polônio pode ter sido um tolo, mas há uma grande dose de sabedoria nessa frase. Acho que esse é um dos problemas do mundo hoje, ninguém sabe quem é. Todo mundo anda por aí procurando uma identidade, ou tentando pegar uma emprestada, só que eles não entendem. Eles, na verdade, acham que sabem quem são, e o que eles são? Só um bando de *transportadores* — Harry riu do modo como ela cuspiu a palavra e da intensidade com que ela falava — que não fazem ideia do que uma busca por identidade e verdade pessoal realmente é, o que seria aceitável se não ficassem no seu caminho, mas eles insistem que sabem tudo e que, se você não vive do jeito deles, então você não está vivendo direito, e eles querem tirar seu espaço ... eles querem de algum modo entrar no seu espaço, viver nele e mudar e destruir ele — Harry passou a piscar e olhar fixo conforme a raiva crescia e queimava — eles simplesmente não conseguem acreditar que você sabe o que está fazendo e que você tem sua própria identidade e espaço e que você está feliz e contente. Sabe, esse é exatamente o problema. Se eles entendessem isso, então não teriam que se sentir ameaçados e sentir que têm que destruir você antes que você destrua eles. Eles simplesmente não conseguem colocar na cabeça de filisteu deles que você está feliz onde está e não quer ter nada a ver com eles. Meu espaço é meu, e isso é o suficiente para mim. Harry olhou para ela por um momento. Vou dizer um negócio, benzinho, fico feliz que seja assim. Eu, com certeza, não iria querer dividir seu espaço. Talvez pegasse fogo. Tudo que eu fiz foi falar *transportar* e olha o que aconteceu. Imagina o que aconteceria se eu tivesse dito *outra coisa*, e Harry riu e abraçou Marion, e ela subitamente relaxou, permitindo que a droga, a atitude de Harry e seu próprio cansaço desfizessem as rugas de sua testa, e ela começou a rir também. Sabe de uma coisa, benzinho, é como Confúcio disse para Lei Kowan antes da famosa batalha de Wang Ton: Que comam torta, e os dois começaram a rir de novo, Ah, Harry, que horror, e Marion se levantou e colocou a "Kindertotenlieder" para tocar novamente, então voltou para o sofá e se aconchegou em Harry enquanto relaxavam, ouvindo música e discutindo planos para a cafeteria, enquanto a droga continuava a fluir pelo sangue deles, sussurrando sonhos para cada célula viva de seus corpos.

Harry ainda se lembrava de seu plano de comprar uma TV nova para sua mãe no dia seguinte, e ainda queria fazer isso, mas, de algum modo, a ideia de realmente sair, ir até aquelas lojas e tentar encontrar um vendedor para ajudar e então tentar fazer o desgraçado mostrar para ele o que ele queria em vez daquilo que estava tentando empurrar era um verdadeiro saco ... um saco grande, gordo e filho da puta. Desgraça! Se ao menos ele pudesse apenas ligar para algum lugar e fazer com que mandassem uma, seria tranquilo, mas ir até a loja e falar com as pessoas e tudo mais ... Ele ficou remoendo isso por algum tempo e então se deu conta de que tudo que tinha que fazer era injetar uma carinha e aí tudo ficaria bem. É, uma provinha, e ele poderia suportar aquelas lojas e os malditos vendedores. Ele não queria sair tão cedo no dia, mas que diabos, isso era diferente. E parecia correto, afinal, ele sempre tinha usado a TV da coroa para arranjar dinheiro, então agora ele usaria um pouquinho para comprar uma TV para ela. É, hahahaha, isso é ótimo. Gosto disso. É ... É naipe de pato a ganso, nenhum avanço, ou alguma merda do tipo. Harry convidou Marion para se juntar a ele, e a princípio ela quis protestar quanto a chaparem assim que levantavam, mas as palavras nunca deixaram a boca, e então iniciaram o dia com uma provinha, um pouco mais do que no dia anterior, e foram às compras. Marion perguntou aonde ele queria ir, ele deu de ombros e então subitamente respondeu, Macy's. Esse é o lugar. Por que você quer fazer todo o caminho até a Macy's? Eu gosto. Eu faço um monte de negócios lá. Especialmente na seção de brinquedos, e ele riu, e Marion olhou para ele como se ele fosse um pateta, mas deixou isso pra lá e foi com ele. Acho que um passeio de táxi pela cidade não vai me matar.

Quando chegaram à Macy's, Harry insistiu que o motorista os levasse à entrada na Sétima Avenida. O motorista só deu de ombros e olhou como se Harry fosse apenas mais um doido, O dinheiro é seu, parceiro. Por que você quer ir pra Sétima Avenida, Harry, se a gente podia descer aqui de boa? Não, Sétima Avenida. É assim que se faz. Marion olhou perplexa, e Harry sorriu de modo afetado. Marion queria ir direto para a seção de televisores, mas Harry insistiu que fossem à seção de brinquedos antes, para olhar os trens. Marion balançou a cabeça de novo, mas foi junto para olhar os trens. Quando chegaram à seção de televisores, Harry rapidamente olhou para os aparelhos e, quando o vendedor veio perguntar no que podia ajudar, Harry olhou para ele e falou com confiança, Sim. Quero um aparelho grande. Bom, temos esse lindo modelo aqui com um luxuoso gabinete mediterrâneo que está em promoção apenas hoje. Foi remarcado de $1.299 para apenas $999,99. É um sistema de entretenimento doméstico completo, com rádio AM-FM, um — Não, não. Nada disso. Só uma televisão. Certo. Por aqui. Esse é nosso melhor modelo. Ele tem — É o maior que você tem? É. E tem garantia de peças e manutenção por um ano, o tubo de imagens por cinco, e — Tá, vou querer esse. O vendedor sorriu e continuou descrevendo todas as incríveis características do aparelho enquanto anotava a venda, então escreveu um contrato de serviço para cinco anos após a garantia expirar, e Harry pagou com notas de cem dólares e calmamente esperou pelo troco. Ele continuou sentado na escrivaninha enquanto o vendedor foi até a registradora para completar a transação, e sorriu para si mesmo ao se ver sentado ali, tão calmo, resolvendo coisas feito uma pessoa de verdade. Ele sorriu por dentro, e o vendedor voltou com o troco, agindo quase como um servo. Harry colocou o dinheiro no bolso distraidamente e acenou para o sujeito com a cabeça e a mão enquanto iam embora.

Mais tarde, naquela noite, Harry pensou sobre ter ido à Macy's comprar o aparelho e começou a ficar com o rosto vermelho, nervoso, e suor começou a escorrer por ele. Enquanto ele pensava a respeito, o sujeito fazia perguntas para ele que não conseguia responder, e Harry constantemente balbuciava, gaguejava, se sentia envergonhado e se desculpava por não querer o sistema de entretenimento completo, e quanto mais o sujeito dizia a ele sobre o belo negócio que era, e sobre como sua mãe idosa ficaria grata até o dia que morresse se comprasse aquilo para ela, mais culpa ele sentia, até que ele finalmente se deu conta de que não apenas ele seria um idiota por não comprar aquele lindo sistema de entretenimento doméstico, mas também que, se ele fosse grande demais para o apartamento de sua mãe, eles fariam todos os ajustes necessários. Harry balançou a cabeça e afastou esses pensamentos, e ele e Marion entraram no banheiro, se injetaram e se prepararam para outra noite de trabalho.

Visitar a mãe dele não parecia ser uma ideia tão boa quando chegou a hora de ir até lá, mas com uma dosezinha todas as coisas são possíveis. Ele vestiu uma calça nova elegante, uma camiseta esporte e sapatos casuais. Ele se olhou no espelho de novo e então perguntou a Marion como ele estava. Bonito. Bonito mesmo. Você parece o filho que toda mãe quer ter. Como podem querer isso? E ele riu e se olhou de novo. Tá, melhor eu me mandar. A gente se vê depois, benzinho. Marion o beijou, Só relaxa. Vai dar tudo certo. Sua mãe não é uma megera como a minha. Talvez isso fosse mais fácil. Tá, até depois. Harry saiu, parou em um engraxate perto do metrô e arranjou um brilho deslumbrante para seus sapatos novos, então deu ao garoto duas pratas e acenou para um táxi.

Após duas semanas tomando as pílulas, Sara estava acostumada a seus efeitos. Ela quase gostava do ranger de dentes e, mesmo que a incomodasse um pouco de vez em quando, essa pequena inconveniência valia a pena para se sentir tão bem e para ver o peso diminuindo. Todas as manhãs e noites ela provava o vestido vermelho para ver como estava mais perto de ele servir, e, a cada vez, a parte das costas chegava mais perto de fechar, ela podia sentir. Ela tinha diminuído o café para um bule pela manhã e bebia chá o resto do dia. Às vezes, os olhos pareciam um pouco inchados, mas qual era o problema? Ela mencionou algumas dessas coisas para o médico, e ele lhe respondeu que era uma reação normal, para ela não se preocupar com isso. Você está bem. Você perdeu cinco quilos na primeira semana. Sara se alegrou e se esqueceu de todo o resto. Cinco quilos. Que médico bom. Realmente incrível. Ela ia lá todas as semanas, era pesada, recebia um novo suprimento de pílulas, assinava o formulário do Medicare e voltava para casa. Quem poderia querer algo melhor? Quando se juntou às outras mulheres tomando sol, ela deu a todas elas a oportunidade de ver sua silhueta maravilhosa antes de se sentar em seu lugar especial. Mas ela não ficava sentada muito tempo. De vez em quando, ela se levantava para se alongar, caminhar, para fazer algo além de falar. A língua dela se exercitava tanto que o resto também precisava disso. E todos os dias era a mesma coisa com o carteiro: Elas todas olhavam para ele enquanto subia a rua, e ele sorria e balançava a cabeça dizendo, Nada hoje. Quando tiver algo, vou acenar de longe, de longe mesmo, e ele entrava no prédio para distribuir a correspondência que tinha. Mas tinha algo que estava diferente ... o refrigerador não falava mais com ela. Ele não parecia nem emburrado. Ele ainda estava lá, mas tinha perdido sua personalidade. Ele era apenas uma caixa de gelo. No começo, ela sentia falta de discutir com ele, mas logo ela nem pensava nisso, apenas fazia suas tarefas o mais rápido possível na cozinha e então se juntava às mulheres para pegar um pouco de sol.

Ela estava se sentando em seu lugar especial quando Harry desceu do táxi. Ele ajeitou a cintura da calça e olhou para a falange de mulheres, o cérebro tentando desesperadamente pensar em algum jeito de passar batido por elas, mas toda uma vida de experiência mostrava que aquilo era impossível, então ele apertou o cinto em torno do quadril alimentado por heroína e caminhou direto até sua mãe. Sara olhou por um breve instante, a mente estimulada computando tudo que seus sentidos transmitiam: a porta do táxi fechando, Fique com o troco, as roupas novas, a atitude relaxada, o sorriso, os olhos expressivos e cheios de cor. Ela saltou de pé, Harry, e o abraçou, quase o fazendo perder o equilíbrio. Ela o beijou, e ele a beijou, e ela se sentiu tão empolgada que o beijou de novo e de novo, Ei, calma, mamãe, vai me esmagar, e ele deu um rápido sorriso para ela e então ajeitou a roupa. Venha, vamos entrar, Harry. Vou fazer um bule de café, e você vai me visitar. Ela o segurou pelo braço e começou a andar em direção à entrada, Sua cadeira, mamãe, esqueceu sua cadeira, e ele foi até lá, pegou e dobrou enquanto dizia olá para todas as mulheres que conhecia quase desde o dia em que nasceu, e algumas desde antes mesmo de nascer, quando ainda era só um brilho nos olhos de seu pai, e elas lhe disseram como ele estava bem e como estavam felizes que ele estivesse se dando tão bem, e ele concordou e foi beijado e apertado, e finalmente escapou das garras delas. Sara preparou um bule de café imediatamente e se apressou em pegar xícaras, pires, colheres, leite, açúcar e guardanapos, E como vai você, Harry, você está com uma aparência tão boa, e ela checou o café para ver se estava pronto e perguntou a Harry se ele queria algo para comer, talvez um lanchinho ou uma torta, vou buscar algo se quiser, só não tenho nada em casa, mas a Ada vai ter alguma coisa, um *cupcake* talvez, e Harry observava e ouvia sua mãe, quase se perguntando se estava no lugar certo, e finalmente o café ficou pronto, e ela encheu as duas xícaras e perguntou a Harry de novo se ele queria algo para comer. Não, mãe. Nada. Senta. Senta, pelo amor de deus. Você tá me deixando tonto. Ela colocou o bule de café de volta no fogão e então parou na frente de Harry e sorriu, Notou alguma coisa? Harry piscou, ainda um pouco zonzo com toda aquela atividade. Notou que estou mais magra? Sim, sim, acho que sim, mamãe. Dez quilos. Dá pra acreditar? Dez quilos. E é só o começo, hein. Que ótimo, mamãe. Isso é ótimo mesmo, fico muito feliz por você. Mas senta, tá bom? Sara sentou. Harry ainda estava um pouco surpreso, e a cabeça dele parecia estar a quilômetros do corpo. Sinto muito não ter aparecido por um tempo, mamãe, mas estive ocupado, ocupado mesmo. Sara gesticulava com a cabeça em concordância e sorria para Harry enquanto contraía a mandíbula, Arranjou um emprego bom? Está ganhando bem? Sim, mamãe, muito bem. Que tipo de emprego? Bom, é tipo distribuição. Para uma importadora grande. Ah, fico tão feliz por você, meu filho, e ela levantou e deu outro grande abraço e um beijo nele, Ei, mamãe, calma, tá? Você tá me matando. Nossa, o que você tem feito, musculação? Sara sentou, ainda sorrindo com a mandíbula contraída, Para quem você está trabalhando? Bom, meio que estou trabalhando por conta própria. Eu e outro cara, na verdade. Seu próprio negócio? Ah, Harry, e ela começou a levantar de novo para abraçá-lo, mas Harry a empurrou para baixo, Ei, mamãe, por favor, tá bom? Seu próprio negócio, Ah, Harry, eu soube assim que vi você que tinha seu próprio negócio. Sempre soube que ia conseguir isso. É, mamãe, você estava certa. Eu consegui, como você disse que eu ia conseguir, e ele sorriu. Quem sabe você vai conhecer uma bela jovem judia e me dar um neto. Eu já conheci uma — Sara guinchou, e deu gritinhos, e começou a pular para cima e para baixo na cadeira, e Harry estendeu as mãos pra frente, Nossa, mamãe, não pira na batatinha, não, tá bom? Ah, Harry, não sei nem o que dizer. Não sei nem o que dizer. Estou tão feliz. Quando é o casamento? Casamento? Ei, calma, tá bom? Só relaxa. Tem muito tempo pra eu me preocupar em casar. Ela é uma boa garota? Quem são os pais? O que — Você conhece ela, mamãe. Marion. Marion Kleinmeitz. Lembra, você — Ah, Kleinmeitz. É claro. Eu conheço. De New Rochelle. Ele tem uma casa no distrito de vestuário. Isso, isso, ele é graúdo nas roupas íntimas femininas, e Harry riu, Sara continuava sorrindo alegremente enquanto imaginava o grande casamento, com todas as amigas dela assistindo a seu filho se casar, Harry e Marion sob o dossel, o rabino, o vinho, os netos ... Ela estava tão empolgada que não conseguia sentar quieta, então se levantou, encheu de novo as xícaras de café e sentou. Antes que você saia quicando de novo e eu esqueça, o que quero dizer é que comprei um presente pra você — Harry, eu não quero um presente, só quero ser avó, e ela continuava sorrindo, sorrindo — Isso é mais adiante, tá bom? Vai me deixar contar o que comprei, hein? Vai? Sara assentiu, sorrindo, rangendo os dentes, travada. Nossa, você está realmente diferente hoje. Olha, eu sei ... bom ... Harry esfregou a nuca, coçou a cabeça, procurando as palavras e sentindo a vergonha esquentando o rosto, então ele baixou a cabeça e bebeu um pouco mais de café, acendeu um cigarro e começou de novo. O que estou tentando dizer é que ... bom, ele deu de ombros, bom ... Eu sei que não fui o melhor filho do mundo — Ah, Harry, você é um bom — Não, não! Por favor, mamãe, me deixa terminar. Nunca vou conseguir se você continuar me interrompendo. Ele respirou fundo, Sinto muito por ter sido tão terrível. Ele parou. Respirou. Suspirou. Respirou. Sara sorria. Travada. Eu quero compensar. Quer dizer, sei que não posso mudar nada do que aconteceu, mas quero que você saiba que sinto muito, e que eu amo você, e quero fazer a coisa certa. Harry, tudo — Não sei por que faço essas coisas. Não quero fazer. É meio brega, mas amo você de verdade, mamãe, e eu quero que você seja feliz, então comprei pra você um aparelho de TV novinho. Vão entregar em uns dois dias. É da Macy's. Sara soltava gritinhos novamente, e Harry a manteve distante com as mãos erguidas, e ela se sentou de novo e sorriu para o filho enquanto contraía a mandíbula e rangia os dentes, a felicidade emanava de todo seu ser. Ah, Harry, você é um garoto tão bom. Seu pai ficaria tão feliz de ver o que você está fazendo por sua pobre mãe solitária. Paguei pelo contrato de manutenção de cinco anos que cuida de tudo depois que a garantia acabar. Tem uma garantia de cinco anos e uma de um. Não sei qual é qual. É bastante tempo. Era a melhor que tinham. Top de linha. Está vendo isso, Seymour? Vendo como nosso filho é bom? Ele sabe como a mãe dele é solitária, vivendo sozinha, ninguém visita ela mesmo qu — Ei, mãe, qualé? Não começa a me fazer sentir culpado, tá? Os olhos de Sara se abriram ainda mais enquanto ela segurava as mãos juntas contra o peito, Não faria algo assim com meu filho. Nunca. Eu juro que não quero nada além do melhor para o meu filho, não gostaria que ele se sentisse mal por — Tá, tá, mamãe, só relaxa, tá bom? Só quero dar a TV para você e pedir desculpas, e quero ver você feliz, tá bom? E Harry se inclinou sobre a mesa e beijou a mãe pela primeira vez desde nem lembrava quando. Ele não tinha pensado nisso, não tinha planejado, apenas pareceu acontecer como resultado natural da conversa, de algum modo. Sara vibrava e piscava os olhos enquanto o filho a beijava, e ela o abraçou e beijou de volta, e ele a beijou de novo, e abraçou, e sentiu uma sensação estranha atravessá-lo, como a sensação de uma droga, mas diferente. Ele olhou para o rosto vibrante e sorridente da mãe, e a sensação aumentou, fluindo por ele com uma energia e uma força inexplicáveis, fazendo com que ele se sentisse meio ... é, acho que é isso ... meio que completo. Harry, por um breve momento, sentiu-se completo, como se cada parte dele estivesse unida e em harmonia com alguma outra parte dele ... como se ele todo fosse uma grande parte única. Completo. A sensação durou apenas o mais breve dos momentos enquanto ele estava sentado piscando os olhos diante da mãe e de suas próprias ações e sentimentos, e então uma sensação de dúvida se insinuou por ele, e ele se viu tentando identificar algo, e ele não sabia o que estava tentando identificar, ou por quê. Ah, Harry, estou tão orgulhosa do meu filho. Sempre soube que você venceria, e agora você conseguiu — Harry ouvia as palavras, mas a mente dele estava completamente preocupada em identificar algo. Então, lentamente, ele começou a entender. Ele estava inclinado sobre a mãe, a beijando, quando ouviu um som familiar ... sim, era isso que estava tentando identificar, aquele som. Que diabos podia ser aquilo???? Seu pai e eu costumávamos conversar tanto sobre você e sobre como ele queria que você fosse feliz — É isso! Aquele barulho é isso. Ele olhou para a mãe, primeiro surpreso, sem saber o que aquilo significava, e então tudo começou a fazer sentido, e várias peças subitamente se encaixaram, e Harry podia sentir o rosto assumindo uma expressão de surpresa, incredulidade e confusão. O barulho que tinha ouvido era o ranger de dentes. Ele sabia que ele não estava rangendo, ele estava chapado, mas não com anfetamina, então tinha que ser a mãe. Durante longos momentos, sua mente lutou contra a verdade, assim como tinha lutado para não reconhecer o óbvio desde que tinha descido do táxi, mas agora ele estava estarrecido com os fatos, e seus olhos ainda piscavam quando ele se inclinou sobre a mesa, Ei, mamãe, você está tomando boletas? Quê? Você tomou boletas? A voz dele se elevou de modo involuntário. Você está tomando pílulas para dieta, não está? Você está tomando dexedrina. Sara ficou completamente surpresa e confusa. De repente, a voz e a atitude do filho tinham mudado, e ele gritava com ela e dizia coisas que ela não entendia. Ela olhou e balançou a cabeça. O que quer dizer com isso? Como foi que você perdeu tanto peso? Já te contei, estou indo em um especialista. Ah, claro. Que tipo de especialista? Que tipo? Um especialista. Em peso. É, foi o que pensei. Você vai no médico pra conseguir boletas, não vai? Harry, você está bem? Sara deu de ombros e piscou, Só estou indo em um médico. Não sei nada de boletas, de ... ela continuou sacudindo a cabeça e mexendo os ombros, Qual é o problema, Harry, a gente estava sentado tendo uma bela conversa e você — O que ele dá pra você, mamãe? Hein? Ele te dá pílulas? Claro que ele me dá pílulas. Ele é médico. Um médico dá pílulas. Quero dizer, que tipo de pílulas? Que tipo? Uma roxa, uma vermelha, laranja e verde. Não, não, quero dizer de que *tipo*. Os ombros de Sara quase alcançavam as orelhas, Que tipo? Acabei de dizer. Elas são redondas ... e achatadas. Harry revirou os olhos e estremeceu de leve, Quero dizer, tipo, o que tem nelas? Harry, eu sou Sara Goldfarb, não o dr. Einstein. Como posso saber o que tem nelas? Ele me dá as pílulas, eu tomo e perco peso, então qual é a dúvida? Tá, tá, Harry estava agitado em sua cadeira e esfregando a nuca, Então você não sabe o que tem nelas. Onde foi que você arranjou o nome desse palhaço? Com quem? Com a sra. Scarlinni, onde mais? Ela conseguiu com a filha dela. Harry meneava a cabeça em concordância, Faz sentido. Rosie Scarlinni. Qual é o problema? Ela é uma boa garota, tem um corpo tão bonito. Com toda a anfetamina que aquela mina toma, o peso tem mesmo que diminuir. Ela treme tanto que os quilos caem. Harry, você está me deixando confu — Olha, mamãe, esse negócio faz você se sentir bem, meio que te dá um bocado de energia e talvez faça você falar um pouco mais do que de costume, se bem que com suas *amigas fofoqueiras* é bem difícil falar demais, né? Sara gesticulava afirmativamente e mantinha os lábios fechados, Bom, acho que um pouquinho. Harry revirou os olhos de novo. Um pouquinho. Jesus, eu consigo ouvir você rangendo os dentes daqui. Mas isso passa de noite. De noite? Quando tomo a pílula verde. Em trinta minutos, pego no sono. Puf, rapidinho. Harry continuava balançando a cabeça e revirando os olhos, Olha, mamãe, você tem que parar com esse negócio. Não faz bem. Quem disse que não faz bem? Perdi dez quilos. Dez quilos. Grande coisa. É, grande coisa. Você quer ser uma viciada, pelo amor de deus? Como assim, viciada? Estou espumando pela boca? Ele é um bom médico. Ele tem até netos. Vi as fotos na escrivaninha dele. Harry estapeou a própria testa, Mamãe, tô te dizendo, esse vigarista não é bom. Você tem que parar de tomar essas pílulas. Você vai ficar viciada pelo amor de deus. Viciada uma pinoia. Estou quase cabendo no meu vestido vermelho, o rosto de Sara relaxou, aquele que usei no seu *bar mitzvah*. Aquele que seu pai tanto gostava. Lembro como ele me olhava com o vestido vermelho e os sapatos dourados. A única vez que me viu com o vestido vermelho. Não muito tempo depois, ele ficou doente e morreu, e você ficou sem pai, meu pobre bebê, mas graças a Deus ele viu seu *bar mitzvah* e — Qualé a do vestido vermelho? O que é que isso — Vou usar o vestido vermelho na televisão.

Ah, você nem sabe. Eu vou aparecer na televisão. Eu recebi uma ligação e um formulário, e logo vou aparecer na televisão — Qualé, mamãe, quem tá sacaneando você? Sacaneando coisa nenhuma. Estou te dizendo que vou competir na televisão. Ainda não me disseram em qual programa, mas, quando eu estiver pronta, vão me dizer. Você vai ver, você vai ficar orgulhoso quando ver sua mãe de vestido vermelho e sapatos dourados na televisão. Tem certeza que ninguém está te enrolando? Ora, vamos. Recebi um formulário oficial. Impresso e tudo mais. Harry concordava e balançava a cabeça ao mesmo tempo, Tá, tá. Então é oficial. Você vai aparecer na televisão. Você deveria ficar feliz por eu aparecer na televisão. As mulheres todas estão felizes. Você deveria ficar feliz também. Estou feliz, mamãe, estou feliz. Olha, estou sorrindo. Mas o que isso tem a ver com tomar essas malditas pílulas, pelo amor de deus? O vestido vermelho encolheu, Sara sorria de modo afetado e ria de leve, e ele está um pouco apertado, então estou perdendo um pouco de peso, que tal? Mas, mamãe, essas pílulas são ruins para você. Ruins? Como podem ser ruins? Peguei com um médico. Eu sei, mamãe, eu sei. Como é que você sabe tanta coisa? Como você sabe mais de medicina do que o médico? Harry respirou fundo e quase suspirou, Eu sei, mamãe, pode acreditar que eu sei. Elas não são remédio. São apenas pílulas para dieta. Apenas pílulas para dieta. Apenas pílulas para dieta. Essas apenas pílulas para dietas já me tiraram dez quilos e ainda nem terminei a dieta. Mas, mamãe, você não tem que tomar essas porcarias pra perder peso. Sara estava magoada e perplexa, Harry, qual é o problema? Por que está falando assim? Eu só quero caber no meu vestido vermelho. O vestido do seu *bar mitzvah*. Seu pai adorava esse vestido, Harry. Eu vou usar esse vestido. Vou usar na televisão. Você vai sentir orgulho de mim, Harry. Mas, mamãe, qual é o grande lance em aparecer na televisão? Essas pílulas vão te matar antes que você possa aparecer, pelo amor de deus. O grande lance? Quem você conhece que já apareceu na televisão? Quem? Harry balançava a cabeça em frustração. Quem? Quem na vizinhança toda já esteve na televisão? Quem já foi convidado? Sabe quem, Harry? Você sabe quem foi a única pessoa que foi convidada? Sara Goldfarb. Eis quem. A única pessoa em toda vizinhança que já foi convidada. Você veio num táxi — Harry concordava e balançava a cabeça, Isso, cheguei num táxi — Você viu quem tinha um lugar ao sol? Você percebeu que sua mãe estava no lugar especial tomando sol? — Harry ainda concordava e balançava a cabeça — Você sabe com quem todas vêm falar? Você sabe quem é alguém agora? Quem não é mais só uma viúva num pequeno apartamento, vivendo sozinha? Agora sou alguém, Harry. Você vê como está bonito meu cabelo vermelho — Harry piscou rápido e murmurou um puta merda sob o fôlego. O cabelo dela era de um vermelho brilhante, e ele nem sequer tinha notado. Ainda não fazia muito sentido, mas imaginou que o cabelo devia ter estado com uma cor diferente antes, mas ele não conseguia lembrar qual — adivinha quantas mulheres vão pintar o cabelo de vermelho! Vai, adivinha! Mamãe, como vou adivinhar? Seis. Seis mulheres. Antes de eu pintar o cabelo de vermelho, as pessoas na rua, crianças pequenas, talvez elas fizessem algum comentário, mas agora elas sabem, mesmo as crianças pequenas, que vou aparecer na televisão e elas gostam do cabelo vermelho e de mim. Todo mundo gosta de mim. Logo milhões de pessoas vão me ver e gostar de mim. E vou contar para elas sobre você e seu pai. Vou contar como seu pai gostava do vestido vermelho e da festa enorme que deu para você no seu *bar mitzvah*. Lembra? Harry fez que sim com a cabeça, se sentindo derrotado e cansado. Ele não sabia o que o derrubava, mas sentia que era algo com que ele não conseguia lidar, algo muito além da sua capacidade de controlar ou mesmo compreender, a essa altura. Ele nunca tinha visto a mãe tão viva, tão envolvida com algo na vida dela. A única vez que tinha visto alguém tão entusiasmado e empolgado com algo era quando alguém dizia para algum viciado velho sobre alguma parada boa e ele tinha dinheiro suficiente para comprar. A mãe tinha um brilho nos olhos enquanto falava sobre a televisão e o vestido vermelho que não se lembrava de ter visto antes. Talvez quando ele era um garotinho, mas ele não conseguia se lembrar de tanto tempo atrás. Algo na atitude dela era tão forte que simplesmente o esmagava e tornava impossível qualquer resistência continuada ou tentativa de fazê-la mudar de ideia. Ele apenas ficou sentado passivamente, observando e ouvindo a mãe, meio confuso, meio feliz por ela estar feliz. E vai saber o que posso ganhar? Um refrigerador novo. Um Rolls-Royce, talvez. Robert Redford. Robert Redford? Qual é o problema com Robert Redford? Harry apenas piscou e balançou a cabeça, perplexo, e seguiu com o fluxo. Sara olhava para o filho, seu único filho, com uma seriedade tangível, o sorriso e o ranger de dentes haviam sumido, substituídos por uma súplica que enternecia os olhos e acalmava a voz, Não é pelos prêmios, Harry. Não faz qualquer diferença se eu ganhar ou perder, ou se eu só apertar a mão do anunciante. É um motivo para se levantar de manhã. É um motivo para perder peso, para que eu seja saudável. É um motivo para caber no vestido vermelho. É um motivo para sorrir. Faz o amanhã parecer legal. Sara se inclinou um pouco mais para perto do filho, O que é que eu tenho, Harry? Por que eu ainda arrumo a cama ou lavo a louça? Eu faço isso, mas por que deveria? Sou sozinha. Seymour se foi, você se foi — Harry tentou protestar, mas a boca ficou aberta em silêncio — Não tenho ninguém para cuidar. Ada cuida do meu cabelo. Alguém. Qualquer um. O que eu tenho? Sou solitária, Harry. Sou velha. Harry estava totalmente ruborizado, a cabeça balançando, os olhos piscando, as mãos brincando uma com a outra, a voz titubeando, Você tem amigas, mamãe, o que — Não é a mesma coisa. Você precisa de alguém para cuidar. Para que fazer compras, se não cozinho pra ninguém? Compro cebola, cenoura, galinha de vez em quando, um lanchinho, Sara deu de ombros, para mim, mas como vou fazer um assado? Algo ... algo... especial? Não, Harry, eu gosto de me sentir assim. Gosto de pensar no vestido vermelho e na televisão ... e no seu pai e em você. Agora, quando pego sol, eu sorrio. Eu vou vir visitar você, mamãe. Agora que estou encaminhado, que meu negócio vai bem, vou vir. Eu e a Marion — Sara balançava a cabeça e sorria — sério, mamãe. Eu juro. Vamos vir jantar. Logo. Sara balançava a cabeça e olhava o único filho, tentando muito acreditar, Que bom, traga ela e vou fazer sua comida favorita, *borscht* e peixe recheado. Que ótimo, mamãe. Eu ligo antes de vir, tá bom? Sara concordou, Que bom. Fico feliz. Feliz que tenha uma boa garota e um bom negócio. Fico feliz. Seu pai e eu sempre quisemos apenas o melhor para você. Na televisão, tudo fica bem no final. O tempo todo. Sara se levantou, colocou os braços em volta do filho e o puxou para perto, lágrimas acariciavam gentilmente as bochechas, Fico feliz, Harry, que tenha alguém com você. Você merece ser saudável e feliz. E ter vários bebês. Não tenha apenas um. Não é bom. Tenha muitos bebês. Eles vão fazer você feliz. Harry fez o melhor que pôde para abraçar a mãe e permitir que ela o abraçasse sem tentar se afastar, e ele a abraçou com desespero, o motivo completamente desconhecido para ele, algo o impelindo a abraçar, e ser abraçado, pelo maior tempo possível, como se esse fosse um evento importante. Ele se sentia travado e exausto, mas mesmo contra sua vontade aguentou. Finalmente, quando achava que iria se desintegrar, a mãe se afastou um pouco, olhou para o rosto dele e sorriu. Olha, já estou chorando. Estou tão feliz que estou chorando. Harry forçou o próprio rosto em um sorriso tenso com grande esforço, Fico feliz que esteja feliz, mamãe. Amo você de verdade. E eu sinto muito — Sara balançou a cabeça dispensando as desculpas, chega, chega — Sinto mesmo. Mas agora vou compensar. Você simplesmente deveria ser feliz. Não se preocupe comigo. Estou acostumada a ficar sozinha. Eles se olharam por mais um momento, sorrindo e em silêncio, e Harry achou que seu rosto ia rachar ao meio, então ele se mexeu e olhou para seu relógio, Tenho que ir, mamãe. Tenho um compromisso no centro daqui a dois minutos. Mas eu volto. Que bom. Vou compensar para você. Ainda tem sua chave? Tenho, sim, mamãe, mostrando o chaveiro a ela, Melhor eu me apressar. Já estou atrasado. Até logo, filho, e Sara deu outro beijo e abraço nele, e Harry foi embora. Sara olhou para a porta por muitos minutos, o tempo parecendo não ter significado, então serviu outra xícara de café e se sentou à mesa, alimentando o sentimento de tristeza. Ela se lembrou de quando Harry era um bebezinho de pernas e bochechas gordas, de como o agasalhava e enrolava em três cobertores quando saía com ele no frio, e de quando ele começou a andar, e de como ele adorava o parquinho, e o escorregador, os balanços, e então o café começou a estimular as substâncias do corpo dela, e o coração começou a bater mais rápido, e ela começou a ranger os dentes e a contrair a mandíbula, e uma sensação de euforia começou a pulsar por ela, e ela começou a pensar em seu vestido vermelho e no peso que estava perdendo e na televisão — *voluptuosa, voluptuosa* — e o rosto dela começou a se espremer em um sorriso, e ela decidiu terminar o bule de café e então saiu para contar às mulheres como Harry estava se saindo bem com seu próprio negócio e tinha uma noiva e como logo ela seria avó. Era um final feliz.

Harry se sentiu confuso e perplexo quando saiu da casa da mãe. Ele estava não apenas confuso e perplexo, disso ele estava ciente. Ele sabia que sempre achava difícil estar perto da mãe, ela sempre parecia saber cutucar seus pontos fracos e deixá-lo doido, mas, dessa vez, tinha acontecido algo diferente e inesperado, e ele não sabia o que diabos era. Ele não sentiu vontade de explodir com ela, mas sim de se recolher dentro de si mesmo. Ou talvez ele sempre sentisse isso. Ele não sabia. Merda! Era confuso pra caramba. Cabelo vermelho. Vestido vermelho. Televisão. Parecia tudo tão besta, mas mesmo assim tinha algo acontecendo, uma sensação de algum tipo, que parecia fazer com que tudo fizesse sentido. Talvez fosse porque a mãe estava feliz. Isso tinha sido demais. Ele nunca tinha se dado conta do quanto queria que a mãe fosse feliz. Nunca pensou desse jeito antes. Só era um saco estar perto dela. Mas ela, com certeza, estava animada hoje. É, tomando aquelas malditas pílulas. Jesus, ele não sabia o que diabos fazer. A coroa tomando aquela malditas pílulas de dieta e tingindo o cabelo de vermelho ... Harry balançou a cabeça, e palavras, pensamentos e sensações o bombardearam, aumentando sua confusão e perplexidade. Ele não sabia o que estava acontecendo com a mãe, mas ele, com certeza, precisava de uma dose. Isso, uma provinha só, e tudo vai ficar bem.

Por diversas semanas, Tyrone conseguiu comprar aquele bagulho incrível que conseguiam cortar quatro vezes e ainda colocar um produto de respeito nas ruas. Aquele cofre estava se enchendo de grana, e eles estavam tentando descobrir onde poderiam conseguir meio quilo da pura. Eles tinham que ser o mais discretos possível para que as pessoas erradas não tivessem a ideia de sacaneá-los. Parecia haver algumas pessoas novas vendendo bagulho, e eram pessoas com quem estavam tentando fazer contato, porque elas eram as pessoas que estavam vendendo o bagulho incrível. Eles não tinham feito contato ainda, mas estavam chegando perto, muito perto. E as coisas estavam ótimas. Eles entregavam o bagulho pro pessoal da rua, só relaxavam e deixavam o negócio cuidar de si mesmo. A demanda sempre existia. Era definitivamente um mercado de grande demanda, e eles apenas esperavam que viessem até eles. Eles se deram conta de que não precisavam suar a camisa, então usavam um pouco mais do produto. Não precisavam se preocupar em ficarem viciados sendo que eles eram o contato, não que isso fosse um problema de verdade. Sabiam que podiam parar quando quisessem. Se algum dia quisessem.

Mais duas semanas haviam se passado, e Sara ainda não tinha tido notícias do povo da televisão, mas isso não a incomodava nem um pouco no dia de hoje. Hoje ela tinha levantado e provado o vestido vermelho, e ela conseguiu fechar o zíper nas costas. Nos últimos centímetros, ele travava e ia, travava e ia, acompanhado por uns poucos grunhidos e um bocado de respiração profunda, mas fechou. Logo ela conseguiria vesti-lo e respirar ao mesmo tempo. Agora ela já estava preocupada em saber em qual programa apareceria e quando. Mesmo que não dissessem quando, se ela apenas soubesse o programa, poderia assistir e saber o que esperar, como num ensaio, e ela poderia contar às mulheres e talvez recebê-las para assistirem ao programa no maravilhoso novo aparelho de tv que o filho, Harry, tinha lhe dado, agora que estava se dando bem nos negócios, no seu próprio negócio, e ela gostaria que ele viesse com a noiva para jantar, e ela poderia fazer o *borscht* e o peixe recheado que Harry tanto gosta, assim como o pai dele que costumava sempre estalar os lábios e pedir mais ... Sara suspirou ... Harry tinha ligado outro dia para perguntar como ela estava e para dizer olá e dizer de novo que logo ele visitaria, mas que não podia no momento porque estava todo enrolado com seu negócio. Mas você não pode vir? Nem para ficar só um pouquinho? Mamãe, já disse, tô enrolado. Tem um monte de coisa acontecendo ao mesmo, e tenho que ficar por perto pra resolver. Com sua mãe? Nem uma visitinha? Que foi que eu fiz, Harry, que você não quer me ver? Do que você tá falando, pelo amor de deus? Eu não fiz nada pra você. Você podia vir com sua noiva para eu dar um beijo e um abraço nela. Você precisa parar com essas pílulas. Elas estão deixando você mais boba do que o normal. Agora eu sou doida? Quem foi que falou em doida? Olha, mamãe, dá pra aliviar a barra e parar de fazer joguinhos mentais? Jogos? Que jogos? Só relaxa, tá bom? Só liguei pra dizer que te amo e que vou ver você em breve, e você começa a me fazer sentir culpado, e eu não preciso disso, tá bom? Tá, tá. Não sei do que você não precisa, mas tudo bem. Acho que você não precisa de mim, mas tudo bem. Harry respirou fundo, balançou a cabeça e apertou o telefone, com força, e agradeceu a Deus por ter tido o bom senso de se injetar antes de fazer aquela ligação, Olha, mamãe, não quero incomodar você, tá bom? Te amo e te vejo em breve. Se cuida. Fica bem, Harry. Ele desligou, e ela deu de ombros, serviu-se com outra xícara de café e sentou-se à mesa, esperando ansiosamente o café reativar as pílulas da dieta e mandar aquela onda de euforia pelo sistema dela, e logo ela estava sorrindo e rangendo os dentes, e voltou para a rua para se juntar às mulheres e pegar um pouco de sol. E, se ela não recebesse notícias do pessoal da televisão na segunda, ligaria para eles.

Harry e Marion estavam se injetando duas vezes ao dia, às vezes mais, e, nos intervalos, fumavam um bocado de maconha e tomavam alguma pílula ocasional. Eles olhavam os esboços de Marion para a cafeteria que iriam abrir, mas com frequência e entusiasmo decrescentes. De algum modo, não parecia haver tempo para aquilo embora passassem um bocado de tempo simplesmente deitados, sem fazer nada em especial, fazendo planos vagos para o futuro e desfrutando da sensação de que tudo sempre estaria bem, como estava agora. Quando Harry largasse o negócio, Marion insistia que eles *não* fossem morar nos bairros residenciais, e *não* morariam em uma casa de cerca branca, e eles *não* fariam churrasco nos domingos, e eles *não* — Ei, espera um pouco aí, tá legal? O que nós *vamos* fazer? E ele agarrou o peito dela, colocou o outro braço em torno dela, a beijou no pescoço, e ela o empurrou pra longe, rindo e erguendo os ombros para cobrir o pescoço, Para, para, tenho cócegas. Tá, então também não vamos fazer cócegas em você. E o que mais? Nós *não* vamos ter um Cadillac, e *não* vamos visitar minha família durante o *Pessach* ou mesmo ter uma caixa de matzá em casa. Harry continuava gesticulando em concordância e revirando os olhos enquanto ela contava outro "não vamos", Mas vamos ter um belo lugar no West Village, e vamos parar para beber um drinque ocasional em um bar da vizinhança, e vamos fazer compras na Bleecker Street e vamos ter um monte de bons queijos, especialmente provolone, pendurados pela cozinha, e tudo mais que a gente quiser. Harry ergueu as sobrancelhas, Ah, tudo mais que a gente quiser? Não se preocupe, Harry, a gente vai poder ter. Ele sorriu e a puxou para perto, Eu já tenho, e a beijou e lentamente moveu a palma da mão para cima da bunda dela, você tem tudo que eu quero. Marion colocou os braços em volta do pescoço dele, Ah, Harry, eu te amo. Você me faz sentir como uma pessoa, como se fosse eu mesma, e fosse linda. Você é linda. Você é a mulher mais linda do mundo. Você é meu sonho.

Como de costume, Sara começou o dia na segunda-feira com sua pílula roxa e um bule de café, mas, por algum motivo, não funcionou do modo que costumava funcionar. O peso continuava diminuindo e o vestido vermelho fechava sem muito esforço, mas tinha algo faltando, mesmo após o bule de café. Ela não se sentia do mesmo modo que quando começou a tomar as pílulas. Era como se elas tirassem algo dela. Talvez tenham se enganado e dado a ela as pílulas erradas. Talvez ela devesse pegar umas mais potentes? Ela ligou para o consultório do médico, falou com a enfermeira e perguntou uma, duas, três, sabe-se lá quantas vezes, se tinha certeza de que não tinham lhe dado as pílulas erradas. Não, sra. Goldfarb, tenho certeza absoluta. Mas talvez tenham me dado uma mais fraca desta vez. Isso não é possível, sra. Goldfarb. Veja bem, todas têm a mesma potência. A diferença é apenas na cor. Todas as roxas têm a mesma força, todas as vermelhas etc. Mas alguma coisa está diferente. Você apenas está se acostumando a elas. No começo, você pode ter uma reação forte, mas, depois de um tempo, isso diminui, e você apenas não sente vontade de comer. Não é nada com que precise se preocupar, sra. Goldfarb. Quer dizer que eu — Preciso desligar, o outro telefone está tocando. Sara olhou para o telefone por um segundo, Então clique. Talvez ela esteja certa. Não estou comendo — *voluptuosa, voluptuosa* — e o vestido serve em mim. Ela suspirou, Pense em magreza. Sem pensar, ela preparou outro bule de café enquanto olhava para a jarra de chá, e bebeu enquanto andava sem rumo pela casa, até que colocou um suéter e saiu para pegar um pouco de sol com as mulheres. Agora fazia um pouco de frio pela manhã e à noite, mas elas ainda se sentavam durante a tarde, quando era mais quente. Ela colocou a cadeira no lugar dela por um tempo e então se levantou, mas sem o sorriso e a animação de sempre. Senta, senta. Por que você tem que ficar de pé o tempo todo feito um ioiô? Vou sentar. Me sinto um pouco agitada hoje. Hoje você está agitada? E ontem você estava sentada calma e em silêncio? Sara, faz semanas que você é que nem uma garotinha pensando em Robert Redford, as mulheres riram. Você deveria relaxar. Logo você vai aparecer na televisão e não deveria estar dançando *jitterbug*, rindo. Estou esperando, estou esperando. Acho que vai chegar hoje, e então vou poder relaxar, quando souber o programa, e talvez me digam quando vai ser. Sara deu de ombros, Quem sabe? O vestido vermelho já serve em mim, Sara ainda andava em pequenos círculos, então foi até o meio-fio, olhou para os dois lados da rua, mas sem prestar atenção no que via, voltou até as mulheres, sentou-se por um momento, então levantou de novo e andou em círculos maiores, mas meu cabelo precisa de retoque. Então amanhã a gente dá um jeito nele, e você vai ficar maravilhosa, como Rita Hayworth. Sara fez uma pose com a mão no quadril, *voluptuosa*, as mulheres rindo. Sara olhou para os dois lados da rua de novo, Hoje é o dia. Sei disso, hoje é o dia.

Não eram nem três horas, e Sara estava tomando sua pílula laranja do entardecer, seguida de uma xícara de café. Ela tinha visto o carteiro chegar pela rua, e ele apenas acenou com a cabeça e entrou no prédio. Sara foi atrás, o observou colocar a correspondência nas caixas, olhou para o vazio da caixa dela por muitos segundos antes de ele ir embora, então entrou no apartamento. Automaticamente fez um bule de café, tomou sua pílula da tardinha e se sentou à mesa da cozinha assistindo à nova televisão que o filho, Harry, tinha dado a ela. De quando em quando, ela olhava para o relógio. Um pouco antes das três, ela estava achando que já era quase hora da janta. Ela tomou a pílula laranja e bebeu mais café. Preparou outro bule. Sentou-se. Pensou. Sobre a televisão. Sobre o programa. Sobre como se sentia. Algo estava errado. A mandíbula doía. A boca parecia estranha. Ela não conseguia entender. Tinha gosto de meias velhas. Seca. Nauseante. O estômago. Ah, o estômago. Uma bagunça. Como se tivesse algo se mexendo. Como se tivesse uma voz lá dizendo, cuidado, *CUIDADO!!!!* Vão te pegar. Ela olhou por cima do ombro de novo. Ninguém. Nada. *CUIDADO!* Quem vai pegar? Pegar o quê? A voz continuava rugindo na barriga. Antes de isso começar, ela tinha tomado mais café e mais uma pílula e aí tinha passado, agora simplesmente estava lá. O tempo todo. E aquela sensação gosmenta na boca, feito cola velha, antes passava ou coisa assim. Não a incomodava. Agora, urgh. E o tempo todo os braços e as pernas tremendo. O tempo todo. Coisinhas sob a pele. Se ela soubesse qual é o programa, isso passaria. Era tudo que ela precisava. Saber. Ela terminou o café e esperou, tentando fazer aquela sensação boa voltar a seu corpo, sua cabeça ... mas nada. Cola e meias velhas na boca. Se contorcendo sob a pele. A voz no estômago. *CUIDADO!* Ela olhava para a televisão, assistindo ao programa e de repente *CUIDADO!* Mais uma xícara de café, e ela se sentiu pior. Parecia que os dentes iriam se partir. Ela ligou para a Corporação McDick, perguntando por Lyle Russel. Quem? Lyle Russel. Sinto muito, não tenho esse nome listado no meu diretório. Qual seria o assunto? O programa de TV. Que programa de TV? Eu não sei. Só quero descobrir. Só um momento, por favor. A operadora atendeu outra ligação, e Sara escutou atentamente o silêncio. Que programa você disse que era? Eu não sei, querida. Ele me ligou e disse que eu iria em um programa e — Só um minuto. Vou transferir você para o departamento de programas. Sara aguardou enquanto o telefone chamava e chamava em algum lugar, até que uma voz perguntou no que poderia ajudar. Quero falar com Lyle Russel. Lyle Russel? Acho que não temos ninguém aqui com esse nome. Tem certeza que pegou o número certo? A operadora me transferiu. Bom, e qual seria o assunto? Ele vai me levar em um programa. Um programa? Qual programa? — *CUIDADO!* — Sara podia sentir suor escorrendo para algum lugar. Eu não sei. Ele deveria me dizer. Receio que eu não esteja entendendo, a impaciência óbvia na voz, Se você puder me dizer — Ele me ligou e disse que eu seria uma das participantes, e ele me mandou uns documentos. Eu mandei de volta para ele já faz um mês, e ainda não sei — Ah, entendi. Só um momento, vou transferir você para o departamento certo. Ela apertava teclas no telefone, e apertava, e apertava, Ah, vamos lá, e apertava um pouco mais, e Sara continuava agarrada ao fone e enxugando o suor do rosto, Posso ajudar você? Transfira esta ligação para confirmação de participantes, por favor. Um momento, por favor. Novamente Sara ouvia o telefone chamando, seus olhos se revirando, o suor e o desconforto se tornando piores, a boca quase grudada com aquela cola velha, No que posso ajudar? Sara não conseguia falar. Alô! O suor queimava os olhos, e, no fim das contas, ela conseguiu abrir os lábios, e um choque de terror estremeceu o corpo, quando antecipou a resposta que teria ao perguntar por Lyle Russel. Quem? Sara começou a afundar na cadeira. Ela sentia como se fosse atravessar o fundo do assento. Ela pensou que estava morrendo e — *CUIDADO!* — ela se remexeu e olhou de um lado a outro da sala enquanto repetia o nome. Tem certeza que ligou para o departamento certo? Foram eles que passaram. A agonia era insuportável. Se ao menos ela tomasse outra xícara de café. Com imenso esforço, ela desgrudou a boca e contou a história de novo para a voz em algum lugar do outro lado da linha. Ah, sim. Finalmente! Finalmente! Reconhecimento. Sara quase derreteu de alívio. Deve ter sido um de nossos representantes por telefone. Temos tantos agora, sabe? No que posso ajudar? Eu quero saber qual é o programa e talvez quando é que eu — Poderia me dar seu nome e endereço, por favor? Lenta e cuidadosamente, Sara soletrou o nome e endereço, a garota gentil do outro lado da linha sem entender inglês muito bem. Finalmente, seu nome e endereço foram anotados. Vou verificar isso, sra. Goldfarb, e entraremos em contato com você em breve. Obrigada por ligar. Clique. Sara ainda falava ao telefone diversos segundos após o clique ter se dissipado e se misturado às vozes vindas do aparelho de tv. Ela olhou para o fone, o suor parecendo lágrimas. Eles vão entrar em contato, ela balançou a cabeça, eles vão — *CUIDADO!!!!*

Tyrone riu, Fico feliz de não ter ninguém metendo essa parada materna pesada pra cima de mim, parça. Vocês branquelos são uma loucura com essa parada de culpa. Nossa, muito, cara. Não sei o que é, mas eu tento fazer a coisa certa com a coroa, mas ... e Harry deu de ombros ... mas ela sempre vem com essa merda de mãe judia. Pooorra, não são só vocês judeus, parça, são todos os branquelos. Vocês não entendem porra nenhuma, né? Pooorra. Mamãe curte zoar sua cabeça, mas ela não vai nunca se desculpar, nã-não. Em vez disso, ela vai é te dar uma surra. Sabe, às vezes eu acho que a gente ficaria melhor sem mães. Talvez Freud estivesse certo. Eu não sei, cara. Minha mãe morreu quando eu tinha uns 8 anos, mas eu lembro que ela era uma mulher bacana. Ela teve sete filhos, parça, e ela era que nem essas mães de filme, grandona e o tempo todo cantando e sorrindo. Ela tinha um peito deste tamanho e costumava me abraçar, mano, e me lembro como era bom e como ela tinha um cheiro doce. Sete filhos, cara, e ela nunca bateu em ninguém. Ela só amava a gente pra caramba, e todo mundo amava ela. E ela cantava feito uma doida. Tipo, o dia e a noite toda ela cantava aquelas músicas gospel, e você acreditava que o paraíso era logo ali. Sabe, ela cantava, e você se sentia totalmente bem, que nem com droga. Harry deu uma risada e sorriu, Tipo a Mahalia Jackson, né? Ah, ela era incrível, parça. É, acho que era bem legal lá em casa quando eu era moleque. Quer dizer, minha mãe ainda era viva e tudo parecia bacana. Passear, fazer coisas e se divertir em casa. Saca? Aí mamãe morreu e ... Tyrone deu de ombros ... O que aconteceu com o seu coroa? Pooorra, ele caiu fora faz um *bom* tempo antes da mamãe morrer. Ele provavelmente ainda tá por aí aprontando as suas. Quando a mamãe morreu, mandaram a gente pra um monte de gente diferente. Eu fui pra minha tia no Harlem, e a gente morou lá um tempo. Ela é irmã da sua mãe? Isso, mas ela era muito diferente. Mas legal. Ela não cantava e gostava de dar com uma vara na bunda da gente, mas ela sempre deixava a gente mamar uma teta doce quando voltava da escola. Teta doce? Que porra é isso? Isso o quê? Quer dizer que não sabe o que é uma teta doce? Sei o que é uma xoxota doce, cara, mas uma teta doce não faço nem ideia. Eles riram, e Tyrone balançou a cabeça, Teta doce é um pouco de manteiga e açúcar colocados dentro de um pano, e você chupa esse treco feito uma teta. Ah, é assim que se chama isso? Caramba, você é um pau no cu ignorante mesmo ... Minha tia é uma mulher legal ... mas a mamãe era incrível, ela realmente era incrível. Os olhos de Harry estavam fechados, e ele estava reclinado para trás lembrando como sua mãe sempre o protegia do vento gelado do inverno quando era criança, e de como ela era calorosa quando ele chegava em casa, o abraçava até o frio nas orelhas e bochechas passar, e sempre tinha um prato de sopa quente pronto ... É, acho que minha coroa também era bem bacana. Acho que deve ser uma bosta ficar sozinha. Harry Goldfarb e Tyrone C. Love ficaram sentados e relaxados em suas cadeiras, os olhos entreabertos, sentindo o calor das boas memórias e da heroína fluindo por eles enquanto se preparavam para mais uma noite de trabalho.

Uma coisa que Tyrone adorava eram belas camisas de seda. Caramba! Ele adorava como elas eram lisas e gostosas, feito a bunda da namorada dele, e ela é uma gata daquelas, parça, tipo das boas mesmo. Ele tinha umas duas dúzias de camisas penduradas no guarda-roupa, de vários estilos e cores, de todas as cores. Ele gostava de alisar as camisas do mesmo jeito que alisava Alice, e, às vezes, ele simplesmente ficava parado na frente do guarda-roupa curtindo todas aquelas belas camisas, parça. Caramba! Ele curtia até o guarda-roupa. Tinha duas portas de deslizar grandonas, e a frente era toda de espelho, a porra dum baita dum espelho, parça. Às vezes, ele só deslizava as portas de um lado para outro, curtindo. O que você tá fazendo, benzinho? Por que não volta pra cama? Pooorra, a gente tem um bocado de tempo pra isso, querida, tô me divertindo com esse brinquedo grandão. Lembro que vi um filme uma vez quando era moleque, e um cara descolava um guarda-roupa grandão que nem esse, com portas de deslizar, e a parada toda era cheia de ternos, e atrás tinha uma passagem secreta. Era daora. Pra que ele precisava de uma passagem secreta? Eu não lembro, só lembro do guarda-roupa. Tyrone fechou a porta e olhou no espelho, vendo sua garota atrás de si, e sorriu para ela. Quando Tyrone veio ver o apartamento pela primeira vez, ele se apaixonou pelo guarda-roupa do quarto, e isso decidiu por ele. Foi a primeira coisa que o cara mostrou pra ele. As portas têm três metros de largura, só espelho. Os guarda-roupas acho que têm uns três metros e meio. Cada um. Um de cada lado do quarto. Coloca uma cama no meio e já era, e ele ria, piscava e cutucava Tyrone no braço, hahaha. Tyrone estava nu, coçando a barriga parado ao lado da cama, Sim, senhor, meu nome é Tyrone C. Love e é isso que sou, e Alice começou a rir, e ele deu um pulo, quicando na cama. Não faz isso, Tyrone, quase me matou de susto. Ah, princesa, não quero te assustar, afagando o pescoço e o ombro dela, com carinho, de modo reconfortante, não quero assustar ninguém, ainda mais a gata mais linda que já existiu, e Alice começou a se contorcer de leve enquanto ele beijava o pescoço dela, e então ela o segurou perto de si enquanto ele beijava o pescoço, depois os peitos enquanto acariciava as coxas com a mão, e então ela segurou a cabeça dele, e beijou, beijou, beijou, e abraçou, e esmagou, e se contorceu, e suspirou, e gemeu enquanto Tyrone C. Love a fazia se sentir tão bem e tão especial com o amor dele, e, quando ele terminou e ficou deitado de barriga pra cima, ela meio que vibrou toda por um segundo e soltou um grito agudo, Aaaaaaaaaa, e então rolou de lado, abraçou e beijou até que os dois ficaram deitados em silêncio, pacificamente, com os braços em torno um do outro, Tyrone de barriga para cima, Alice, sua garota, de lado, o rosto dela confortavelmente aninhado no ombro dele, sentindo uma paz, uma satisfação e uma excitação que nenhum tinha experimentado antes, com ou sem heroína. De vez em quando, Tyrone abria os olhos, só um pouco, para ter certeza de que isso era real e que ele estava deitado na cama, nesse quarto, com essa mulher, e, então, ele suspirava profundamente dentro de si mesmo e sentia a maciez e o calor dela ao lado dele, e a paz e a satisfação dentro dele. Ele permitiu que sua cabeça rolasse lentamente para o lado, beijou sua Alice na testa e alisou a cabeça dela, Você realmente está aqui, e ela o apertou e se afundou mais ainda no ombro dele, e ele podia sentir a respiração dela no braço dele e, de algum modo, ele sentia que a vida nela era agora uma parte dele, e que ele queria ser parte disso, cuidar disso. Ele queria mantê-la nos braços, confortável e segura, e eles ficariam de boa, dariam risada e se divertiriam pra caramba, e não haveria qualquer estresse.

Hubert Selby Jr.
Réquiem para um Sonho

A lua de mel tinha acabado. A dinamite já era. Brody disse a Tyrone que não sabia exatamente o que tinha acontecido, mas que provavelmente tinha alguma coisa a ver com aqueles caras que encontraram nas latas de lixo. Tá falando daqueles caras com a garganta cortada e os cartazes, "Mantenha nossa cidade limpa"? Isso, Brody meneava a cabeça enquanto os dois riam. Pooorra, mano, se eles foderam aquela nossa herô foda, não tem nem do que rir. Brody continuou gesticulando por um tempo, Com toda certeza, mano, mas o que ouvi foi que eles zoaram as pessoas erradas. Eles roubaram uns dois mil dos irmãos Jefferson e queriam faturar rápido, então começaram a vender esse bagulho foda. Mas os Jefferson apagaram eles? Brody riu, Quem mais faria isso? Ninguém zoa os irmãos Jefferson, mano ... e consegue se safar. Tyrone esfregava a cabeça, de todos os lados, E que tal essa parada? Como a de antes? Não dá pra cortar mais que uma vez, se quiser ter alguma droga na dose. Tyrone deu de ombros e levou a parada de volta para seu antigo apê, onde Harry esperava por ele. Antes de qualquer outra coisa, colocaram um pouco na colher, como de costume, e injetaram. Eles olhavam um para o outro enquanto se injetavam algumas vezes, esperando pelo lampejo. Nunca aconteceu de fato. Houve o insinuar de um lampejo, mas que não os atravessou como costumava ser. Pooorra, aquele pau no cu do caralho não tava de brincadeira quando disse que essa parada não era foda. É bem isso cara. Melhor a gente preparar mais um pouco. Essa amostra aí foi uma bosta. Eles colocaram mais na colher e injetaram de novo, e dessa vez foi um pouco melhor, ao menos o suficiente para eles sentirem na barriga e nas pálpebras. Eles olharam um para o outro e deram de ombros. Olha quanto dinheiro a gente vai economizar em leite em pó, Harry riu e Tyrone soltou um risinho. A gente vai faturar de todo jeito. Ainda vamos ganhar um troco.

Quando terminaram de usar o que queriam, havia bem menos para ser vendido, e não ganharam muito mais do que os custos, mas isso não era problema, eles tinham alguma grana guardada, e logo, logo comprariam uma quantidade legal da boa, descolariam um bagulho foda de novo e, em breve, conseguiriam se organizar e pegar aquele meio quilo da pura.

Sara agora entrava com facilidade no vestido vermelho, mas ainda não sabia em que programa apareceria. Ela ligava duas vezes por semana, mas sempre recebia a mesma resposta, que sua inscrição ainda estava sendo processada e ela seria notificada. Agora, quando ela ligava e deixava uma mensagem, a garota simplesmente gesticulava a cabeça para o telefone enquanto olhava para as pessoas ao redor e sorria. É ela de novo, né? A garota fazia que sim e tinha que se esforçar muito para não rir. Sara sempre ficava olhando para o gancho do telefone por vários minutos depois de desligar, e então ia para a cozinha preparar mais um bule de café. Ela estava economizando dinheiro com comida, ela comia tão pouco, mas gastava em café. E o preço do café hoje em dia, ahhhh. Ela tentava, de vez em quando, voltar a tomar chá, mas de algum modo ficava com uma vaga falta no estômago, uma vaga insatisfação, que apenas o café satisfazia. Mas o café não satisfazia a verdadeira necessidade como antes, mas deixava uma insatisfação menor do que o chá. Ela se sentia constantemente nervosa, o que já era muito ruim, mas o que tornava tudo pior era o fato de que não sabia por quê. Algo estava errado, mas ela não sabia o quê. O tempo todo ela sentia que algo horrível iria acontecer. E, às vezes, sentia vontade de chorar. E não como antes, quando se sentia triste ao pensar em Seymour ou Harry, seu bebê, e se sentia tão sozinha. Agora, ela se sentava para ver TV e começava a chorar — CUIDADO! — o coração pulando e se alojando na garganta — e não sabia por quê. Quando ligava, perguntando do programa, queria quase chorar. Queria dizer à garota como era importante, mas a cabeça estava toda confusa. Se pudessem lhe dizer de uma vez os nomes dos programas aos quais levavam as pessoas, ela já teria algo, mas a garota dizia que era informação confidencial e colocava a mão sobre o bocal do telefone enquanto dava risadinhas e piscava para a garota na mesa ao lado. Sara girava o dial no aparelho de TV e tentava assistir à maior parte dos programas de perguntas e respostas, mas de algum modo ela não conseguia parar sentada tempo suficiente para assistir de fato, descobrir como eram e ver a imagem dela andando pelo palco. Umas duas vezes, ela conseguiu ver a si mesma entrar no palco, vinda de um dos cantos distantes, mas era como se toda a energia dela fosse usada para manter o vestido vermelho e os sapatos dourados, de modo que a imagem toda sumia quase imediatamente, e ela acabava sentada na poltrona, olhando para algo, mas ela não estava lá. Ela não estava no programa. Tentava ficar sentada durante um programa inteiro, mas não conseguia. Levantava-se e servia outra xícara de café, ou parava ao lado do fogão enquanto preparava o bule de café, pensamentos vagos passavam pela cabeça de que mais pílulas a deixariam melhor. Começou a tomar as pílulas roxa, vermelha e laranja todas de uma vez pela manhã, e isso melhorou tudo por um tempo, e ela limpava a casa rapidinho e ficava pronta para sair e tomar sol, mas, ali pelo meio-dia, o corpo se arrastava, todo tenso e — CUIDADO! — e ela ficava esperando um carro subir na calçada, bater em todos os outros carros e atingi-la; ou talvez algo cair do telhado, ou ... Ela não sabia, não sabia, mas alguma coisa ruim. Não conseguia ficar sentada. Levantava-se, e as mulheres riam e faziam piada com ela, Sara tem formiga na bunda, e ela caminhava pensando *voluptuosa*, e, mesmo quando Ada retocava o cabelo dela a cada duas semanas, mal conseguia ficar parada e ficava se agitando, sem saber o que iria fazer a seguir, e Ada a empurrava de volta para a cadeira, Se quiser ficar com o cabelo vermelho, é bom ficar sentada de uma vez. Estava emagrecendo, estava emagrecendo. O vestido servia bem. Não tinha que se enfiar nele. Não tinha que prender a respiração. Ela estava emagrecendo. Deveria estar feliz. O vestido servia, o cabelo era como o da Rita Hayworth, os sapatos dourados reluziam, e ela iria aparecer na televisão, um sonho, um sonho, e ela deveria estar feliz, ela deveria estar feliz!!!!

Nova York já não era um festival de verão, e Harry e Tyrone foram surpreendidos por uma dose ruim ... Brody não conseguia arranjar mais produto não batizado. O quê? Isso mesmo. A gente consegue descolar bagulho, mas é cortado. Que merda, cara ... O que tá rolando? Tyrone deu de ombros e esfregou a cabeça com a palma da mão, Brody disse que parece que tem alguém tentando fazer o bagulho render. Render? Tyrone fazia que sim, E se o Brody não consegue arranjar da pura, ninguém consegue. Harry olhava para o pacote na mesa, A gente não consegue mais do que nossa própria despesa desse jeito. Bom, por que a gente não para de usar???? Eles olharam um para o outro por um momento, as implicações da pergunta de Tyrone lentamente, após um bocado de resistência, se tornando claras e sendo registradas. Harry deu de ombros, É, acho que é melhor a gente fazer isso. Mas acho que podemos injetar agora e dar um tempo amanhã. É, ensacar essa porra sem provar é foda. Harry riu, Parece que vamos acabar com um suprimento de leite em pó. Tudo bem, mano, um dia a gente vai descolar aquele meio quilo da pura e aí vamos precisar dele.

Marion e Alice foram totalmente a favor de não usar, então todos foram dormir naquela noite com uma determinação sombria. Levantaram por volta do meio-dia, fumaram um baseado com o café, se sentindo bem com o fato de que não estavam nem pensando em não usar, e ficaram sentados algum tempo, assistiram a um pouco de televisão, falaram sobre talvez comer alguma coisa, mas sem muita vontade, então meio que ficaram de bobeira, pensando e falando sobre as várias coisas que tinham de fazer naquele dia e fazendo planos de fazê-las, então assistiram a mais um pouco de TV, mais café, mais maconha, passando boa parte do tempo enxugando os olhos e assoando o nariz, e pelas três da tarde se deram conta de que estavam fazendo tempestade em copo d'água, que, se realmente quisessem parar de usar, com certeza conseguiriam, eles estavam provando isso naquele instante, mas era um pânico cretino achar que era o fim do mundo só porque não conseguiam arranjar mais bagulho puro naquele momento, então puxaram de novo as colheres. Os narizes e olhos descongestionaram, e ouviram música enquanto comiam.

Uma semana depois, ainda não conseguiam descolar bagulho não batizado, então tentaram parar de usar de novo, mas dessa vez puxaram as colheres antes mesmo de se vestirem. Eles acordaram mais cedo do que de costume com o pânico revirando as tripas, os olhos ardendo e o nariz escorrendo, e a mágica da droga curou todos os males imediatamente. Não era que não conseguissem parar de usar, era só que esse não era o momento. Eles tinham muita coisa para fazer e não se sentiam bem. Quando tudo estivesse resolvido, simplesmente parariam com tudo aquilo, mas até lá usariam de vez em quando, para ficarem de boa.

Sara finalmente criou um cronograma para as manhãs que permitia que ela realizasse algumas coisas necessárias. Ela tomava as pílulas roxa, vermelha e laranja de uma vez, bebia um bule de café, então experimentava o vestido vermelho e os sapatos dourados e girava na frente do espelho parecendo muito *voluptuosa*, se sentindo tão bem e tentando expulsar da mente como estaria se sentindo ao meio-dia. Ela ficava de vestido e se sentava na poltrona e assistia aos programas, não mais mexendo no seletor, mas assistindo ao programa inteiro. Ela via o patrocinador, o público, os prêmios e ouvia os risos e os aplausos, e, então, se forçava, com muita obstinação, a atravessar o palco até onde o anunciante aguardava, com um grande sorriso no rosto, e ouvia os aplausos, mas agora ela não conseguia se controlar e saía da tela, voltava para a sala e caminhava pelo apartamento, olhando para a mobília velha, velha, para a falta de luz e vida, e então tentava voltar para a TV, mas não conseguia, e finalmente parecia desaparecer em algum lugar, Sara não tinha certeza de onde, talvez atrás do aparelho ou debaixo da cama, em algum lugar. Sara ficou intrigada. Olhou por toda a casa, mas não conseguia encontrar a chapeuzinho vermelho. Na vez seguinte, prestou mais atenção para onde ia e lhe perguntou o que estava fazendo e aonde estava indo, mas ela apenas olhou, jogou a cabeça para trás e deu de ombros fazendo uma cara de E quem é você? e seguiu por seu caminho, saltitante, e novamente desapareceu. Durante dias, ela saía do aparelho de TV e andava por tudo. Ela não saltava para o assoalho, ela meio que pisava para fora da tela até chegar ao assoalho e, de modo bastante óbvio e ruidoso, ignorava Sara enquanto vagava por tudo, olhando com asco para o apartamento, ocasionalmente olhando para Sara com desaprovação e soltando uma bufada, e continuava seu trajeto inspecionando tudo, achando tudo péssimo e olhando para Sara com aquela cara de quem empina o nariz para rebaixar os outros. Finalmente, Sara ficou irritada e brava e a encarou de volta, Quem é você pra me chamar a atenção? Quem você pensa que é? E Sara empinava o nariz para ela, e, quando olhava para baixo de novo, ela tinha desaparecido. Por diversas manhãs, foi a mesma coisa, até que certa manhã o anunciante também saiu da televisão, e chapeuzinho vermelho o conduziu pelo apartamento, lhe mostrando isso e aquilo, os dois balançavam a cabeça em desaprovação absoluta, e então olhavam para Sara, balançando as cabeças novamente, e então de novo para o local que inspecionavam, de volta para Sara, outro balançar de cabeça e então iam até outra área para continuar a inspeção e olhavam com desaprovação e balançavam de cabeça. Isso aconteceu durante três manhãs, e a cada vez Sara se sentia pior enquanto eles observavam a decrepitude do apartamento, O que vocês esperavam? Vocês se sairiam melhor sozinhos? É um prédio antigo. Dez anos sem pintura, talvez mais. Sou velha. Sozinha. Tentem fazer. Eu tento, eu tento, e Sara podia sentir uma torção quente nas tripas e uma onda de náusea agarrando a garganta, Por favor ... por favor. Eu explico. Mas eles não ficavam para escutar, voltavam para o televisor e acenavam para a plateia, e então centenas de pessoas os seguiam para fora do aparelho, direto para o tédio do pequeno apartamento, e a televisão as seguia com suas câmeras e demais equipamentos, os grossos cabos esticados pelo piso, e Sara podia ver a si mesma sentada na poltrona, olhando para o aparelho, cercada pela melancolia sem vida do apartamento e parecia se tornar cada vez menor enquanto se via na tela e sentia o mesmo acontecendo em torno dela, e tinha a sensação de ser esmagada, não apenas pelas paredes, mas por sua vergonha e desespero. Ela não sabia o que eles estavam encontrando e olhando, mas sabia que era ruim ... ah, tão ruim. Ela deveria ter visto antes de eles chegarem. O que tinha lá? Ela tinha feito limpeza outro dia. Não? Não tinha certeza. Ela trocou de canal, mas a imagem era a mesma. Em todos os canais, repetidas vezes, a imagem era a mesma. Milhões de pessoas assistiam a ela parada em frente ao aparelho de TV tentando mudar de canal, mudar a imagem, e ela sentia alguma coisa rastejando dentro dela. Todos conheciam a vergonha dela. Todos. Milhões. Milhões de pessoas já sabiam, mas ela não sabia. As lágrimas giravam dentro dos olhos e desciam pelas bochechas. Ela nem sequer sabia. Ela só sabia que eles sabiam, e estava morta de vergonha e desespero. E agora ela via a mocinha de vermelho e o anunciante conduzindo as pessoas pelo pequeno apartamento sujo, na tela ela podia vê-los, e olhavam para ela com expressões de asco. Sara se agarrou ao televisor tentando esconder a tela e, lentamente, de modo dolorosamente lento, ela se curvou até ficar de joelhos em frente à TV, escorada nela, a cabeça baixa, lágrimas manchando o vestido vermelho que tinha usado no *bar mitzvah* de Harry, enrolada em posição fetal enquanto a tela se enchia de pessoas olhando para ela lá de cima com desaprovação, e ela abraçava a si mesma enquanto uma onda enorme subia do pescoço até a garganta, e ela se sentia afogando em lágrimas, Ah ,por favor, por favor... me deixem ir no programa ... por favor ... por favor ...

Hubert Selby Jr.
Réquiem para um Sonho

Acabaram com Brody. Assassinado. Tyrone não conseguiu descobrir exatamente o que tinha acontecido — tinha perguntado para meia dúzia de pessoas e obtido meia dúzia de respostas —, mas como tinha acontecido não importava, o fato era que ele estava mortinho da silva. Foi encontrado em um beco, ou baleado, ou esfaqueado, ou empurrado do telhado, o que chamam por aí de acidente. Os bolsos estavam vazios, então é óbvio que tinha sido alguém. Quando ele saía do apê, ou ele tinha algum bagulho, ou tinha grana para comprar. Tyrone ouviu as histórias e fofocas por um tempo e então vazou. Durante todo o trajeto até o apê, ele se amaldiçoou por não ter um bom contato reserva. Eles vinham procurando sem empenho de verdade, mas Brody tinha conseguido um bagulho tão foda que sabiam que não conseguiriam melhor nem se fossem até a França. Quando ele ficou sem, eles simplesmente pareciam não conseguir procurar outra pessoa, convencidos de que a parada foda voltaria logo, que, se houvesse algo de bom na cidade, Brody farejaria. Agora estavam fodidos ... f.m.p., totalmente fodidos e mal pagos. Nossa, cara, isso é uma merda do caralho. Morrer e deixar a gente assim na pior. Não faz nenhum sentido. Não o Brody. Não depois de todos esses anos. É. Isso é bem verdade.

Merda! Que lance errado, mano! Típico da minha sorte! Ei, meu parceiro, relaxa. Não vai adiantar a gente ficar aqui sentado assoando o nariz. É, é, eu sei, mano. Só fico de cara, só isso. Bom, não me faz sentir exatamente como se estivesse correndo entre tulipas, meu parceiro, mas é melhor a gente gastar a sola do sapato e ver o que a gente consegue arranjar. Harry finalmente riu de leve, É, eu entro pela frente do ônibus, e você por trás. Iiiiisso, eu gosto que meus negócios sejam sempre preto no branco. Pooorra, a gente vai descolar alguma coisa, mano. É só a gente levar na boa, e vai pintar alguma coisa.

Sara tinha que ir ao mercado. Fazia quatro dias que ela precisava ir, mas não conseguia se mexer. Não conseguia sair de casa. Ela não tinha ido pegar sol. Se é que havia sol. Talvez estivesse nublado do lado de fora. Do lado de dentro, era como se fosse noite. Talvez pior. À noite, você acende a luz, e tudo se alegra. Agora, era cinza. Cinza. Ela tinha que ir ao mercado. Fazia quatro dias que precisava ir. Se Ada fosse junto. Quem sabe? Talvez devesse ligar? Ada a levaria. Ela perguntaria por que Sara não podia ir. O que poderia dizer? Não sabia. É só o mercado. Sim. Só o mercado. Mas ela não conseguia ir. Ela sabia que era errado não ir. Algo ruim. Ela sentia dentro de si que era ruim. Rastejante. Como podia — CUIDADO!!!! não não não não ahhhh. c-co — Como ela poderia contar? O que dizer? O que dizer???? Ela tinha que ir. Quatro dias já. Ela tinha que sair. Só se levantar e caminhar pela sala. Só isso. Levanta e sai porta afora. Chapeuzinho vermelho. Trilili tralalá — CUIDADO! Nada. Lugar nenhum. Nada. Ela iria. O refrigerador estava mudando de forma. Estava mais próximo. Com uma boca enorme. Mais próximo ... Ela se levantou. Sua bolsa. Onde? Onde? Encontrou. Segurava-a com as duas mãos. Ela ia em direção à porta. O refrigerador se mexeu. Mais perto. Sem forma. Virado todo em boca. Os sapatos dourados faziam barulho no piso da cozinha. O vestido vermelho estava amarrotado. Ela puxou a porta. O refrigerador chegou mais perto. A televisão estava maior. A tela ficava cada vez maior. Ela puxou a fechadura. Pessoas saíam do televisor. A porta se abriu. Ela a fechou com estrondo atrás de si. Ela balançava nos sapatos dourados. Os saltos altos estalavam no piso. A brisa estava um pouco fria. Ali também estava cinza. Ninguém perto de casa. Desceu pela rua. Balançando. Estremecendo. Segurando-se na parede. Chegou até a esquina. Parou. O trânsito. Trânsito! TRÂNSITO!!!! Carros. Caminhões. Ônibus. Pessoas. Barulho. Movimento. Redemoinhos. Ela estava tonta. Ela se segurou no poste de luz. Desesperadamente. Não conseguia se mover. A luz ficou verde. Ela ficou agarrada. Os nós dos dedos brancos. A luz continuava mudando de verde para amarelo. Para vermelho. Para verde. De novo e de novo. Diversas vezes. Muitas, muitas vezes. As pessoas passavam. Algumas olhavam. Davam de ombros. Continuavam. Sara agarrada. Ela olhava pela rua. Para os dois lados. Esperando pelo semáforo. Para atravessar em segurança. Ela tentava. Ela parou de olhar. Escondeu o rosto atrás do poste. Agarrada. Agarrada. Os ruídos se misturando. Lampejos de luz apunhalando as pálpebras fechadas. Continuava agarrada. O poste estava gelado. Ela podia sentir o poste clicando. Continuou agarrada ... O que está acontecendo? Ada e Rae olhavam para ela. Você está segurando o poste em pé? Sara lentamente virou a cabeça. Olhou para elas. Sara, você não está com uma boa aparência. Sara apenas olhava de volta para elas. Ficaram olhando por um momento, então cada uma agarrou um braço, e juntas levaram Sara para o apartamento de Ada. Sara tremia um pouco, e lhe deram uma xícara de chá, e Sara ficou sentada, tristemente muda, segurando a xícara com as duas mãos, de vez em quando baixava o rosto até ela e bebia do chá enquanto olhava pra frente com os olhos vazios. Achei que você só tivesse formiga na bunda, mas agora fico me perguntando o que será. Ada e Rae sorriam e davam risadinhas, e Sara começou a responder, Se fosse apenas formigas na minha bunda, seria ótimo. Talvez você tenha pego algum vírus. Por que não vai ver um médico? Ele pode te dar um "anti" alguma coisa. Minha consulta é só daqui a dois dias. Daqui a dois dias? Qual é o problema, você fica doente com hora marcada? O que ele vai dizer? Fique bem agora e adoeça daqui a dois dias? Todas riram, e Sara se retraiu por dentro, porque ela não tinha pensado em ir ao médico. Ela pensou nisso por um segundo e então deixou que escapasse para algum lugar e ficou escutando as risadas, sentiu a si mesma dando risadas, e bebeu chá até que a xícara esvaziasse.

A sala de espera estava cheia como sempre, e Ada e Rae conversavam enquanto Sara ficava apenas sentada. Quando chegou a vez de ela ver o médico, lhe disse que não se sentia muito bem. E qual parece ser o problema? Seu peso parece muito bom, e ele sorriu para ela. O peso está bom. Eu não estou muito bem. As pessoas saem da televisão e — CUIDADO! e Sara se virou e olhou atrás dela, ao redor, debaixo da cadeira, e, então, para o médico e ao redor dele. Ele mantinha os dentes à mostra em um sorriso. Algo errado? Está tudo estranho. Misturado. Confuso, como se — Bom, isso não é nada para se preocupar. Ele escreveu algo em um pedaço de papel, Só entrega isso para a enfermeira e marca a consulta para semana que vem. Vejo você lá. Ela estava sozinha na sala com um pedaço de papel. Ela olhou para ele por alguns instantes, então se forçou a deixar a sala. Ela entregou o papel à garota. Ele disse uma semana. Eu tenho uma consulta daqui a dois dias. Ah, ótimo. Vamos cancelar essa e marcar uma na semana que vem. Vamos ver, que tal três da tarde? Sara concordou. Ótimo. E minhas pílulas? Vou dar a você a quantidade para mais uma semana. Sara e seu corpo suspiraram de alívio. Ótimo. Obrigada. Agora vamos ver o que temos aqui. Tá. A garota pegou um frasco, tirou um punhado de cápsulas, contou vinte e uma, as colocou em um frasco pequeno e colou uma etiqueta nele. Você toma cada uma das cápsulas uma vez ao dia. Anotei na etiqueta. E essa aqui? Ah, é só uma coisa para ajudar você a se acalmar. Sara olhou para ela. Como se chama isso? Valium. Vale um? Tá parecendo mais uma doença. A garota riu, Vejo você na semana que vem. E tome um assim que chegar em casa. Sara fez que sim e saiu do consultório. Elas voltaram para a casa de Ada e beberam uma xícara de chá com um folhado de ameixa. Sara tirou um pedacinho do folhado, mas não conseguia comer. Talvez amanhã. No momento ... deu de ombros e bebeu do chá. Ela ficou sentada com Rae e Ada, esperando que a pílula fizesse alguma coisa, mas sem saber pelo que estava esperando. Mas, de algum modo, sentia que logo se sentiria melhor.

Quando ela voltou ao apartamento, o refrigerador e a televisão estavam onde deveriam estar e agiam de modo normal. Ela ligou a televisão e colocou o frasco de pílulas em cima da mesa, perto dos outros, e então notou a própria imagem quando passou por um espelho. Ela usava o vestido vermelho. Estava amarrotado. Já tinha algumas manchas. Ela piscou os olhos por um instante e então olhou para seu reflexo. Ela se lembrava vagamente de experimentar o vestido, como todas as manhãs, mas ela nunca tinha saído com ele antes. Só uma vez, no *bar mitzvah* de Harry. Ela balançou a cabeça e pensou nisso por um momento, então deu de ombros, sorriu e trocou de roupa antes de voltar para a cozinha, tomar mais uma de suas novas pílulas e então se sentar na poltrona de assistir à TV. Ela se sentia calma por dentro. Meio que se sentia bem. Os olhos pareciam um pouco pesados. Não muito. Só relaxados. A poltrona parecia mais macia. Afundou nela. Os programas eram bons. As pessoas se comportavam. Ela bebia uma xícara de chá. Estendeu o braço até a mesa ao lado da poltrona, mas estava vazia. Não havia nada nela. Então se deu conta de que estava esfregando as pontas dos dedos na mesa e olhou para eles, os dedos, deu de ombros e voltou a assistir ao programa, qualquer que fosse. Qualquer um era bom. Todos pareciam bons. Eles se mantinham do lado deles da tela.

Tyrone tentou se manter tão calmo quanto possível, mas o único jeito de descobrir onde a droga boa estava era ir pra rua, e quando você vai pra lá, sempre há problemas. Todo mundo estava disposto a pegar o dinheiro e lhe prometer que voltaria com alguma parada foda; ou eles podiam descolar um produto que era dinamite pura; ou podiam arranjar um encontro ... Todo mundo tinha uma história. Tyrone sorria e mandava os caras irem pra Jersey com aquele papo-furado. Ele aguentou firme e calmo por algumas horas, ficando longe de portas, corredores e becos, e finalmente encontrou um maluco que conhecia, e comprou dois pacotes. Ele estava descendo pela rua para pegar um táxi quando foi parado por dois policiais da Narcóticos à paisana. Eles o revistaram, sentiram a droga no bolso, mas não pegaram. Eles pegaram o dinheiro e contaram, Vinte pratas. É um bocado de dinheiro pra se carregar a essa hora da noite. Eles riram, e Tyrone se manteve em silêncio. Ele ainda tinha mais de cem dólares, mas não disse nada. Eles o meteram no carro, e um deles entrou na parte de trás, junto com ele. Tyrone sabia o que esperavam que ele fizesse e fez isso o mais rápido e discretamente possível. Ele tirou o bagulho do bolso e colocou do lado do assento. Quando chegaram à delegacia, perguntaram se ele estava pronto, e ele respondeu com um aceno de cabeça. Quando entraram, Tyrone perguntou qual era a acusação, e eles sorriram e disseram, Associação criminosa. Tyrone assentiu e esperou o começo do lento processo de fichamento. A cela de espera estava cheia principalmente de viciados e bebuns. Quando pôde fazer um telefonema, ligou para Harry, mas ele ainda não tinha voltado, então contou a Marion o que tinha ocorrido e onde estava, e pediu que mandasse Harry ir pagar a fiança. Ele também pediu que ligasse para Alice, antes que o tirassem do telefone. Pouco tempo depois, um viciado velho, que parecia ter uns 104 anos, foi jogado na cela e se sentiu em casa, como se tivesse nascido e crescido na prisão. Ele tinha marcas de agulha na lateral do pescoço, onde injetava heroína na veia. Por isso sempre usava uma gravata. Era velha e esfarrapada, tinha péssima aparência, mas servia a seu propósito. Uma beleza. Era só entrar em um banheiro público, cozinhar a parada, amarrar a gravata bem apertada e acertar bem na veia filha da puta. Não tinha como errar. Grossa feito a porra de uma corda. Ele também usava um terno com ombreiras que parecia doação de uma loja de caridade, mas isso também era parte do equipamento. Toda vez que tomava um pico, ele injetava um pouco de droga na espuma do ombro esquerdo. Você sempre pode descolar uma seringa na cadeia, e aí ele tirava a espuma, aquecia na colher e chapava uma última vez antes de ser mandado para onde quer que fosse. E ainda tenho um pouquinho guardado pra quando for solto. Provavelmente uns seis meses na Ilha.[1] Ele serrou um cigarro com um cara novinho perto dele, agradecendo com um aceno de cabeça enquanto acendia. Porra, eu conheço o Rikers de dentro pra fora. Já passei por lá tantas vezes que sou acionista. Os outros riram, e Tyrone estava sentado no chão a alguns metros do sujeito, ouvindo, junto com a maioria dos outros na cela, o velho contar histórias sobre o presídio

---

1   Presídio da Ilha Rikers, maior prisão da cidade de Nova York. [NT]

da Raymond Street, as Tumbas[2] antigas, Rikers, todos os xilindrós do interior e especialmente Dannemora,[3] que é praticamente a porra da Sibéria. Passei por alguns pardieiros do caralho, mas a porra daquele lugar é o cu do mundo. Pior do que ter que trabalhar acorrentado aos outros na Geórgia. E fiquei três meses naquela porra. Ele continuou falando por umas duas horas sobre como foi mandado pra Fort Worth e Kentucky, e que tinha sido mandado pra Lexington só uma vez. Quando foi solto, foi na direção de Nova York com um sujeito que queria parar em Cleveland pra ver alguns parentes, aquele cuzão de merda. Arranjamos um pouco de paregórico,[4] e a gente tava esquentando o lance pra provar um pouco e aí, quando a gente se deu conta, a porra da polícia tava arrombando a porta do hotel, e mandaram a gente pro xadrez de novo, pegamos dois anos e meio por quase nada. Não é uma puta duma merda? Aquele cuzão começou a dizer desaforos pra eles — ele não sabia cumprir pena — e ele cumpriu a pena toda. Eu cumpri dois anos e nunca mais nem cheguei perto daquela porra de Ohio desde então. Nem nunca vou chegar. Os outros sorriam e davam risada, Tyrone incluso. Sabe de uma coisa, naquela porra que é Ohio, eles ainda aplicam a pena de morte por causa de drogas. Mas eu colei num maluco jovem quando voltei pra cá — nossa, ele era um ladrão dos bons. Ele podia te depenar sem você nem ver ele, todos rindo junto. O círculo de sujeitos foi se aproximando do velho, e havia um sentimento de camaradagem entre eles enquanto ouviam o ancião, com o cabelo desgrenhado e sem vida, a pele cinzenta e os poucos dentes, quebrados e marrons, contar sobre os bons tempos, quando se podia ficar chapado uma eternidade apenas com uma cápsula de três dólares. Porra, eles tinham uma porra que era tão boa que deixava você chapado enquanto ainda estava na colher, hahaha, e, quando você injetava, fazia seu cu engolir a si mesmo. Porra, não dava nem pra pensar em cagar. Você até esquecia como era. Você ficava pensando que a privada era pra lavar os pés, os outros rindo alto, toda a energia de sua

---

2   Nome informal do Complexo Prisional de Manhattan. [NT]
3   Prisão situada na cidade de mesmo nome, no
    Nordeste do estado de Nova York. [NT]
4   Medicamento à base de ópio de função analgésica. [NT]

frustração e medo saindo nas risadas. Antes da guerra, os putos dos alemães mandavam um treco pra cá que era puro — você acha que sabe o que é um bagulho puro? — e dava pra pegar meio quilo da pura por praticamente porra nenhuma, e era bem isso que a gente tinha, porra nenhuma, todos rindo ainda mais alto. Acho que os putos dos alemães acharam que iam viciar toda a porra do país e vencer a guerra assim, sabe? Mas ninguém estava nem aí na época. Você podia comprar toda a p.g.[5] que quisesse, e tudo que é parada tinha ópio. Láudano. Uma parada incrível. Se você estivesse doente. Era só tomar um frasco inteiro de paregórico e meter umas *goof balls*[6] e aí mastigar um pouco de pão italiano bem rápido. Melhor jeito de baixar a bola. Naquela época, era praticamente legal ter maconha. Dava até em terrenos baldios — tinha um bocado de terrenos baldios, não é como agora. Todos aqueles terrenos baldios, por toda a porra da cidade — muitas vezes, ninguém nem sabia que porra era aquilo. Dá pra imaginar o que aconteceria agora se você tivesse toda a porra dum terreno baldio cheia de maconha? Esses animais do caralho arrebentariam sua cabeça pra pegar, né? Todo mundo rindo e se esforçando para ouvir. Eles costumavam queimar tudo de vez em quando, mas eles tinham que avisar pras pessoas — alguma coisa a ver com leis de incêndio — eu sei lá. Então eles botavam um aviso no jornal — sem brincadeira, na porra do jornal — que tal terreno seria queimado em tal data, saca, com o horário e tudo mais. Eu lembro de um, eu era só um moleque vagabundo — não nem tinha me viciado ainda, não de verdade — e eles iam queimar um terreno na vizinhança, captou? Aí, na noite anterior, a galera colhia o máximo que conseguia, saca, e, no dia seguinte, quando eles iam queimar a porra da erva, todas as cabeças da vizinhança e de toda a porra da cidade ficavam paradas a uns poucos metros, a favor do vento, respirando fundo, cara ... uma visão e tanto, cara ... Devia ter algumas centenas de caras na rua, parecendo como se estivessem fazendo algum tipo de exercício de respiração profunda, se mijando de rir, e os merdas dos bombeiros olhando pra nós

5   Pregabalina, droga de ação analgésica e anticonvulsiva. [NT]
6   Aplicação injetável de uma dose simultânea de opioide e metanfetamina. [NT]

como se a gente fosse uns doidos do caralho, enquanto a gente só ficava parado lá, chapando até o cabelo. Todo mundo ria tão alto que os guardas vieram dar uma conferida na cela. Tyrone se viu fisgado pela história do velho viciado, que estava sentado feito um guru no canto, contando história de glória e sabedoria iluminada. É, conheci alguns vencedores, cara. Caras que — tinha um cara em Dannemora que era um figura. Ele — chamavam ele de Pussy McScene — ele trepava com qualquer coisa. Aquele cara trepava com qualquer coisa em que conseguisse enfiar o pau. Ele estava fazia tanto tempo naquela Sibéria do caralho que nem lembrava como era uma mulher, mas vocês sabem como é no xadrez, sempre tem um monte de cu pra se divertir. Então Pussy McScene foi solto e se meteu com uma mina no Parque da Agulha[7] — acho que o nome dela era Hortense — então quando eles se encontravam — ela tinha uns 50 anos, porque o Pussy a essa altura devia estar com uns 60, mas ele ainda ficava de pau duro — aí ele escreveu uma carta contando que tava comendo uma mulher. Naturalmente, ninguém botou fé nele. Ele tinha comido tantos caras que pensamos que ele nem sabia mais como era comer uma mulher, então começaram a apostar no xilindró se Pussy realmente estava comendo uma mina, e aí precisavam que alguém tivesse certeza pra encerrar a aposta, saca? Aí um cara saiu em condicional e procurou o Pussy, e aí mandou uma carta dizendo que o Pussy realmente tinha arranjado uma coroa, e tirou uma foto dela com o Pussy levantando o vestido e mostrando a buceta dela, e — quer saber? Aquela mina estava fazendo programa pro Pussy, pelo amor de deus. É, uma ou duas vezes por mês ela descolava um freguês — em algum Brickford,[8] saca? — e então levava o dinheiro para o Pussy e dizia, Prontinho, mô, e todos estavam rindo e dando tapinhas nos ombros um do outro, Você é um figura, tiozão. Você é um sacana, vovô. É, eu dei minhas voltas. Eu vi muitos aparecerem e sumirem. Um bocado de gente viciada pra valer, captou? Mas ainda estou aqui. Eles estão todos

---

7 Apelido genérico dado a parques públicos onde viciados compram e consomem drogas. Em Nova York, era o apelido dos parques Sherman e Verdi, em Manhattan, nas décadas de 1960 e 1970. [NT]
8 Rede de restaurantes bastante popular em Nova York entre as décadas de 1920 e 1970. [NT]

mortos. Em algum cemitério de indigentes ou alguma porra de lugar assim. Não é fácil sobreviver nesse rolê, saca? Vi um monte de caras tomarem chumbo ou receberem uma dose envenenada. Ele serrou outro cigarro. Vou dizer a vocês como se dar bem. Vou dizer por que eu ainda estou aqui e todos aqueles outros merdas não. Claro, tive meus altos e baixos, mas o motivo pelo qual sobrevivi é porque nunca me fodi por alguma buceta. Elas são um câncer da porra, o beijo da morte. Ei, vovô, do que você tá falando? Não tem nada de mais um pouco de buceta de vez em quando, hehehehe. Ah, é? Deixa te dizer uma coisa — eu normalmente cobro pelos meus conselhos, mas este vai ser de graça, captou? Buceta é que nem areia movediça, você cai nela, e ela te suga pra baixo. Pooorra, que maneira de morrer. Tô com você, vovô. As vadias que se fodam, parça. Elas fodem você *todo*. É, prefiro gastar com meu vício do que com alguma mina. O velho assumiu uma postura e uma expressão de preocupação paterna e se inclinou pra frente com um semblante sério, Como eu disse, não é fácil vencer neste mundo, mas você pode conseguir. Eu sei disso porque estou conseguindo. Lembram do moleque de quem falei para vocês, o cara que era um ladrão incrível? Ele poderia ter sido um sucesso como eu, mas fez cagada. Ele foi fisgado por alguma boneca, saca? Falei para ele largar dela, mas ele riu da minha cara, Ela é uma piranha classuda, ele disse. Ela rende um bocado de dinheiro, ele me disse. Arranjava pra ele roupas bacanas e drogas. Aí ele ficou preguiçoso, e viver com o dinheiro dela virou um emprego de tempo integral, saca? Ele precisava ter certeza de que ela trazia todo o dinheiro pra casa, que não estava dando amostras grátis, captou? Captei, vovô — risadas — Ele precisava proteger o investimento dele. Ela começou a ficar de gracinha com um cara — não existe nenhuma buceta no mundo que não traia você, pode botar fé no que digo — e aí ele tinha que resolver isso, captou? Aí o que aconteceu? Ele tomou três tiros na porra da cabeça. Assim. Foi uma pena. Ele era um ladrão bom pra caralho, não precisava dessa confusão com essa mina. Tô dizendo pra você, garoto, fica longe delas — porra, até o pobre do Pussy se deu mal por causa daquela velha Hortense. Pooorra, quer dizer que alguém queria roubar essa velha dele? Hahaha, porra, não. Aquela velha doida sacaneou algum contato e disse que era ideia do Pussy, e o pobre do Pussy não sabia de merda nenhuma, e o cara deu fim nele. Eu não tava lá, mas disseram que do Brickford ele foi parar lá no Parque da Agulha, hahahaha. Mas vou te dizer, garoto, se quer se dar bem lá fora e manter seu vício, fique longe das minas e não seja ganancioso demais. Pequenas doses pro caso de você ser pego — olha, você precisa ser preso de vez em quando. É uma regra estatística, e te dá tempo para descansar e se limpar, pra quando você sair poder chapar com uma quantidade pequena de novo. Mas se atenha aos pequenos furtos. Nada de crimes graves. É o único jeito. Você pode se dar bem assim. Você pode aproveitar do mesmo jeito fazendo isso, sem se arriscar a pegar uma pena grande. Eu puxei umas sentenças pesadas, mas foi a polícia que me fodeu. Armaram pra mim porque eu não queria ser o X9 do meu contato. Porra, eu não sou X9 — Tyrone gradualmente se inclinava cada vez mais para trás, enquanto ria junto com os outros, até que ele estava encostado na lateral da cela, olhando os outros caras e escutando o velho, os caras mais novos, como ele, se inclinando pra frente e captando cada palavra, os sujeitos mais velhos sentados, gesticulando a cabeça em concordância e estapeando as pernas enquanto riam junto com os outros. Tinha algo estranho acontecendo dentro dele, e ele não conseguia descobrir o que era. Parecia ser algo entre ele e o resto dos sujeitos na cela. Ele gradualmente tomou consciência de um senso de identificação, como se tivesse algo em comum. Mas ele rapidamente enterrou esse sentimento, porque ele sabia que era diferente do velho e dos outros caras na cela. Ele se deu conta do estômago embrulhado e de uma dor na parte de trás da cabeça. Ele olhou para o velho. Encarou-o. Por bastante tempo ... Ele parece um rato, parça. É isso que ele parece. A porra dum rato. A pele dele é tão espichada e cinza, e ele tem marcas pelos braços, pernas e pescoço, e ele fica contando vantagem enquanto está prestes a passar mais um tempo preso. Pooorra, não é assim que se faz, maluco. Eu não vou me casar com vício nenhum. Porra nenhuma de até que a morte nos separe entre mim e a porra da heroína. *Nã*-não. Não vão pegar Tyrone C. Love roubando carne no mercado ou entrando em algum depósito pra roubar café. Pooorra, quando eu cair fora, vou me organizar e a gente vai apenas faturar sem se preocupar com porra de ninharia nenhuma. A gente vai é se dar bem, parça. As coisas se ajeitam, e aí a gente descola meio quilo da pura e a gente volta a ser que nem antes, sentadinhos, só contando a grana, e eu e Alice vamos lavar a égua, mano. Ele olhou para o velho sentado no canto, puxando mais um crivo da carteira de alguém, o resto do pessoal reunido em torno dele. Não, cara, eu não vou ficar preso. Nem um tempinho. Não preciso ir pra porra de cadeia nenhuma pra me limpar. Tô bem assim, parça. E, de todo modo, não tô viciado. Não do jeito que ele tá falando. Eu poderia parar a hora que quisesse, e quando chegar a hora vou só dar tchauzinho pra essa parada e — LOVE ... LOVE, TYRONE C. 735. Cata suas merdas e vem. O guarda abriu a porta, e Tyrone o seguiu pelo corredor até outra sala. O guarda entregou um papel para outro guarda atrás do balcão, e o processo de soltura se iniciou. Quando ele finalmente pegou todos seus pertences e assinou os papéis necessários, foi solto. Harry o esperava do outro lado da porta. E aí, cara? Pooorra ... bora, parça. Harry riu, Tô contigo, velho. Eles chamaram um táxi e foram para a casa de Tyrone. Vim pra cá assim que voltei. Agradeço muito, mano. Ele estapeou a mão de Harry, e Harry a dele. Tem alguma coisa na sua casa? Tem. Tô de boa por um tempo. E como é? Nada de incrível. Sabe como é. Mas uma parada decente. Só consegui arranjar em pacotes pequenos, mas vai servir por enquanto. Dá pra pegar assim, pra gente se virar. Mas só em pequenas quantidades. Tyrone deu de ombros, Melhor que nada, parça. Pode apostar. Ao menos até a gente voltar aos negócios de verdade. Que foi que rolou com você? Pooorra, Tyrone riu e balançou a cabeça, Dois filhos da puta à paisana me prenderam, parça. Ele deu uma risadinha e contou a história para Harry, a concluindo alguns minutos antes de chegarem ao apê. Quando o táxi parou, agradeceu a Harry de novo, se cumprimentaram com um tapa na mão espalmada, e ele desceu. Ele ainda sentia a proximidade com Harry que sentiu quando o viu esperando ao sair pela porta, uma proximidade que aumentou enquanto dividiram o táxi. Era bom, reconfortante. Ele não iria virar aquele velho. Ele tinha alguns bons amigos, cara. Ele e Harry eram unha e carne, parça, próximos mesmo. Ele pensava em como Harry tinha ido até a prisão, mas a cabeça voltava ao velho. Toda vez que ele tentava manter aquele sentimento bom em si, pensando em como Harry o tinha tirado do xadrez, o cérebro empurrava aquilo de lado e colocava no lugar a imagem do velho. Pooorra, vai se foder, velhote. Não sou um viciado de merda. Você é que não tem esperança de não morrer feito um viciado. Eu sou só um cara que não quer se estressar, quero me divertir e faturar um troco pra gente comprar meio quilo da pura e fazer um pouco de negócio ... É, eu e minha gata, parceiro. Alice se jogou em cima dele quando ele entrou pela porta, Ah, querido, senti tanto medo que ficassem com você a noite toda; e Tyrone a abraçou e beijou enquanto riam e sorriam por um momento, depois Tyrone foi ao banheiro, Preciso de uma carinha, querida ... pra tirar o gosto de prisão da boca, linda. ...

Ele não sabia por quê, mas Harry sentia um incômodo enquanto voltava para casa. Ele não conseguia entender o que era ou o porquê. Era algo como uma memória que tentava voltar, mas não conseguia, e ele tentava dar um empurrãozinho nela para descobrir o que era, mas quanto mais tentava, mais ela se escondia em um canto e se perdia na escuridão. Ele continuou apontando a mente para os malditos gambés que tinham roubado o bagulho e a grana deles, mas outra parte do cérebro, assim como com Tyrone, continuava a enxergar o velho, e Harry sacudia a cabeça, e mais uma vez apontava o cérebro para os malditos gambés, mas a cabeça era persistente e continuava colocando a imagem do velho na frente dele, e Harry continuava voltando a ele e franzindo o rosto com desprezo, Como alguém pode se permitir chegar tão baixo, pelo amor de deus? Se eu chegasse perto disso, me mataria, porra. Caralho! E ele fez uma careta de nojo de novo. Quando voltou para o apê de Marion, lhe contou sobre a prisão e o velho, e ela sorriu, Bom, você não vai encontrar pessoas com mais classe que isso em um lugar assim, e então ela riu. O rosto de Harry relaxou um pouco, e então ele também riu. Marion deixou o velho de lado com um aceno, Ele é tão obviamente freudiano que chega a ser patético. Quer dizer, aquele papo sobre mulheres. Obviamente, ele nunca sublimou seu complexo de édipo e isso transformou ele num viciado. Assim, ele pode dizer que não se interessa por mulheres sem ter que aceitar o fato de que tem medo delas. Ele, provavelmente, é impotente. Aposto o que você quiser que ele é impotente, e é por isso que sente tanto medo delas. E aí ele se tornou um viciado. É óbvio. Patético mesmo. Harry deu uma risada. Ele não sabia por quê, mas o que Marion dizia o fazia se sentir melhor. Talvez fosse a expressão dela e o modo como ela mexia as mãos, mas o que quer que fosse ele sentia algo saindo dele e, o que quer que fosse, era substituído por uma sensação de alívio. Ele continuou sorrindo enquanto escutava e olhava para ela. O que realmente me irrita, o que realmente me deixa puto são os gambés. Típicos porcos fascistas. São os mesmos gambés que mataram os estudantes em Kent State, que torturam gente na Coreia e na África do Sul. É a mesma mentalidade que construiu os campos de concentração. Mas tenta fazer o povo arrogante, de classe média — aahhh, só fico furiosa. A gente assistia ao noticiário e via os gambés rachando a cabeça de todos com seus cassetetes, e minha mãe e meu pai diziam que aquilo não acontecia de verdade, ou que era algum tipo de hippie comuna degenerado. É isso que importa pra eles. Todo mundo é comuna. É só falar de liberdade e direitos humanos, e você é comuna. Só querem falar do direito sagrado dos acionistas, e de como a polícia defende a propriedade privada ... Ela respirou fundo, fechou os olhos por um momento, então olhou para Harry, Sabe, se eu contasse para eles sobre isso, eles diriam que não aconteceu, que eu inventei. Ela balançou a cabeça, Me choca como algumas pessoas podem ser tão cegas em relação à verdade. Está bem ali na frente deles, e eles não veem. Simplesmente me choca. É, é bizarro. Não sei como fazem isso. Harry se levantou, Vem, vamos provar um pouco daquela parada antes de eu ir trabalhar.

Hubert Selby Jr.
Réquiem para um Sonho

O *Rosh Hashaná* e o *Yom Kippur* tinham passado. Sara sabia que seria um bom ano. Ela tinha seguido o *Yom Kippur* com observância estrita pela primeira vez desde nem lembrava quando. Não tinha tomado nem uma xícara de chá. Só água. E as pílulas. Remédios são diferentes, ela pensou. Não eram comida. E tinham vindo de um médico, então eram remédio. Ela fez jejum e expiou a culpa. Ela pensava em Harry, e uma tristeza fluía sobre ela. Ela rezou por ele. De novo. Tantas vezes. Ela rezou para vê-lo. Ela rezou para que ele virasse papai. O ano novo tinha começado fazia algumas semanas. Talvez mais. Ela ligava para a Corporação McDick duas vezes por semana, às vezes pela manhã depois de tomar as pílulas roxa, vermelha e laranja e beber um bule de café, e dizia que tinham que encontrar a ficha dela e dizer em qual programa apareceria. Ela tinha pressa e perguntava se tinham certeza de que não tinham perdido o cadastro dela, ou talvez ela devesse ir até lá para ajudar a procurar, e a garota com quem ela falava, quem quer que fosse, se chateava e sentia vontade de gritar com ela, mas se mantinha tão calma quanto possível e lhe dizia, de modo firme, que não precisavam da ajuda dela para fazerem o trabalho deles, e que ela precisava relaxar e parar de ligar, pelo amor de Deus, e por fim desligavam, e oravam, e rogavam para que ela não ligasse de novo; mas ela ligava, após tomar os tranquilizante ela ligava, no fim da tarde, e era gentil e dizia à garota, Você é uma garota tão boa, querida, pode checar para mim e ver qual é o programa, não quero dar trabalho para você, mas é que tantas pessoas estão perguntando, e você é como uma filha para mim, é como se fizesse um favor à sua mãe, e a garota dava uma risadinha, balançava a cabeça e finalmente desligava o telefone, e Sara voltava para a poltrona de assistir à TV.

O inverno chegou cedo. Havia uns poucos dias adoráveis de outono em que o ar era limpo e fresco, o céu azul com nuvens brancas e fofas, a temperatura quente e reconfortante no sol, e fresca e revigorante na sombra. Dias de perfeição absoluta. Aí, de repente, estava cinza, com vento, frio e chuva e então granizo e neve, e, mesmo que você conseguisse achar o sol, ele parecia ter perdido o calor. De tempos em tempos, Marion pegava o bloco de rascunho, mas a mão parecia mover o lápis enquanto o resto do corpo estava completamente desconectado da ação. Ocasionalmente, ela tentava reavivar o entusiasmo pela cafeteria, e os outros planos que tinham feito, mas passavam a maior parte do tempo injetando droga e assistindo à televisão ou, de vez em quando, ouvindo música. Uma vez ou outra, iam ao cinema, mas, com o tempo ruim, tinham cada vez menos interesse nisso. As únicas vezes que Harry saía eram basicamente para comprar heroína, e isso vinha se tornando cada vez mais difícil. Toda vez que achavam alguém de quem comprar, a pessoa saía do ramo por alguma maldita razão. Era como se os merdas dos deuses estivessem contra eles. Fazia tempo que tinham abandonado a ideia do meio quilo de pura, embora conscientemente mencionassem isso uma vez ou outra, e de descolar droga não batizada. Eles se davam por satisfeitos de conseguir em pequenas quantidades, mas agora isso também estava se tornando raro. Eles estavam apenas pegando o que conseguiam e usando em si mesmos, não conseguiam nem pegar o suficiente para vender e ter lucro para pagar pelo próprio consumo. Antes, parecia que tinham uma bela pilha de grana, agora parecia que não tinham merda nenhuma. Harry e Tyrone discutiam a situação e a quantidade de dinheiro que restava, e tentavam analisar o que estava acontecendo, discutindo as várias razões que tinham ouvido para a escassez de bagulho, todas igualmente plausíveis e improváveis. Alguns caras diziam que as gangues dos italianos e dos pretos estavam em guerra, e outros caras diziam que aquilo era uma puta mentira, porque Escutei do meu chapa que vai vir um ônibus grandão num navio, trazendo cinquenta quilos e — De que porra cê tá falando? Eles confiscaram cinquenta quilos de heroína, cara, vai aparecer em tudo que é noticiário e vão falar dessa porra na TV o dia *todo*. Pooorra, os gambés roubaram essa porra e quem chora é a gente, mano. Pode crer, velho, toca aqui, e passavam o rumor adiante, e as histórias continuavam. Em última análise, o porquê não fazia qualquer diferença. Havia um problema, e era isso. O porquê não fazia porra de diferença nenhuma, e tudo que eles podiam fazer era segurar as pontas e torcer para que o cenário mudasse logo para que pudessem voltar ao lugar que tinham alcançado. Eles sabiam que mais cedo ou mais tarde haveria droga pela cidade toda, como antes. Tinha dinheiro demais envolvido para não haver. Harry conversava sobre isso de vez em quando com Marion, e, é claro, as conversas eram tão infrutíferas quanto as com Tyrone. Apenas mantinha firme o elo entre eles. Enquanto conversavam, se sentiam próximos, e isso era importante. E, quando começavam a dar cabimento a calafrios de medo e à ansiedade triturante, eles simplesmente se injetavam, derretendo toda a cautela e preocupação no calor da droga. Às vezes, eles pegavam colheres diferentes, só para ter algo para fazer. Era parte da limpeza da casa. A rotina toda os fazia se sentir parte de algo. Era algo pelo qual aguardavam com a maior alegria e antecipação. O ritual todo era simbólico de suas vidas e necessidades. Abrir cuidadosamente a embalagem, depositar na colher e gotejar água com a seringa. Trocar a vedação do bico da seringa de vez em quando para a agulha encaixar perfeitamente, Harry usando um pedaço da caixa de fósforo, Marion um pedaço de uma nota de dólar. Olhar para a solução na colher enquanto ela esquentava e dissolvia, e então mover o algodão com a agulha e sugar a solução para dentro da seringa, segurar a seringa com a boca enquanto amarrava o braço e achava a veia predileta, normalmente usando um buraco feito antes e sentindo um jorro de excitação quando a agulha penetrava a veia e o sangue subia dentro da seringa, soltar o nó em volta do braço, injetar o bagulho e esperar pelo primeiro lampejo de calor no corpo, o calor se espalhando pela barriga, e, então, deixar a seringa encher de sangue e injetar de novo, e, assim, tirá-la do braço e ficar sentado se sentindo completo, invulnerável, seguro e um monte de outras coisas, mas sobretudo completo.

Mas havia cada vez menos heroína nas ruas. Parecia que todo dia ficava um pouco mais difícil descolar droga, e o telefone deles tocava constantemente com ligações de pessoas procurando. Ocasionalmente, eles arranjavam o suficiente para vender e ganhar uma grana, mas parecia que na maior parte do tempo eles usavam quase tudo que arranjavam. Uma noite, não conseguiram nada. Dois caras fizeram promessas de que arranjariam logo, mas nada aconteceu. Por fim, eles pegaram no sono com o auxílio de algumas pílulas para dormir, mas seus corpos tremiam um pouco, e por dentro estavam estremecidos. Eles nunca tinham ido para a cama sem ter bagulho em casa para quando acordassem. Eles nunca sequer tinham pensado nesses termos. Mesmo com o estresse dos últimos tempos, sempre havia o suficiente para eles, mas agora não tinham nada em casa, só os algodões que tinham guardado. Iriam usá-los, mas, por meio de um intenso exercício de força de vontade e do uso de calmantes e maconha, decidiram deixá-los para a manhã. O sono deles foi mais do que leve. Foi quase pior do que ficar acordado. Podiam sentir seus corpos suando e podiam sentir o cheiro do suor. Pareciam estar congelando. A nuca e o estômago pareciam compartilhar um elo de dor, trabalhando juntos para criar uma náusea que continuamente ameaçava entrar em erupção, mas não havia nada lá além da constante pressão da dor e da náusea; e a cada fôlego o pânico aumentava. A ansiedade cresceu até consumir os corpos e fazer o peito inchar e ameaçava deixá-los sem ar enquanto se engasgavam e sentavam na cama olhando em volta no escuro, tentando identificar o que quer que os tivesse acordado. Pareciam estar presos em algum tipo de armadilha, e se reviravam, e gemiam, e, finalmente, Marion se sentou na cama tentando respirar, e Harry acendeu a luz, Você tá bem? Marion fez que sim, Acho que devo ter tido um pesadelo. Ela ainda estava ofegante, o corpo todo se contraindo a cada fôlego. Harry colocou o braço em torno dela, Será que a gente deveria usar os algodões agora? Você acha que devemos?, é tão cedo. Por que não? Provavelmente vai ajudar você. É, acho que sim. Vou pegar os trecos. Beleza. Harry foi para o banheiro, e Marion saiu da cama para ficar junto dele quando dividisse os algodões, os dois se sentindo justificados por usarem tão cedo, ambos sentindo que um peso tinha sido tirado das costas deles, pois o outro é que tinha dado a sugestão. Guardar os algodões tinha começado como um jogo, mas agora eles eram mais como um salva-vidas. Após injetarem a droga, combinada às pílulas de dormir, começaram a apagar e então voltaram a dormir por mais algumas horas, dessa vez adentrando a inconsciência. O sol brilhava quando acordaram e imediatamente voltaram aos algodões, antes de fazer qualquer outra coisa. Ainda tinha sobrado um pouco, mas não muito. Harry fez algumas ligações, mas nada aconteceu. Eles se sentaram, fumaram alguns baseados e tentaram assistir à televisão, mas, mesmo que conseguissem ouvir o aquecedor estalando com o vapor, o ar estava frio, uma rigidez que os surpreendia, mas isso não os ocupava muito, pois tinham uma única preocupação, esperar até arranjar bagulho. Um pouco antes da meia-noite, Tyrone ligou para perguntar se tinha rolado algo. Não, cara, nada. Acabei de ligar prum cara no centro, ele tem alguma coisa, então tô indo pra lá. Ótimo! Quanto tempo vai levar? Depende do trânsito. Talvez uma hora. Te aviso quando voltar. Daora. Vou ficar por aqui no caso de pintar algo. Até mais, mano. Harry desligou o telefone com um suspiro audível. O quarto estava subitamente quente, e as barreiras pareciam ter se dissolvido. Eles ficaram sentados conversando, fumando, assistindo à televisão com uma indiferença histérica e rígida. Nenhum deles queria ser previsível e olhar o relógio, mas ficavam calculando o tempo mentalmente pelo progresso do programa de TV, sentindo-se quase nauseados com a intensidade da antecipação. Quando o telefone tocou, Harry fez o possível para apenas andar até ele e atender de modo indiferente, e Marion tentou assumir uma postura de desinteresse, mantendo o olhar na televisão, mas acompanhando Harry com o canto do olho, uma punhalada aguda de pânico fazendo com que virasse a cabeça ao notar a expressão no rosto de Harry, Não, cara, nada ainda. Liga mais tarde. Ela suspirou por dentro, ao menos não era Tyrone dizendo que não tinha arranjado nada. Harry se sentou de novo no sofá, Tem um bocado de gente tentando arranjar. Marion concordou, com vontade de dizer algo, mas nenhuma palavra se formou, então a boca permaneceu fechada, e os olhos continuaram fitando a tela do televisor, sem ver de fato o que estava passando, mas permitindo que aquilo ajudasse o tempo infinito a passar mais rápido. Harry foi para a ponta do sofá para ficar mais perto do telefone, e, quando tocou, ele atendeu sentado, apenas esticando o braço, os dois sentindo imediatamente a adrenalina e a pressão do silêncio e da antecipação, como se toda a vida e atividade da sala tivessem sido imediatamente suspensas. Marion via o rosto dele com clareza quando ele se abriu em um sorriso, Até logo, cara. Harry se levantou, Ty voltou e descolou. Marion se levantou, tentando manter a voz tão casual quanto possível, ainda assim incapaz de ignorar a batalha ocorrendo dentro dela, Acho que vou junto com você. Seria bom um pouco de ar fresco. A vida subitamente inundou a sala de novo, e a falta de movimento era estilhaçada e dissolvida enquanto colocavam seus casacos e sorriam um para o outro, subitamente sentindo algo enorme e pesado fluindo por eles, os libertando para sorrir e conversar. Eles não conseguiam acreditar no que estava acontecendo dentro deles, tentando negar sua existência e não falar um ao outro sobre isso, tentando desesperadamente se ater à conversa trivial enquanto iam para o apê de Tyrone. Havia uma voz, alta e clara, dizendo que estavam viciados, e pra valer, mas tentavam deixá-la de lado, e ela persistia, mais uma sensação do que uma voz, e permeava cada célula, assim como já fazia a droga na qual eram viciados, e eles tentavam combatê-la com outra voz que dizia E daí, grande coisa, eles podiam parar a hora que quisessem, não era algo tão importante, qual é o problema? As coisas vão melhorar logo, e eles tentavam manter o interesse olhando pelas janelas do táxi, olhando pessoas brigando no vento e no frio, pensando em como sentiriam aquela onda quente e adorável, e quando chegaram à casa de Tyrone ainda tentaram manter a atitude calma, os sorrisos e as piadas, por alguns minutos enquanto tiravam os casacos, de modo intencional e desesperado não perguntando sobre a parada, mas sentindo uma onda de alegria ao ver os olhos de Alice praticamente fechados e Tyrone com uma aparência tão calma, mas, no fim das contas, o gosto ruim na garganta se recusou a permitir que continuassem aquela palhaçada de ficar falando sobre o tempo, e eles perguntaram sobre o bagulho, e ele puxou dois pacotes, e eles pegaram dois saquinhos, e foram para o banheiro, e pegaram a parafernália de Ty emprestada, e se injetaram, e imediatamente todos os pensamentos e pesadelos e medos e temores da noite anterior, o conflito interno durante o breve dia e o trajeto até a casa de Tyrone foram obliterados e dissolvidos e nunca nem haviam existido, e os quatro ficaram o resto do dia sentados, ouvindo música, batendo papo, injetando, envoltos no calor reconfortante de sua camaradagem.

Hubert Selby Jr.
Réquiem para um Sonho

Agora a parada toda realmente tinha batido no ventilador. Devia ter batido em algo, porque com certeza não estava fluindo pela cidade. Não havia mais qualquer pensamento, ou mesmo desejo, de ganhar dinheiro, só um esforço interminável de conseguir o suficiente para eles mesmos. Em alguns dias, era o caso de comprar apenas o suficiente para o momento imediato e então sair de novo para resolver o resto do dia e assegurar a dose matinal.

E as ruas estavam ficando mais duras. Todas as ruas da vizinhança, mesmo com neve e granizo, estavam cheias de viciados procurando algo, qualquer coisa. Cada corredor estava abarrotado de rostos doentes com narizes escorrendo e corpos trêmulos por causa do frio e da abstinência, o frio fazia a medula estalar nos ossos enquanto tinham acessos de suor. Os edifícios desertos que se estendiam por quilômetros e faziam a cidade parecer um arrasado campo de batalha da Segunda Guerra Mundial conferiam a aparência patética, devastada e congelada no rosto das pessoas que os habitavam, eram pontuados por pequenas fogueiras, enquanto corpos trêmulos tentavam se manter aquecidos e sobreviver tempo suficiente para descolar um pouco de bagulho, do jeito que fosse, e atravessar mais um dia para poder repetir a rotina amanhã. Quando alguém conseguia algo, tinha que conseguir chegar em segurança ao apê, ou a algum lugar, onde poderia se injetar sem ninguém arrombar a porta e roubar o bagulho, ou acabar morrendo, ou matando alguém, caso a pessoa não quisesse abrir mão de algo mais precioso que a própria a vida naquele momento, pois sem esse algo a vida seria pior do que o inferno, bem pior do que a morte, a morte parecendo mais uma recompensa do que uma ameaça, pois esse processo de morte à espreita era a coisa mais apavorante que poderia acontecer. E, assim, a cidade se tornava ainda mais selvagem a cada dia que passava, a cada passo dado, a cada respiração. De tempos em tempos, algum corpo caía de uma janela, e, antes mesmo de o sangue ter chance de atravessar as roupas, mãos já revistavam os bolsos para ver o que poderiam encontrar para ajudar a atravessar outro momento suspenso no inferno. Taxistas evitavam certos bairros e andavam armados. Entregas não eram feitas. Alguns serviços eram descontinuados. Essas áreas eram como cidades sob cerco, cercadas pelo inimigo que tentava fazer com que a fome levasse as pessoas à rendição, mas o inimigo estava dentro delas. Não apenas dentro dos limites das cidades, das vizinhanças, dos edifícios desertos e das portas manchadas de mijo, mas dentro de cada corpo e cada mente e, mais do que tudo, de cada alma. O inimigo corroía a força de vontade, então não havia como resistir, seus corpos não apenas famintos por droga, mas precisando do próprio veneno que os tinha deixado naquele estado lamentável de existência; a mente enferma e aleijada pelo inimigo pelo qual era obcecada, a obsessão e a terrível necessidade física corrompendo a alma até que suas ações fossem mais baixas do que as de um animal, mais baixas do que as de um animal ferido, mais baixas do que toda e qualquer outra coisa que não queriam ser. A polícia reforçava o efetivo nas ruas conforme o número de assaltos insanos aumentava, e homens e mulheres eram baleados ao quebrar vitrines e tentar correr rua abaixo com um aparelho de TV, os aparelhos explodindo ao atingir o solo, os corpos escorregando pelo gelo, deixando um rastro de sangue e congelando, imóveis, antes de serem recolhidos e descartados. Para cada dose de droga que era colocada nas ruas, havia milhares de mãos doentes e afoitas estendidas, tentando agarrar, apunhalar, enforcar, dar pauladas ou puxar o gatilho de uma arma. E mesmo se você conseguisse roubar alguém e se safar de boa, talvez nem conseguisse sentir a droga fluindo nas suas veias. E talvez você nem imaginasse que não conseguiria, concentrado em cozinhar a dose e não desperdiçar nenhuma gota, quando alguém rachasse sua cabeça antes mesmo de a agulha entrar no seu braço.

Harry e Tyrone eram lentamente absorvidos pelos pardieiros nos quais passavam cada vez mais tempo. Foi uma progressão gradual, assim como a maioria das doenças, e suas necessidades esmagadoras tornavam possível para eles ignorar tudo que acontecia, distorcendo parte dos fatos e aceitando o resto como parte da realidade de suas vidas. Mas a cada dia mais e mais dessa verdade se tornava impossível de ser ignorada, enquanto a doença racionalizava de modo instantâneo e automático a verdade em uma distorção aceitável. A doença deles tornava possível acreditar em quaisquer mentiras necessárias para que continuassem a incentivar sua doença, chegando a ponto de acreditar que não estavam aprisionados por ela, que na verdade eram livres. Eles subiam por escadarias em ruína até apartamentos em frangalhos que abrigavam pessoas em frangalhos, onde gesso antigo descascava das paredes com enormes buracos, vigas quebradas e ratos gigantes, tão desesperados quanto os demais habitantes do prédio, surgindo de cantos e buracos escuros, cheirando e atacando os corpos inconscientes espalhados pelo chão. Harry e Tyrone agora iam juntos, não importando a cor da vizinhança, porque ir sozinho era um convite aberto ao roubo do seu bagulho e da sua vida. Todos pareciam ratos e cheiravam feito gambás, aquele cheiro peculiar e opressor de vômito de viciado impregnando as roupas e o ar gélido. A princípio, Harry e Tyrone se mantinham à margem da devastação, observando as fogueiras em prédios vazios de longe, mas vinha se tornando progressivamente mais necessário ir cada vez mais fundo na desolação para satisfazer suas necessidades, a urgência dessa necessidade sendo prioridade em suas vidas. No começo, as incursões deles eram hesitantes e tímidas, agora eles eram cuidadosos, mas assertivos, cientes da necessidade de chegar ao lugar onde as coisas rolavam o mais rápido possível antes que virasse uma terra de ninguém com saquinhos vazios, garrafas quebradas, corpos inconscientes e um eventual cadáver. A quaisquer que fossem os riscos que corriam automaticamente por demanda de sua doença eles obedeciam, uma pequena parte deles querendo resistir, mas essa parte era empurrada para tão longe que não era mais do que um sonho antigo de uma vida prévia. Apenas a necessidade insaciável e insana do momento tinha qualquer poder sobre a vida deles, e era essa necessidade que ditava as ordens.

Eles ralavam de verdade e mal conseguiam ir de um dia a outro, de uma hora a outra, e a cada dia ficavam mais desesperados. Muitas vezes, roubavam deles cem pratas aqui, cem pratas ali, mas isso tudo era parte daquele mundo, e tudo que podiam fazer era pegar mais dinheiro e ralar e batalhar até conseguir a droga de que precisavam. Muitas vezes, conseguiam apenas uns dois saquinhos, se injetavam e continuavam tentando arranjar mais para terem o suficiente para Marion e Alice, mas, às vezes, havia um grande intervalo entre as doses. Após se injetarem, Harry e Tyrone afirmavam que iriam com a próxima leva para o apê, mesmo que fossem apenas dois saquinhos, para que suas namoradas pudessem tomar um pouco, mas, toda vez que conseguiam apenas duas doses, injetavam imediatamente, sabendo que seria melhor para todos os envolvidos se eles chapassem e ficassem onde as coisas estavam rolando, para poder pegar uma boa quantidade e dar às garotas uma boa dose. Eles acreditavam que era melhor não ter nada do que ter menos do que o suficiente, e quem sabe o que poderia acontecer enquanto se afastassem do local. E, quando voltavam para seus apartamentos, as mentiras eram fáceis e críveis. De tempos em tempos, eles se lembravam do velho, mas o tiravam da cabeça o mais rápido possível, sabendo que nunca ficariam daquele jeito, que fariam algo a respeito antes que aquilo acontecesse com eles. E sempre que viam caras ralando na rua, tentando vender os óculos de alguém em troca de uma dose, ou então pegando água da privada para cozinhar uma dose, eles sabiam que nunca desceriam a esse patamar de merda. Injetar bagulho era uma coisa, mas só um animal do caralho faria aquilo. Ainda assim, de algum modo, tudo que estava acontecendo se tornava progressivamente mais fácil de ignorar. Eles estavam dando um rolê com uns outros caras para comprar de um contato quando um sujeito saiu de uma porta, colocou uma arma na cabeça do contato e estourou metade da porra da cabeça dele, pegou o bagulho e vazou resmungando sobre nenhum filho da puta ir sacaneá-lo. Os outros se espalharam e sumiram quando isso aconteceu, e, depois que o cara vazou, eles olharam para o contato por um breve momento, o sangue jorrando do buraco na cabeça, e então chisparam. O corpo congelado foi encontrado oito horas depois.

Sara tomou mais um Valium antes de visitar Ada. Elas sentaram tomando chá, conversando, assistindo e ouvindo televisão. Talvez, agora que os feriados passaram, digam a você em qual programa você vai. Tem mais feriados pela frente. Sempre tem mais. Agora estamos entre eles. Talvez, quando eu ligar mais tarde, eles já tenham a minha ficha. Talvez tenham achado e estejam esperando eu ligar. Ada deu de ombros, Pode ser, quem sabe? Mas você deveria comer. E deveria sentar quieta para eu conseguir pintar as raízes. Não gosto de como você está magra. O vestido me serve tão bem. Serve bem, bem. Mas você não serve em si. Você deveria comer. Ah, você parece meu refrigerador. Ada olhou para ela com os dois olhos, se esquecendo por completo da televisão, Eu pareço seu refrigerador? O que faz um refrigerador? Além de fazer barulho e às vezes parar de funcionar, que nem o meu? Sara deu de ombros, Eles precisam descansar de vez em quando. Sara, você está bem? Claro. Por que não estaria? Por que não estaria? Porque você não parece bem. Você parece cansada e — Estou é *voluptuosa*. Você tinha que ver o vestido vermelho e os sapatos dourados. Sara, tem alguma coisa errada. Fico feliz que o vestido sirva, mas estou preocupada. Seus olhos estão estranhos, querida. Por favor, por favor, me deixe servir algo pra você ... um pouco de sopa. Está fresquinha. Sara balançou a cabeça e acenou com a mão, Não, não, não. Agora não. Mais tarde. Sara se levantou, Preciso telefonar. Posso sentir que acharam minha ficha. Ada parecia triste, além de preocupada, Você já disse isso umas cem vezes. Eu sei, eu sei, mas desta vez é verdade ... Posso sentir ... Posso sentir isso.

Harry e Tyrone tinham ralado nas ruas e becos por muitas, muitas horas. O vento estava forte e estourava de vez em quando junto com o granizo. Quando ficavam parados por algum tempo, se tornava quase impossível retomar os movimentos de novo. Os pés estavam mais do que dormentes e pareciam congelados no chão, e a dor subia das solas e passava pelas pernas, quase estilhaçando os joelhos. Eles tentavam ficar de costas para o vento, mas parecia que sempre soprava no rosto, não importava a direção para qual virassem. Eles se enfiavam o mais fundo que podiam em suas jaquetas, mas ainda sentiam tanto frio que mal podiam falar, apenas moviam a cabeça um para o outro. Os olhos e o nariz escorriam constantemente e congelavam, o rosto duro com uma fina camada de gelo. Eles olhavam para o brilho das fogueiras ao longe e só queriam ficar perto delas algum tempo, mas sabiam que, se chegassem perto de uma delas, roubariam tudo que tinham, inclusive as roupas, então eles conviveram com a dor e com o gelo até que finalmente descolaram uma dúzia de saquinhos e, então, o mais rápido possível, vazaram de lá. Foram ao banheiro público de uma estação de metrô, trancaram a porta e queimaram um pouco de papel higiênico para se aquecerem, então colocaram água da privada manchada e nojenta nas colheres e simplesmente se escoraram nas paredes do cubículo sentindo a droga rachar o gelo do sangue e dos ossos, e, então, secaram a água do rosto, sorriram um para o outro e estapearam as palmas um do outro. Essa parada é das boas, cara. É, mano, bem boa, bem boa. Eles saíram do banheiro e desceram pelos degraus até o metrô se sentindo aquecidos e seguros.

Circulava o rumor de que em dois dias haveria heroína nas ruas. Todo mundo meneou a cabeça, fez anrrã e seguiu adiante tentando sobreviver mais um dia. Mas persistia o boato de que Harlan Jefferson tinha mandado trazer uns dois quilos para a temporada de Natal, pois era um bom garoto batista e não queria ninguém passando necessidade durante esse período glorioso. Com a persistência do boato, as pessoas começaram a acreditar, sobretudo porque queriam e também porque o boato tinha a cara de Harlan Jefferson. Havia uma sensação de expectativa, uma tensão no ar, uma razão para segurar as pontas e aguentar até que pudessem parar com aquela merda. Quando chegou a informação de que o preço seria o dobro e você tinha que pegar uma boa quantidade, todos acreditaram. O boato vinha de metrô, de ônibus e pelos túneis do rio Hudson, dizendo que, na noite seguinte, às dez, em uma enorme área com edifícios desertos e em ruínas, haveria heroína à venda, mas você precisava comprar ao menos meia onça, e o preço era quinhentos dólares. Quinhentos dólares por meia onça era loucura, cara, mas o que você podia fazer? O sujeito não venderia ninharia pra você, isso era certo. O pessoal nas ruas estava agitado, tentando desesperadamente arranjar o dinheiro para comprar, mas como você arranja quinhentos contos? Ralar para conseguir dois saquinhos por dia já era uma merda, mas quinhentas pratas???? Pooorra, não tem jeito da gente conseguir isso, mas a corrida contra o tempo de todo modo já tinha começado. Se eles não descolassem o suficiente para comprar do cara, talvez descolassem o suficiente para comprar de quem conseguisse, mas o preço por saquinho com certeza vai subir, parceiro.

Harry e Tyrone queriam desesperadamente comprar uma onça, mas eles só tinham setecentos, os dois juntos. Eles tentaram pensar no que poderiam empenhar ou roubar, mas não conseguiam pensar em nada que renderia a eles algumas centenas de dólares. Então, Harry se lembrou do terapeuta de Marion. Tá falando do Arnold? É. Não vejo ele há meses. E daí? Ele ainda te liga, não liga? Liga, mas sei lá. Olha, diz pra ele que a gente devolve em vinte e quatro horas. É só o que vai levar para recuperarmos a grana. Marion fechou a cara e parecia preocupada, irritada. A voz e a expressão de Harry eram urgentes, Olha, a gente descola isso, vende um pouco e aí voltamos aos negócios. Isso provavelmente significa o fim do pânico, e vai ter droga na rua de novo, e aí a gente não vai ter que ralar e ir até aquele lugar todo maldito dia. Vou te contar, amor, é um saco. Eu sei, Harry, eu sei. Também não gosto do que está acontecendo. Então qual é o problema? Sei lá, eu — Olha, você consegue fazer ele dar algumas notas de cem. O que isso significa pra ele? Ele é rico, pelo amor de deus. Havia um toque de súplica nos olhos e na voz de Marion, Só queria que houvesse outro jeito de arranjar o dinheiro. Olha, não me importo como a gente vai conseguir. Se tiver uma ideia melhor, ótimo, mas tô perdido, e a gente precisa da porra da grana. Arranjar o dinheiro não é problema, Harry — Então qual é o problema, pelo amor de deus? Marion olhou para ele de modo quase suplicante, Só não sei o que vou ter que fazer para conseguir. O que Marion disse era óbvio e inevitável, mas as necessidades de Harry forçavam, e permitiam, que ele rapidamente evitasse o óbvio, antes que a verdade ficasse clara o suficiente para alterar seus desejos, e ele afastou a sugestão de si, Não esquenta. Você consegue lidar com ele. Marion olhou para Harry por intermináveis segundos, esperando que, súbita e felizmente, algo mudasse as palavras e a situação, um *deus ex machina* que emergiria do teto, e o dilema seria imediatamente resolvido. Ou você descola a grana com o terapeuta, ou não descolamos a parada. É simples assim. Marion teve seu pedido atendido. O dilema estava resolvido. Ela gesticulou com a cabeça em concordância e ligou para o consultório dele.

A pedido de Marion, eles se encontraram em um restaurante pequeno e tranquilo que tinha uma sensação de privacidade e iluminação baixa. Ela chegou quinze minutos atrasada para ter certeza de que não teria que esperá-lo e se sentir chamando a atenção sozinha. A maquiagem escondia a cor da pele, mas a aparência magra e acabada era óbvia mesmo com a luz baixa do restaurante. Você está bem? Alguma coisa errada? Não, não, só estou gripada faz um tempão e dá pra notar. Não consigo sarar. A gripe vai embora por alguns dias e depois volta. Você tem passado por estresse? Você sabe que tensões emocionais não resolvidas podem precipitar uma infecção viral. Marion conseguia sentir as tripas se revirando e ela lutava para manter o controle, então forçou um sorriso no rosto, Não, não é nada disso. Só ando muito ocupada. Concluí vários trabalhos recentemente. Bom, isso é maravilhoso, fico feliz de saber que você anda produtiva. Marion fez o melhor para manter o sorriso no rosto enquanto brincava com a comida e bebia do vinho, Arnold comentando, de tempos em tempos, sobre a falta de apetite dela, e surpreso pelo modo como ela negligenciava o vinho, É um dos seus favoritos. Ela mantinha o sorriso e assentia, com um meneio de cabeça, Eu sei, estendendo o braço e tocando a mão dele, mas essa gripe, ou o que quer que seja, parece ter matado minhas papilas gustativas e meu apetite. Ele sorriu e tocou na mão dela com a outra mão, Para ser totalmente honesto, fiquei bastante surpreso ao receber sua ligação. Tem alguma coisa errada? Marion lutou contra o desejo de enfiar a vela na cara dele e fez o melhor que pôde para expandir o sorriso, Não, por que pergunta? Ah, normalmente é o caso quando alguém de quem você não ouve falar há algum tempo liga, e é alguém que recusa convites para jantar há meses. Marion bebeu do vinho, deu mais um gole, Não, tá tudo bem, mas preciso pedir um favor. Ele se inclinou alguns centímetros para trás e sorriu satisfeito. As tripas de Marion gritavam, Seu filho da puta convencido, mas ela baixou um pouco o rosto e olhou para ele por olhos entreabertos, Preciso que me empreste trezentos dólares. Posso perguntar por quê? É pessoal, Marion tentando colocar a maior simpatia possível no sorriso, sem se importar com o que ele pensava, contanto que não a incomodasse. Ele a encarou por um segundo e então deu de ombros. Sem problemas. Marion suspirou internamente de alívio. Vou ter que te dar em dinheiro vivo. Ela concordou. Vai servir do mesmo jeito, e ela sorriu um sorriso de genuína simpatia e sinceridade, e se viu comendo um pouco da comida e saboreando o vinho, se sentindo grata por Harry ter conseguido arranjar um pouco de bagulho de qualidade para que ela não tivesse que passar por isso se sentindo doente. Ela continuava dizendo a si mesma que não era diferente de todas as outras vezes que tinha jantado com Arnold. Era a mesma coisa. Era a mesma coisa. Diz pra mim, isso tem alguma coisa a ver com esse sujeito com quem você está morando? Marion teve que lutar contra o calor súbito da raiva que a inflamava para manter o sorriso no rosto, Não. Ele sorriu e se inclinou pra frente tocando a mão dela, Não importa. Só fiquei curioso. Como ele é? Marion permitiu que o corpo relaxasse, e a droga mais uma vez circulasse por seu sistema, a enchendo com seu calor e sua sensação de contentamento. Ele é bem legal. Maravilhoso, na verdade. Marion terminou o vinho, e Arnold esperou o garçom encher o copo dela antes de se inclinar de leve pra frente. Ele é bem bonito e sensível ... poético. Tá parecendo que você ama ele. O rosto de Marion relaxou um pouco mais, Eu amo. E ele ama você? Ama. E ele precisa de mim. Arnold assentiu enquanto sorriam um para o outro. Posso ajudar ele a conquistar coisas incríveis. Temos um bocado de planos.

Depois do jantar, eles foram para um pequeno apartamento que Arnold mantinha na cidade. Marion se sentou no ambiente bastante familiar, tentando se sentir confortável, tentando não se sentir ameaçada, e, toda vez que Arnold falava, ela queria gritar na cara dele, mas ela apenas continuava olhando para ele e tentando sorrir, tentando desesperadamente lembrar como tinha agido e o que tinha dito e feito todas as outras vezes que tinha estado com ele, mas nada vinha à mente, exceto a vontade de gritar na cara dele. Ela continuava se ajeitando na cadeira, tentando achar uma posição familiar, olhava para a estante de livros quando vinha aqui, ou para a pintura em cima do sofá? Como segurava o cigarro? Ele subitamente parecia grande e suspeito, e quando ela bateu a cinza no cinzeiro se perguntou se deveria ter rolado a cinza em vez disso. Ela se endireitou na cadeira, esticou o pescoço e as costas, então, rapidamente, descruzou as pernas, puxou a saia para baixo, piscou os olhos e se sentiu ruborizar enquanto se perguntava se Arnold aprovava o comportamento dela. Ela tentava se convencer de uma sensação familiar de conforto, mas não conseguia. Ela tentava afugentar ou ao menos obscurecer a sensação, dizendo a si mesma que era tudo a mesma coisa, a mesma coisa, a mesma coisa que das outras vezes, mas a sensação persistia. A voz de Arnold continuava acima da música, e ela podia sentir os músculos do rosto respondendo, e podia ouvir a voz dela respondendo à dele, mas de algum modo se sentia estranhamente distante disso também, assim como se sentia de todo o resto. Ela parecia estar esperando algo, talvez que o telefone tocasse e ouvisse a voz de Harry lhe dizendo para esquecer o dinheiro e voltar para casa, Consegui um pouco de bagulho, mas Harry não sabia o número dele, ou mesmo que ela estava lá. Ele achava que estavam em um concerto ou algum outro lugar. Ele não fazia ideia de que ela estava ali, esperando para ir para cama com Arnold. Ele não sabia. Se soubesse, ele não teria — Ela tentava, desesperadamente, continuar, mas uma voz interna zombava dela, e a verdade abria caminho por cada centímetro de seu ser ... ela sabia, e Harry sabia. Eles se amavam, mas os dois sabiam que ela estava esperando para ir para a cama com Arnold. ...

Marion se sentou na beirada da cama, de costas para Arnold, tentando, de maneira agonizante, se orientar. O sentimento de alienação aumentou — é a mesma coisa, é a mesma coisa — e ela piscava enquanto olhava em volta, o som da voz de Arnold ecoando na cabeça. Ela olhava para o chão e sabia que tinha que tirar a roupa. A luz do abajur ao lado da cama era tão fraca que ela mal conseguia ver a parede, mas a incomodava, e ela pediu a Arnold que a apagasse. Ele fez uma careta por um momento, Por que de repente você quer que apague a luz? Você nunca pediu antes. Ela engoliu um grito e quase começou a chorar. Ela tentou falar normal, o que quer que fosse isso, mas a irritação na voz era óbvia, Só quero que apague. Por favor, Arnold. Ele deu de ombros e apagou a luz. Ela quase se sentiu segura por um momento na escuridão súbita, e rapidamente tirou a roupa, consciente de cada peça de roupa deixando o corpo, sentindo os braços cruzados sobre o peito enquanto rapidamente entrava debaixo dos lençóis — é a mesma coisa, é a mesma coisa — e eles pareciam gosmentos.

Com a iluminação do apartamento, Arnold tinha notado a palidez sob a maquiagem e a magreza dela. Tendo ido para cama com Marion diversas vezes durante um período de dois anos, Arnold estava ciente da diferença no corpo e na atitude dela, mas, o mais notável, após se acostumar ao escuro, eram as marcas de agulha nos braços dela. Marion tinha naturalmente usado um vestido de mangas compridas para esconder os braços, mas era impossível fazer isso para sempre. Arnold quase perguntou para ela sobre aquilo, mas subitamente mudou de ideia e tentou fingir que elas não existiam. Ele rolou de lado e começou a beijá-la, e Marion respondeu tão calorosamente quanto conseguia, continuamente lembrando a si mesma, É a mesma coisa. É a mesma coisa. Ela já tinha ido para a cama com Arnold. Era tudo a mesma coisa. Não havia diferença. Ela seguiu o roteiro, fazendo aqueles que esperava serem os movimentos e sons corretos, enquanto tentava desesperadamente lembrar como era isso, mas de algum modo tudo parecia alienígena e incongruente e, então, ela tentou pensar em Harry, mas isso rapidamente começou a arruinar tudo, e ela congelou por um segundo até que a imagem dele sumisse da mente, e ela segurou Arnold com ainda mais força e simplesmente começou a se mexer, torcendo para estar agindo do mesmo modo que tinha agido todas as outras vezes com Arnold, mas não importava o quanto lembrava a si mesma que tinha sido muitas vezes, ela ainda se sentia suja e de novo e de novo e de novo dizia a si mesma que *Era a mesma coisa. Era a mesma coisa. Era a mesma coisa.* Mas ela não conseguia se convencer, e tudo que podia fazer era tentar convencer Arnold, e então ela cantarolava seu mantra de que *era a mesma coisa*, e, embora isso não a fizesse se sentir limpa, permitia que ela fizesse o que tinha que fazer, e ela apenas lembrava a si mesma, de tempos em tempos, de que Harry precisava do dinheiro e, na verdade, ela estava fazendo isso por ele e não pelo dinheiro, e *era a mesma coisa, era a mesma coisa, era a mesma coisa.* ...

Marion levou com ela as roupas para o banheiro. Depois de tomar banho e se vestir, ajeitou o cabelo e a maquiagem e então voltou para o quarto. A luz estava acesa, mas ela se sentia segura. Arnold estava sentado ao lado da cama, fumando. Ela sorriu para ele torcendo que fosse um sorriso ao qual ele estava acostumado, mas mais preocupada em voltar para casa do que qualquer outra coisa. O dinheiro tem alguma coisa a ver com as marcas nos seus braços? Quê? Essas marcas. Marcas de agulha. É por isso que precisa do dinheiro? Você está...??? E deu de ombros — Do que você está falando? Os olhos dela se enfureceram. Arnold sorriu profissionalmente, Não fique brava. Se estiver com problemas, talvez eu possa ajudar você. Os olhos dela relaxaram, Não estou com problemas, Arnold. Está tudo bem. Ele olhou para ela por um momento, uma expressão confusa no rosto. Posso pegar o dinheiro, Arnold? Preciso mesmo ir pra casa. É tarde. Ele continuou olhando para ela por alguns instantes, Eu realmente gostaria de uma resposta. Quer dizer, você — o que são essas marcas nos seus braços? Ah, pelo amor de Deus, Arnold, você sempre tem que ser tão cheio de dedos? Não pode simplesmente me perguntar se estou usando drogas? Não é isso que quer dizer? Não é? Ele fez que sim. Isso. Bom, se vai fazer você se sentir melhor, sim. Ele parecia magoado e balançou a cabeça de leve, Mas como pode ser? É impossível. Nada é impossível, Arnold. Lembra disso? Mas você é tão jovem, brilhante e talentosa. Quer dizer, você não é como uma dessas ... dessas pessoas que vagam pela rua, assaltando velhinhas para arranjar dinheiro para droga. Você tem cultura, é sensível, fez terapia — e sai com o terapeuta — eles olharam um para o outro por alguns momentos, Arnold ficando cada vez mais confuso e magoado. Mas, por quê? Por quê? Marion olhou para ele por um momento, então deu um longo e alto suspiro, o corpo dela respondendo como se estivesse sendo esmagado, Porque me faz sentir completa ... satisfeita. A dor e a confusão nos olhos de Arnold começaram a cintilar com raiva. Posso por favor pegar o dinheiro, Arnold? Eu preciso mesmo ir. Ele se levantou contrariado e foi até o outro quarto, voltou com o dinheiro e entregou para ela, Posso simplesmente te dar esse dinheiro — Eu pago de volta em uns dois dias. Não, tudo bem. Afinal, você fez por merecer. Ele entrou no banheiro e fechou a porta atrás de si. Marion olhou para a porta por um momento, então saiu do apartamento. Ela desceu as escadas, a raiva e o asco se acumulando e lutando, os olhos começando a lacrimejar, e, quando se lançou à rua e foi atingida pelo choque do ar frio, ela subitamente parou, zonza, se apoiou no prédio, e vomitou e vomitou. ...

As tripas de Harry se reviravam. Na primeira meia hora depois de Marion sair, ele só meio que ficou sentado, relaxando com a droga e vendo TV. Ele dizia para si mesmo que ela voltaria em umas duas horas e que tudo ficaria tranquilo, mas, conforme os minutos se acumulavam lentamente, algo parecia diminuir e aumentar no estômago e rolar até o peito e puxar o fundo da garganta, fazendo-o resistir a uma vaga sensação de náusea. De certo modo, ele não se importava com o desconforto físico, porque ele podia se concentrar nisso e evitar as coisas que passavam pela cabeça, as coisas que progressivamente cresciam e se desenvolviam em imagens e também em palavras, imagens e palavras que não queria ver ou ouvir. Depois de uma hora, ele já estava ficando inquieto. Ele olhou para o relógio várias vezes em menos de cinco minutos, toda vez surpreso com o horário, tendo certeza de que mais tempo havia passado, e então voltava os olhos para a TV, pensando de novo sobre o horário, sem acreditar que tinha olhado direito o relógio, e, aí, olhava de novo e ficava irritantemente desapontado com a realidade do tempo, e então voltava à TV, repetindo o procedimento muitas vezes antes de se levantar e mudar de canal na porra do aparelho, passando de um canal para outro, cada maldito programa pior que aquele que tinha acabado de mudar, ele passou por todos os canais diversas vezes antes de deixar em um filme antigo, e se sentou no sofá, e conscientemente resistiu a olhar no relógio. Ele fumou um baseado pensando que relaxaria o estômago e, quando terminou, se inclinou para trás e inconscientemente colocou a mão direita sobre o relógio e tentou se interessar pelo programa olhando para a TV, mas ela não absorvia sequer a energia na superfície da mente dele, e ele estava ficando cada vez mais consciente das imagens e palavras se formando na cabeça, e ele dirigiu a atenção para o desconforto físico, e, quando achou que iria vomitar, pegou uma caixa de biscoitos e começou a mastigá-los enquanto olhava para a TV e lutava contra as imagens que pareciam estar revirando e piscando na mente, e ele continuava as empurrando para algum outro maldito lugar, mas o enjoo alcançava a cabeça, e cada parte do corpo se sentia nauseada pela luta, e ele lutou tanto quanto pôde, mas olhou no relógio de novo, e o desgraçado tinha parado e sentiu vontade de arrancá-lo do pulso e jogar pela porra da janela, mas se deu conta de que aquilo era ótimo, que já deveria ser bem mais tarde do que tinha pensado, e então ele ligou para o serviço de hora certa e escutou a gravação de voz e um bipe, com uma tristeza terrível inundando o corpo enquanto olhava para o relógio e ouvia a voz falando com ele de novo e de novo, e em todas as vezes o relógio estava absolutamente certo, não importava quanto tempo escutasse a voz e olhasse, os malditos ponteiros do relógio não se mexiam, e agora a tristeza começava a elevar o nível dentro dos olhos, era como se uma enchente de lágrimas estivesse tentando escapar, e seu corpo estava curvado quando ele desligou o telefone, sentou no sofá e olhou para a TV, enquanto se sentia dolorosamente esmagado pelos ponteiros do relógio, e não importava a lentidão com que o tempo se movesse, era inevitável, e agora horas tinham se passado desde que ela tinha saído, e as imagens e palavras apenas flutuavam vagamente em torno dele, empurrando a consciência de modo delicado, agora elas não piscavam subitamente na frente dele, quase como se estivessem fora dele, se esfregando nele, e ele podia ver Marion na cama com algum merda gordo a enrabando, e ele lentamente virava a cabeça, e gemia, e se virava, e se agitava sentado, e xingava a porra da TV, e mudava de canal torcendo para que houvesse alguma bosta a que pudesse assistir, e continuava dizendo a si mesmo que eles tinham só ido jantar e que ela podia só pegar a grana emprestada e vazar, mas tinha que ficar sentada bebendo vinho, e falando bosta, e sorrindo, e chupando o — que tipo de programa de merda é este? E ele girava o dial e não conseguia mais conter a imagem de algum sujeito enorme metendo nela, e ele rapidamente tentava vesti-los e colocá-los no restaurante bebendo café e conversando, mas ele não conseguia manter a imagem, e, mesmo quando conseguia, uma voz baixa na parte de trás da cabeça ironizava e suspirava, *Que palhaçada, Que palhaçada, Que palhaçada*, e ele tentava fechar os olhos com força e balançar a cabeça, mas isso não adiantava nada, apenas lançava um holofote sobre a cama na qual eles estavam, e, mesmo que conseguisse colocá-los sentados no restaurante, ela estendia o braço por baixo da mesa, e Harry foi até o banheiro e usou um dos saquinhos que estava guardando para o dia seguinte, que se foda, cara, preciso disso agora, a última dose estava fraca demais, essa merda não é forte o suficiente, e eu com certeza não quero ficar mal e não conseguir sair pra arranjar mais, isso, é isso que vou fazer, vou chapar e ver o que tá pegando na rua, talvez tenha alguma coisa rolando, e eu possa comprar um bagulho decente, não posso ficar a noite toda assistindo à porra da TV, isso vai me enlouquecer, e ele subitamente se sentiu enjoado e se debruçou sobre a privada, vomitando os biscoitos que tinha acabado de comer, assistindo ao vômito quase hipnoticamente enquanto fluía com facilidade da boca para a privada, escorrendo pelas laterais lentamente, o chocolate escuro, o marshmallow branco e a bile verde se misturando tão lindamente que ele sorriu para o pequeno oceano abaixo dele, pontuado por pequenas ilhas e montanhas com os cumes cobertos de neve, e ele sorriu, e deu risada, e puxou a descarga, e jogou um pouco de água gelada no rosto, e secou com a toalha, e se sentiu melhor, e se sentou do lado da banheira desfrutando da onda de conforto que fluía pelo corpo, a paz que descia sobre ele e atravessava o corpo, apagando as imagens e obliterando as palavras, então caminhou lentamente de volta para a sala de estar, terminou o resto da bagana, se sentou, assistiu ao filme e terminou o resto dos biscoitos, se sentindo calmo e tranquilo por algum tempo, e então começou a perceber o horário, e agora o tempo já acumulava horas, e a imagem filha da puta estava voltando, e ele tentou expulsar aquela voz da cabeça, mas ela só o ironizava e continuava sussurrando de modo insidioso e rindo, e logo o restaurante estava bem iluminado, e as paredes tinham sumido, e não conseguia fazer com que elas voltassem por mais que tentasse, e logo ele parou de tentar e simplesmente assistiu ao desenrolar do jogo enquanto Marion e o filho da puta rolavam pela cama e ele a fodia de todas as maneiras possíveis, e o estômago de Harry parecia cada vez mais vazio, parecia totalmente aberto, e os ventos de inverno o atravessavam, e, ao mesmo tempo, as tripas pareciam vivas com vermes revoltos e ratos, e lágrimas de raiva e tristeza umedeciam o fundo dos olhos, e a cabeça parecia estar debaixo da água, e a terrível náusea crescia e crescia dentro dele, e ele olhava para as imagens, e agora ele as ajudava e fornecia energia a elas, uma energia que vinha de algum lugar dentro dele e o desgastava ainda mais, e a dor aumentava, e a náusea continuava a crescer, mas, de algum modo, ele sabia que não vomitaria, que ele podia se agarrar à náusea e que ele involuntariamente tinha colocado uma mão entre as pernas e colocou as pernas para cima do sofá e lenta, mas inexoravelmente se encolheu em posição fetal, e ele continuava engolindo a náusea com cigarros, e quanto mais ele assistia às imagens na tela dentro da cabeça, mais o coração parecia aumentar de tamanho e ameaçava simplesmente abrir as costelas e escorrer para fora do peito enquanto alguma coisa maldita inchava na garganta e ele tinha que puxar o ar com força, e ele subitamente saltou de pé, e trocou a porra do canal, e passou por todos os canais mais algumas vezes, e então sentou de novo no sofá, e abriu bem os olhos, e tentou nem combater nem alimentar as imagens, mas a náusea persistia, e ele lentamente deixou de lutar e apenas se rendeu à coisa oca, enferma, morta dentro dele, e toda a dor e angústia se transformaram num véu envolvente de desespero que era quase um conforto, agora que a luta tinha se encerrado, ele apenas ficou sentado olhando para a TV, quase interessado no que ela mostrava, tentando achar a habilidade de acreditar naquela mentira de modo que pudesse acreditar na que estava dentro dele.

A ideia de sair para ver se alguma coisa estava rolando flutuava em torno de Harry durante os comerciais, mas ele não parecia conseguir reunir ânimo. Pensava nisso brevemente, cada vez que a ideia passava por perto, mas ele permitia que ela seguisse caminho assim que o filme recomeçava. Finalmente, Marion chegou em casa, a maquiagem e os ventos gelados tinham acrescentado um pouco de cor às bochechas. Ela se sacudiu para fora do casaco, Ai, como tá frio lá fora. Levei uma eternidade pra conseguir um táxi. É, é uma bosta. Ela levou tanto tempo pendurando o casaco e alisando as roupas no closet que ficou constrangida e fechou os olhos, tentando expulsar mentalmente a tensão no estômago e colocar algum brilho nos olhos antes de se virar e encarar Harry. Bom, consegui a grana — caminhava até o sofá, tentando parecer relaxada e calma, Tá aqui. Ela entregou o dinheiro para Harry. Que bom. Agora a gente vai ficar de boa. Ele tentou relaxar e não apenas ignorar, mas também negar o fato de que havia uma sensação de vergonha tão intensa na sala que era quase tangível. Marion se acomodou no sofá, cruzou as pernas, inclinou a cabeça e sorriu, falando do modo mais casual possível, Que filme é esse, amor? Harry deu de ombros, Não sei. Acabei de sintonizar. Sabe como é. Marion gesticulou em concordância e olhou para a tela, lutando, lutando, lutando, mas ela sabia que era não apenas inútil, mas também sem sentido sentar ali tentando fingir que nada havia acontecido e que tudo era exatamente igual, que nada havia mudado. Isso era absurdo, e ela involuntariamente mexeu os ombros quando a palavra soou na cabeça, ela era inteligente e atenta demais para se permitir cair na armadilha do autoengano. Ela sabia que não podia conversar com Harry a respeito, que isso apenas tornaria tudo pior, muito pior, mas ela podia tentar não negar isso dela mesma. Ela quase suspirou de modo audível ao alcançar e aceitar essa conclusão. O que tinha acontecido, tinha acontecido. Ela aceitaria isso e permitiria que flutuasse da mente para algum outro lugar, e apenas não diria nada a Harry ... Ela deu de ombros por dentro. Não, é provável que ele nem pergunte. Ela suspirou e sorriu para Harry quando ele olhou para ela, então esfregou a nuca dele por um momento, Eu te amo, Harry. Ele a beijou, Eu também te amo. Ela sorriu de novo e então voltou a atenção para a TV e olhou para ela por um momento, tentando ignorar o nó horrendo apertando o estômago, então descruzou as pernas e se inclinou pra frente, Acho que vou tomar um pico. Você também quer? Acabei de tomar. Vai lá. Ela sorriu de novo, automaticamente, e foi para o banheiro dizendo a si mesma que estava apenas imaginando o fato de Harry estar estranho. Depois de se injetar, ela se sentou por um momento, permitindo que todos seus conflitos se dissolvessem e a banhassem em um calor reconfortante, e ela sentiu um sorriso real no rosto e voltou para a sala de estar. Ela colocou um braço em volta de Harry e afagou a nuca dele de novo, então beijou a orelha, esfregou o peito dele, e ele respondeu lentamente, e então se abraçaram, desesperadamente, segurando, apalpando, por vários minutos, a televisão ecoando ao fundo, então decidiram ir para a cama, e Harry a agarrou e apertou cada vez mais forte, e ela o agarrava, beijava e mordia enquanto ele beijava o corpo dela, tentando reunir uma paixão que forçasse seu corpo, mas faltava algo, havia algo interrompendo o fluxo, e por mais que desesperadamente eles tentassem, não conseguiam fazer com que os movimentos fossem mais do que meros movimentos, e quanto mais tentavam, mais se recolhiam a suas cascas de vergonha, até que silenciosamente concordaram em parar de tentar e se exauriram até um ponto que se assemelhava a sono e descanso.

Hubert Selby Jr.
Réquiem para um Sonho

Sara usava o vestido vermelho o tempo todo. E os sapatos dourados. Ada ainda retocava o cabelo dela, e, se sugeria que talvez algo tivesse acontecido com o programa no qual ela apareceria, Sara sacudia não apenas a cabeça, mas também os braços e o corpo todo. De vez em quando, algumas das mulheres visitavam e traziam um folhado, ou bagels com salmão defumado, mas Sara estava sempre sem fome. Ela ainda pensava *voluptuosa*. A carne balançava nos antebraços feito cortinas, mas ela continuava sem comer e pensava em *voluptuosa*. Então fique *voluptuosa*, mas pra isso precisa de carne nos ossos. Mas Sara recusava, apenas bebia café e falava continuamente sobre aparecer na televisão, a TV sempre ligada, Sara estudando todos os programas de perguntas para que pudesse competir independentemente de que programa fosse. Logo as amigas iam embora, e ela sentava na poltrona, balançando a cabeça e sorrindo enquanto assistia a ela mesma, parada com tanta elegância enquanto recitava as respostas, como se fosse fácil, e todos aplaudiam, e ela ganhava presentes, mas os dava a pessoas necessitadas, e eles aplaudiam ainda mais, e havia fotos no jornal e no noticiário das seis e até mesmo no noticiário das onze, ela sorria para todos, e, quando ia para a rua, as pessoas gritavam, SARA, NÓS TE AMAMOS, SARA, NÓS TE AMAMOS, SARA, NÓS TE AMAMOS, e ela suspirava, sorria e se abraçava, e assistia à TV e bebia café, mas todos os dias, todas as manhãs, algo acontecia, e ela se sentia estranha, e fechava as cortinas, e, de tempos em tempos, levantava, e espiava lá fora, e olhava a maior área que conseguia sem se expor a quem quer que a espionasse, e então voltava para a poltrona, e olhava de vez em quando para o refrigerador, rapidamente, e ele simplesmente ficava parado, em silêncio, assustado; e então ela levantava, e caminhava nas pontas dos pés bem devagar, e em silêncio até a porta, e escutava por longos minutos, prendendo a respiração pelo maior tempo possível para que não a escutassem, se inclinava com cuidado, e tirava a fita adesiva do buraco da fechadura, e olhava por ela para ver se conseguia enxergá-los, mas eles sempre conseguiam se esconder antes que ela os achasse. Ela substituía a fita, tomava alguns Valiums, e então voltava para a poltrona para assistir aos programas, um depois do outro, agarrando, de tempos em tempos, os próprios seios quando alguma mãe ficava preocupada, e ela dizia à mulher que sabia o que era sentir saudades de um filho. Meu único filho, meu bebê, e nem tenho o número do telefone dele. Mas ele está ocupado agora. Tem seu próprio negócio. Ele é um profissional, o meu Harry, e logo vai me tornar avó, e Sara a consolava e lhe dizia que tudo ficaria bem, e então ela tomava mais alguns Valiums, e os olhos começavam a ficar pesados, e um manto parecido com tristeza a envolvia, lágrimas escorriam pelas bochechas enquanto ela assistia aos programas do fim de tarde e da noite, e mesmo ver a si mesma no noticiário das onze não parecia diminuir a tristeza enquanto assistia a tudo através de uma cortina de lágrimas, e ela murmurava uma prece para receber a informação sobre qual programa ela apareceria, e quando; e Harry a visitaria trazendo a noiva com ele, e elas beberiam uma xícara de chá, e ela contaria em qual programa apareceria e que usaria o vestido vermelho, Ah, Seymour, lembra do vestido vermelho? Do *bar mitzvah* de Harry? Seymour, tem alguma coisa errada? Você vai comigo no programa e vamos ganhar prêmios e dar eles aos pobres, fazer o certo por eles, e Harry vai me dar um netinho, ele tem que tomar cuidado com os carros ... Ah, estou avisando você para tomar cuidado, sempre que um carro chega desse jeito e o motorista olha em volta, é problema na certa, e eu vou tomar conta do meu pequeno bebê e ensinar ela a fazer o peixe recheado que Harry adora, e por que você não fala comigo, Seymour? Você só fica aí parado olhando pra mim, vem, vem, vamos pra cama, vem, vem ... e Sara Goldfarb ia para a cama segurando a mão de Seymour e a de Harry e a do filho dele, e a televisão nadava em torno dela em sua mente cheia de lágrimas, e as lágrimas vertiam dos olhos e mantinham úmido o travesseiro no qual ela repousava a cabeça, tentando lavar a dor do peito ... e então ela acordava de manhã, ligava a televisão, começava a preparar o café, e então tomava as pílulas roxa, vermelha e laranja, e bebia o café, e olhava para as cortinas fechadas, e ligava para a Corporação McDick, e desligava o telefone, e balançava a cabeça confusa, tentando se lembrar do que tinham dito, e então sentava, e ouvia, e sentia o coração batendo tão forte e tão alto que parecia que ia arrebentar o peito, e o pulso soava feito um tambor nos ouvidos, e ela sentava na poltrona, segurando os braços dela de tempos em tempos, quando a batida do coração ameaçava deixá-la sem ar, e, a princípio lentamente, e então de súbito, se dava conta de que alguém na Corporação McDick estava tentando mantê-la fora da televisão, e eles provavelmente tinham rasgado a ficha dela e por isso não sabiam quando ela iria aparecer no programa, ela tinha ouvido falar que isso acontece, ela viu isso diversas vezes na televisão, as pessoas fazem isso, e alguém tem sua herança roubada, e ninguém fica sabendo, mas ela finalmente iria descobrir e fazer uma ficha nova, e ela colocou a meia-calça, as meias de lã grossas de Seymour, espremeu os pés nos sapatos dourados, colocou blusões por cima do vestido vermelho e um casaco pesado, e enrolou um cachecol em volta da cabeça, e foi para a rua, sem diminuir ou hesitar de modo algum quando a chuva misturada à neve atingiu o rosto, continuando até o metrô, sem ouvir as pessoas ou os carros, apenas mantendo a cabeça baixa e cortando o vento, e ela continuava murmurando a si mesma quando sentou no metrô olhando os anúncios, reconhecendo os produtos anunciados na televisão e identificando o programa ao qual eram associados, e contando às pessoas próximas sobre o programa e sobre como ela iria aparecer na televisão e ajudar os pobres, e Harry estaria com ela, e as pessoas continuavam lendo seus jornais ou olhando pela janela e a ignorando completamente, como se ela não estivesse lá, até que ela desceu e então um casal deu de ombros de leve e a observou por um momento, com os cantos dos olhos, enquanto ela cruzava a plataforma, ainda balbuciando, e subia as escadas, e andava pela rua segurando o cachecol firme em torno da cabeça, escorregando e deslizando nas ruas congeladas com os sapatos dourados, mas ela seguia atravessando o vento e a chuva com granizo até o edifício na Madison Avenue, e subiu pelo elevador, alheia às caras e olhares dos outros, até a sala da recepção da Corporação McDick, e ela perguntou à telefonista por que não transferiam as ligações dela, que ela queria ver Lyle Russel, e a telefonista olhava para Sara, o console piscando e apitando, mas ela estava imobilizada por um momento enquanto olhava o rosto exaurido, os olhos fundos, o cabelo molhado, emaranhado e grudado, as meias grossas escapando dos sapatos dourados, Sara bastante instável, batendo na parede de vez em quando enquanto continuava falando de maneira incoerente e ela continuava repetindo seu nome, e logo a telefonista reconheceu o nome e pediu que ela se sentasse por um minuto, e ela ligou para o departamento de programas novos e contou quem estava lá e o que estava acontecendo, e logo havia algumas pessoas tentando acalmar Sara e convencê-la de que ela deveria ir para casa, e ela disse para eles que ficaria até saber em qual programa iria aparecer, e água pingava do rosto e das roupas, e o vestido vermelho estava amarrotado e molhado, e o cachecol deslizava para trás da cabeça, e Sara Goldfarb parecia uma lamentável sacola murcha e cheia de tristeza e desespero, e ela lentamente foi afundando na poltrona, e as lágrimas começaram a se misturar à neve derretida que escorria pelo rosto e pingava no corpete do vestido vermelho, o vestido que usou no *bar mitzvah* de Harry, e alguém lhe trouxe uma xícara de sopa quente e disse para beber e segurou a xícara para ela, para que ela se esquentasse um pouco, e duas outras garotas a ajudaram a chegar a um escritório menor e tentaram acalmá-la, e alguém ligou para um médico, e logo uma ambulância estava a caminho, e Sara ficou sentada, amassada e molhada na poltrona, soluçando e lhes dizendo que doaria para os pobres, Não quero os prêmios, eles vão fazer alguém feliz, só quero aparecer no programa, faz tanto tempo que espero para aparecer com Harry e meu neto, e elas tentavam explicar que apenas algumas pessoas são escolhidas e então tentaram acalmá-la dizendo que leva tempo, talvez aconteça logo, mas os soluços continuavam, e, de tempos em tempos, elas levavam a sopa quente até os lábios dela, e ela tomava um pouco, e então os dois enfermeiros da ambulância vieram, a olharam por um momento e falaram com ela de modo gentil e tranquilizador, perguntando se ela conseguia caminhar, e ela lhes disse que caminhava o tempo todo pelo palco, eles tinham que ver o Harry dela no noticiário das seis, e, quando perguntaram seu nome, uma das garotas disse que era Sara Goldfarb, e Sara disse Chapeuzinho Vermelho e andava toda alegre até o anunciante, e ela se reclinou, e soluçou, e soluçou, e então, após algum tempo, se aquietou um pouco, e pediu que ligassem para Seymour, ele deveria buscá-la no salão de beleza, e os enfermeiros a ajudaram a se levantar e lentamente a conduziram até o elevador, e até a ambulância, e começaram a cruzar o trânsito e o mau tempo até o Hospital Bellevue. Felizmente, Sara estava alheia a seu entorno, aos quartos e corredores lotados, às pessoas apressadas, aos gritos de dor, os gemidos e grunhidos e súplicas não penetravam seus ouvidos, e os corpos feridos, doentes e hemorrágicos não eram registrados por seus olhos. A doença a insulava, e ela podia suportar tudo isolada no casulo de sua dor. Ela foi colocada em uma cadeira de rodas enquanto formulários eram preenchidos, e um doutor a examinou brevemente e leu o relatório dos enfermeiros, então a mandou para a ala psiquiátrica, e ela foi levada pelos corredores e colocada em outra fila, e, após cerca de uma hora, ela foi levada numa cadeira de rodas para um quarto, e um médico a examinou rapidamente, então rapidamente leu os formulários pendurados na cadeira de rodas e perguntou o nome dela, e ela começou a chorar e tentou contar a ele sobre Harry e o programa de televisão, e ele tinha dado uma TV nova para ela, e ela iria pelas pessoas pobres, e ele gesticulou a cabeça concordando e rapidamente escreveu a observação de que ela era esquizofrênica paranoide e deveria ser examinada de modo mais completo, mas tratamento de choque era definitivamente recomendado. Ele ligou para o enfermeiro, e Sara foi levada na cadeira de rodas até outra fila. Após muitas horas, Sara foi finalmente levada para uma cama no corredor da ala fechada. Alguns pacientes andavam a esmo, suas expressões eram vazias por conta das pesadas doses de tranquilizantes, outros andavam em camisas de força, outros estavam amarrados à cama alternando gritos, choros e súplicas. Sara ficou deitada de costas, olhando para o teto, soluçando de vez em quando, a tristeza dela a protegendo da tristeza dos outros. Por fim, um jovem residente médico parou ao pé da cama dela. Ele estava cansado e bocejava enquanto lia a ficha. Ele fez uma careta quando leu as anotações dos médicos que a tinham admitido, e olhou os nomes deles. Ele olhou para ela por um momento, então falou com ela de modo reconfortante enquanto a examinava lenta e cuidadosamente. Ocasionalmente, Sara respondia, e ele sorria e dava tapinhas na mão dela, a reconfortando. Ele escutou o peito dela, então pediu que ela se sentasse, e escutou as costas dela, e pediu que ela erguesse os braços e dobrasse os dedos, e ele notou a carne pendendo nos antebraços, e olhou novamente para os olhos fundos e para o pescoço, e perguntou se ela tinha tido um ataque cardíaco recentemente. Não, ele bate bem forte. É, eu percebi, e continuou sorrindo para ela de modo reconfortante. Parece que você perdeu um bocado de peso recentemente, mamãe. Ela sorriu, Verdade, eu uso meu vestido vermelho na televisão. Ele escutou, deu tapinhas na mão dela, a chamou de mamãe, continuamente sorridente e gentil, pacientemente a questionando, e então ela contou para ele sobre o peso, o médico, as pílulas e muitas, muitas vezes sobre Seymour, sobre o Harry dela e sobre a televisão. Tá bom, mamãe, vai ficar tudo bem — dando tapinhas reconfortantes na mão dela — a gente vai dar um jeito em você rapidinho. Gostaria de uma xícara de chá? Sorrindo para ela e então rindo, quando ela sorriu e fez que sim, Você é um bom garoto, Harry.

O médico deu as instruções necessárias à enfermeira-chefe para que Sara fosse transferida da ala psiquiátrica para a ala médica, e lhe entregou a ficha. Ela sorriu, Reynolds de novo? Quem mais? Ele deve ser um dos maiores babacas já vistos na medicina. A enfermeira riu. De acordo com ele, todo mundo precisa de tratamento de choque. Esquizofrenia paranoide. ... A única coisa errada com a pobre daquela mulher são as pílulas que ela anda tomando.

Tyrone C. Love se sentou na beirada da cama coçando a cabeça, tentando entender o que estava acontecendo. Ele ouvia a porra do vento sacudindo as janelas e estava frio pra caralho lá fora, e logo ele teria que sair de novo. Pooorra! Parecia que tão pouco tempo atrás era verão, e ele só zanzavam pela cidade até o necrotério pra chapar, e agora esse inverno gelado da porra, e os dias e as noites pareciam simplesmente esbarrar um no outro, e cada dia parecia durar mil anos, como se o verão nunca tivesse passado por aqui e nunca fosse passar novamente. Alguma coisa, com certeza, virou uma bosta em algum momento. Eles faziam negócio e levavam grana pra casa, e agora eles tinham que ir pra rua ralar só pra tentar arranjar o suficiente pra não passarem mal. Pooorra! E essas ruas do caralho são uma bosta, parça, a real é essa, uma bosta do caralho. Ele se virou e olhou para Alice, toda encolhida debaixo das cobertas, só a parte de cima da cabeça aparecendo, e ela parecia confortável e relaxada, mas logo iria acordar e querer uma dose. Caramba, essa mina sabe dormir. E, quando ela não tá dormindo, tá tirando um cochilo. Ele sorriu, mas ela é uma mulher boa, nasceu pra ser gata. Ele continuava coçando a cabeça, escutando o vento. Todo aquele bagulho e grana, e agora não consigo levantar nem a porra do aluguel. Pooorra. De onde veio todo esse estresse? Antes, era tão bom e tranquilo, eu e Alice só ficávamos deitados aqui com a janela aberta e as cortinas balançando com a brisa, falando merda e estalando os dedos, e agora é como se esse vento do caralho fosse rasgar a porra desse apê no meio, parça. Pooorra. Parece que agora não tem nada *além* de estresse. Não entendo. Simplesmente não entendo. Pelo menos, temos a grana pra descolar um pouco de bagulho de noite. Isso se tiver algum bagulho por aí. Pode ser só um maluco tentando reunir uma galera com grana pra passar a perna. Não sei que porra pode acontecer por lá, parça, essas ruas do caralho parecem mais doidas a cada dia ... a cada dia de merda. É tipo um tubarão comendo os peixinhos menores ... Poorra! Quando você é o peixinho, tá lascado, parça ... em sérios apuros. E você não descola *nada* além de estresse. A gente só precisa ficar de boa, mano, e aguentar firme. Ao menos, a gente vai poder ficar de boa por um tempo se a gente arranjar essa parada. E aí a gente não precisa ficar lá fora nesse frio do caralho, ralando o rabo, porra, eu odeio estresse. Pooorra! Ele se levantou e foi até o banheiro e parou perto da privada, se apoiando na parede com uma das mãos, segurando a pica com a outra e meio que a olhando de cima enquanto sacudia as últimas gotas. Pooorra, já tá quase na hora de gelar o rabo naquele frio do caralho de novo. Melhor usar um pouco essa pica antes que essa porra congele de vez. Ele se sentou na cama ao lado de Alice, puxou as cobertas, afagou a nuca dela, a rolou, a beijou com força na boca e segurou um seio na mão, Bora, mulher, acorda. Se eu quiser um cadáver, volto pro necrotério. Alice piscou os olhos e olhou para ele tonta por um segundo, Que você quer? Pooorra, que você acha que eu quero? E ele foi para cima dela na cama e a puxou para perto dele. Eu quero um pouco dessa maravilha que você tem aí, mulher, e ele alisou a barriga e as coxas e a beijou no pescoço, e Alice começou a dar risadinhas e tentar abrir os olhos, Eu nem acordei ainda, nem tomei minha dose. Pooorra, papai aqui vai dar pra você sua dose, mulher, e Tyrone C. Love fez o possível para guardar o calor do amor em seus ossos, músculos e cérebro, e se proteger do frio e das possibilidades do que poderia acontecer na noite.

Era uma noite estranha e a cena mais estranha que a cidade já tinha visto. O chefe da região tinha sido avisado dias antes de qual área seria usada e que tudo naquela área precisava estar absolutamente sob controle e calmo. Era como andar pelo campo de batalha de um confronto intenso e subitamente fazer uma curva e se ver em uma zona desmilitarizada. As ruas estavam vazias. Não havia sequer fogueiras pelos edifícios abandonados. Nem mesmo algum vagabundo em um hall de entrada ou debaixo de um colchão. O vazio prosseguia por cinco quarteirões em cada direção da área indicada. Não havia carros de patrulha na área, mas patrulhavam os limites dela. Os únicos pontos de entrada eram através de um dos vários postos de checagem, onde guardas com metralhadoras e walkie-talkies checavam todos antes de deixar passar. Todas as armas tinham que ser deixadas para trás. Quando os caras ouviam que não podiam carregar arma nenhuma, abriam o berreiro. De que porra você tá falando? Você quer que eu entre aí com quinhentos dólares pra pegar a porra da heroína e ande o caminho todo me sentindo pelado, sem a porra do meu berro? Pooorra, você tá doido, parça. Então você vai ficar sem droga, cuzão, e colocavam o cano da metralhadora na cara do sujeito, e o sujeito dava meia-volta e saía pisando firme, resmungando e cuspindo, e voltava alguns minutos depois, sem arma. Parece que tô pelado, puta que pariu. Revistavam o cara com bastante cuidado e final-mente o deixavam passar, Se me roubarem, vou pegar você. Me processa. O sujeito continuava resmungando, mas seguia em direção à fila que se estendia por quarteirões, e ainda eram apenas oito e trinta da manhã, e o fulano nem sequer deveria chegar lá antes das dez.

Harry e Tyrone acharam melhor cada um levar metade do dinheiro e o esconderam por toda parte, colando com fita em várias partes do corpo, enquanto checavam o clima, com apenas dois contos no bolso para, caso sejam atacados, pegarem só isso mesmo e se mandarem, achando que era tudo que tinham. Eles passaram pela checagem sem problemas e olhavam para todos os lados ao mesmo tempo enquanto andavam pela zona desmilitarizada em direção ao ponto de distri-buição. A cada meio quarteirão, tinha um carro estacionado com um sujeito no teto com uma metralhadora e um cara no chão com um walkie-talkie. Pooorra, cê viu aquilo, mano? Vi. Parece que entrei na porra dum desenho animado, cara. Os dois afundaram ainda mais em seus casacos, Nunca vi nada tão sinistro na porra da minha vida, parça. Eles caminhavam pelos escombros dos prédios destruídos, que projetavam as silhuetas escuras de suas estruturas demolidas contra o céu, um silêncio esquisito que estranhamente penetrava os ouvidos e os olhos deles. Eles se aproximaram da fila que se estendia por cente-nas de pessoas, os sujeitos meio amontoados, meio escorados contra as paredes em ruínas, tentando se manter aquecidos e não olhar para as metralhadoras apontando para eles, tentando aparentar calma em seus movimentos para que ninguém com toda aquela munição tivesse uma impressão errada, e então eles ficavam parados o mais quietos possível, mexendo os pés na tentativa de mantê-los aquecidos, as mãos enfiadas fundo nos bolsos, limpando no ombro o nariz que escorria, parando com um pé em cima do outro de vez em quando, os sujeitos com tênis furados enrolando jornais em torno deles e do corpo, tentando se manter aquecidos. Harry e Tyrone olhavam aqueles sujeitos e balançavam a cabeça, certos de que nunca ficariam tão mal, que nunca ficariam viciados, vivendo só pelo bagulho. A cada tantos minutos, alguém perguntava que horas eram, e ocasionalmente um dos guardas respondia, e alguém sempre dizia para pararem de perguntar, pelo amor de deus, Você tá fazendo o tempo passar mais devagar assim, cara. Relaxa, tá legal? E eles voltavam a tentar fazer o tempo passar mentalmente cada vez mais rápido e ignorar o gelo nos ossos e na carne; e os guardas apenas os observavam, sem dizer nada, aquecidos em seus casacos de neve e máscaras, parecendo saídos de um filme de ficção científica enquanto se moviam de modo rígido, quase invisíveis, contra o fundo escuro, o vapor saindo da boca mais visível que o rosto, mas menos visível que as metralhadoras. Alguns minutos depois das dez, um Cadillac grande e preto estacionou, e dois caras com metralhadoras desceram, e então mais dois, e um cara enrolado em um casaco de pele saiu carregando uma mala grande. Ele caminhou até o local onde uma vez havia um corredor, onde um aquecedor portátil tinha sido instalado. Ele estava ligado, e o cara parou sobre um tapete de lã grosso posicionado perto do aquecedor. Um a um, os sujeitos foram conduzidos pelo corredor, e um cara pegava o dinheiro deles, contava, colocava numa caixa de metal, e cada sujeito seguia, recebia meia onça envolta em plástico e era instruído a cair fora. Assim que saíam da zona desmilitarizada, os sujeitos tentavam se misturar à noite, com a informação de que ninguém seria assaltado até pelo menos um quilômetro e meio do local, mas apenas um idiota confiaria na polícia. Alguns sujeitos corriam para os corredores escuros onde tinham escondido suas armas e então se apressavam pelas ruas, uma mão segurando a droga e a outra, a arma; outros corriam para seus carros estacionados, onde outros sujeitos que tinham ido buscar o bagulho com eles esperavam, e então arrancavam em alta velocidade, estapeando as palmas um do outro, engolindo em seco, só pensando em toda aquela droga da boa, deixando um gosto no fundo da garganta; e alguns caras não conseguiam chegar aos carros ou mesmo deixar os edifícios mal iluminados, a cabeça deles era estourada ou esmagada.

A fila andava rápido, mas ainda assim levou horas para todos pegarem a droga, ninguém disposto a discordar, de qualquer maneira, das metralhadoras que mantinham todos na mira. Harry e Tyrone colaram a droga no corpo e, quando voltaram para as ruas, pegaram um par de pedras cada um e caminharam pelo meio da rua, suas visões combinadas abrangiam uma área de 360 graus. Eles continuaram com as pedras, mesmo quando entraram no táxi, sem largar delas para fumar, as seguraram até voltarem para o apê. A primeira coisa que fizeram foi se injetar, e então eles cortaram e embalaram o resto da parada, cada um levando uma onça para dar conta de seus clientes. Eles entenderam que era melhor fazer doses menores do que dobrar o preço. As coisas estavam difíceis, e cada viciado da cidade estaria disposto a pagar dez centavos por um saquinho de heroína, mesmo que fosse um pouco leve.

Harry e Marion estavam sentados, desfrutando do conforto e da sensação de segurança de ouvir o ruído do aquecedor e ver os pacotes de droga em cima da mesa. Você vai vender tudo isso, Harry? A maior parte, por quê? E se a gente não conseguir mais? O que vamos fazer? Tem que ter mais. Mas imagine se não tiver, a voz de Marion se tornando mais intensa, olha como tem sido difícil ultimamente. Mas hoje foi só o começo. Marion se virou e olhou Harry nos olhos, com muita atenção, Acho que não. Do que você tá falando? Não tenho certeza. É uma sensação. Eu não quero mais ficar mal, Harry. Não gosto de acordar e não ter nada em casa. Nem eu, mas é ruim para os negócios não colocar a parada na roda. Agora que aumentaram o preço, vai ter bastante bagulho por aí. Marion balançou a cabeça, Tenho um mau pressentimento, Harry. Não vende, os olhos de Marion refletiam seu medo, e, pela primeira vez, havia um tom de súplica na voz dela, espera até ter certeza de que vai ter mais ... por favor, Harry, por favor, o corpo dela rígido, os olhos o encarando. Não se preocupa, a gente consegue mais. A gente vai ficar de boa.

O dr. Spencer ficou parado em frente ao dr. Harwood, o chefe administrativo do departamento, as mãos enfiadas nos bolsos, a mandíbula tão contraída que doía. O dr. Harwood se afastou da escrivaninha, olhou para o dr. Spencer por um momento e fez uma leve careta, Você parece todo duro. Melhor sentar e relaxar. Ele se sentou, respirou fundo e tentou permitir que o corpo se soltasse, mas ainda assim ele doía da rigidez da fúria controlada. O dr. Harwood continuou com a cara franzida, Bom, qual é o problema, doutor? você disse que era urgente. O dr. Spencer respirou fundo de novo, fechou os olhos por um segundo, então expirou lentamente, É o dr. Reynolds. O dr. Harwood olhou com seriedade para ele, Já falei que, se quiser brigar com o dr. Reynolds, faça isso no seu tempo livre. Isso não tem nada a ver com brigar, tem a ver com atender e tratar os pacientes direito. O dr. Harwood se reclinou na cadeira, Certo, o que foi desta vez? O dr. Spencer tentava muito relaxar e se controlar, mas quanto mais ele falava sobre a situação, mais difícil era controlar a raiva. Ele respirou fundo de novo, Uma tal de Sara Goldfarb foi admitida no hospital em estado de completa desorientação, e o dr. Reynolds a diagnosticou como esquizofrênica paranoide e a mandou para a ala psiquiátrica, com recomendação para possível tratamento de choque, como de hábito — o dr. Harwood se retraiu de leve, mas sem dizer nada — fiz um exame de rotina nela e descobri que ela estava tomando pílulas para dieta e Valium e não se alimentava direito fazia meses ... ele fez uma pausa lutando contra a raiva crescente ... e deixei instruções para que ela fosse transferida para a ala médica. Hoje pela manhã, descobri que minhas instruções foram desconsideradas pelo dr. Reynolds e que a paciente ainda está na ala psiquiátrica e não apenas isso, mas ele deixou instruções claras, *claras* para que todas as minhas instruções fossem completa e imediatamente ignoradas. O dr. Spencer estava ruborizado e suava um pouco enquanto o dr. Harwood o via lutar para manter o controle. Ele tem a autoridade e o direito de fazer isso, doutor. Não estou falando do direito de ele fazer qualquer coisa, estou falando do direito dos pacientes de receber atenção médica boa e adequada. Você quer dizer que ela *não* está recebendo *isso* neste hospital? Estou dizendo que o problema dela é médico e não psiquiátrico. Se deixar ela repousar um pouco, comer direito e eliminar os estimulantes e depressores que anda tomando, ela vai se recuperar completamente. O dr. Harwood olhou para ele com frieza por um momento, Na sua opinião, doutor. É mais do que minha opinião, é minha experiência. Nos últimos oito meses, assumi seis pacientes do dr. Reynolds e os tratei medicinalmente, para os mesmos sintomas e mesmas causas, e eles se recuperaram completamente em menos de um mês, *sem* tratamento de choque ou quaisquer drogas psicotrópicas. O dr. Harwood continuava a olhar para ele e a falar lentamente, É, eu sei. Foi por isso que ele deu aquelas ordens. Você não pode interferir no tratamento de outro médico e — Mesmo quando esse tratamento é não apenas incompetente, mas também perigoso e danoso à saúde e ao bem-estar do paciente? O dr. Harwood piscou os olhos lentamente, com tolerância, Não creio que você esteja em posição de julgar a competência de um médico que faz especialização em um campo da medicina ao qual você é hostil, seu superior em termos de posição e experiência. Bom, eu discordo. De modo completo e veemente. Os registros me dão razão. Se alguém está com dor de dente, você não manda para um podólogo. E o que exatamente isso quer dizer? Significa simplesmente que pacientes médicos não devem ser tratados como pacientes psiquiátricos, e essa mulher, assim como os outros, tem um problema médico e não psiquiátrico. O dr. Harwood batia delicadamente com as pontas dos dedos umas nas outras, Mais uma vez, essa é a sua opinião, que difere da opinião do dr. Reynolds. Reynolds é um babaca. Você não vai insultar outros membros da minha equipe, doutor, o dr. Harwood estava inclinado pra frente na cadeira e olhava diretamente nos olhos do dr. Spencer, especialmente quanto a decisões que têm minha aprovação. Quer dizer que você aprovou? É claro. Após ler minhas observações na ficha dela? Como você pôde? Não havia necessidade para que eu olhasse a ficha dela. Não havia necessidade de olhar a ficha dela? Quer dizer que você simplesmente condenou uma pessoa ao tratamento de choque sem sequer olhar a ficha dela? Ora, vamos, doutor, condenação é uma palavra estúpida e infantil para se usar. Mas tratamento de choque era completamente desnecessário nesse caso. Estou dizendo que poderia fazer ela ficar bem em poucas semanas com descanso e nutrição adequada. Dr. Spencer, estou ficando um pouco impaciente com sua campanha contra Reynolds. Permita-me lembrá-lo, mais uma vez, de que ele é seu superior e só com base nesse fato você não tem poder sobre as ações dele. Poder nenhum. Você está me entendendo? Mas você também não se importa com o bem-estar da paciente? O dr. Harwood se inclinou para perto do dr. Spencer, com um olhar duro no rosto, Meu trabalho é fazer com que este departamento funcione sem problemas, com o mínimo de confusão e conflito. Esse é meu trabalho e meu propósito. Tenho a responsabilidade de assegurar que um departamento grande em um dos maiores hospitais do mundo — do mundo — funcione da melhor forma possível. Sou responsável por milhares de pessoas, e essa é minha responsabilidade, não apenas uma mísera paciente, mas os milhares que dependem da minha habilidade de manter o departamento funcionando sem problemas e sem conflitos interpessoais. Você já antagonizou o dr. Reynolds repetidas vezes, sem motivo, e relevei isso — Sem motivo? Como você pode — SILÊNCIO! Não estou interessado na sua *opinião* a respeito da competência de outro médico, mas em realizar minha função do melhor modo possível. Mas aquela mulher — Já disse que não me importo com essa mulher. Mesmo que você esteja certo em seu diagnóstico e na sua suspeita, o pior que pode acontecer é ela ser submetida a alguns tratamentos de choque desnecessários. O pior — o dr. Harwood encarava com dureza o dr. Spencer, se inclinando mais para perto dele, Isso mesmo. O pior. Ao passo que, se você estiver certo e eu acreditar em você, isso vai causar uma disrupção na equipe, na serenidade e no funcionamento eficiente do departamento, e perderemos muito mais do que uns poucos meses da vida de uma mulher. O dr. Spencer parecia magoado e perplexo, Eu achava que sua responsabilidade era tratar os enfermos. O dr. Harwood olhou para ele por um momento, Não seja ingênuo, doutor. O dr. Spencer apenas olhava, se sentindo vazio, oco por dentro, um gosto de chumbo na língua, os olhos pesados e repletos de lágrimas. O dr. Harwood o continuava encarando, então respirou fundo, suspirou e se reclinou na cadeira. É claro, se você não aprova a maneira como este hospital é dirigido, você está livre para encerrar sua residência. É um direito seu. O dr. Spencer continuava olhando direto para ele, o dr. Harwood e tudo mais na sala parecendo um borrão. Seu corpo estava flácido. O cérebro parecia uma esponja. As tripas vazias. Ele fechou os olhos por um momento e então balançou a cabeça. O dr. Harwood continuava tocando as pontas dos dedos umas nas outras, Tenho certeza de que deve ter um bocado de trabalho a ser realizado nas alas, doutor. O dr. Spencer assentiu e se levantou para sair. E me permita lembrar você de algo, doutor ... harmonia gera eficiência. Tenha uma boa manhã.

Hubert Selby Jr.
Réquiem para um Sonho

Todos os aquecedores faziam barulho, mas eles ainda sentiam frio. O pânico continuava, e eles estavam de volta à velha rotina de ralar pelas ruas, conseguindo apenas o suficiente para ficar de boa e nada mais. Marion tinha conseguido manter um bom estoque de pílulas para dormir na casa por meio dos médicos, mas ela ainda assim ficava histérica a maior parte do tempo. Nas manhãs em que acordavam e não tinha nada pela casa, tendo usado o resto na noite anterior, quando a doença os tinha convencido de que daria tudo certo, que eles não ficariam mal pela manhã, ela ficava histérica e tremia enquanto injetava uma pílula para dormir, de vez em quando errando a veia e queimando o braço, e ele ficava vermelho e inchado, e ela chorava e gritava com Harry que era culpa dele eles não terem uma dose matinal. De que diabos você tá falando? Era você quem estava todo animado de tomar mais um pico ontem de noite. Bom, um saquinho não era o suficiente. Não é minha culpa que ela não era boa. Eu precisava de outra dose. Isso é pura lorota. Você podia ter parado na primeira dose. Você teria apagado e dormido, como sempre. Eu não apago e durmo, você sabe disso. E se você achava que uma dose era suficiente, por que não tomou só uma?

Você foi totalmente a favor de usar na noite passada. Claro, por que não? O que eu vou fazer? Só ficar sentada olhando você chapar sem eu chapar também? Então não coloca a culpa toda em mim, só isso. E me deixa em paz. Você me fez errar a injeção, e agora meu braço tá todo zoado, e não sei onde vou aplicar. Como assim eu fiz você errar a injeção? E quem é que vai sair nesse tempo de merda pra arranjar mais? Você é o único que pode. Se eu pudesse, iria. Não é divertido ficar sentada aqui sozinha, esperando. Ah, vai se foder, tá legal? Só deixa eu tomar meu pico e ir pra rua ver o que tá rolando. Harry injetou dois calmantes e tentou imaginar um lampejo maior e melhor do que o que aconteceu, e tentou se imaginar mais chapado do que estava, e, embora não tenha conseguido, ele não se sentia nauseado e conseguiria tomar um pouco de chocolate quente, o que ajudaria. Enquanto o corpo e a mente começavam a se acalmar um pouco, ele viu Marion tentando se injetar com a mão esquerda, e ela tremia tanto que também iria errar aquele pico, então Harry disse que ajudaria. Nossa, você vai se matar. Ele amarrou o braço dela, esfregou até que uma veia boa apareceu e enfiou a agulha na veia, e os dois ficaram olhando, esperando o sangue subir, e, quando isso aconteceu, Marion pôs a mão na seringa, Deixa eu fazer, deixa eu fazer. Harry deu de ombros e sentou, e Marion empurrou o fluido para a veia, então puxou e injetou mais umas duas vezes, fechando os olhos enquanto a onda de calor queimava o corpo e uma onda de náusea fluía e atacava a cabeça momentaneamente, e, quando passou, ela abriu os olhos e largou a seringa em um copo com água. Você tá bem? Marion respondeu com um aceno de cabeça. É melhor você parar com esse negócio. Você vai queimar todas as suas veias. Quando acordar mal, só toma umas duas como costumava fazer e bebe um pouco de chocolate quente. Marion só olhava para ele, e ele deu de ombros, sem dizer nada. Os dois sabiam que a sugestão era absurda, que enfiar a agulha no braço era importante, e apenas tomar duas pílulas, por mais que os fizessem se sentir bem, simplesmente não era a mesma coisa. Precisavam injetar. Tyrone ligou e disse que tinha ouvido falar que tinha algo rolando, então Harry saiu correndo de casa. Eles juntaram o dinheiro porque Tyrone era quem iria comprar, cada um deles deixando de lado o suficiente para algumas doses, só por garantia, e sem dizer isso um ao outro. Isso vinha acontecendo tão automaticamente que nenhum dos dois pensava muito a respeito, nem mesmo planejava. Eles simplesmente guardavam o dinheiro, dizendo um ao outro terem entregado tudo que tinham. Decidiram gastar parte do dinheiro em um táxi para chegar lá mais rápido, pra não perder a oportunidade, já que estavam bastante atrasados. Não foi o que pareceu quando chegaram ao lugar, mas era também um jogo de paciência, então eles esperaram, parados na rua, batendo os pés, as mãos enfiadas fundo em suas jaquetas, tentando ficar de costas pro vento frio e amargo, frio demais até pra fumar um cigarro, com medo de entrar na cafeteria e perder o sujeito. Então eles esperavam e tremiam, rogando a deus que alguém não tivesse aplicado uma história furada neles.

Marion ficou sentada à mesa da cozinha, bebendo chocolate quente e então café, tentando pensar em um modo de não pensar, algum modo de ocupar a mente, mas tudo que conseguia fazer era ficar sentada tentando não olhar para o relógio e olhar para ele sem perceber o horário. Ela quase riu alto quando lembrou de repente, *Também O servem os que ficam a esperar*.[1] Esperar! Deus do céu, parecia que ela tinha passado a vida toda esperando. Esperando o quê???? Esperando para viver. Sim, era isso mesmo, esperando para viver. Era como se ela tivesse se dado conta disso em algum momento da terapia. Esperando para viver. Pensando em tudo como um ensaio para a vida. Prática. Ela sabia de tudo isso. Não havia nada de novo nisso. Se ela lembrava direito — se ela fazia qualquer coisa direito — o terapeuta que ela estava frequentando quando teve esse pensamento tinha achado uma observação deveras astuta ... uma observação astuta ... Ela riu, Acho que isso foi antes de começar a ir pra cama com ele ... Uma observação astuta. Ele nunca tinha ouvido falar em Henry James/*A Fera na Selva*. Talvez nunca tivesse ouvido falar de Henry James. Ele era tão excitante na cama quanto Henry James. Marion olhava para a xícara de café. As laterais estavam manchadas pelo

1   Última frase do célebre poema "Sobre sua cegueira", do poeta inglês John Milton (1608-1674). [NT]

uso frequente e pela limpeza infrequente ... Feito uma fera na selva ... Ele me disse que, com tanta consciência e com minha inteligência e talento, eu não deveria ter problemas para aceitar meus problemas e ser produtiva. Sua palavra predileta, produtiva. Essa e sublimar. É tudo que querem que você faça ... sublimar e ser produtiva. Ela riu, Apenas não se reproduza. Essa é a outra palavra! Apenas. Apenas faça. Você pergunta como fazer, e eles dizem *apenas* faça. Agora que você conhece o problema, *apenas* pare de fazer as coisas que levam você a esse problema. Só isso. Todos eles. A mesma coisa. *Apenas* faça. Apenas! Ela olhou para sua xícara de café vazia, pensando em como queria outra xícara de café, mas de algum modo sem conseguir reunir a iniciativa para se mexer, para pegar o bule de café e encher a xícara, e então atravessar o processo de colocar o açúcar e o creme, e ela tentava usar sua força de vontade — é isso. Agora está completo, Apenas use sua força de vontade. Ela olhava para a xícara vazia ... Finalmente, ela levantou e começou a servir uma xícara de *café*, e o bule estava vazio, e ela apenas olhou para ele e então foi para a sala de estar, ligou a televisão e tentou permitir que ela ocupasse a cabeça, mas ela continuava olhando no relógio, se perguntando se Harry já tinha arranjado e se tinha mesmo alguma coisa rolando na rua, e torcendo para que ele tivesse bom senso suficiente para guardar um pouco para terem o suficiente, e então ela gradualmente se deu conta de como o maldito programa a que estava assistindo era cretino, e ela assistia se perguntando como diabos podiam colocar algo tão absurdamente infantil, e intelectual e esteticamente ofensivo na televisão, e ela começou a se perguntar repetidas vezes como podiam fazer isso, que tipo de idiotice era aquela, e ela continuava assistindo e sacudindo a cabeça, o cérebro cada vez mais absorvido pelo absurdo a que assistia, subitamente se reclinando no sofá enquanto um segmento do programa terminava e um comercial entrava rasgando, e ela assistiu a ele também, se perguntando que tipo de cretino assistia àquele lixo e era influenciado por ele a ponto de, de fato, sair para comprar aquelas coisas, e ela sacudiu a cabeça, inacreditável, é simplesmente inacreditável, como conseguem fazer tantos comerciais irritantes, um depois do outro? É inacreditável, e o programa voltou, e ela se inclinou pra frente, o rosto retesado em uma careta enquanto assistia a eventos totalmente previsíveis se desenrolarem, o tempo passando enquanto ela aguardava que algo acontecesse. ...

Tyrone e Harry quase congelaram o rabo. E, pra piorar, a rua estava cheia de confusão. A polícia parecia estar por toda parte. Se você tem alguma coisa, é melhor sair da rua, parça, porque os home tão ali pra brincar com todo mundo, e isso não é brinquedo. Eles falaram com tantos caras quanto possível, tentando descobrir onde poderia estar rolando algo, mas ao mesmo tempo eles não queriam passar tempo demais com ninguém, sem saber se o camarada poderia ter alguma seringa no bolso, e aí a polícia poderia chegar, e eles poderiam ser todos pegos por associação criminosa. Eles andavam tanto quanto possível, e o mínimo possível. Eles não queriam perder o contato de Tyrone, e não queriam ficar congelados. Eles descobriram que um cara tinha um produto bom. Quem sabe quanto ele tinha, as histórias variavam entre uma onça e um caminhão cheio, mas não vendia. Ele só troca por buceta, parça. O único vício do filho da puta é buceta, parça. Quer dizer, tem que ser incrível. Eu disse pra ele que dava o que ele quisesse, mas ele disse que não sou bonito o suficiente pra ele. Harry e Tyrone riram por dentro, mas estava tão frio que eles simplesmente não conseguiam abrir um sorriso no rosto, muito menos uma risada. Finalmente, o camarada de Tyrone apareceu gingando pela rua e passou por eles, e, após alguns minutos, Tyrone foi atrás dele, e, depois de um tempo, Harry viu Tyrone descendo pelo quarteirão e foi atrás, e, quando Tyrone chamou um táxi, o coração de Harry se acelerou, e uma onda de esperança o atravessou, e sentiu um gosto no fundo da garganta, e o estômago se contraiu em antecipação. Ele saltou para dentro do táxi e fechou a porta. Tyrone estava sorrindo.

A televisão ainda estava ligada, mas Marion não estava sentada imóvel no sofá. Ela estava no banheiro, lavando os braços com água quente, os esfregando com força e então os girando, tentando desesperadamente achar uma veia para que ela pudesse injetar mais um calmante. Ela estava tremendo, chorando, tonta de frustração e xingando Harry por não chegar com a droga, e ela tinha tentado amarrar o braço esquerdo, mas não conseguia fazer isso ou qualquer outra coisa direito, e ela segurava a cabeça, Aaaaaaaaahhhh, então começou a atingir a própria cabeça, tentou sentar na beirada da banheira, deslizou e acabou no chão, então bateu no piso com as mãos, soluçando de raiva. Ela não escutou Harry abrir a porta ou entrar. O que você tá fazendo? Ela olhou por um segundo, então levantou, Onde você tava? Esperei o dia todo — Onde diabos você — eu não aguento mais — Não aguenta — isso, Marion tremia e mal conseguia falar, tá me ouvindo? e quero ter alguma coisa de manhã — Qual a porra do prob — tá me ouvindo? TÁ ME OUVINDO? TÁ ME OUVINDO? Os olhos de Marion estavam arregalados, e ela agarrou Harry pelo casaco e o sacudiu, Não vou pra cama enquanto não tiver uma dose pra manhã, não aguento isso, não aguento isso de ficar doente e esperando — Você acha que tô de brincadeira, pelo amor de deus, a agarrando e a segurando nos braços até que ela parasse, se quer ter certeza que a gente tem uma reserva, a gente recebeu o toque de que um sujeito tem uma quantidade grande, mas não vende. Marion olhava para Harry do jeito que tinha olhado para a TV, os olhos arregalados, sem acreditar, mas querendo saber mais, a histeria fazia com que não desmaiasse, dando a ela energia para permanecer de pé. A boca de Marion se abriu. Ele gosta de minas. Marion continuava olhando. Se você está tão preocupada, te ponho em contato com ele. A boca de Marion se fechou. Você não vai ter que esperar tanto ... e não vou ter que congelar a merda do meu rabo na rua, Harry se desvencilhou, tirou o casaco e o blusão e os jogou no sofá, e então se sentou à mesa e desembrulhou os pacotes de bagulho. Marion observou por alguns segundos, então piscou os olhos e começou a andar na direção dele, depois parou enquanto ele se levantava, e voltou para o banheiro. Acha que consegue tomar um pico? Ela fez que sim e começou a amarrar o braço, então Harry balançou a cabeça, Nossa, você tá zoada, e então a amarrou, e esfregou o braço algumas vezes, e umas duas veias boas apareceram, Pronto. Ele cozinhou a parada na colher, e os dois se injetaram. Marion não fazia ideia de como o corpo e o rosto estavam duros de frio até que a droga os esquentou e começaram a relaxar. Eles largaram as seringas em um copo com água, sentaram na banheira por um momento, Harry permitindo que a droga expulsasse a memória gélida das ruas, e Marion sentindo o retorno da sensação de segurança de que sentia falta. Ela se escorou em Harry, Não sei o que aconteceu, é só que está ficando cada vez pior, não sei o que está acontecendo, mas sinto que estou enlouquecendo. É, eu sei. É uma merda. O que posso dizer é que mais cedo ou mais tarde vai melhorar. Não pode ser assim pra sempre. Ela olhava pra frente e meneava a cabeça em concordância, É só que não aguento ficar assim. Mas você não está *tão* mal. Não tô usando mais bagulho do que você e — É diferente pra você. Marion balançou a cabeça, Eu ... Eu ... Eu não sei por quê, mas é. Não aguento não ter o suficiente em casa, simplesmente não aguento, a voz dela mais baixa, delicadamente histérica, Harry coçando a própria nuca. Ela se mexeu, ainda olhando pra frente, e levantou, Vem. Harry guardou a parada, e então eles se sentaram à mesa e beberam refrigerante. Quanto a gente tem? O suficiente pra uns dois dias. Não podemos ficar com tudo? Nossa, Marion, a gente já conversou sobre isso uma dúzia de vezes. A gente tem que *vender* um *pouco*. É assim que a gente descola a *grana* para comprar *mais*. Marion respondeu com um gesto afirmativo, o pânico dissipado, mas a preocupação ainda intensa. Ela se revezava entre olhar para o próprio copo e para Harry, sua expressão inerte, Eu entendo, Harry. É só ... É só ... Ela deu de ombros e olhou para ele por alguns momentos, então baixou os olhos e olhou para o copo. Existe um pânico, é assim que as coisas são agora. O que posso dizer? Marion olhou para ele de novo e fez que sim, piscando os olhos algumas vezes, continuando a olhar do modo mais compreensivo e reconfortante possível. Ela analisou o cigarro por um momento e então olhou para o próprio copo enquanto falava com Harry, Tem certeza que esse cara não vende nada? Que cara? O cara que você disse que tem, mas não vende. Ah, o cara viciado em minas. Marion concordou, ainda olhando para o copo, erguendo os olhos um pouco de vez em quando. Positivo. Por quê, tem algo em mente? Marion continuou olhando para o copo e brincando com o cigarro, Queria ter bagulho para mais do que alguns dias, Harry, não aguento desse jeito. ... E se o que ele tiver não durar muito tempo???? Harry deu de ombros, tentando ignorar o movimento nas tripas, e nem mesmo a droga conseguia fazer com que ignorasse isso, mas conseguia fazer com que ele acreditasse no que quer que tivesse que acreditar. Ele queria dizer algo, mas não conseguia encontrar o meio de juntar as palavras, isso se achasse as palavras. Ele apenas acompanhava o que estava acontecendo, seguindo o fluxo, como Marion diria. Com tudo que estava acontecendo, ele poderia muito bem chegar a lugar nenhum. Marion esfregou o cigarro no cinzeiro, limpando o fundo com a bituca e empurrando as cinzas para o lado, Talvez a gente devesse ver isso já. Harry deu outra tragada no cigarro e deu de ombros, Se você quiser. Ela continuou mexendo a bituca no cinzeiro, gesticulou em concordância e murmurou. Eu quero. Uma voz baixa dentro de Harry disse, Graças a deus.

Sara foi passivamente para o seu primeiro tratamento de choque. Ela não fazia ideia de onde estava indo e tinha apenas uma vaga ideia de onde estava. Havia alguns momentos no dia quando ela parecia estar prestes a se orientar e experimentar um grau de clareza mental e emocional, mas então lhe davam outra dose de Clorpromazina, e a nuvem de confusão mais uma vez descia e a envolvia, e os membros se tornavam pesados e um fardo insuportável, e o buraco no estômago ardia e doía de exaustão, e a língua ficava tão dura e seca que grudava no céu da boca, e tentar falar era uma tarefa insuportavelmente dolorosa, e ela se esforçava para tentar formular palavras, mas não conseguia reunir a energia necessária para desgrudar e mover a língua; e parecia que havia dois enormes polegares apertando os olhos, e ela tinha que erguer a cabeça para enxergar, e era como se ela visse tudo através de um véu que tornava tudo nebuloso, então ela apenas ficava deitada na cama, entorpecida, confusa, apagando ... e então acordando periodicamente e dormindo de novo ... constantemente se sentindo nauseada e, de tempos em tempos, se esforçando para sentar, mas sem conseguir, e então a erguiam e colocavam um pouco de comida na boca, e a comida escorria pelos cantos da boca porque ela não conseguia engolir, e ela tentava dizer para pararem, para a deixarem fazer aquilo sozinha, mas ela não conseguia falar por conta da inércia induzida pela droga, e as palavras se tornavam grunhidos, e eles a seguravam e forçavam a comida goela abaixo, segurando o nariz e mantendo a boca fechada, a forçando a engolir, os olhos de Sara escancarados de terror, terror mudo, enquanto, por dentro, o coração pulsava de modo trovejante nas orelhas, batendo contra o peito, e ela era incapaz de até mesmo murmurar uma prece de ajuda, e quanto mais ela tentava lhes dizer para não fazerem aquilo, mais irritados eles ficavam e enfiavam a comida na boca, cortando os cantos da boca e as gengivas, colocando as mãos sobre a boca e o nariz, e Sara sentia, repetidas vezes, como se estivesse sufocando, e ela tentava engolir o mais rápido possível, mas o organismo não parecia ter a energia necessária para engolir, e ela lutava para fazer a comida descer para que pudesse respirar, e quanto mais ela lutava, mais força usavam contra ela, e a seguravam na cama até que finalmente iam embora, enojados, e Sara tentava se encolher em posição fetal e desaparecer, e após dois dias ela se contorcia em terror abjeto toda vez que ouvia o carrinho de comida se aproximando.

O dr. Reynolds, parado ao lado da cama, fazia cara feia para a ficha dela. Você não está cooperando, sra. Goldfarb. A voz era estridente e o tom ameaçador, e Sara tentava erguer o braço, erguer a si mesma, para falar com ele, contar ao doutor sobre como não conseguia se mover, como não conseguia falar, como ela sentia como se talvez estivesse morrendo e como estava assustada, e ela olhava para ele com olhos que suplicavam e imploravam, a boca se abria, mas deixando escapar apenas sons desarticulados, e ele continuava olhando para ela, Você pode achar que esse tipo de comportamento vai conceder a você tratamento especial, mas não temos tempo para bajular cada indivíduo. Ele dobrou a ficha dela, se virou rapidamente e foi embora. Quando ele entregou a ficha para a enfermeira, disse para agendar Sara para o tratamento de choque na manhã seguinte. Sara foi passivamente. Ela esperava, em seu estado semicomatoso, que eles a levariam para um lugar melhor, talvez até aquele médico jovem que tinha conversado com ela e arranjado uma xícara de chá para ela. Talvez ela devesse vê-lo, e ele faria tudo melhorar. Ela estava presa à cadeira de rodas, e a cabeça pendia para o lado enquanto ela era empurrada por corredores, descia pelo elevador, passava por mais corredores, de quando em quando alcançando uma centelha de consciência e lembrando que não tinha tomado café da manhã naquela manhã, se sentindo feliz por não ter tido que passar pela provação de comer naquela manhã, o que dava energia suficiente para ela achar que poderia haver alguma esperança, que talvez ela fosse ver aquele médico jovem e querido, e a cabeça caía pra frente de novo, e ela foi erguida até a mesa, e os olhos se abriram, e ela não conseguia reconhecer nada e começou a tremer e sacudir com medo conforme os rostos passavam por ela, borrados, e havia luzes, e ela não sabia onde estava, mas algo lhe dizia que ela não deveria estar lá, um sentimento forte que lutava para atravessar as drogas lhe dizendo que era uma questão de vida ou morte que ela saísse daquela sala e fugisse daquelas pessoas, cujos rostos pareciam sem forma ou escondidos atrás de algo, e ela tentava resistir, mas era incapaz, e mãos fortes a espicharam na mesa e a prenderam, e ela podia sentir a garganta começando a fechar e o coração ameaçando explodir, e algo foi preso à cabeça, e algo enfiado entre os dentes, e as pessoas falavam e riam, mas as vozes eram um borrão, e era como se muitos rostos estivessem inclinados sobre ela, e ela pudesse sentir os próprios olhos se abrindo mais conforme olhavam, espiavam, e ela podia ouvir as risadas, e então os rostos pareceram se afastar e vagar para longe em uma névoa, e, subitamente, fogo atravessou o corpo, e os olhos pareciam saltar das órbitas enquanto o corpo ardia, e enrijecia, e sentia como se fosse se partir, e dor atravessava a cabeça e apunhalava as orelhas e as têmporas, e o corpo ficava se agitando e quicando enquanto chamas calcinavam cada célula do corpo, e os ossos pareciam estar sendo torcidos e esmagados entre pinças enormes enquanto mais e mais eletricidade era forçada no corpo, e o corpo ardente doía e se debatia para cima e para baixo na mesa, e Sara podia sentir os ossos se partindo e sentir o cheiro da queima da própria carne enquanto ganchos farpados eram enfiados nos olhos os arrancando das órbitas, e tudo que ela podia fazer era suportar e sentir a dor e o cheiro de carne queimada sem conseguir gritar, implorar, rogar, produzir um som ou mesmo morrer, apenas ficar presa na dor tortuosa enquanto a cabeça gritava AAAAAAAAAAAAAAAHHHHHH HHHHHHHHHHHHHHHHHHHHHHHHHHHHHH ...

Enquanto eram conduzidos até a casa de Big Tim, o silêncio era estranho e a conversa constrangida. Tyrone tinha feito os arranjos e estava pensando no bagulho que teria em algumas horas, sem pensar em nada mais, já que não estava pessoalmente envolvido no que estava rolando. Marion estava apreensiva. Ela estava acesa com muitas emoções, mas eles tinham tomado um pico antes de sair de casa, de modo que tudo era tolerável e qualquer coisa era possível. Ela sabia que podia, e faria, o que quer que tivesse que ser feito sem qualquer problema. A única preocupação dela era não ser passada para trás, que Big Tim desse o bagulho que tinha prometido. Pooorra, não precisa se preocupar com isso. O Big Tim nunca dá pra trás. Ele é durão, mas é tranquilo. Marion assentiu e continuou dando tragadas rápidas no cigarro, pensando em segurar a droga na mão, a droga *dela* na mão *dela*, e ela não teria que se preocupar em ficar mal de manhã.

Harry ficou sentado no canto, olhando pela janela de vez em quando e para Marion, tentando pensar em qual postura deveria adotar, se perguntando como deveria parecer e falar, o que deveria dizer ... e o que deveria sentir. Porra, ele se sentia aliviado. Eles iriam arranjar a parada sem ele ter que ralar naquelas ruas frias da porra ... mas não parecia correto. Não gostava da ideia de Marion trepar com esse cara. Foda-se, qual é o problema? Com toda certeza, ele não era o primeiro cara com quem ela já tinha trepado. Se ela tivesse que fazer alguns programas pra — Não! Não! Ela não é a porra duma prostituta. Ela só tá descolando um pouco de bagulho, cara. E, enfim, o que tem de errado numa mina trepar com um cara? É problema dela. Ela é livre. Assim como nós. Livre pra fazer a porra que quiser, cara. Que merda de papo conservador é esse? Várias minas trepam com os chefes delas e é de boa. Elas não acham nojento. Porra! Que se fodam! Mesmo. Se não gostarem, podem ir cagar. Você faz o que precisa ser feito. Só isso. Harry estendeu o braço e começou a afagar a nuca de Marion, Por mim tudo bem, e, se não gostarem, a porra do problema é deles, pode apostar que meu é que não é. Marion virou a cabeça de leve e olhou para Harry, com o canto do olho, por um momento, então continuou olhando pra frente, olhando pela divisória transparente e pelo para-brisa do táxi. Ela sentiu a mão de Harry e se perguntou se deveria fazer ou dizer algo. Ela deveria sentir algo em relação a Harry? Ela deveria se sentir mal por ele? Por ela? Ela deveria se arrepender de algo???? Ela tinha vagos sentimentos de arrependimento, mas eles não tinham nada a ver com encontrar Big Tim. Ela se perguntou brevemente o porquê desses sentimentos, mas não insistiu no pensamento, e ele se desfez sozinho, já que ela estava ciente do sentimento de apreensão e do sentimento ainda mais forte de segurança iminente.

Eles entraram em uma cafeteria, e Tyrone ligou para Big Tim, e, quando saiu da cabine, deu a Marion o endereço. É dobrando a esquina. A gente te encontra lá. Se não estivermos lá, é só esperar. Ela concordou, se virou e caminhou de modo rígido para fora da cafeteria. Harry a observou saindo, se perguntando se devia ter dado um beijo nela antes de ela sair. Eles terminaram o café, e Tyrone sugeriu que fossem ao cinema, Tem um a duas quadras daqui. A gente tem *tanto* tempo assim pra matar? Tyrone apenas olhou para ele. Harry deu de ombros, e eles saíram.

Marion caminhou a curta distância até o amplo prédio de apartamentos, olhando sempre pra frente, a coluna ereta, alheia à calma serenidade da vizinhança. O edifício ainda tinha um toldo, mas o porteiro tinha sido dispensado muitos anos antes. Ela apertou o botão, o interfone apitou, e ela empurrou a porta, parou na porta interna, alheia à câmera de televisão focada nela. O interfone soou de novo, e ela empurrou a porta e subiu de elevador até o décimo segundo andar. O sorriso de Big Tim ia de orelha a orelha quando ele abriu a porta e deu um passo para o lado, para que Marion entrasse. Ele teve que dar um passo para o lado porque Big Tim era grande, em todos os sentidos da palavra. Ele tinha cerca de dois metros, era largo, grande, enorme ... o corpo era grande, o sorriso era grande. A sala de estar era enorme, e portas de vidro infinitas davam para uma sacada com vista para o Central Park, dava para enxergar por quilômetros. Sua vista era grande. Ele pegou o casaco dela, pendurou e disse para ela se sentar. Uma música de Coltrane das antigas tocava, e ele se mexia com o ritmo da música enquanto caminhava até o bar e servia para si um copo grande de *bourbon*. Você gostaria do quê? Marion balançou a cabeça, Nada. Ah, você é viciada só em heroína? Marion foi surpreendida pela pergunta. Ela nunca tinha pensado em si mesma como uma viciada em drogas. Ela balançou a cabeça e sentiu necessidade de ganhar tempo, mas ela não tinha certeza do porquê. Então, ela pediu um pouco de licor. Amarelo ou verde? Ela ficou surpresa novamente e murmurou amarelo, enquanto tentava se recompor e se recuperar da rápida sucessão de surpresas. O entorno dela começava a parecer claro, e, de algum modo, era o oposto exato do que esperava, embora não tivesse se dado conta de que esperava qualquer coisa. Ela olhou por cima do ombro para a enorme vista do céu e do horizonte, e então para a sala. Big Tim trouxe as bebidas e garrafas e as colocou sobre a mesa, então abriu uma gaveta, puxou um cachimbo de haxixe e colocou um belo pedaço de haxixe no bojo. Ele acendeu, deu uma longa tragada e então passou para Marion. Ela aceitou automaticamente, deu dois pegas e devolveu para Tim. Eles passaram um para o outro algumas vezes, até o haxixe terminar, e Tim virou o cachimbo em um cinzeiro e deixou as cinzas caírem. Qual o seu nome? Marion. A risada dele era alta, profunda e feliz ... muito feliz e relaxante, Olha só, Donzela Marion, hahaha, sou o João Pequeno. Marion bebia do licor e fumava o cigarro, sentindo a combinação de heroína, haxixe e álcool dissolvendo todas as preocupações. Ela terminou a bebida e, enquanto Tim enchia o copo, ela se reclinou para trás, fechou os olhos e sentiu o conforto fluir pelo corpo enquanto a mente relaxava e ela sorria, e então deu risada ao pensar no que a família faria se a visse com um *schvartzer*.[2] Qual é a piada? Marion balançou a cabeça, rindo por um momento, Nada. Uma piada de família. Você é uma gata e tanto, por que quer se detonar toda com heroína? Novamente Marion foi surpreendida pela referência de ser uma viciada, e ela balançou a cabeça e deu outra tragada no cigarro, para ganhar mais tempo. Eu gosto de um pouquinho de vez em quando. Pooorra, você não tá sentada aqui comigo porque gosta de um pouquinho, gata, nã-*não*. Marion deu de ombros, bebeu do drinque e tentou dizer algo, mas, em vez disso, continuou bebendo. Pooorra, isso não faz diferença nenhuma pra mim. Desde que eu não use da minha própria parada. Nunca usei nem nunca vou usar, nã-*não*.

2   "Negro" em iídiche. [NT]

Ele bebeu um gole, Um pouco de álcool e uns pegas me deixam de boa. Ele encheu o cachimbo de novo e acendeu, deu um longo pega e passou para Marion, Eu gosto de sentar e ficar de boa, curtindo meu bróder Trane — pooorra, como queria que esse filho da puta ainda estivesse vivo. Caramba, ele sabia tocar. Ele encheu o copo dele e de Marion de novo, pegou o cachimbo quando ela lhe devolveu, deu dois pegas e devolveu para ela, falando enquanto prendia o fôlego, Melhor se apressar, gata, tá quase no fim. Marion virou as cinzas no cinzeiro e bebeu mais licor, e Tim colocou um braço em volta dela e a puxou para perto dele. Ele colocou as pernas em cima da mesa e se espichou, e Marion colocou as dela sobre o sofá. Você curte meu bróder Trane? Marion fez que sim com a cabeça, Tenho todos os discos que ele lançou. Todos os antigos do quinteto do Miles, com o Monk, todos. Sério mesmo? Que beleza. Gosto de uma mina que sabe ouvir música. Sabe, a maioria das minas não sabe. Não são só as mulheres. Talvez. Mas a maioria dos caras sabe ouvir. Tipo ouvir de verdade. Ele bebeu mais um gole, lambeu os lábios e se reclinou com os olhos fechados por um momento, ouvindo. Marion fechou os olhos e apenas se escorou no peito dele, sentindo o peso e a segurança do braço dele em torno dela, movendo os dedos dos pés no ritmo da música. Aquele último haxixe e o licor fizeram efeito. Ela se sentia bem. Ela se sentia confortável. Ela se sentia em casa. Trane tinha concluído o coro, e o pianista começou, e Marion murmurou calmamente, Isso. Tim abriu os olhos, sorriu e olhou para ela. Sabe o que eu gosto em minas brancas? Elas chupam bem. Minas pretas — Marion sentiu algo se agitar por dentro, sentiu os olhos se abrirem de súbito, mas permaneceu imóvel. A mão enorme de Tim acariciava o seio direito — não manjam de chupar. Não sei por quê. Talvez tenha alguma coisa a ver com algum antigo costume tribal. Marion ouviu a risada dele e se perguntava por que ela lembrava o Papai Noel, mas era verdade, ele soava feito um comercial do bom e velho São Nicolau. Ele colocou o outro braço em volta dela, a puxou para perto e a beijou enquanto as mãos dele pareciam cobrir todo o corpo dela de uma vez. Ela colocou os braços em torno do pescoço dele e o beijou o mais forte possível, segurando com ainda mais força no pescoço dele. Após um minuto, ele se afastou um pouco, Melhor guardar um pouco dessa energia. A risada dele a fazia sorrir. As mãos dela deslizaram lentamente do pescoço, e ela estava deitada na barriga dele quando ele gentilmente virou a cabeça dela e puxou o pau para fora. Todas as reações de Marion eram lentas por conta das drogas e do álcool, então ela apenas ficou olhando, encarando, mas por dentro ela se sentia agitada, como se devesse dizer e fazer algo além de olhar para o pau. Havia um terrível conflito interno. Ela sabia o que deveria fazer, mas todo o ser dela se sentia subitamente enojado pela realidade dos fatos. Ela estremeceu e se contraiu por dentro. Sei que ele é bonito, gata, mas não puxei ele para tomar ar. Ele deu um leve empurrão nela. Marion respondeu e o segurou com a mão direita e começou a beijar e esfregar nos lábios, quando se deu conta de que estava ficando enjoada. Ela sentou, com os olhos arregalados, a mão cobrindo a boca. Tim olhou por um segundo, então riu e apontou para a porta, Ali, e continuou rindo, ainda soando feito o velho São Nicolau. Quando Marion terminou de vomitar, lavou o rosto com água fria e então sentou ao lado da banheira, tremendo de medo. Por um segundo, o pânico congelou o corpo e a mente. Ela respirou fundo e fechou os olhos. A náusea tinha passado. Mas ela suava. Tremia. O que ela iria fazer? Ela tinha que conseguir a droga. Ela respirou fundo de novo. Passou mais um pouco de água fria no rosto, o secou e tentou ajeitar o cabelo o melhor possível. Ela quase rezou para que ele não estivesse chateado. Deus, por favor, não deixe ele ficar chateado. Tô bem agora. É tudo a mesma coisa. Tudo a mesma coisa. Ela voltou para a sala de estar e fez o melhor que pôde para sorrir. Acho que foi o licor. Ele sorriu e então riu. Tô bem agora, o sorriso dela se transformando em um sorriso disposto. Ele afastou as pernas, e ela se ajoelhou na frente dele, fechou os olhos, tirou as calças dele e acariciou a bunda dele enquanto chupava o pau com todo o entusiasmo que a ideia de conseguir droga gerava, erguendo os olhos para olhar para ele de vez em quando e sorrindo. Big Tim se reclinou, bebeu um gole do drinque e riu, É, Mary achou seu carneirinho. ...

Harry ficou inquieto durante o filme. Ele se agitava o tempo todo, tentando achar uma posição confortável, mas, toda vez que pensava que tinha achado, as costas começavam a doer, ou então a bunda, ou as pernas começavam a ter câimbra, então ele continuamente mudava de posição, fumando um cigarro atrás do outro. Ele não conseguia ficar na mesma posição mais de alguns minutos, então levantou para pegar algum doce, Quer alguma coisa, cara? Quero, um Snickers. Ele comprou duas barras de chocolate, voltou e começou tudo de novo. Um dos filmes não era ruim, um bangue-bangue antigo com Randy Scott, mas o outro era um saco, um saco mesmo. Uma pretensa comédia romântica que deve ter tido um orçamento de um dólar e noventa. Nossa, que monte de merda. De tempos em tempos, ele olhava para Tyrone com o canto do olho, e ele apenas olhava para a tela, curtindo o que assistia. Ele tentou se concentrar no filme cretino, mas a cabeça lutava contra ele e lhe dizia que era um cuzão por se envolver com uma mulher, que ela já estava lá fazia um tempão, melhor esquecer. Ela tá lá em cima com um sujeito peso-pesado, com uma montanha de bagulho, e você vai ficar sentado a esperando numa cafeteria xumbrega? Cara, você deve ter perdido a porra da cabeça. Ela tá lá em cima trepando feito bicho com aquele sujeito, cara, e você aqui comendo jujubas até elas ficarem todas grudadas nos seus malditos dentes, assistindo algum filme cretino feito por um bando de cuzões. Ele se mexeu de novo e gemeu alto. Tyrone continuava olhando para a tela, mas estendeu o braço e deu tapinhas nas costas dele, Tá tudo bem, cara. Tudo tranquilo. Ele se virou, deu um sorriso enorme com dentes brancos e deu mais tapinhas. Harry meneou a cabeça e enfiou mais jujubas na boca.

Big Tim estava escorado no batente da porta, pelado, coçando o peito, sorrindo, se sentindo muito muitooooooooo bem, enquanto observava Marion escovando o cabelo. Ele agitava o embrulho com dez saquinhos na mão. Sabe, se você parar de usar essa merda, posso dar um jeito em você e te arranjar dinheiro pra valer, gata. Marion sorriu para o espelho e continuou escovando o cabelo, Hoje não. E não sou viciada *mesmo*. Big Tim riu sua risada de São Nicolau, É, eu sei, e jogou o embrulho para ela quando ela terminou de escovar o cabelo. Marion o ficou segurando por um instante, então guardou na bolsa. Que porra você tá fazendo? Marion foi surpreendida e olhou para ele por um momento, então balançou a cabeça, Nada. Eu — Caramba! Ele riu e riu, tão feliz que Marion começou a rir e sorrir sem a menor ideia do porquê, Caramba! hahahaha, arranjei uma espécie de virgem, Você deve estar de brincadeira com o Tim aqui, só pode ser. Marion ainda sorria e balançava a cabeça. Não entend — Quer dizer que não vai nem contar o que tem aí, vai simplesmente colocar na bolsa e sair porta afora???? Caramba! Você com certeza é nova nisso, não é, gata? E o sorriso dele se abriu ainda mais, e a expressão e o tom dele eram de diversão e gentileza. Marion ficou vermelha, deu de ombros, e começou a protestar, Não sou exatamente uma colegial ingênua, mexendo na bolsa enquanto Big Tim continuava sorrindo para ela, Eu ... Eu ... a cabeça e os ombros dela se mexendo, Eu viajei por toda a Europa, e ... e só não sou — Big Tim gesticulava a cabeça em concordância e sorria, Pooorra, não precisa ficar envergonhada, gata, todo mundo tem que ter uma primeira vez. Não tô tentando diminuir você. Só tô dando um toque pra não passarem você pra trás. Pooorra, você fez por merecer, gata — Marion levemente ruborizada e piscando — e você com certeza não quer doar isso para algum batedor de carteira. Ele riu de novo, e Marion sorriu, Você é a mina do Tyrone? O sorriso ainda na voz e no rosto. Marion balançou a cabeça. E tem dois caras esperando você? Tem. Eu — Bom, olha só, tem um lugar onde você pode esconder o bagulho sem se preocupar com ele ir parar por acidente nas mãos erradas, sacou? Nenhum batedor de carteira ou assaltante vai roubar ele de lá, gata. Marion ficou vermelha, então sorriu e balançou a cabeça. Quando se deu conta de como deveria parecer para Tim, ela ficou ainda mais vermelha. E se você for esperta, diz que recebeu duas doses, sacou? E fica com uma pra você. Ele riu de novo, voltou para a sala de estar e se serviu outro copo de *bourbon*. Marion abriu o embrulho e colocou dois saquinhos em um embrulho separado e o colocou na xoxota primeiro, e então também o outro pacote. Quando Marion voltou para a sala, Big Tim ainda estava pelado, de pé ao lado do aparelho de som, o copo na mão, um cigarro na boca, parecendo calmo e sacudindo a cabeça no ritmo da música. Ele olhou para ela e sorriu, Só um minutinho, quero curtir essa. Ele escutou até o sax parar e então caminhou na direção da porta, A gente se fala em breve. Bom ... Eu não ... Eu ... Marion deu de ombros e piscou involuntariamente — Big Tim apenas continuava sorrindo, A gente se vê, gata.

Tyrone e Harry estavam sentados a uma mesa no fundo da cafeteria quando Marion apareceu. O filme tinha sido ruim, mas a última meia hora, ou quanto tempo quer que tivesse passado, tinha sido um saco. De algum modo, o filme o tinha acalmado um pouco, mas sentar na cafeteria, esperando, fazia com que a virilha dele tremesse. Nossa, aquilo o estava deixando doido. Ele ficava se ajeitando, se esfregando e coçando até que Tyrone começou a rir, O que você tá fazendo com seu negócio aí, parça? Parece que tá se preparando pra puxar o filho da puta pra fora e bater ele na mesa. Aposto que você ia adorar, e Harry sorriu apesar de tudo e colocou as mãos sobre a mesa, Melhor?, e continuou inquieto até Marion entrar no lugar. Ela e Harry se olharam por um momento, os dois desesperadamente buscando um modo de começar a conversa sem dizer o que passava pela mente. Então, Tyrone perguntou como tinha sido. Marion fez sinal com a cabeça. Ele me deu oito saquinhos. Harry suspirou em silêncio, aliviado. Uma boa quantidade. E como vai meu camarada Tim? Marion gesticulou a cabeça. É, ele é um cara massa, parça. Tipo, maaaaaaaassa. Harry se levantou, Vamos nessa. Ótimo. Tô morrendo de vontade de chegar em casa.

Marion escondeu seus dois saquinhos assim que pôde e, quando Harry saiu para vender um pouco de droga e comprar mais, ela sentou com eles na mão, os acariciando, fechando os olhos de vez em quando e suspirando, esfregando os saquinhos de heroína com as pontas dos dedos, aninhada de modo seguro no sofá, ouvindo a "Sinfonia da Ressurreição" de Mahler.

Sara tremia tanto de pavor quando ouvia o carrinho de comida ao longe, mesmo com as enormes doses de tranquilizante que estava recebendo, que pararam de tentar fazê-la comer à força. Eles a amarravam na cadeira de rodas e enfiavam um tubo de borracha pelo nariz até chegar ao estômago, Sara engasgando e tentando vomitar, e então colavam a ponta com fita na cabeça dela. As débeis tentativas de se defender e falar eram rapidamente derrotadas quando simplesmente a seguravam contra o encosto da cadeira e apertavam as amarras. Quando terminavam, ela tentava arrancar o tubo, e eles a mandavam largá-lo e prendiam as mãos dela aos braços da cadeira, Já estamos cheios de você. Você vai ficar amarrada na cadeira até aprender a colaborar e parar de achar que é algum tipo de rainha. Ela continuava tentando vomitar, até que o estômago parecia que iria se partir, e ela se exauria, e não tinha mais energia para forçar o vômito, e ficava sentada em terror mudo, olhando para o mundo em torno dela com os olhos cheios de lágrimas, lutando para atravessar a névoa de lágrimas e drogas e entender o que estava acontecendo. Ela tentava manter a cabeça erguida, mas continuava caindo pra frente, e ela lutava para erguê-la, mas a energia não estava lá, e a cabeça ficava pendurada feito uma abóbora por alguns momentos, então caía de novo sobre o peito, cada movimento era um esforço monumental, cada fracasso era como o sino da morte. A cada respiração, as lágrimas pareciam se acumular por dentro, e ela podia sentir e escutá-las se revirando, sentindo-as ameaçar afogá-la, e os pulmões pareciam pender inertes dentro do peito. Ela queria gritar, ao menos para ela mesma, já que não lembrava que existia alguém ou algo para chamar. Parecia haver um vago senso de recordação no fundo do cérebro, e quando ela tentava escavá-lo, mais uma vez se sentia exausta, e mesmo que não se sentisse, as drogas e o tratamento de choque não permitiriam que ela reconhecesse a palavra Deus. As amarras pareciam mais apertadas, mas não havia nada que ela pudesse fazer. Elas cortavam os pulsos e pressionavam tanto o peito que limitavam a respiração, mas ela não podia fazer ou dizer nada. Ela queria desesperadamente ir ao banheiro, mas, quando tentava chamar alguém para ajudá-la, engasgava-se no tubo, e a saliva escorria pelo queixo, enquanto ela lutava para suportar a dor que o tubo causava na garganta. Por horas, ela lutou contra a bexiga e os intestinos, e, quando as pessoas apareciam, ela olhava, torcendo para que olhassem para ela e vissem que precisava de ajuda, mas, quando a viam, apenas seguiam em frente, e a cabeça dela mais uma vez caía sobre o peito, e então ela reiniciava a longa, longa batalha de tentar erguê-la e conseguir ajuda, mas as pessoas continuavam simplesmente passando por ela, e ainda assim ela lutava, cada vez mais, mas finalmente a natureza venceu, como sempre, e a bexiga e os intestinos se entregaram, e ela sentiu o líquido quente, e seu último resquício de dignidade escapou, junto com as lágrimas, e a mente gritava por socorro ... chamava, implorava, clamava, e então a enfermeira veio e ficou parada olhando para ela por um tempo, se aproximando, olhando, retraindo o rosto com nojo, Você deveria sentir vergonha de si mesma. Nem bichos fazem isso. Bom, pode ficar aí sentada em cima disso. Talvez isso te ensine uma lição. Dois dias depois, Sara ainda estava sentada em cima daquilo, não mais tentando erguer a cabeça, permitindo que ficasse caída de vergonha, as lágrimas escorrendo pelo rosto, manchando a camisola, preenchendo a alma. Dois dias depois, ela ainda estava amarrada à cadeira e acorrentada à indignidade, até que chegaram para prepará-la para o próximo tratamento de choque.

Marion ligou para Big Tim e foi vê-lo de novo. Harry tinha saído quando ela ligou, e estava assistindo à tv quando ela voltou. Harry não perguntou aonde ela tinha ido, e ela não disse nada. Ele tinha arranjado um pacote, vendido um pouco para levantar grana, e estava escondendo a droga e o dinheiro dela. Ela guardou os dois saquinhos junto com os outros e sentia um brilho reconfortante quando olhava para eles, mal podia esperar para ficar sozinha para poder pegá-los, segurar e acariciá-los. Ela deu a Harry os outros oito saquinhos, então pegou um deles e se injetou. Ela se juntou a ele no sofá, Como foi hoje de noite? Bem bom. Dei sorte. Achei uma parada quase de cara. Que bom. Ela puxou as pernas para cima do sofá. Essa parada é boa mesmo, né? Pode crer. Não se acha essa parada nas ruas. Não vamos vender dessa, certo, Harry? Só da outra. Você não me vê vendendo dela, certo? Não, mas eu ... você sabe o que quero dizer. Sei. Nem esquenta. Não vou me desfazer da parada boa. Marion olhou para a televisão por alguns minutos, sem saber o que olhava, sem se importar, sem tentar, apenas passando o tempo e esperando pelas palavras ... Harry! Oi! A gente tem que contar pro Tyrone sobre esses saquinhos? Ele olhou para ela, uma voz dizendo, nem fodendo. Eu e ele somos próximos. Foi ele quem arranjou o negócio. Eu sei, eu sei, Marion olhou nos olhos de Harry, mas fui eu quem subiu naquele apartamento. Harry sentia o calor escaldante escapando de seu interior para algum outro lugar, rogando a deus para que o rosto não estivesse vermelho. Ele fez que sim, Tá. Acho que o que os olhos não veem o coração não sente.

Tyrone estava estirado no sofá, sozinho, assistindo à televisão. Alice tinha ido embora, voltado para a família dela em alguma cidade de merda da Geórgia. Não aguentava o frio nem o calor. Era uma bela gata, mas Tyrone estava feliz e aliviado de não ter outra veia para alimentar. Ela realmente não gostava de passar mal. Ficava apavorada. Pooorra, eu com certeza também não gosto. Também não gosto do estresse. Mas não é tão ruim. Na noite passada, a gente descolou o lance logo de cara e voltou com uma bela grana. As coisas vão melhorar logo. Não parece tão estressante agora. Tyrone C. Love assistiu à televisão por algum tempo, pensando, antecipando, rindo, usando as imagens e sons da TV, junto com a heroína no organismo, para aquietar o pequeno desconforto e a confusão questionadora que parecia atacá-lo de vez em quando. Ele vinha passando muitas horas, todos os dias e todas as noites, ralando naquelas ruas, e, cara, é uma porra dum frio do caralho lá, e o pânico é uma bosta, parça, uma bosta. É ... uma bosta, mano, e ele estava enrolado naquela merda. O velho Ty estava enrolado naquilo fazia tanto tempo que nem parecia mais tão ruim. Parecia cada vez menos estressante. Um vício que dava para ter até dormindo. Não dá é pra ficar pensando a respeito. Você só faz. O vício cria os próprios hábitos. E ele ficava deitado no sofá, olhando para a TV, se divertindo, e, quando se perguntava por que estava feliz de estar sozinho, ele simplesmente parava de se perguntar, se picava de novo e trocava de canal. Essas coisas meio que incomodavam Tyrone, mas ele as tirava da consciência com o vício e com a TV, e ele simplesmente não se preocupava de não ter a energia — o desejo — de arranjar outra mina. Não, ele só cuidaria de si mesmo, até as coisas ficarem um pouco mais tranquilas. No momento, ele apenas aguentaria firme e tomaria conta do pequeno vício em heroína que tinha. As minas podem esperar, cara. É, meu nome é Tyrone C. Love, e eu não amo ninguém além de Tyrone C. Love, e eu vou cuidar bem de você, mano.

Sara era amarrada à cadeira de rodas todas as manhãs e ficava sentada muda, docemente vendo as pessoas irem e virem, dando remédios, cuidando dos pacientes, arrumando as camas, esfregando o piso, cuidando das várias tarefas diárias, sua mente e os olhos úmidos de lágrimas. Vozes e barulhos se misturavam e ecoavam pela ala sem que Sara percebesse. Ela ficava sentada, muda. Eles continuavam passando, e ela esperava ... esperava alguém ir até lá, conversar com ela ... ajudá-la. Eles foram até ela. Foram prepará-la para outro tratamento de choque. Sara soluçava.

Harry e Tyrone escondiam cada vez mais um do outro, a cada dia. Se um deles por acaso estava desfalcado, com o nariz escorrendo e os olhos lacrimejando, o corpo tremendo enquanto ralavam na rua para descolar mais, e pedia ao outro só uma provinha, o outro jurava de pés juntos que não tinha nada, que tinha usado só os algodões, e então se colocava a tremer, tentando enrolar o amigo.

Eles vagavam pelas ruas na neve, no granizo, enfrentando o vento congelante, às vezes indo de um lugar para outro a noite toda, sempre perdendo por pouco algum contato, e outras vezes conseguiam descolar bagulho em umas duas horas. Aonde quer que fossem, sempre havia milhares de viciados doentes, tentando comprar ou descolar grana para comprar, e, quando eles colocavam as mãos em alguma parada, sumiam para se picar, mas eles nem sempre conseguiam, e corpos moribundos ou mortos enchiam os corredores e os escombros de prédios abandonados. Como os outros, Harry e Tyrone ignoravam os corpos e permaneciam enterrados em suas jaquetas e necessidades, sem dizer nada um ao outro, guardando energia para achar alguém que tivesse droga. Então, eles se injetavam, cortavam as doses o máximo possível, vendiam tanto quanto podiam e começavam a busca de novo.

Quando Marion estava sozinha em casa, ela pegava seu estoque secreto e olhava para os saquinhos, desfrutando da sensação de poder e segurança que sentia. Ela se encontrava com Big Tim umas duas vezes por semana. Agora ela dizia a Harry que só ganhava seis saquinhos, que era por isso que ela ia com tanta frequência. Harry não se dava sequer ao trabalho de pensar se acreditava ou não nela, ele apenas pegava três dos saquinhos, sem contar a Tyrone a respeito, e, quando ele arranjava droga, sempre escondia alguns saquinhos de Marion, e, quando a consciência dele começava a incomodar, ela era rapidamente diluída pela heroína.

Ocasionalmente, Marion se lembrava de seus blocos de rascunho e lápis, e a memória dos planos para a cafeteria e algumas outras memórias vagas começavam a se infiltrar na consciência dela, mas ela apenas as deixava de lado e olhava para a TV, pensando em seu estoque. Algumas vezes, o remorso começava a enervá-la enquanto assistia a uma cena ensolarada na Itália em um comercial da Cinzano, mas ela apenas lembrava a si mesma que o tempo dela tinha passado, e uma dose de bagulho do bom era muito melhor do que um bando de italianos cheirando a alho.

Harry e Tyrone estavam parados na neve molhada, congelando a bunda, esperando um contato, mais uma vez, ouvindo os outros caras falarem sobre como todas as conexões boas estavam na Flórida, torrando o rabo no sol, enquanto eles estavam ali com neve batendo na bunda. É, e esses filhos da puta que só ficam sentados em cima de toda essa droga, só pra fazer o preço subir, parça, e esse é o único motivo pelo qual fazem isso. Pooorra, eles são um bando de filhos da puta doidões, tipo são uns doidõeeeeees de merda, parça. Harry e Tyrone tinham ouvido a mesma bobajada um milhão de vezes, assim como o resto deles, mas eles nunca se cansavam de escutar e menear a cabeça concordando, assim como todos os outros, amaldiçoando os desgraçados por começar aquele pânico só para poderem ganhar mais dinheiro, quando já tinham se tornado milionários umas doze vezes. A intensidade da raiva deles não apenas ajudava a passar o tempo, mas também a gerar um muito necessário calor interno. Quando finalmente descolaram bagulho naquela noite, estavam atordoados pelo frio e tinham dificuldade em caminhar. Harry parou no apê de Tyrone para se injetar antes de continuar até a casa de Marion. Eles estavam sentados, fumando e relaxando, quando Harry começou a pensar sobre aqueles cuzões sentados ao sol e se perguntou o que aconteceria se ele fosse *até lá* para buscar. Tyrone olhava para ele com olhos caídos, Do que você tá falando? Do que eu tô falando? Do que acabei de dizer, porra. Tá todo mundo batalhando só pra continuar vivo e ainda ser sacaneado ou morto, e ninguém pensa em ir até a fonte, cara. De que porra você tá falando? Ir até a porra do recepcionista de algum hotel e perguntar por um contato? Pooorra. Qualé, Ty, pensa um pouco, mano! Tá me dizendo que não consegue farejar quando tem droga por perto? Isso é aqui mesmo, cara. Apple é minha vizinhança. Que porra eu sei de Miami? Esses italianos filhos da puta não tão sentados por aí esperando eu aparecer, parça. Eu é que tenho que tomar conta disso. Eu sei como esses desgraçados fazem as coisas. Isso é fácil. Tyrone olhou para ele por alguns segundos, É uma jornada da porra, parça. Não se você dirigir. Olha, cara, tá frio pra cacete, mas na rua tá quente pra caralho. Tão matando gente como se estivessem dando um pirulito com cada viciado morto. Cara, a gente não tem nada a perder, o entusiasmo de Harry crescendo conforme falava a respeito. Tyrone coçava a cabeça, Se é uma ideia tão boa, por que ninguém mais pensou nisso? Porque são cuzões. Harry estava sentado na beirada da cadeira, o rosto reluzente de suor. E é só isso, ninguém mais *pensou* nisso. Caminho totalmente aberto. Tyrone continuava se coçando e gesticulando em concordância, se a gente chegar lá antes de qualquer outra pessoa, a gente pode definir nosso próprio preço e só relaxar e ficar de boa, deixar os otários ralarem na rua por nós. Tyrone continuava se coçando, Verão passado foi muito fera, parça, ele de repente franziu a testa e inclinou a cabeça, parece que faz mil anos que o verão terminou. Pooorra. Vai ser daquele jeito de novo, depois que a gente descolar uma boa quantidade. Por que a gente não vai de avião pra lá? A gente ia e voltava em um dia. Harry balançava a cabeça, Não, cara. Não dá. A gente vai precisar de um carro quando estiver por lá, certo? Tyrone concordou. E a gente pode chegar lá em um dia, fácil. A gente tem bagulho suficiente e pode pegar umas boletas com a Marion. Sem problema. Tyrone estava se coçando e olhando para o teto. Gogit provavelmente arranjaria um carro fácil, se a gente prometesse pra ele heroína da boa. Aquele filho da puta consegue desenterrar qualquer coisa, até os mortos. Harry ria e continuava sacudindo a cabeça de modo enérgico, o desespero deles fazendo tudo parecer tão simples, E faz calor na Flórida, cara.

Harry disse a Marion que tinham ouvido falar que tinha uma parada de primeira, e lhe pediu algum dinheiro. Quanto mais a gente tiver, melhor a gente fica. Aonde você vai arranjar? Harry deu de ombros, Não posso dizer, mas é fora do estado. Vai levar alguns dias, saca? Marion pensou por alguns segundos, Não sei, Harry, tô quase sem dinheiro pro aluguel. Não esquenta. Em uns dois dias, a gente volta com um saco cheio de bagulho e uma boa grana. Marion pensou por um momento, sabendo que poderia emprestar uns cem dólares sem qualquer problema e pensando que seria ótimo ter ainda mais droga do que tinha. E, além disso, ela ficaria completamente livre por alguns dias, e poderia ficar com toda a droga que conseguisse com Tim, e, se ela se encontrasse com ele todos os dias, ficaria com uma boa quantidade guardada. Tá, Harry, posso te dar cem dólares, mas preciso que devolva antes do fim do mês, preciso pro meu aluguel. Harry dispensou a preocupação dela com um aceno de mão, A gente vai ter que dirigir um pouco, então pode me passar algumas daquelas boletas? Queremos que seja uma viagem rápida.

Marion ligou para Big Tim depois que Harry saiu e, em pouco tempo, estava a caminho do centro, pensando em quantas doses teria quando Harry voltasse, se sentindo independente de Harry.

Gogit não teve qualquer problema em arranjar um carro para eles. Não era grande coisa, mas funcionava. Um primo dele estava preso em Rikers, e ele tinha passado a conversa na tia, dizendo a ela que tomaria conta dele para que os pneus não apodrecessem, ou a bateria morresse, ou que a molecada o depenasse durante a noite.

Harry e Tyrone juntaram suas coisas e tomaram um pico antes de partir, por volta das nove da noite. Eles pensaram que não pegariam trânsito pesado e, com as boletas, poderiam dirigir a noite toda sem qualquer problema, chegando em Miami num bom horário. Harry estava tendo cada vez mais problemas para achar uma veia, tendo que injetar entre os dedos, mas isso também não era bom, e ele com certeza não queria desperdiçar nenhuma dose naquele momento. Um saquinho de heroína era valioso demais naqueles dias. Então, de tempos em tempos, ele era obrigado a voltar a uma parte do braço que tinha ficado ocasionalmente infeccionada e agora era um buraco. Ele tinha decidido que não usaria mais aquela parte, mas, quando estava se injetando, simplesmente não conseguia passar pelo estresse de achar outra área, então, mais cedo ou mais tarde, ele simplesmente enfiava a agulha no buraco do braço e injetava o bagulho. Tyrone balançava a cabeça, Essa porra tá nojenta, parça, você devia ficar com umas veias graúdas, tipo eu. Esse é o problema com vocês branquelos, vocês são moles demais. Tá tudo bem, cara, desde que essa merda vá pra onde precisa ir ... e desde que a gente chegue aonde está indo.

Estava frio e ventava quando partiram, mas estava seco. Espero mesmo que essa porra de aquecedor funcione, parça. Harry dirigia. Tyrone olhava os botões do aquecedor, acionando o aquecedor a cada tantos segundos e desligando quando ar frio circulava em torno dos pés. Eles estavam quase no pedágio de New Jersey quando o ar do aquecedor ficou quente, Pooorra, agora vai. Acho que não vai ser uma viagem tão ruim.

O rádio não era dos piores, então, durante as primeiras horas, eles estalavam os dedos, curtiam o som e dirigiam o mais rápido possível pela rodovia, mantendo os olhos bem abertos para evitar a polícia, sem quererem ser parados para nada. A noite foi calma e reconfortante. Parecia estática. As luzes de algum carro que eventualmente passava por eles parecia calma e segura dentro do carro bem aquecido deles. As luzes de casas ao longe ou de torres elétricas e fábricas cintilavam no ar gelado, mas a atenção deles estava na estrada e na distância entre eles e Miami. De vez em quando, Harry se lembrava da dor no braço, então o esticava com calma e o colocava sobre o descanso da porta. Vez ou outra, Tyrone verificava o odômetro e anunciava o quanto tinham avançado em direção a Miami, e todo aquele sol e bagulho de primeira. É, cara, e quando a gente voltar com todo aquele bagulho, a gente vai ficar de boa. Pode crer, mano. Não vamos deixar ninguém saber que temos uma boa quantidade, só vamos cortar e passar alguns pacotes pro pessoal todas as noites, como se a gente só tivesse comprado o suficiente pra gente mesmo. Pode apostar, parça. Não quero todos aqueles viciados ranhentos batendo na minha porta. Tyrone coçava a cabeça e olhava pela janela para a neve e a lama congelada, cinza com pontos pretos, as luzes mostrando os raros pontos brancos onde a superfície da neve tinha sido removida. Quanto você acha que a gente consegue? Não sei, cara, talvez duas onças. Acha mesmo que a gente descola tanto? A porra do preço tá uma loucura, parça. É, é, tô ligado, mas imagino que um pau garanta dois pacotes, mesmo com todo esse pânico rolando. A gente tá *indo buscar* a parada e assumindo todo o risco. Tem que valer a pena. É, Tyrone sorria e se reclinava no banco, e a gente vai ficar de boaça, e aí esse caralho desse pânico de inverno já era, parça. Quem sabe eu descolo uma lâmpada de bronzeamento e fique só curtindo, tipo vocês branquelos, Tyrone mostrando os dentes em um largo sorriso. Harry olhou para ele e começou a rir, e então a gargalhar, lutando para se controlar e manter os olhos na estrada. Ei, mano, calma, ainda tem muito chão pela frente.

Após dirigir por algumas horas, eles pararam em um restaurante e colocaram todas as roupas que tinham antes de sair do carro. Pediram refrigerante e torta, e então foram até o banheiro masculino. Harry tirou a jaqueta com muito cuidado e enrolou a manga da camisa. O buraco no braço dele doía tanto que ele não ria ou falava sobre toda a droga que logo teriam. Ele e Tyrone ficaram olhando aquilo por algum tempo, e Tyrone balançou a cabeça, Isso tá bem feio, parça. É, certeza que bonito não tá. Harry deu de ombros, Bom, foda-se, cuido disso quando voltar. É, mas é melhor você não se aplicar mais aí. Melhor injetar em alguma outra parte. É. Cada um entrou em um cubículo diferente para se picar, e Harry tentou achar uma veia usável no braço direito, mas, por mais que tentasse, não conseguia nada parecido com o que procurava, então simplesmente voltou ao velho e confiável buraco no braço esquerdo, em vez de correr o risco de desperdiçar a dose. Doeu feito o diabo por um minuto, mas valeu a pena, e logo a dor era novamente fraca. Eles beberam alguns copos de refrigerante depois de comer torta e ficaram curtindo o efeito da droga e a garçonete, rindo e se coçando por algum tempo, então saíram e seguiram em direção a Miami e aos contatos. Eles ficaram em silêncio por algum tempo, escutando música e se sentindo aquecidos, certos de sua droga e de seu futuro, cada um sorrindo por dentro pensando sobre o fim dos problemas e do pânico, ao menos para eles. Então a dexedrina soltou a língua deles, e eles começaram a improvisar junto com a música, cantando, estalando os dedos e falando sem parar, Tyrone anunciando de vez em quando que estavam mais perto de Miami e dos contatos.

Harry ainda dirigia quando o sol começou a nascer. Caramba, a gente dirigiu a noite toda e ainda tem neve pelo chão, parça. Quanto você tem que descer pro Sul pra não ter mais neve? Um bocado, cara. Essa onda de pânico e frio desce até a Flórida. Eles pararam para tomar café e tomaram mais estimulantes, então foram ao banheiro masculino, um de cada vez, se injetaram, tomaram mais umas duas jarras de café e caíram fora. Tyrone foi para trás do volante, e Harry se espichou no banco, tentando descansar o braço e fazer o filho da puta parar de doer. Não parecia tão ruim agora que tinha acabado de se injetar, mas ainda assim latejava.

Tyrone ainda olhava para o odômetro, anunciando como estavam mais perto de Miami, quando de repente se deu conta de como estavam longe de Nova York. Eles tomaram algumas boletas, beberam mais café e pensaram na distância que havia entre eles e as casas deles. Tinham dirigido a noite toda e se dado conta de que não podiam simplesmente embarcar no metrô e pegar um táxi para ir aonde quisessem. Independentemente do que tinham sentido ao partir, agora estavam comprometidos, tinham passado do ponto de retorno.

O rádio continuava tocando, mas o carro estava em silêncio, Harry continuamente esfregando o braço e tentando aliviá-lo. Tyrone descansava o cotovelo esquerdo na porta e afagava o queixo com a mão. Nenhum dos dois tinha deixado o estado de Nova York antes, e a única vez que Harry tinha saído da cidade tinha sido quando era moleque e foi em um acampamento de escoteiros. Eles ficavam cada vez mais impressionados pela estranheza do interior. Foram ficando cada vez mais quietos. Os estimulantes e a heroína disputavam o controle. A área em torno da rodovia parecia de algum modo estar chegando mais perto. Eles se agitavam, tentando achar uma posição confortável nos bancos. Olhavam fixo para fora do para-brisa. Eles tentavam amortecer o cérebro com estimulante e heroína, mas, ainda assim, o desespero da situação se impunha sobre eles. Individualmente, cada um deles se sentia cada vez mais consciente do fato de que o que estavam fazendo era loucura. Eles estavam a meio mundo de distância da vizinhança deles. Estavam viciados, um fato sobre o qual evitaram falar por muito tempo, mas que agora sentiam bem em suas tripas. Eles estavam viciados e estavam dirigindo por algum estado cretino para chegar a Miami e descobrir contatos grandões. Podiam sentir o cheiro. Sabiam que estavam indo atrás dos contatos. Mas que porra eles fariam quando chegassem lá? Que porra rolava lá? Eles se contorciam. Se ajeitavam. Harry alisava o braço. Aquela dor do caralho era subitamente tão ruim que ele estava quase ficando cego. Estavam se cagando de medo. Mas tinham ainda mais medo de dar pra trás na frente um do outro. Os dois queriam dar meia-volta e retornar. Ter que ralar na rua no meio daquele pânico do caralho era de matar, cara, mas era melhor que aquilo ali. Para onde estavam indo, pelo amor de deus? O que tava rolando? Imagina se ficassem sem droga antes de voltar? Imagina se fossem presos na porra do Sul? Os dois estavam quase rezando, ou chegando o mais perto disso que sabiam, para que o outro sugerisse dar meia-volta e retornar, mas eles apenas continuavam olhando fixo pelo para-brisa e se contorcendo enquanto o carro seguia sempre em frente. Tyrone parou de olhar para o odômetro. Harry não conseguia sentar quieto por mais de alguns minutos. De vez em quando, ele quase se dobrava de dor. Esfregava o braço, tentando diminuir a dor. Acho que não vou conseguir, cara. Esse braço de merda tá me matando. Ele se sacudiu para fora da jaqueta, enrolou a manga e piscou algumas vezes enquanto olhava para o braço. Tyrone olhava para ele de vez em quando, franzindo a cara, Pooorra, isso tá feio mesmo, mano. Em torno do buraco no braço de Harry, tinha se formado um enorme caroço branco-esverdeado, com veias vermelhas se estendendo em direção ao ombro e ao pulso. Mal consigo mexer o desgraçado. Vou ter que fazer alguma coisa, cara.

Big Tim disse a Marion que arranjaria para ela uma bela quantidade por apenas algumas horas de trabalho, Embora seja mais como uma brincadeira, gata. O que você quer dizer com bela quantidade? Big Tim deu sua risada de Papai Noel, Caramba, você é bem fominha por heroína. Marion sorriu e deu de ombros. Uma onça para ser dividida entre seis. E é da boa, e ele sorriu quando os olhos de Marion se arregalaram e brilharam. Quando? O sorriso dele aumentou, Amanhã de noite. Ele esperou um momento, pensando se ela perguntaria o que tinha que fazer, mas tinha certeza de que ela não perguntaria. É uma festinha com algumas pessoas que conheço. Eu levo você lá. Quem vai dividir comigo? Outras cinco minas. Vocês vão ser o entretenimento... sabe, desfrutar da companhia umas das outras, saca? E ele sorriu e então riu sua risada de Noel quando percebeu pelo rosto de Marion que ela tinha entendido. E os homens? Eles chegam mais tarde, e Tim riu tanto que Marion deu uma risadinha. Qual o horário? Você aparece aqui às oito. Marion sorriu e concordou, e Big Tim riu sua risada de Papai Noel.

Harry e Tyrone pararam em um posto de gasolina, desceram do carro e se alongaram. O atendente estava nos fundos conversando com o mecânico. Eles olharam para Harry e Tyrone por um momento, então o atendente deixou de lado sua garrafa de Coca e foi até eles. Harry estava escorado no carro, segurando e acariciando o braço esquerdo, Completa com a comum, valeu? E onde fica o banheiro dos homens? Nossa gasolina acabou de terminar. Ah, merda. Tudo bem, parça, a gente ainda tem por algum tempo. O atendente olhava para Harry, Tá estragado. Harry olhou para ele e notou uma expressão hostil no rosto do sujeito. Um carro estacionou perto de outra bomba, e o atendente foi até lá, Bom dia, Fred, é pra completar? Isso. O atendente começou a bombear gasolina para o carro, e o mecânico veio dos fundos e se escorou na parede olhando com provocação para o rosto de Harry, e então cuspiu. A dor e a confusão de Harry começaram a se transformar em raiva, e Tyrone abriu a porta, Relaxa, mano. Harry olhou para Tyrone por um instante, então entrou no carro. O mecânico continuou encarando e cuspiu enquanto dirigiam para longe. Que porra foi aquela merda, cara? Esse é o puro creme do Sul, mano. Jesus amado, é como a porra dum filme ruim. Achava que a Guerra Civil tinha acabado. Pooorra, não pra esses filhos da puta. Os dois olharam para o ponteiro da gasolina. Que porra a gente vai fazer, cara? Caralho, como eu vou saber, parça? A gente tem só que ficar tranquilo e descolar um pouco de gasolina, que porra podemos fazer além disso? Harry fez que sim e puxou o braço para mais perto de si, e continuaram dirigindo em silêncio, os dois aguentando firme, sem querer perder a calma, e desejando muito estar em outro lugar. O tempo parecia se arrastar enquanto olhavam pra frente, sem notar as árvores e postes que passavam. Eles olhavam o ponteiro do combustível e então o horizonte à frente, onde os dois lados da estrada convergiam, a uma distância inalcançável deles. Harry esfregava o braço, e, de tempos em tempos, Tyrone erguia a mão e coçava a cabeça, então apoiava o braço esquerdo na porta e descansava o queixo na mão. Ali tem um. É. Eles percebiam cada vez mais o suor escorrendo pelas costas, e Harry se inclinou de leve para fora e disse para o sujeito completar. Com a comum. O cara se escorou na bomba, os ignorando, enquanto a gasolina era bombeada para o carro. Quando estava abastecido, Harry pagou, e seguiram dirigindo, o silêncio intacto por longos minutos até que Tyrone ligou o rádio. A tensão começou a diminuir no corpo junto com o suor. Caramba, bem que eu podia tomar um pico. É, com certeza. Tem que ter algum restaurante em breve.

Eles pararam em um lugar pequeno de beira de estrada e foram ao banheiro masculino, um de cada vez, o outro ficando sentado no balcão observando tudo com cuidado. Depois de se injetarem, relaxaram e pensaram em pegar algo para comer, além de café, e Harry chamou a garçonete que estava parada na outra ponta do balcão conversando com um freguês, mas ela o ignorou. Ele chamou de novo, e o cozinheiro colocou a cabeça pra fora e o mandou calar a boca. Harry fechou os olhos por um instante, respirou fundo, exalou lentamente, e então olhou para Tyrone, balançando a cabeça. Tyrone deu de ombros, eles se levantaram e foram embora.

Sara tinha terminado a série de tratamentos de choque. Ela ficava sentada na beirada da cama olhando pela janela, através do vidro cinza, para o céu e o chão cinza e para as árvores desfolhadas. De tempos em tempos, ela saía da cama e andava arrastando os pés, usando seus chinelos de papel, até a sala das enfermeiras, se escorava na parede em frente à porta e ficava olhando fixo. Você quer alguma coisa? Sara piscava e encarava. Você quer alguma coisa, sra. Goldfarb? O rosto de Sara se mexia um pouco, e ela quase sorria, então piscava algumas vezes antes de continuar olhando fixo. A enfermeira dava de ombros e voltava ao trabalho. Sara deslizava pela parede e ficava agachada *no* chão, ainda tentando sorrir e manter um sorriso no rosto. Os músculos das bochechas tinham espasmos, os cantos da boca tremiam. Por fim, ela esticava a boca em um sorriso tenso, torturado, de olhos arregalados. Ela ficava de pé, se arrastava pela porta da sala das enfermeiras e ficava sorrindo até a enfermeira olhar para ela. Muito bom, agora volta pra sua cama, e mais uma vez ela dava as costas a Sara e continuava trabalhando. Sara se virava, arrastava os pés até a cama e sentava na beirada olhando pelas janelas cinzentas.

Sara foi colocada em uma cadeira de rodas e levada pela ala, descendo pelo elevador, passando por um longo túnel cinza, até uma sala de espera onde outros pacientes estavam docilmente sentados, os enfermeiros fumando em um canto, fazendo piadas, de olho nos pacientes. Sara olhava para as pessoas na frente dela e piscava algumas vezes, franzia os olhos e então olhava fixo. De vez em quando, alguém abria a porta e chamava um nome, e um dos enfermeiros empurrava o paciente pela porta, e eles pareciam desaparecer, mas mesmo assim sempre parecia haver o mesmo número de pessoas na frente de Sara. O tempo continuava passando, e o nome de Sara foi chamado. O enfermeiro empurrou a cadeira dela pela porta, e Sara tentava sorrir. Em frente dela, havia um homem atrás de uma escrivaninha. Havia outras pessoas na sala. O homem atrás da mesa era chamado de meritíssimo. Alguém levantou, abriu uma pasta e leu algumas coisas para o juiz. Ele olhou para Sara. Ela tentou sorrir, e o rosto começou a se esticar em um sorriso de olhos arregalados, enquanto um pouco de saliva escorria pelo queixo. Ele assinou o nome dele em um papel e devolveu ao sujeito. Ela tinha sido internada em um hospital psiquiátrico do estado.

Sara foi acordada cedo, tirada da cama e levada até o subsolo do hospital, onde foi colocada em um banco para esperar. E esperar. Ela perguntou se podia comer alguma coisa e disseram que era muito cedo. Quando ela perguntou de novo, disseram que era tarde demais. Por fim, ela passou por toda a fila e então esperou. Ela ficou sentada no banco com olhar fixo. Ela foi para a fila seguinte. E esperou. Deram roupas a ela. Ela olhou para elas por um longo tempo. Disseram para ela se vestir. Ela continuava olhando. Colocaram parte das roupas nela. Ela lutou para colocar o resto. Levaram Sara até outro banco. Ela esperou. Colocaram-na em um ônibus, e ela sentou olhando pra frente enquanto os outros eram levados a seus assentos. Eles dirigiram por ruas que continham toda uma vida de locais e sons familiares, e Sara olhava reto pra frente.

Foram conduzidos para fora do ônibus, os nomes deles foram riscados da lista e então foram levados por um túnel cinza, úmido, gelado que se conectava a outros túneis e finalmente até um prédio em uma parte remota do terreno, e foi trancada em uma ala lotada com outros que se arrastavam, ficavam sentados, agachados, de pé, encarando. Sara ficou imóvel encarando as paredes cinzas.

Ada e Rae fizeram uma visita. Elas se sentaram em um canto da sala de visitas e olharam para Sara enquanto ela se arrastava até elas. Elas sabiam que era Sara, mas mesmo assim não a reconheceram. Os ossos estão à mostra. O cabelo parecia morto na cabeça. Os olhos nublados, sem enxergar. A pele estava cinza. Sara se sentou, e Ada começou a tirar comida de uma grande sacola de compras. Trouxemos alguns bagels com salmão defumado e *cream cheese*, panquecas com creme azedo, folhados, sanduíche de pastrami e picadinho de fígado com mostarda e cebola e uma garrafa térmica de chá quente e, ... Como vai você, querida?

Sara continuava encarando, Sim, tentando sorrir, e deu uma grande mordida em um sanduíche, grunhindo e fazendo barulho ao mastigar, a mostarda escorrendo pelos cantos da boca. Ada piscava os olhos, e Rae gentilmente limpava a mostarda e a saliva. Elas olhavam para a amiga de tantos anos, tentando muito entender. Ficaram ali por uma hora interminável e, então, relutantemente, mas com um suspiro de alívio, foram embora. Olhavam para as paredes cinzas, as árvores sem vida e o solo enquanto aguardavam o ônibus sentadas, lágrimas escorrendo dos olhos. Elas abraçaram uma à outra.

Harry e Tyrone olhavam em silêncio pelo para-brisa, o medo e a apreensão aumentando a cada quilômetro. Harry estava quase encolhido em posição fetal. A dor e o pânico quase o deixavam sem fôlego. Quanto mais perto chegavam de Miami, mais profundamente a distância entre eles e sua casa se alojava na mente. Eles ainda tinham bastante heroína e estimulantes, mas o medo era tão intenso que era como uma substância tangível no carro. Harry tentava fechar os olhos e esquecer tudo, exceto o fato de que os contatos deles estavam em Miami, mas, assim que fez isso, enxergou o braço, em carne viva, e então verde, e podia ouvir alguém cortando o braço dele com uma serra, e ele se ergueu em um espasmo no banco e segurou o braço, tentando se balançar pra frente e pra trás tanto quanto possível. Cara, não posso perder ele. Preciso de um pouco de penicilina, ou alguma outra coisa, pra essa porra desse braço.

Eles estacionaram perto da esquina de uma pequena clínica e entraram na primeira sala que viram. Havia algumas pessoas na sala de espera, e Tyrone foi até uma enfermeira para falar sobre Harry. Você tem hora marcada? Tyrone apenas balançou a cabeça, Não. É uma emergência. Por que não vão a um hospital? Não sei onde fica, e ele — Harry foi até eles, Tô com uma infecção feia no braço e tô com medo de perder ele. O médico não pode dar uma olhada? Por favor. Harry esticou o braço, e ela olhou para ele por um momento e, então, para eles, Podem se sentar. Após alguns minutos, a enfermeira voltou e abriu a porta para a sala de consulta e chamou Harry, Por aqui.

Harry andava de um lado para outro, segurando o braço, tentando de vez em quando sentar, mas não conseguia ficar parado mais de um minuto. Finalmente, o médico veio e examinou Harry por um minuto, Qual o seu problema? Meu braço... tá me matando. O médico pegou o braço de Harry bruscamente, Harry se contorcendo de dor, o olhou e então soltou. Volto em um minuto. O médico saiu da sala e foi até o escritório, fechou a porta e ligou para a polícia. Alô, aqui é o dr. Waltham. Sabe a Russel Street? Estou com um jovem aqui que acho que deveriam checar. Ele tem uma infecção no braço que me parece ter sido causada por uma agulha, e as pupilas estão dilatadas. Acho que é um viciado. Ele fala como um maldito vagabundo de Nova York e ele está com um crioulo. Ele desligou, chamou a enfermeira e disse a ela que a polícia chegaria em poucos minutos, para apenas ficar de olho no crioulo de Nova York. O médico esperou mais alguns minutos antes de voltar até Harry. Ele agarrou com força o braço de Harry de novo e o torceu, Harry se engasgou e dobrou os joelhos de dor. Vai levar tempo pra limpar isso aqui. Tenho que tratar mais um paciente, aí posso cuidar de você. Ele saiu antes que Harry pudesse dizer uma palavra, ou mesmo respirar.

Tyrone tentava olhar uma revista, mas sentia vontade de levantar e correr pra fora do consultório. Tinha alguma coisa errada, mas não sabia o que era. Ele olhava para a enfermeira com o canto do olho de vez em quando, e ela sempre parecia estar encarando, com uma cara como se ele tivesse acabado de matar a mãe dela ou coisa do tipo. Isso o fazia se sentir esquisito. Ele voltou a ler a revista e virou a cabeça pra que não pudesse vê-la e só olhava as fotos, ocasionalmente olhando as palavras e desejando estar de volta a sua vizinhança, com ou sem pânico, com ou sem frio. Era quente pra caralho lá, e ele não gostava. Ele se perguntava o que estava acontecendo com Harry. Ele sentia como se Harry tivesse passado por aquela porta para outro mundo. Ele, com certeza, não gostava de como se sentia, ou do jeito que aquela vadia olhava pra ele. Caramba, como ele queria voltar pra Big Apple. Ficaria feliz até de deitar na porra da neve, se pudesse voltar. O que ele estava fazendo ali? Pooorra, ele nunca tinha tido vontade de vir pro Sul. Ca-ra-lho, como queria que Harry se apressasse e desse um jeito no braço pra que eles pudessem deitar o cabelo — ele de repente se deu conta de que tinha alguém parado ao lado e de que o estômago foi parar nos joelhos de susto. Antes de virar a cabeça, sabia que era a polícia. O que você tá fazendo aqui, *garoto*? Tyrone lentamente virou a cabeça e olhou para o rosto do gambé.

O parceiro dele entrou na sala onde Harry aguardava. Quando ele ouviu os passos e então a porta se abrindo, um sentimento de alívio começou a fluir por Harry, e ele quase sorriu quando a porta se abriu — o gambé parou olhando pra ele, então entrou na sala. Harry morreu por dentro. De onde você é? Harry piscou, a cabeça tremendo incontrolavelmente, Hã? Ahhn como é???? Qual é o seu problema? Não sabe falar? E ele agarrou Harry pelo queixo e olhou bem nos olhos dele por um momento, então o empurrou pra longe, Eu perguntei de onde você é. Do Bronx ... ahn, Nova York. Nova York, hein? Ele cutucou Harry no peito com o dedo, o empurrando sobre a mesa de exame, Quer saber de uma coisa? A gente não gosta de viciados de Nova York por aqui. Ainda mais viciados crioulos brancos. Harry tentou dizer algo, e o gambé o acertou com força do lado da cabeça, com a mão aberta, o derrubando, Harry caiu por cima do braço. Ele agarrou o braço e gemeu de dor, tentando desesperadamente respirar e conter as lágrimas que a dor tinha gerado nos olhos. Não quero ouvir uma porra dum pio seu, *amigo de crioulo*. O gambé agarrou Harry pelo braço ruim e o arrastou, meio desmaiado, até o carro, algemou as mãos dele pra trás, e o enfiou pra dentro. Tyrone já estava sentado, com as mãos algemadas pra trás.

Quando chegaram à delegacia, Harry perguntou ao encarregado do fichamento se podia ver um médico, e ele riu, Quer serviço de quarto? Meu braço. Preciso dar um jeito nele. Tem bastante tempo. Provavelmente, um médico vai vir aqui na segunda. Quem sabe ele se dispõe a dar uma olhada em você.

Tyrone estava sentado no canto da cela vendo Harry andar de um lado para outro, pensando no velho viciado que tinha ficado preso com ele, que se injetava usando a espuma das ombreiras. Eles não tinham nada. Só eles mesmos e seus vícios. A um milhão de quilômetros de casa. Que porra ele tava fazendo ali? Maldito Harry. Ele e suas ideias de merda. Vamos pra Miami. Descolar um bagulho dos bons e ficar de boa até o clima esquentar. Mesmo que deixassem fazer uma ligação, para quem ligaria? Harry, filho de uma puta! Fez eu me foder todo numa cidadezinha de merda. Pooorra! Ele olhava Harry segurando o braço e tentando ficar sentado. Um par de bêbados estava esparramado no chão. O cagador do canto estava coberto de vômito. Fedia. Pooorra. Sexta-feira. Não vai ter merda nenhuma aqui na segunda. A gente vai morrer antes disso. Tyrone ficou com a cabeça pendurada entre os joelhos, com os braços em volta dela. O que aconteceu, cara? Que porra aconteceu?

Harry balançava pra frente e pra trás de dor. Fazia umas duas horas desde que tinham tomado o último pico e era isso. Se ao menos ele soubesse que aquela seria sua última dose. Ele teria colocado uns dois saquinhos na colher e se detonado. Se ele tivesse ao menos a porra de um algodão. Bolas! O corpo dele sentia as mais de vinte e quatro horas sem dormir, misturadas aos estimulantes, à heroína e à dor insuportável no braço. Agora que sabia que não conseguiria mais droga, a náusea se instalava rapidamente. Ele olhou para as paredes de aço até os olhos arderem e começarem a fechar, mas eles se abriram rapidamente quando os pesadelos começaram antes mesmo de ele pegar no sono. A cabeça queimava. A língua estava tão seca que grudava no céu da boca. Ele tentou ficar de pé para continuar caminhando, mas a cabeça estava zonza e os joelhos, fracos. Ele se apoiou na parede da cela, lentamente deslizou até o piso e ficou sentado com a cabeça entre os joelhos, se mexendo pra frente e pra trás, os olhos queimando, fechando e abrindo, o braço gangrenado na frente dele feito um pêndulo.

De vez em quando, algum bêbado era jogado no xilindró, mas Harry e Tyrone continuavam sozinhos em uma cela pequena, envoltos por seu isolamento e dor, Harry lenta e progressivamente avançando cada vez mais rumo ao delírio, Tyrone tentando eliminar o frio de dentro de si com raiva. Dois bêbados brigavam pela privada, um com a cabeça sobre a louça, vomitando, o outro vomitando por cima dele, os dois no final das contas apagaram e ficaram deitados no próprio vômito e no do outro. O fedor preenchia a cela. Harry e Tyrone continuavam envoltos por seu isolamento e dor. Tyrone começou a ter câimbras estomacais e diarreia e tentou limpar o maldito cagador o suficiente para usar, mas, quando tentou limpar o treco com papel higiênico, o cheiro o deixou tão enjoado que começou a vomitar assim que terminou e teve que se virar, quase escorregando na gosma de vômito no piso, e ficar parado perto da privada e deixar o líquido malcheiroso jorrar do corpo cheio de câimbras, e, enquanto ainda estava parado, sentiu a náusea subindo e teve que segurar a boca fechada enquanto o corpo se contorcia em espasmos. Por fim, ele parou por algum tempo, voltou tropeçando para seu canto no piso e se encostou na fria parede de aço, calafrios de rachar os ossos passavam pelo corpo, e, então, ele se dobrava por conta das câimbras e do suor que escorria e jorrava dos poros, queimando o nariz com aquele cheiro típico do uso prolongado de heroína, um cheiro nauseante que nublava a cabeça com um sentimento de morte.

Harry tentava se encolher para dentro de si mesmo, segurando as pernas, mas ele só conseguia usar um braço para se abraçar, e o suor da droga e da febre jorrava do corpo, e ele tremia e se sacudia com calafrios incontroláveis e dor agonizante. De vez em quando, a dor ficava tão ruim que ele desmaiava por algum tempo, e então o corpo e a mente o arrastavam, com relutância, de volta à consciência, e ele se encolhia numa bola, tentando forçar algum calor no corpo, desesperadamente tentando encontrar algo para fazer com o braço para que a dor parasse, e a dor o queimava e gelava, e ele se entregava ao alívio dos delírios.

Em algum momento da segunda, a cela foi esvaziada. Os bêbados foram primeiro, Harry e Tyrone por último. O braço de Harry estava começando a ficar verde e a feder. O guarda o agarrou pelo braço ruim e o girou para colocar as algemas, e Harry gritou de dor e desmaiou, desmoronando de joelhos, o guarda ainda torceu o braço até conseguir algemar as mãos de Harry para trás. Quando Harry gritou, Tyrone tentou segurá-lo, e um dos outros guardas o acertou na cabeça com um pequeno porrete e então o chutou nas costelas e na barriga enquanto ele estava caído no chão, Nunca erga a mão pra mim, *crioulo*. Algemaram as mãos dele para trás, o colocaram de pé e colaram uma bandagem na testa antes de levarem os dois para o fórum. Eles foram forçados a sentar em cadeiras, e Harry continuava gemendo e caindo pra frente, e o gambé disse pra ele calar a boca e bateu as costas dele contra a cadeira. Um cara usando terno sentou perto de Tyrone e começou a explicar que tinha sido apontado pelo juiz para representá-los e leu as acusações, e o corpo de Tyrone continuava tendo espasmos de dor, náusea e câimbras, e o suor ardia nos olhos, e ele tentava secar o suor dos olhos com o ombro, mas, toda vez que se mexia, o guarda acertava um tapa do lado da cabeça, e a visão de Tyrone ficava borrada, e a cabeça dele era jogada pra frente, e o cara lhe disse que, se ele se declarasse culpado de vadiagem, teria que cumprir apenas algumas semanas trabalhando acorrentado a outros presos. Quando você sair, vão te dar passagem de volta para Nova York. E o nosso dinheiro? Vocês tinham algum? Tyrone olhou para ele por um instante, piscando os olhos, tentando vê-lo claramente, A gente tinha mais de mil dólares, parça. Não de acordo com este relatório. Tyrone ficou olhando por outro instante e então se resignou por dentro. E o Harry? Ele tá doente. Ah, vocês dois vão ser examinados pelo médico antes de serem mandados para o campo de detenção. Ah pooorra, como ele queria que fosse o verão passado. Nada dessa merda. As coisas indo bem, todo dia era feriado. Pooorra!

Marion estava sentada no sofá, sozinha, assistindo à televisão. Quando o entretenimento finalmente tinha terminado e ela estava a caminho de casa, teve que lutar bastante para negar o que sentia. Ela tinha sido tão ingênua. Ela não fazia ideia do que precisaria fazer com as outras garotas. Ela sabia o que deveria fazer com os homens, mas com as garotas foi chocante. Ela quase vomitou. Mas ela sabia por que estava fazendo o que estava fazendo, e isso tornava tudo possível. Foi só depois de começar que ela lembrou de livrinhos que tinha lido e das fotografias das quais tinha dado risada. Não era apenas o que ela tinha feito que a perturbava, mas também a facilidade com que tinha feito. E, quando recebeu a parte dela da droga, soube que tinha valido a pena. Quando voltou para casa, se injetou, e todos os sentimentos intranquilos foram imediatamente dissolvidos pela heroína, e ela não tinha que se preocupar em tomar banho, podia esperar até de manhã. Ela apenas se espichou no sofá, na frente da televisão, ignorando o cheiro no corpo e nos lábios, pensando mais de uma vez que Big Tim estava certo, aquela parada era da boa. Aquela remessa duraria um bom tempo. Ela sorriu consigo mesma. E tinha mais de onde aquilo tinha vindo, e ninguém com quem dividir. Eu posso ter sempre o quanto quiser. Ela se abraçou e sorriu, Eu posso sempre me sentir assim.

Harry e Tyrone esperavam em uma fila com uma dúzia de outras pessoas em uma sala no fundo da prisão. Eles tinham recebido três meses de trabalho, em vez de poucas semanas. O ônibus para o campo de trabalho estava estacionado do lado de fora, com a porta aberta. Os presos caminhavam arrastando os pés, um por vez, até o guarda e paravam ao lado do médico, que segurava uma prancheta com uma folha com os nomes datilografados. O médico e os guardas faziam piada um com o outro, riam e bebiam Coca-Cola enquanto os presos se arrastavam juntos, acorrentados. Eles diziam nome e número ao guarda, e ele verificava o nome deles na lista, e o médico olhava para eles e perguntava a todos a mesma coisa, Consegue me ouvir? Consegue me ver? Eles assentiam, e o médico dava um tapinha nas costas e os admitia para o campo de trabalho. Como de costume, Harry e Tyrone ficaram por último. Harry estava em um estado quase constante de delírio e ficava tropeçando, e, quando Tyrone tentava segurá-lo, era atingido ou empurrado. Quando Tyrone parou na frente do médico, o médico olhou para a bandagem na cabeça dele, os calombos e manchas roxas, e sorriu, Teve um probleminha, *garoto*? Os guardas riram. Consegue me ouvir, *garoto*? Consegue me ver, *garoto*? Tyrone gesticulou a cabeça, e o médico o acertou no rosto enquanto um guarda enfiava o cassetete nas costas dele, Diga senhor, criolo. Esses crioulos viciados de Nova York não têm modos. Eles riram, Vamos ensinar pra eles rapidinho. O corpo de Tyrone se contorceu de raiva e frustração, além do enjoo da droga, enquanto arrastava os pés em direção ao ônibus. Ele queria esmagar a porra da cabeça deles, mas sabia que era só o que estavam esperando para que pudessem enforcá-lo, e ele não queria tornar tudo pior do que estava, queria cumprir a pena e ir pra casa, e a náusea da abstinência tornava mais fácil não tentar nada ... ele mal conseguia se mexer.

Harry foi segurado na frente do médico. Esse aqui é outro viciado de Nova York. Ele é amigo de crioulo, não é, *garoto*? Harry gemeu, e as pernas começaram a esmorecer, e o guarda o puxou para cima, Ele disse que tem algo errado com o braço dele. Ah, é? O médico puxou a manga da camisa de Harry para cima, e Harry gritou e caiu, e o puseram em pé de novo, Não pode pelo menos agir feito homem e ficar de pé? O médico olhou para o braço dele e deu uma risadinha, Não acho que você vá meter mais droga nesse braço, garoto. Ele fez um sinal com a cabeça na direção dos guardas, Olha isso, não é uma loucura? Os guardas olharam e franziram a cara de nojo, Caramba, você cheira pior que o outro. É, ele cheira pior que um crioulo, e todos riram. Melhor vocês levarem ele pro hospital antes que o cheiro dele empesteie a prisão. Mais risadas. Não creio que ele passe desta semana. Mais algum? Não, era isso, doutor. Ótimo. Tenho que ir pro consultório. Vejo vocês semana que vem.

Sara se arrastava pela fila do remédio junto com os outros. Ela ficava parada por um instante, então se arrastava pra frente um pouco, ficava parada por outro instante, então se arrastava um pouco mais, até que estava na frente da enfermeira que colocava a Clorpromazina na boca da Sara e a observava engolir antes de ir embora. Sara ficou parada num canto, com os braços em torno de si, observando os outros se arrastarem e receberem o tranquilizante. Então a área foi limpa. Esvaziada. Ela continuou olhando reto pra frente, então lentamente virou a cabeça e olhou em várias direções, e então ela também saiu dali. Ela mantinha os braços em torno de si mesma conforme se arrastava, usando as chinelas de papel, para a sala da televisão. Alguns dos outros estavam sentados com o queixo colado no peito, já sentindo os efeitos da medicação. Alguns riam, outros choravam. Sara olhava para a tela.

Harry estava inconsciente quando o levaram para a sala de operação. Amputaram o braço na altura do ombro e imediatamente começaram a terapia anti-infecção na tentativa de salvar sua vida. Ele era alimentado de maneira intravenosa pelo braço direito e pelos tornozelos, e estava amarrado à cama para que as agulhas não rasgassem as veias, caso começasse a convulsionar. Um tubo estava conectado ao nariz para que um suprimento constante de oxigênio alimentasse os pulmões. Havia dois drenos ao lado conectados a uma pequena bomba debaixo da cama, em uma tentativa de drenar os fluidos que envenenavam o corpo. De vez em quando, Harry se agitava e gemia enquanto lutava para se libertar das garras de algum pesadelo, e a enfermeira sentada ao lado esfregava a cabeça dele com um pano úmido e fresco, e falava tentando acalmá-lo, e Harry se acalmava mais uma vez e ficava imóvel, parecendo quase morto, enquanto ele era absorvido por um sonho no qual sentia como se não tivesse qualquer peso ... e então uma luz o cercava, uma luz tão completa e intensa que ele sentia em cada parte de seu ser, o fazendo se sentir de um jeito que nunca tinha se sentido na vida, como se ele fosse algo especial, algo realmente especial. Harry sentia o calor da luz e sorria tanto que quase ria ao sentir a alegria fluir por todo o corpo. Era como se a luz dissesse, Eu te amo, e Harry sabia que estava bem, que tudo estava bem, e ele começava a caminhar sem saber por quê. Então, ele lentamente entendia que estava procurando a fonte da luz. Ele sabia que ela não poderia estar em toda parte. Ela tinha que vir de algum lugar, e então ele começou a procurar a fonte, porque sabia que quanto mais perto chegasse da fonte, melhor se sentiria, então ele caminhava e caminhava, mas a luz não mudava. Ela permanecia igual. Não aumentava nem diminuía, então ele parou para pensar, mas não parecia conseguir pensar ... não de verdade. Ele podia sentir o rosto tentando se retrair em uma careta, mas o sorriso era irremovível, e a alegria seguia fluindo por seu ser. Assim, ele teve uma vaga sensação de desconforto, e subitamente se deu conta de que estava franzindo a cara e que a luz estava diminuindo, e, embora não conseguisse vê-lo, sentia um monstro horrendo vindo em sua direção, de alguma nuvem escura que se formava em algum lugar atrás dele, mas, por mais que andasse, ele não conseguia achar a nuvem. Ele tentava desesperadamente descobrir onde ela estava, para que pudesse fugir dela e tentar se manter na luz, mas quanto mais se virava e corria, mais ele ficava no mesmo lugar, e ele tentava recuperar o fôlego para reunir energia para uma disparada e para correr, correr, correr ... mas, mesmo assim, ele permanecia no mesmo lugar, e agora o chão sob ele parecia cada vez mais indistinto, e ele começava a afundar cada vez mais, e o esforço dele parecia apenas aumentar a velocidade de sua descida, e ele tomou assustadora consciência de que a luz se afastava, e, embora ainda não conseguisse ver a nuvem negra, ele sabia sem dúvida que estava afundando cada vez mais nela, e estava cada vez mais perto do monstro horrendo, o que o fez tentar gritar de medo, mas nenhum som saiu da boca, e ele podia sentir o gosto intenso da escuridão, e sentir as garras do monstro invisível enquanto se contorcia e lutava para dar voz ao pânico, mas apenas silêncio acompanhava suas contorções, e ele sabia que se não gritasse logo, seria rasgado em pedaços, a carne e os ossos estraçalhados pelo monstro, então ele se forçou a abrir a boca ainda mais, e podia sentir os lábios se contorcendo e espichando, e então ele finalmente ouviu um leve som, e a escuridão foi parcialmente penetrada pelo cinza, e ele se deu conta de que lutava para abrir os olhos, e ele lutou por uma eternidade para abri-los antes que as garras do monstro o estraçalhassem ... e então a luz subitamente estava ali, não a mesma luz, mas luz, e ele tentou se mexer, mas não conseguia, tentou falar, mas apenas sons incompreensíveis escapavam da boca. A enfermeira viu o medo e o pânico em seus olhos e sorriu para ele. Tá tudo bem, meu filho, você está no hospital. Levou algum tempo para que a informação fosse registrada. ... Muito tempo. ... Harry tentava mexer os lábios. Tudo parecia tão pesado. Ele não conseguia mexer nada. A enfermeira esfregava os lábios dele, delicadamente, com um cubo de gelo. Melhorou? Harry tentava fazer que sim com a cabeça, mas não conseguia. Ele piscava os olhos. Ela secava a cabeça dele com um pano úmido. Ela podia ver o medo e o pânico diminuindo. Ela sorriu gentilmente enquanto esfregava os lábios dele de novo com o cubo de gelo. Você está no hospital, meu filho. Está tudo bem. Lenta, dolorosamente, a realidade da situação era registrada pela mente de Harry, e ele gesticulou com a cabeça para mostrar a ela que entendia. Então, ele fez uma careta, Meu braço, meu braço — ele estava quase chorando — dói feito o diabo. Não consigo nem mexê-lo. A enfermeira continuava passando o pano úmido no rosto dele. Tente relaxar, meu filho, a dor logo vai passar. Harry olhou para ela, sentindo o pano frio na cabeça, então sentiu os olhos fechando, e ele lutou com todo seu ser para escapar da escuridão e das garras do monstro e voltar ao sonho de luz enquanto mergulhava na inconsciência.

Durante semanas, Tyrone achou que fosse morrer a qualquer momento, e havia também momentos nos quais ele tinha medo de que não morresse. Ele tremia nas noites frias, os ossos frágeis e doloridos, os músculos atrofiados, a dor fazendo com que se curvasse, a dor nos músculos o puxando quase imediatamente de seus breves e tristes momentos de sono, e ele ficava encolhido e contorcido em seu beliche, os dentes batendo, implorando ao cérebro por um pouco de calor, enquanto torcia para que cinco da madrugada nunca chegasse, para que ele não tivesse que levantar e passar doze horas com a equipe de trabalho naquela rodovia. O guarda sempre olhava para ele por algum tempo, enquanto tremia, e então ria enquanto empurrava Tyrone para o chão, Mexe essa bunda, *garoto*, você tem trabalho a fazer, e começava a rir de novo enquanto andava pelo alojamento gritando para os presos acordarem.

Tyrone passou a maior parte da primeira semana encolhido com câimbras, enfraquecido pela diarreia e por espasmos constantes de ânsia de vômito, sem vomitar nada além de algumas gotas de bile amarga. Quando ele caía de exaustão e câimbras, o guarda dava risada, Qual é o problema, *garoto*, não aguenta? Os outros crioulos estão tranquilos, *garoto*, o que tem de errado com você? E ele ria enquanto empurrava o queixo de Tyrone para cima com o pé, Sabe de uma coisa, *garoto*, a gente não gosta de crioulo espertinho de Nova York, sabe disso, né, *garoto*? Sabe disso? Tyrone pendurado na mão dele, o corpo se agitando em espasmos. Ninguém mandou você vir pra cá, não é, *garoto*? Hein? Mandou? Não gostamos de tipos como você, e se conseguir voltar pra Nova York avisa o resto dos crioulos que não gostamos de vocês. Tá me ouvindo, *garoto*? Hein? Tá escutando? A gente toma conta dós nossos próprios crioulos, não é mesmo? — olhando para os outros presos ao redor — a gente cuida bem deles, mas a gente não quer a sua laia vindo pra cá pra criar confusão. Tá me ouvindo, *garoto*? Hein? Tá ouvindo? Ele soltou Tyrone e cuspiu, fez uma cara de desprezo e então riu, Aposto que ia adorar me matar, não é, *garoto*, hein? Ele cuspiu e riu mais alto, Deixa te dizer o que vou fazer, *garoto*. Vou virar de costas e te dar uma chance. Que tal, *garoto*? Hein? Qualé, *garoto*, não fica aí deitado feito um crioulo fracote e chorão, levanta esse rabo e vem me acertar aqui

— apontando para a parte de trás da cabeça — é a sua chance, *garoto*, e ele se virou e viu sua longa sombra no chão, e nenhuma outra além dela, então riu e começou a se afastar, Vamos, vamos, coloquem esses rabos pretos pra trabalhar, isso aqui não é a porra dum circo. Tyrone ainda estava caído na vala, lutando para ficar de joelhos, o cérebro em fúria, com vontade de arrancar a língua da boca daquele filho da puta e enfiar goela abaixo, mas incapaz de se mexer, de joelhos, segurando a pá, a cabeça caída e o corpo convulsionando e vomitando apenas ar. Outro preso veio e o ajudou, Fica calmo, irmão. Tyrone ofegava e amaldiçoava o filho da puta branquelo, mas as palavras fluíam para dentro da boca com as convulsões. O outro preso o ajudou a ficar de pé quando a convulsão parou, Não fica tendo ideia torta, irmão, ou ele estoura sua cabeça com aquela espingarda. Só fica calmo, e ele vai acalmar em algum momento. Tyrone se arrastou pelo dia, com a ajuda de alguns outros presos, então se jogou na cama quando voltaram para o alojamento depois do pôr do sol. De tempos em tempos, ele mergulhava em um sono exausto, e, mesmo assim, o corpo continuava a atormentá-lo, e então se acalmou quando ele sonhou que era um garotinho de volta com sua mãe, e ele estava com dor de barriga, e a mãe o segurava de um jeito tão gostoso que ele sentia o calor da respiração dela no rosto, e era tão bom e confortável que fazia cócegas no nariz dele e quase o fazia se esquecer da dor de barriga, e ela dava a ele uma colherada de algum remédio de gosto horrível, e ele sacudia a cabeça, não, não, não, e virava o rosto, mas ela falava com tanto carinho e calma, e dizia que ele era o menino da mamãe, e ela tinha tanto orgulho dele, e ela dava um sorriso tão grande e luminoso, como se o sol estivesse todo nos olhos dela, e ele fechava os olhos e engolia o remédio, e a mamãe sorria ainda mais, e agora o rosto dela estava todo iluminado e brilhante, e ela abraçava o menino dela contra o peito, e balançava, e o ninava, e ele colocava os braços em volta dela, e ela cantarolava tão baixinho que a voz parecia a de um anjo, e era tão bom ali, escutando a voz da mãe cantando, se sentindo seguro e confortável, e ele podia se sentir pegando no sono e de repente a barriga doía muito, muito mesmo, e ele começava a chorar de novo, mamãe, mamãe, e a mãe o segurava ainda mais, e o vestido ficava manchado com as lágrimas de seu bebê, e Tyrone se sacudia e se contorcia involuntariamente enquanto era arrastado de seu sono e de seu sonho pela dor e pelas lágrimas. Ele abriu os olhos rogando ... torcendo ... mas havia apenas escuridão. Por um breve momento, a mente ainda ficou acesa com a imagem da mãe o abraçando e cantando, então a escuridão devorou também isso, e tudo que ouvia eram as lágrimas rolando pelas bochechas.

Finalmente, os espasmos e a ânsia de vômito pararam, e ele conseguiu vencer o dia de trabalho com a ajuda dos outros presos, e logo ele era só mais uma bunda preta para os guardas, que o deixavam em paz para trabalhar e cumprir sua pena, e de noite Tyrone ficava deitado de barriga pra cima no beliche, pensando na mãe e na doçura reconfortante da respiração dela.

Hubert
Selby Jr.

Hubert Selby Jr. (1928-2004) foi o celebrado autor de sete romances, incluindo *Réquiem para um Sonho* e o clássico *Última Saída para o Brooklyn*, ambos transformados em filmes de sucesso. Seu retrato singular do vício e do desespero urbano influenciou gerações de escritores, artistas e músicos.

Quando criança, o pai de Selby, Hubert Selby Sr., trabalhou como mineiro no Kentucky, mas abandonou as minas aos 12 anos de idade, quando o pai morreu e a madrasta o expulsou de casa. Ele então se tornou engenheiro, trabalhando para o Departamento da Marinha Mercante dos EUA. Em 1925, Selby Sr. conheceu e namorou a mãe de Selby, Adalin, no Brooklyn, onde ela tinha nascido e crescido.

Selby nasceu em 1928. Quando lhe perguntaram sobre algum momento definitivo em sua vida, ele mencionou as circunstâncias que cercaram seu nascimento: "Eu estava enrascado de verdade. Eu era azul por conta de cianose, minha cabeça era toda deformada, num formato estranho, e tinha alguns tipos de dano mental. Minha mãe quase morreu também, ela teve toxemia severa, e, quando ela perguntou ao médico sobre o que deveria fazer para me alimentar, ele disse, 'Bom, só continua amamentando ele que, no fim, ele vai sugar todo o veneno'. Tiveram que me arrastar aos gritos para o século xx... Me mantive intransigente desde então".

Durante esse período, a família morava em frente ao local que é hoje a New School of Liberal Arts, em um prédio de apartamentos de luxo onde o pai de Selby trabalhava como superintendente. Mais tarde, mudaram-se para Bay Ridge, um bairro pobre no sul do Brooklyn. Enquanto morava em Bay Ridge, Selby ganhou o apelido "Cubby", que permaneceu com ele pelo resto da vida. "Todo mundo que o conhecia chamava ele apenas de Cubby", disse o amigo de Selby e também escritor Gilbert Sorrentino.

Como americanos anglo-saxões de origem metodista, os Selby eram uma anomalia na região, onde diversas famílias irlandesas, italianas e norueguesas se estabeleceram no começo do século xx. "Eu era membro da menor minoria do país, pelo amor de Deus!", Selby brincou em uma entrevista ao quinzenário *Rain Taxi*. De acordo com Selby, seus pais não combinavam. "Minha mãe é uma mulher muito forte, poderosa", ele explicou. "E meu pai era um bêbado." Ele frequentemente se sentia dividido entre os dois. "Havia um bocado de conflito. Eu queria agradar à minha mãe, e eu queria agradar ao meu pai. E é bem difícil agradar aos dois quando eles têm personalidades opostas."

Selby Jr. cresceu em Bay Ridge e abandonou os estudos aos 14 anos. Aos 15, adulterou sua certidão de nascimento para poder se juntar à Marinha Mercante, um ato que mudaria sua vida para sempre. O navio de Selby era responsável por transportar gado para as tropas durante a Segunda Guerra Mundial. Logo foi descoberto que o gado estava infectado com a bactéria que causa tuberculose em humanos. Em 1945, quando tinha 17 anos, um médico de bordo diagnosticou Selby com tuberculose, e ele foi removido do navio na Alemanha. De volta a Nova York, ele foi admitido em um sanatório e informado de que tinha apenas três meses de vida. "Eu estava no hospital, e um pretenso especialista apareceu", ele lembrou. "Ele não entrou no quarto. Ele só ficou parado no corredor e disse, 'Sabe, não tem nada que possamos fazer por você, seus pulmões simplesmente já eram, você não tem como viver. Então vá para casa, sente em uma poltrona e fique o mais confortável que puder, porque você vai morrer'. E ele foi embora e me mandou a conta!"

Durante um período de três anos de constantes internações, Selby passou por quatro cirurgias e ficou viciado em morfina, mas uma droga experimental salvou sua vida. Entretanto, durante o tempo em que esteve na ala para tuberculosos, Selby frequentemente contemplava a própria mortalidade. Ele sabia que, quando morresse, não queria se arrepender do que tinha feito com sua vida. Ele também escreveu uma carta para a família de uma vítima da doença. Mais tarde, diria que essas duas coisas o tinham diretamente levado a se tornar um escritor.

Selby se casou com a primeira esposa, Inez, quando tinha 25 anos, e eles tiveram dois filhos. Enquanto trabalhava como datilógrafo de uma agência de seguros, ele conheceu alguém que lhe disse que heroína era parecida com morfina, então começou a usar a droga. Durante esse período, ele também começou a escrever e foi incentivado por amigos, incluindo o autor Gilbert Sorrentino. Selby afirmava que Sorrentino tinha lhe ensinado a escrever, mas Sorrentino negava isso.

Em sua escrita, Selby experimentou com gramática, pontuação, grafia, idioma e espaçamento para que seus leitores "experienciassem" a história. Os cenários urbanos brutais que retratava, combinados ao imediatismo potente de sua prosa, cativaram os primeiros leitores. Suas descrições francas de drogas, prostituição e das duras ruas do Brooklyn, que conhecia desde a infância, atraíram também a atenção de censores, e suas histórias foram submetidas como provas em julgamentos por obscenidade contra os editores de suas obras.

Por meio do apoio de escritores como Allen Ginsberg e LeRoi Jones, mais conhecido como Amiri Baraka, Selby encontrou uma editora para seu primeiro romance, *Última Saída para o Brooklyn* (1964), uma série de histórias fundidas em uma única narrativa. A obra recebeu enorme aclamação crítica, e Ginsberg disse esperar que o livro "detonasse uma bomba enferrujada e demoníaca sobre os Estados Unidos, e ainda fosse avidamente lida em cem anos". De fato, parecia que ele havia mudado a face da literatura moderna.

Após o sucesso do primeiro romance, Selby se mudou para Los Angeles em uma tentativa de se livrar dos vícios e recomeçar. Ele largou o vício em heroína enquanto estava na prisão, sob acusação de posse de droga, e, quando foi solto, foi direto para um bar em West Hollywood. Lá ele conheceu a terceira esposa, Suzanne Schwartzman, com quem teve mais dois filhos. A família morava em um triplex em West Hollywood. Na época, Selby trabalhava em seu segundo romance, *The Room*, que muitos consideram sua obra-prima. "Cubby me pediu em casamento na noite em que nos conhecemos, em 1967, e continuou pedindo por dois anos", revelou Suzanne. O casal entrou para os Alcoólicos Anônimos em 1969, e Selby voltou a escrever — desta vez, sóbrio. Embora ambos tenham lutado com vícios no passado, eles se mantiveram sóbrios durante todo o casamento, que durou trinta e cinco anos.

Nos anos 1970, sua reputação aumentou com o lançamento de seu segundo e terceiro romances, *The Room* (1971) e *The Demon* (1976). *Réquiem para um Sonho* (1978) firmou Selby como o poeta laureado do lado obscuro do Sonho Americano.

Na década de 1980 a família chegou a viver de benefícios, enquanto Selby ganhava pouco dinheiro com sua escrita e permanecia amplamente ignorado pelo *establishment* literário. "Nunca recebi uma bolsa, nem mesmo um prêmio, nunca ganhei nada", afirmou Selby certa vez. Com 40 anos, ele foi trabalhar como atendente em um posto de gasolina e, mais tarde, aos 50, como recepcionista de hotel. Ao final da década, depois de algum reconhecimento, Selby começou a ensinar jovens escritores na Universidade do Sul da Califórnia. Ele viu *Última Saída para o Brooklyn* ser transformado em filme em 1989, com direção de Uli Edel, seguido por *Réquiem para um Sonho*, em 2000, dirigido por Darren Aronofsky, com roteiro do diretor e de Selby.

"Eu precisava fazer um filme com base nesse romance", Aronofsky escreveu, "porque as palavras queimam as páginas. Feito o nó da forca, as palavras esfolam seu pescoço com o queimar da corda e arrastam você ao subterrâneo do subterrâneo que nós, humanos, construímos sob o inferno." Selby sentiu que o filme de Aronofsky fez justiça ao seu trabalho. Após assistir a ele no Festival de Cannes, Selby se debulhou em lágrimas. "Foi tão comovente", ele explicou. "É um filme tão emocional, tão poderoso." *Réquiem para um Sonho* é amplamente considerado um dos melhores romances já escritos sobre o abuso de substâncias.

O conhecimento profundo de Selby sobre vício era ultrapassado apenas por seu desejo de superar a doença em sua própria vida. No mês anterior a sua morte, os médicos lhe ofereceram morfina para ajudar a aliviar a dor — mas ele recusou. Ele disse que queria manter sua clareza. Sucumbiu a uma doença pulmonar em 2004, consequência de sua batalha contra a tuberculose na década de 1940. Selby deixou uma esposa, quatro filhos e doze netos.

DARKSIDEBOOKS.COM